沙汀

　　1985年6月，沙汀回到四川绵阳安县雎水关旧居，左四为沙汀女儿杨刚俊，右一为儿子杨刚宜。

1985 年 7 月，沙汀重返故乡，与周克芹（左）、仲呈祥（右）合影。

1987 年 10 月 9 日，沙汀与巴金合影，摄于成都。

短篇小说集《呼嚎》（1947）、《堪察加小景》（1948）、
《祖父的故事》（1963）、《涓埃集》（1980）初版本书影。

第五卷

沙汀文集

短篇小说 （1945—1984）

四川文艺出版社

图书在版编目（CIP）数据

沙汀文集 / 沙汀著. —2版. —成都：四川文艺出版
社，2018.3
　　ISBN 978-7-5411-4906-1

　　Ⅰ. ①沙…　Ⅱ. ①沙…　Ⅲ. ①中国文学—当代文
学—作品综合集　Ⅳ. ①I217.2

中国版本图书馆CIP数据核字（2017）第326836号

沙汀文集　第五卷

DUANPIANXIAOSHUO：1945－1984

短篇小说：1945－1984

沙　汀　著

编辑统筹　卢亚兵　金炀淏
责任编辑　彭　炜　周　轶等
封面设计　叶　茂
内文设计　史小燕
责任校对　蓝　海
责任印制　唐　茵等

出版发行　四川文艺出版社（成都市槐树街2号）
网　　址　www.scwys.com
电　　话　028-86259287（发行部）　　028-86259303（编辑部）
传　　真　028-86259306

邮购地址　成都市槐树街2号四川文艺出版社邮购部　610031
排　　版　四川胜翔数码印务设计有限公司
印　　刷　成都东江印务有限公司
成品尺寸　149mm×210mm　1/32
印　　张　168.75　　　　　　　　字　　数　4030千
版　　次　2018年3月第二版　　　印　　次　2018年3月第一次印刷
书　　号　ISBN 978-7-5411-4906-1
定　　价　2400.00元（共10卷11册）

目 录

春　朝

　　微弱的曙光从小窗口射进来。室内的光影还很模糊，那些一堆堆大小不等的浓黑的影子，只有借了习惯之力，人才可以确定那是一些破旧的衣箱、立柜，或者一只收藏梳头用具的黑漆匣儿。前地方法院推事崔子勋的寡妻，已经一下子醒转来了。

　　因为深信一切罪恶往往发生于白昼黑夜互相交替的时候，好久以来，她总是天见亮就醒了。虽然她所得到的消息，迄无一点响动证明其为可靠。而且，她又是见过大世面的，并不比得一个乡下普通妇女，容易弄得张皇失措。她坐起来，披上衣服，竭力在和自己的残余睡眠斗争；一面也倾听着，看看四近有什么可疑的声响没有。

　　那个睡在另外一张床上的用人，就像发梦癫样，也一下坐起来了。她算得推事太太的本家，丈夫被抓去当兵去了，于是答应了她的伯娘的邀请，搬来帮她做活。她是强壮的，多少带点戆气。她伸出手臂很响很响地打着呵欠，一面用了瞌睡而幸福的声调喃喃自语。

　　"哎呀，就咬得人打了一夜的更！"她嘟哝着。

　　推事太太带点恼恨，叹息着苦笑了。

　　"一晚上就打鼾到天亮，她倒还像没睡够呢！……"

　　"你不晓得，我就做了一晚上的梦！"

　　"屁股没有盖好！"

　　"老实的呢！"那用人认真地说，"我梦见'他'回来了！肩头上挂着两个金晃晃的牌子。一下又不见了，一群人就那么胡乱地叫，抬着一乘滑竿，空的，没有人坐，铺着朱红毡子！……"

"总是老大做了官，接你去当太太的嘛！"推事太太嘲弄地说。

"不，不，他们是来抓二兄弟的！你披头散发的，又在哭……"

"我倒没有那么伤味！"

推事太太生气地截断她，一时间大家都沉默了。

"你们这些人呀，真没见识！"推事太太忽然又叹息了，"老二又没杀人放火，一个读书人，只是给那些黑心肺使了坏啦！过一会就会松的，没有啥了不起。你看上一回吧，才几句话，我就把那些人推送走了。……"

女用人没有张声。从那兄弟的举止看来，她也相信他不至于为非作歹。

"自然，"推事太太忽又叹息着说，"尿泡打人不痛，臊气难闻！"

"要是伯伯在多好呵！"女用人又是骄傲，又是惋惜地说，"只要他说句话……"

"是他在么，我们又不会回到这个鬼地方来了！"推事太太紧接着说，十分败兴地叹了口气，"我们自己倒还要发签票拿人哩！人死了一个钱不留，还要处处受气。早知道这样么，我就叫他在外面去混好啦！……"

这所谓他，是指的那儿子；虽然他回来是为养病。

"老实讲，他又不是汉奸，"她愤愤地接着说，"还在前线替国家做过事呀！……"

远处有狗嗥叫起来，屋子里的东西已经看得很清楚了。

两个已经醒来的人，互相凝神地面对面望了一眼，于是那用人赶紧弄好鞋脚，打开门出去了。这是推事太太教过她好多次的，每逢一朝一夜，有狗嗥叫起来的时候，大家便得特别留神，以防意外。

"我出来你才开大门哇！"推事太太严重地叮咛。

那用人出去不久，她也穿着好起床了。

推事太太已到中年，瘦长，憔悴，眼瞳以及鼻梁周围，点缀着密密麻麻的雀斑。她扣好灰布长袍的纽扣，一面瘸着小脚，往堂屋里走；不住打着睡眠不足的呵欠。当到了堂屋的时候，她在左首房门边停下来了。

"不要睡得太大意了呵！"她喃喃着，审视着那倒锁着的房门。

她的口气有点近于自白，仿佛只是信口道出自己的想念似的。最后，她就跨出堂屋去了。这是一所已经朽败的四合院房子，正屋只剩有一些骷髅似的梁柱，没有屋椽以及盖瓦；四面撑着几根未尝去皮的杉木，以防倾倒。只有她自己住的横屋还是好的，虽然同样在倾颓了。

每一环顾这个荒废的老屋，推事太太总是感慨万端。

"弄成这个样子了！"她自语着，沉重地叹一口气。

她是三年前才从成都搬回老家来的。那时候都市里的生活骤然高涨，还得随时担心警报，儿子又到华北敌后打游击去了，女儿出了嫁，于是她就借着疏散的机会回转到阔别了二十多年的故乡，守着一份小小祖业过活。

那用人从那破门堂屋里钻出来了。

"是给萧二大爷砍树子的。"她报告说。

"那你就把门打开来啦！……"

她们一同走出大门去了。

门外是一片废地，现在是菜园子，种着莴笋、菠菜，以及葱子。几株留下来做种的白菜长得又高又大，正像童话里的芭蕉一样。当路的一面有着一列柏树，在那些未经砍伐的枝柯的荫蔽之下，那门道看来更暗淡了。门枋上悬着一块金漆已经剥落的污黑横匾。

推事太太在门道边停下来，一面指点着女用人采择蔬菜。

"将来真要找条狗来喂起才方便呢。"她叹息说。

"伯娘！"那用人忽然伸直腰站起来了。

她显然想说什么，但她忸怩着；随又戆气地笑了。

"伯娘！他们说没有拜过堂就生娃娃，不吉利呢！……"

"说你傻你倒还要犟呢！——真是脑筋简单！……"

"你用手来摸一摸喳?"

"真的是在动呢！……"

停停，那女的忽又发出一种似哭非哭，似笑非笑的哼哼声。

"我真有点害怕呢。"她胆怯地说。

"不要怕，不要怕，每个人都要经验过一次的！……"

那男的依旧带着一点渴睡的、满不在乎的乐观腔调。而且，已经抽回了手，已经转过身去，沉浸在那种青年人所特有的，春朝的浓睡里面去了。虽然这种酣睡又若有若无。

然而，那女的，却是愈来愈清醒了。她是因为胎儿的悸动醒转来的。其初，她感到一种母性的喜悦，以及那么一点害羞。她曾经在战争的烽火里驰骋过来；当其设想到家庭之乐的时候，她总认为这是不可能，不应该的，而一转眼，她可又不能不跨上那为一般妇女所走的道路了。

现在，她更面对着那个迟早即将来临的分娩的痛苦。这种危险的预感，已经苦恼过她若干次了。这不是没根据的，这是荒僻的乡间，找不出一个具有近代医学知识的产婆，或者医生，一切只能听其自然！……

一发觉她的爱人，也是她的伙伴，又已睡去，她几乎生气了。

"在你看来自然是不要紧，"她唠叨起来，"吃苦的不是你啦！……"

他没有回答，平静的睡颜上掠过一丝幸福的笑影。

"还有三个月了，"她更加大声地说，"一没医院，二没医生，连看护都找不出来一个！……"

"哎呀，到时候妈会给你想办法的！"男的略略感到厌烦地说。

他并未张开眼睛，他的声调像在说着梦话。

"真是奇怪！……"

一会，他呵欠着，浮上微笑，把眼睛睁开来了。

"一个连火线都敢上的人怕生孩子！……"

"那样会说，你也来试试嘛！……"

她生气地说，随又扑哧一声笑了出来。

"你就专会说风凉话的！"她又十分生气地加上一句。

"不是风凉话，如果是办得到，我真想替你生呢！"他也忍俊不禁地笑了，乘着兴头一下坐了起来。

他穿着一件袖口的松紧已经失效、手拐上有着两个破洞的统绒汗衫，面孔很瘦很黄，鼻子高高的，剪得很短的头发披拂着高朗的前额。他微笑着，握着她的肩头，强要使她望他转过脸来。

"你听！"他逼视着她，举起一根指头来集中她的注意。

"我才懒得听你的呢！"他一松手，她又重新地把脸转过去了。

然而，这却并未叫他扫兴，他迁就地翻身过去，重又正对着她。

"你听我说，我想出主意来了！"他愉快地说，用了双手捧着她的下巴，"等两个月我们索性到重庆去！你生产了又转来，或者索性不转来了！……"

"小孩子呢？"她怀疑地、赌气地问。

"你好老实！请姊姊找人送回来就是了啦！……"

他微笑着，贪婪地盯着她的面孔，她那露在被外的隆起的胸部；但是她叹息了。

"这自然是好，"她败兴地说，"不过，要是路上发生点岔子呢……"

"你真想得周到！……"

收回那双捧着她的面孔的手，他也感觉得扫兴了。

"凡事都像你这样想得周到，我们也不必再到前线去了！"他又说，已经不再凝视着她，"那里每天都有伤害，都有死亡，可是我们依旧去过一次，又回来了。而且依旧是个整人，并不缺少什么。而且……"

他原想加上句笑话来转换空气：而且多出一个孩子来了。但她没有让他再说，截断他道：

"前线是前线！就在那里把命丢了也报得出账！……"

"你忘记了，我们是有特别国情的呢！……"

他嬉笑地说，但却又忽然显得愁眉不展了。

他想起了回来以后他所继续不断招来的麻烦，以及目前这个尴尬可笑的生活：好久以来，他们就这样倒锁着房门睡觉了。他们戏称这个叫作自我监禁。当第一次碰见坏蛋们来打麻烦的时候，他原想就走掉的，因为妻子的分娩，自己的健康也尚待恢复，这个想法结果只好撤销。……

"早知道这样，真是不该回来！"那女的忽然喃喃地说。

他憬然一笑，随即把自己的阴暗念头抛掷开了。

"少婆婆妈妈点吧！"他解嘲地说。

"可惜这是一点也不含糊的事实！"

"我倒也并不以为这是幻想。可是，另外一个事实，你忘掉了！还记得小邬吗？这家伙在陈庄好狼狈啦！刚才发作，敌人就赶到了，要不是老百姓掩护，真不知道结果会怎么样！"

"单凭这点，她也比我们处境好些，至少有人同情！"

男的掀开嘴大笑了，他勾下身子，含笑地望定她的眼睛。

"难道我们周围就尽是敌人吗？"他问，"老太婆总不错吧？"

于是，她也纵声大笑起来，因为由这提示，她忽然想起那个急想有个孙儿抱抱的母亲所做的一些趣事来了。推事太太早已忙着准备尿布、围裙，昨天忽又异想天开，把儿子小时候的旧货全部翻腾出来……

但她忽然停止住笑，显得突异地坐起来了。

"给你说过了不在家啦!"推事太太第三遍大声说。

这句话,是她同儿子、媳妇早就约好了的,这暗示屋子里已经闯入了什么不大可靠的家伙,他们应该特别当心。她大叫着,又恨恨地瞟了一眼那个站在厨房门口惊慌失措的女用人,她的侄儿媳妇,担心她露出破绽。

然而,这正如警报之于敌机一样,那闯入者可并不因此而放弃他的罪恶意图。

"我知道!我知道!"那人含糊地说,一径走向厨房边去。

"嗨!难道我还会骗你么?……"

"不要紧的!老太婆呢,你去叫他出来!"

就这样各说各的,两个人已经面对面站住了。

这是一个身材很矮的胖子,黑色呢帽,哗叽圆口便鞋,薄棉袄上罩着一件灰色阴丹布单衣。他是那样的肥壮,整个身体看来正像一个肉蛋。他是区署的指导员,个多月前,他就曾经跑来造访过一次。

他微笑着,显出一副精练圆滑的神气,竭力想使他的对方入彀。

"确实没有关系!"抬抬车胎一般的下巴,他又貌似诚恳地说,"只问他几句话!"

"可是,他早就给你们赶起走啦!"推事太太愤怒地回答。

指导员没有张声,松一口气,于是他含有深意地笑望着推事太太,好像已经看透了对方的诡计,或者正在看透对方的诡计。而由于这个充满了诡诈、自信、猜疑和邪恶的快意的凝视,推事太太忽然感觉得很不自在,很不好受合了。

为了使得自己镇静,她把视线避开,大着胆冒险说:

"总之呵!要是不信,你自己去搜好了!"

"难怪!"胖子猝然大彻大悟地说,而且十分愉快似的笑了,"你以为我是来抓他的呢!这就未免误会得太凶了!……简直误会得厉害!……哈哈!幸得我连人都没带!……"

推事太太半信半疑地看定他，但她随即非笑地叹了口气。

"管你要抓他也好，不抓他也好，总之是不在家！"她沉吟地说。

"可是，前几天还有人看见他呢。"胖子说，大有讲究地点着下巴。

"恐怕是把鬼看见了啰！"

"鬼倒不是，是你们大少爷！"胖子同样用调笑的口气说，"穿的海苍蓝衫子，车胎底子的皮鞋，跟着你们少奶奶一道在逛田坝，少奶奶快要生了，对吧？……"

"叫你们没露面不肯听啦！"推事太太愁蹙地想。

"东岳庙唱戏，他们也去过的，"胖子的口气更得意了，"并且……"

"你真说得像哩！……"

因为发觉来客的叙述有了破绽，推事太太忽然显得很开朗了。

"给你说吧！"她愉快而又严肃地紧接着说，"你就再诈，也诈不出个所以然来的！"

"为什么要诈？用不上啦！……"

胖子掩饰地说；停停，于是变了腔调，有类央求地继续说下去道：

"这样好吧？要是你不放心，让你们仔细商量一下，我又再来讨回话好了！愿意见面，就见面；若果是不愿意呢，我车身就走！你怕我非见他不可么？我还没有那么脸长！"

他征询地望定对方，等待着回答；推事太太非难地笑了。

"你说了一长串，"她笑着说，"真像我把人藏起在呢！"

"不是藏起，我知道他的脾气，不愿意会生客。"

"吓！这才怪呢！"推事太太有一点生气了，"你还要我画个滚身图么？！"

"好吧！你既然这样不相信我，我走好了！"

做出一副灰心丧气的模样，胖子似乎决定了不要再打麻烦；但他刚才转了个身，随即又停下来，一面自怨自艾地说：

"一个人不相信人，就没法了！……"

他叹了口气，接着却又转过身来，翻眼望着对方一笑。

"不过说句老实话呵，"他几乎一字一板，带点警告地开口了，"你们这样下去，会把事情弄得来更糟的！今天躲起，明天躲起，给你说吧，就是一个正人，也说邪了！……"

他顿住，于是诡诈地一笑，很像讨好一样挨近推事太太。

"嗨，这样好吧！"他矜持地低声说，"他不见面也不要紧，你叫他把前回我请他写的那个东西寄来，这该算轻松吧？知道么，这样一来，上面也就不再追了，我也少跑些冤枉路！"

推事太太怀疑地向他审视；胖子装模作样地摇头叹气起来。

"这碗饭真够吃！"他自言自语地说，"又吃力，又不讨好！……"

他又装模作样地叹了口气，于是非常亲切愉快地望定推事太太。

"怎么样，我看就这样吧！"他津津有味地说，"你给他说……"

"可是他早就走啦！难道还要我说一千遍么?!"

胖子的脸色忽然变了，罩上一层恶毒的冷峻，他截然地说：

"你不要太不通商量了哇！一个人要识好歹。"

"可是认真是走了啦！……"

那两个青年人，早已清醒白醒地坐起来了，并且领悟出外面发生了什么事。这不仅因为他们已经听见了老太婆约好了的暗号，那个闯入者的口音，他们也已认辨出来。因为在他们极其有限的熟人当中，就没有人具有这种狡诈多变的腔调，而在个多月前，他们又早已领教过了。

然而，虽是如此，他们却也并未感觉到怎样慌张。首先，这样的险境，既然已经经历过一次，于是存了点侥幸心，以为对方一样不会猜透他们是住在这一间倒锁着的房间里的。其次，当在游击区域的时候，比较这个更为严重的局面，他们都曾经遭遇过，因而目前的情形真也算不了一回事。最后，这一次他们早有准备，并非完全出于意外。

起初，他们屏神静气，仿佛呼吸重点都会走漏风声。虽也间或交谈句把句话，但那是耳语，几乎和不说话没有分别。而大半意念的交换，则是依仗手势、表情和眼色的。但当老太婆继续发出庄严坚决的言辞以后，他们也就变得来更放心，更胆大了。当然多少也有一些听天安命的心情。

他们不断给外面的争辩加一两句批语，虽然声音一直放得很低。

"混蛋！"那女的忽然从齿缝里叫出来。

这时候，那个闯入者正在开始玩弄着狡猾，而在几分钟前，因为老太婆的回答的干脆，胖子的哑口无言，她却以为他会就此灰了心的。因此，她生气起来，而且感觉到一种生理上的嫌恶之情。

那男的深知她是一个火炮性子的人，他故为幽默地笑了。

"你现在才知道么？"他玩笑地说，"不混蛋，他又不来吃这碗饭了！……"

他的打趣照例又生了效，但她仅仅强笑一声，随又颦蹙了脸，一双眉头锁得很紧。

"早知道这样硬不该回来！"她叹息着，充满烦忧地低垂了头；但她忽又扬起脸来，恼怒不平地说了下去，"我不知道别的国家怎样，但我相信，我们的矛盾斗争恐怕要算全世界第一了！尖锐、复杂都数第一！……"

她顿住，于是摇一摇头，随即把脸冲向他去。

"你说，这样下去怎么了呢？"她呼吁说。

"你放心！早已经注定了！"他的声调依旧轻松而又愉快。

"注定了同归于尽！"她嫌恶地说，毫不自觉地稍稍放开了嗓子。

那男的嘘了一声，同时，带点恫吓地望定她。

"这不是开讨论会呵！"他拖长着声音说。

于是，女的感觉失态似的笑了。但她随又颦蹙着脸，环顾着，显然还未有效地捺下她的愤怒。而由于目前甚至连发泄一下愤懑都不可能，她就更加感觉得处境的尴尬，而且更加不快意了，以至于向他迁怒起来。

"顶凶，抓去枪毙好啦！"停停，她愤然作色地说。

"不会！不会！白吃几年，白住几年也就够了！"

"这样倒爽快得多！"

"但是这犯得上吗？"他反问。

"想起来真气人呵！"她没有回答，但却躲闪似的，又笑又气地说了；显然已经反省到了自己的徒闹意气，"我倒觉得那些汉奸比他们还好点，至少干脆把本相露出来了，同敌人合作，就同敌人合作，并不挂羊头，卖狗肉！"

"照你这样说来，卖臭豆腐的要算最坦白了！……"

他的打趣这一次触恼了她，她截住他说：

"我不要听你这些噱头！"

她嫌弃地把身子一扭，回避开他；而他立刻为忧郁所笼罩了。他原也具有同样的不平，愤懑，但他比她老练，而且明明白白感觉到一种可能的意外：若果他不尽力约制自己，以她的气性，这就无异于火上泼油，她会做出鲁莽举动来的。然而现在，他却已经没办法装假了！……

他们沉默着，没有谁再张声，也没有谁认真留心室外的争辩。

"是的，噱头！"终于，苦笑一声，他自言自语说了，"若果大家活得出来，等得到胜利，十年二十年后，小孩子也长大了，我们有一天向他说，抗战当中，我们曾经在前线如何抵抗敌人的扫荡，回到家里养他的时候，又如何大吃其苦：我想，他一定不肯相信，以为这个是噱头呢！"

"像你这样说那倒值得我们骄傲！……"

那女的爽然若失似的叹息说，随又笑了，仿佛说了一句趣话。

"你这样想就对了！"那男的接着说，"这样想，你就不会再抱怨了。"

“为什么呢？”她生气地问，同时扭转脸来。

“为什么？”他重复说，“因为这样一想，任何挫折对我们都会变成家常便饭！……”

“又是噱头！”她说，重又把脸车开。

“不，我说得很严肃哩！”他愁蹙地说。

略一回顾，她好奇地望定他：眉头蹙着，微驼着背，双手抱住膝头，他的神色确乎庄重，一点不像开玩笑；但在一刹那间，忽又变了，他顿然伸直了腰，而且立刻换上一副专注而又紧张的神色。

他听见了奔跑声和母亲的喊叫。

“我问你哟，我屋里是贼窝子吗？……”

推事太太重复着大叫，但胖子却已不再回嘴，跑出去了。

胖子是跑出去叫他那几个埋伏在外面的所丁的，因为看出他的花言巧语一无效验，他发火了，决定了来一番严格认真的搜查。即或抓不住人，至少容易回去交票。此外，他想让老太婆受点骚扰，她顽固得太讨厌了。

其初，推事太太还以为这是一个新的恫吓，她同他大嚷大闹起来，现在，她却有一点畏怯了。因此，当那肥胖的身影刚一消失，她就哆哆嗦嗦地急奔向儿子的卧室边去；但她在中途停下来，胆怯地环顾，又怕露出破绽，又怕失去时机，而她终于战胜了她的动摇狐疑，一直到了那个有着一小堵牛肋巴窗子的泥壁下面。窗子很高，罩着一幅蓝布。

她尽力地踮起脚，于是用了压抑而又有点嘶哑的嗓子喊道：

“去叫人搜查来啦！……”

她接着又赶快回头跑，一面颠三倒四地发着碎语，意在掩盖一下她的行径。因为无论如何，她总觉得胖子正在跨进大门，而她的诡秘立刻就会败露。但当她转回原地的时候，那胖子确乎已经在侧门边出现了。

胖子身后跟着两个所丁，他在指责着他们，一面盛气地忙匆匆穿过院坝。

"来！来！来！"他叫嚷着，"先从这一间搜起！……"

他笔直奔向推事太太的卧室，所丁们不大起劲地尾随在他的身后。

就以那用人为首，两个女眷一齐抢先地奔向堂屋里面去了。那用人一直在惧怕着，但她忽然勇敢起来，似乎企图阻拦住那批无法无天之徒。但她实际却又只能站在背后着急，而推事太太，则已准备好拼命了。

"我问你哟，我这是贼窝子吗？"她大叫，堵塞在堂屋门边。

胖子狡猾地一笑，揭下帽子，意外地停下来了。

"唉！你说人不在啦？"他问，带着一种使人心悸的狞笑。

"是不在啦！"推事太太绝叫地说，失悔着自己的慌张。

"既然不在，你们怎么又怕搜呢？"

"情理上说不过去！——我这里是贼窝子吗？……"

"我给你讲！"胖子意外蛮横地叫了，他截住推事太太，用呢帽指着她斩钉截铁地说，"你好好交出人来，这就算了，我决不会对他做挖苦事情，要是让我搜出来么，那就给你道喜！"他又决然一下罩上他的呢帽。

老太婆迟疑着，多少有点动摇；那个站在她身旁的用人忽然间开口了。

"真说得容易！"她胆战心惊地喃喃说，"你怕是顶针么——嗒……"

她用手向怀里一掏，又取出来，就像递东西给人样。推事太太佯笑着附和道：

"对啰！你怕是顶针么，嗒，拿去。那是人啦！"

胖子又像气恼，又像灰心地叹了口气，接着毅然决然地掉转过脸，用了含怒的、压抑的声音，向了所丁们连连地嚷叫道："动手！动手！"于是不再张理任何抗议，以及阻拦，一个劲支使着他的部下，开始搜查起来。

因为在推事太太房间里一无所得，接着他们就又一拥而出。

"再看这一间吧！"胖子大叫，指指那间倒锁着的房门。

"那是间空屋子！"跟在后面的女眷一齐叫了出来。

"打开！"胖子毫无通融地大叫。

"我这里是贼窝子吗？……"

就像抢险似的，绕过前面的人，推事太太跑到那倒锁着的门边去了。于是回转身来，冲着胖子叫道：

"难道你们还没有骚扰够吗？……给你说是空屋子！……"

"管你空屋子不空屋子——给我站开！……"

"你看锁住在啦！难道这还骗得了人么？……"

胖子留心一看，门确乎锁住的，不大像有人住；他有点沮丧了。

"是吧！"推事太太得救似的接着说，"钥匙也不见了，不然的话……"

她这样说，企图叫对方完全相信她的饰辞，但她反而引起了强烈的疑猜。

"钥匙也不见了！"胖子忽然邪恶地笑了，截住她，调笑地抢着说，"这才叫遇缘嗬！"于是他的笑意全失，立刻换上一副狰狞、邪恶的神气，"可惜我不是小孩子，没有钥匙，你以为就没有办法了么？——哼！……"

于是刻毒地一笑，他转过身去，望着他的部下挥了挥手。

"把门给我抬开！"他大声发着命令。

然而，虽是如此，胖子却迫不及待地自己冲过去了；推事太太在门边拦住他，但被一掌搌往堂屋中间，碰在一张方桌的角儿上；于是并着气性，胖子一脚踢开那扇薄薄的板门。他第一个跨进房间去了。

他没有发现人迹，只是发现墙壁给谁打了一个箩筐大小的窟窿。

一九四五年三月三十日

两兄弟

桐花已经放白。余寒早退尽了。蜜蜂嗡嗡着，小麻雀穿过阳光，一时飞向檐口，一时又落向地面，寻觅着吃食。晌午的暖气正在上升，催人走入一种渴望睡眠的境界。而中学生顾有才，现在就正分享着这种甜蜜的春困。

身穿窄小褪色的童军制服，上罩黑色西安毛线背心，他坐在阶沿边一段枋料上面。背靠着墙，脚边蹲着一只烟雾袅袅的熏笼，以作驱散麦麦蚊之用；右手握着一本《复活》，平摊在膝头上。但他眼睛半闭，早已停止了阅读了。只有那个躺在摇篮里面，未满周岁的孩子的响动，偶尔会使他清醒过来，于是懵然一笑，因为那孩子正慎重其事地把手指送进嘴去……

他随即摆正毛发短而蓬松的头，又轻轻叹口气。他本该去年上季在高中卒业的，但在前年冬天，忽然间失踪了。而在白吃白喝了几个月之后，才得回转到故乡来。按照规定，他得每月写封信报告他的思想活动，但才写了两次，他就不耐烦再写了。他不愿说谎，而且，越来越觉得是在受辱。然而，正为这个，城里那位算得特等豪绅的人物，国民党县党部书记长，已经再三约过他面谈了。但他置之不理，并隐瞒着家里人。因此，等到哥哥寄回口信，他就立刻受到了抱怨。

这是前一星期的事情。母亲，那个心慈面软的小老太婆，照例没主见的，她只笼统觉得，大祸就快要临头了。他自己则已下定决心，若果逼得太紧，他就溜之大吉！他自信颇有把握，因为个多月前，他同两位在他失踪时侥幸漏网的同学，取得了联络了。他们在合伙开文具店，半工半读，生活得很满意。然而，这个虽是给他带来支持，不管眠食，不管读书，他却再不能照旧了。只要有谁提起他的事情就发脾气。

但他并不沮丧，正如他最初失踪时感到的那样。那时候，因为这个意外的打击，他对未来怀抱着恐怖，可是不久，他就很泰然了。苦是苦，同时却也提高了自尊心，深幸自己能够同那许多坚强果敢的人们分享一份民族的命运。而他现在却十分焦灼于他的处境之迟迟不能确定。

他叹息着，重又半闭了大而黑亮的眼睛，但却无法再跨入那种甜蜜朦胧的境界了。他摇摇头，又哼一声气，于是背脊离开墙壁，举起手里的书来。可是还没看到一页，他那多骨的大手，就又落向黑瘦赤裸的膝头，毫不自觉地沉入了冥想。

他正在重读聂赫留道夫的西伯利亚之行，于是想起了一个他所熟知的难友。

"好！那你就不必再希望出去了！"当其种种威胁失败之后，那看管人咆哮了。

"这个不是我的事情！"那个沉着老练的女同志回答说，而且，嘲弄似的静静笑了，"不过，万一是拖死了，你们总会把我抬出去吧？未必就埋在这里面啦！……"

这位女同志有三十岁，他叫她大姐；现在，他又因为她那坚强的革命毅力而激动了。

发出衷心而又愉快的笑声，他站起来，扬起瘦长身子，大大地伸了个懒腰。而这懒腰，却又并非全部来自生理上的困乏，大半倒是由于精力骤然旺盛起来。因为，当他直舒两臂，引颈长啸的时候，他深切地感觉到一种甜津津的热流贯彻他的全身，一直到脚踵和指尖。

"呵哟，这一嘴鼻涕呵！"他大声说，当他放下手臂，一眼看见那吮吸着手指的孩子的时候。

虽然无法控制他的愉快，他故意蹙着脸，走向摇篮边去，把书夹在腋下，抱起孩子，开始给他打整。而正当这时，他听见了开门声，轻狂的犬吠声和畜类的奔跑声。一个微黑带胖，粗眉大眼，三十多岁的青年人从外面走进来，笔直穿过院坝。而那黄狗则一时追赶过他，一时又奔回去，伏下来，摇头摆尾地假装啃他的脚，发出喘息般的嗥叫：随又发狂地跑开了。

这是顾有才的哥哥顾有智，旧制师范卒业，在城里当督学。蓝布大褂，充织贡鞋，一顶已经变形的黄呢礼帽。他瞟了一眼那个顿显惊愕的弟弟，于是不再看他，一直跨上阶沿，摘下呢帽，扔在一张矮方桌上。然后他回转过身，伴着一声长吁，在方桌侧面一张发红透亮的竹制躺椅上坐下。

两兄弟全都没有张声。最后，哥哥淡淡地笑了，又瞟了一眼弟弟，于是忙着解衣领扣。

"我托丁八字带的信呢？"他问，并不看望对方。

"接到了啦！"弟弟回答，觉得他的处境就快要确定了，更加激动起来。

"你又打算怎么样呢？"眯细眼睛，哥哥望定他问。

"我就不打算怎么样！……"

弟弟回答得很桀骜，而且已经莽撞地搁下他的侄儿，板起张脸，坐回原处去了。他顿然十分不满意他的哥哥，而且，已经准备好反驳他。因为他深信不疑，哥哥是回来劝他去城里的。他是家长，又是自己的保人。但是哥哥并未接着开口，却瞠目看他，尽力地忍耐着。虽然这两兄弟具有同一性情，心直口快，不通方圆，经过十多年的世途磨炼，这哥哥已经很能克制，不怎么憨直了。

而且，督学是深知弟弟的为人的。一回，一个并不相知的同事顺道被邀来家里吃饭，在席上说了些糊涂话，顾有才立刻端起饭碗走了，切齿道："硬说得肉麻!"他就有这样不识时务。加之，自己的心情也不很好，因此哥哥警惕着，担心再开口就会闹僵。但他又确乎是回来叫弟弟进城的，因为他被催得很紧，他的弥补已失败了；虽然他又觉得这样做不妥当。

因此，沉默一会，他又开口了，委婉曲折地漫谈着世风的巫教^①，及其不可测度。

"比如你这件事情吧，"他接着说，"本想不叫你去，又怕越扯越糟……"

"要命好啦!"弟弟截断他，而且冷冷地笑了。

"我并不是说不去就会要命!"哥哥感到恼怒，一脚踢开那只还在表示欢迎的黄狗。

"那总是会拖累你啰!"弟弟又打断他，这一次没有再笑。

"我也并不是怕拖累!"哥哥大叫，忍不住跳起来了。

"我给你说!"弟弟也大叫了，而且跳起来逼视着哥哥，"不管是要命也好，拖累你也好，去，我不去的! 我是犯人吗?"他怒不可遏地一直叫嚷下去，虽然看见哥哥目瞪口呆的神情，他已经有一点失悔了，但他无法控制自己，"我触犯了哪一条法律? 刑事? 民事? 除奸条例? ……"

哥哥忽然充满苦趣笑了，他同情弟弟的幼稚，而且看见了弟弟眼睛里闪烁的泪光。

"我看你怎样瞎扯!"他喃喃着，懒于置辩似的坐了下来。

"……他一不是警察，二不是差人，他叫我去我就去吗? 你以为我这么驯善?! ……"

弟弟还有许多话要说的，但他一顿，呶呶了一句，翻身坐回原处。

---

① 四川习用语，意即不正派，乱糟糟的。

这不是因为偶尔瞟见了母亲、嫂嫂正从外面回来，他对她们更是无所顾忌，他忽然失悔他的态度太鲁莽了，伤负了哥哥。这是那一类青年人，虽然言谈间很严刻，很极端，心地却极善良，而由于半年多前的痛苦经历，他就变得更加易怒，更加容易陷于神经质的激动，对于任何横逆都无所谓！……

母亲、嫂嫂是从外面菜园里回来的，她们已经发现了督学的踪迹，心里有点奇怪。

"两个人又吵嘴来的吧?"老太婆穿过院坝，似问非问地叹息说。

母亲没有得到回答。

架了腿子，哥哥仰摊在躺椅上，双手兜住后脑；坐在枋料上的弟弟，头却是勾下的，摆开两腿，手肘横在膝盖上面，但从那紧绷着的赭黑色的下颚，人却不难看出，他正在经历着极大的愤懑。摇摇头叹口气，老太婆跨上阶沿去了，于是抱怨起来，怪他两兄弟一见面就吵嘴……

"哪个在吵嘴呵!"哥哥苦涩地说，不大耐烦地改变了一下姿势。

"呵哟! 还说没有吵呢!"母亲叹息说，非笑地摇晃着突出的下巴，"两个人就像贴反了的门神一样，我是瞎子? 俗话说，肉烂了在锅里，有话慢慢商量好啦! ……"

她顿住，嵌在白皙打皱的小脸上的眼睛带笑地看看弟弟，随又移向哥哥。

"你们说，这个事究竟有好凶啦?"她发愁地问，猜到了他们争吵的原因。

"你老人家歇歇好么!"哥哥恳求地说，"真烦死人……"

因为那个沉默寡言的媳妇忙着打了洗脸水来，于是他站起来，走进寝室去了。

他是去洗脸的，但也是逃避一场可能爆发的争吵。因为他确乎感觉得烦乱。虽然比较世故，但他是有正义感的，不仅当作手脚，作为一个普通青年，他也同情弟弟。当从城里回来之前，他还同那个无法无天之徒有过争执："好！我就去叫他来，看你们又怎样处置他！"这是负气，因而他更私下决定，若果对方太做得难堪了，他就公开向社会进行控诉！

但在回家的途中，他也颇不满意弟弟，以为置身这个世道，他不该太任性，以致招来麻烦。同时他也很不满意自己，担心因为他的负气将会加重弟弟的困难。因此，当其到家的时候，他正感到不快意，而他现在，却单只为那个青年人的幼稚鲁莽而生气了。

"他好像以为我在当帮凶呢！"他喃喃说，一下又把刚才绞干的毛巾投掷到洗脸盆里。

他不想洗脸了，快步走近床边，横摊了下去。但他随又挣身起来，在房内踟蹰着，考虑着他该怎样结束这一事件。父亲早去世了，他已隐然是个家长，他不该让事态自由发展下去。而且事实上，他也相信弟弟会听话的。"我一定要他去他也会去！"他想，但又觉得不很妥当，深恐他去了乱发脾气。他早已看出，自从白吃白喝了一场以后，他的思想、性情更激烈了。"要是我不同那个混蛋闹翻，也要好些！"他又想，于是更动摇了。

去年冬天，当发觉弟弟停止了按月写信的时候，两兄弟就争执过一场的。结果是哥哥让了步，认为他该尊重一个青年人的骨气。同时他又想起，他之失踪，无非言语失检，情节并不严重。但为周全起见，他却建议，弟弟该到乐至一个他的同学那里去做教师；可是弟弟反对这个，坚持留在家里自修。

现在既然没有把握主张他进城去，哥哥就又立刻想起这件事情来了。而一到想起它来的时候，那种考虑任何问题必需的平静，又一下崩溃了。这便是说，他重又对弟弟感到了怒不可遏，觉得他凡事但知任性，一点不为自己的前途设想，不为家庭同他设想……

"要是听劝，哪有这回事呢？"他大声说，"就说走了好啦！……"

他停住脚，盛气地抛出两臂；而话才一完，他就已经一股风样出了卧室。母亲、妻子烧饭去了，弟弟依旧坐在枋料上面；既未看书，也不像有任何打算，但只蹙着短而浓密的眉毛，堵着张嘴，眼眶仿佛也更深了；眼光毫无目的地望入空间，仿佛正在解决一个什么不可捉摸的难题。

"我问你呵！"一看见他，哥哥就责问了，"上一回叫你去乐至你为什么不去？"

他问得很突然，而且异常执拗。弟弟吃了一惊，转过脸望定他，似乎准备回嘴；但他忽又掉开了脸，愤然拾起掉在脚边的一只书签，迅速地撕裂着，勾下头不作声。但这并非出于惧怕，他忽然想起哥哥的全部建议，以及它的经过来了。

于是，他就更加对自己的莽撞失悔起来；但同时也更加生气了。

"你以为单凭感情能解决问题吗？"他的沉默使得哥哥接着说了下去，"要是听我的话，现在哪里有这回事？就说走了好啦！哼，哼，"他苦笑了，又叹了口气，"刑事！民事！除奸条例！若果讲这一套，你不会出事了，我也不会一趟成都，一趟重庆瞎跑！妈也不会急得半死！……"

"不要扯那么多！"撒去纸片，弟弟跳起来了，"我跟你进城好啦！"

他叫着，挥动着手臂。而当他全不必要地理理头发，重又坐下的时候，那种自从同哥哥争吵以后，便梗塞在胸臆间的烦恼不快，忽然间消失了，反而感到一种无名的爽利。因为他恍惚感觉得，只有这样，这个清寒之家的温暖融合才能维持。而若果做到了，他的让步也就有了代价。

但是哥哥并不满意他的表白，不是因为态度鲁莽，而是不满意这个表白本身。

"我并不一定非要你去不可！"他顶着说，"我只是说你不该凡事任性！比如说吧……"

"请你不要说了！"弟弟哀求地喃喃说，"我一定去！"

但是哥哥并不听他的话，皱皱眉头，他照旧说下去；只是口气亲切而带忧郁。他说到弟弟性格上认识上的种种缺点，指明这样下去他会毁灭掉自己。即或不再出事，精神上也会产生严重恶果。他没有提起事情应该怎样解决，这不是有意回避，由于弟弟的沮丧，他忽然只剩有怜惜的感情了。

"你想想吧！"他接着说，"到处都是罗网，陷阱，随便出口气都有人暗算你！……"

"生在这个背时社会！"摇头叹息，弟弟自言自语地说。

"有什么办法呢？我们总不能自杀，等社会变好了，又来投生！所以，暂时只有逆来顺受……"

"对！对！对！"弟弟忽又痛苦地大叫了，"地狱里我都去！"

"我并不是指这一件事！……"

"我说的实在话呢！"弟弟抑制地解释说，"顶凶他枪毙我好啦。"

"我的确不是指的这件事呢！"哥哥重复着，更感到心软了，拖来一张椅子，在弟弟不远的地方坐下，于是折下身子，亲切地望定他，"我是学教育的，难道我不知道一切精神上的迫害将会招来什么恶果？你自己想想吧！原早虽然暴躁，可不像现在这么样神经质！……"

弟弟咽了口气，头勾得更低了，两只手托着额角。

"我只希望你理智点，一个人单凭感情冲动，就不出鬼，也不容易活下去呵！……"

"我都不知道我怎么会变成这样！"弟弟自怨自艾，没有改变姿势。

"总之，我决定不让你去了！"哥哥急转直下地紧接着说，态度坚决地站起来了，"我不能再让你精神上受虐待！明天你就到乐至去，找得到工作，自然是好，找不到，就在那里作客好了！横竖在家里也要吃的，我按月汇钱给你。不过，凡事冷静点吧，千万少发议论！"

弟弟不置可否，虽然十分愿意远走高飞，而他的心胸，也豁然开朗了。

"你认为怎样呢，哼？"看出弟弟的迟疑，哥哥就又说了，"我认为这样做最妥当！"

"可是，他们又向你要人呢？"并不正面作答，弟弟悬心地问。

他抬起头望定哥哥，浮出忸怩可怜的抿笑；但随又被痛苦掩盖了。

"不！不！不！"他紧接着站起来叫道，"我今天就跟你一道进城！"

哥哥又气又笑地长长叹了口气。

"你是怕连累我么？"他微笑着问，"这不会的，你放心好了！比如说吧，"看出弟弟并不放心，他又接着说了下去，"进城的时候，我可以这样说，因为逼得太紧，老母亲又抱怨，你已经偷跑了！我在路上碰见送信的人，现在正四面八方托人打听。稍过几天，我再去登个报！……"

"你还可以假装同我脱离关系！"弟弟忽然害羞似的说了，带点沾沾自喜的神气。

"对啦！到了万不得已，还可以登报跟你脱离关系！"

"唉，"叹息一声，弟弟忽然又败兴地说了，"要是再大两岁！……"

"怎么样呢？"哥哥皱着眉头，突异着他的感情的易变。

"要是再大两岁，我就算成年人，你也没干系了！"

弟弟回答得很认真，但却嗒然若丧；哥哥怜惜地笑了。

"不要想得太多了吧！"哥哥点点头叹息说，随又变得坚决起来，"老实讲，民国二十三年，田皇帝那样疯狂，我都还要活出来呢！你放心好了，吃了午饭就走，到外婆家里去歇，明下午就赶到乐至了。我马上去写信！……"

哥哥翻身退进堂屋去了。弟弟深沉地咽口气，随又微笑着摇摇头，于是跟了进去。

在哥哥找出文具，伏在方桌上准备写信之前，母亲、媳妇早已搁下灶房里的活路，感觉到很不安了。她们悬心地倾听着两兄弟的叫喊、争论，一时皱眉，一时摇头叹气，一时又喃喃自语，可都自觉无力提供一个办法，只能在那笼罩全家的暗云下发愁着急。而到了现在，那母亲就跨进堂屋来了。媳妇呢，则照旧背着奶娃，停留在灶房门边。

哥哥一手磨墨，一手托了下巴，正在构思。照着乡下派头，点燃灯盏，弟弟在一边抽水烟。对于哥哥这个意外决定，弟弟太兴奋了，只是那些记忆犹新的争吵还不让他发作。

"两个人闹了半天，"母亲边走边问，"究竟想到办法没有呵?"

"当亡命客!"弟弟停住抽烟，带点孩子气地叫了。

"我不跟你讲哇!"母亲见怪着，以为儿子在开玩笑。

"他说的实在话哩!"哥哥浮上抿笑证实，"吃过饭就要走了。"

"唉!"母亲叹息了，"早点说要去作客，布就再贵，也该缝件新衣服啦!……"

弟弟正把烟哨凑向灯盏，打算抽烟，但他纵声大笑，竟连灯火也喷熄了。哥哥不以为然地皱皱眉头，随又苦笑着叹口气，于是调好了笔，动手写介绍信。

一九四五年四月十五日

替　身

保长李天心这一天破了例，既没有去永兴烧房喝酒，也没有去唐三痰茶铺里，会同他的赌友，扯二十盘招①；甚至，连平常那么喜欢的谢瓜瓜的粉蒸肥肠都没有吃两笼，场刚才散，就提起一竹筒醋、一个大肚细颈的油罐，愁眉苦脸，忙着回转家里来了。

的确，这天在他也太不痛快了。一个外籍壮丁的家属，事隔一年，忽然拿起证件，从本乡赶来了，要他吐出一笔安家费；为了去年的优待谷，一个老娘子毫无顾忌地大吵大闹，躺在地上，抱着他的腿子拚命；而且，更糟糕的，紧急抽丁的期限已满，接兵连又派人来催了，乡长拍案大骂，限他明天一早补足欠额。

他还欠一名丁，这数目真不算大。因为按照本保适龄壮丁的比数，就是多抽一个也容易的，可惜没有一个人他好下手！他们不是他的亲戚，就是他的亲戚的亲戚，有的还同那些地位比他高得多的人有瓜葛。而这种种不可避免的人事关系，看来就像一张网样，他已经在里面胡碰了好多次了，终于找不到出路！买条子自然是个办法，简洁明了，付过款就作数；只是数目既大，又要现款，派起来不容易。说估到拉过往客商，本保正当山河大道，这个并不困难。然而，自从阴历二月初起，所有的挑担买卖，又几乎绝迹了。

---

① 纸牌的一种玩法。

保长有三十岁，又长大，又结实，白皙的面孔上有一些细麻子。因为小时候左眼睛弄坏了，他就特意架上一副通光眼镜。但是，这个虽然掩盖了他的缺点，叫一个陌生人不容易认辨出左眼睛有毛病，却又常常引起误会。因为每逢集中注意看人的时候，他总扭歪脖子，正像对谁装满了一肚子不痛快，随时都会爆发一样。

现在，因为心里正不快活，他还多少带点凶相。他头戴金绒瓜皮，足蹬草鞋，蓝布单衫上罩着件纽扣完全敞开的黑棉马褂。一进院子，因为一连叫了两声没有反应，于是望定了厨房门，他就敞开嘴咆哮了。

"我怕啥东西给你塞起了呢！"他还在骂，当女人正从里面出来的时候。

保长太太是个门齿外露，嘴唇又短又薄的瘦长子女人，头缠黑色布帕，下面是一双镰刀足。粗细活路都行，心思比丈夫灵巧，父亲还是本保最有力量的一架大爷；而若果不是这些，保长早就接了小了。因为她实在生得丑，又老是没有生育。

"就是粪桶，也系得有耳朵啦！"保长一直骂下去道，"亏了你杂种还在变人！……"

"骂够了嘛？"女人冷冷地切住问，在门边停下来。

保长叹一口气，不张声了。他有点厌恶，也有点害怕，当一瞟见她那两颗黄板牙的时候。然而，他一住嘴，女人就接着说下去了，絮聒着这一天来她的忙碌：烧饭，砍猪草，赶娘娘会许愿，而最使人吃惊的是她替丈夫收到一笔款子。债务人是个农妇，保长太太发觉她正卖了一点粮食回家，就中途把钱切留下了。

"杂种！拖了我一年了！"保长叹息说，好受了点。

"不是今天碰起，还要拖你个一年呢！"女人自负地接着说，"单为这一件事，就闹了大半天！跑回来，妈又到姐姐那里去了。才说给猪搅了两瓢吃食，你又喊冤……"

"对！只有你在做事，我们都在街上操白鹤望颈！"

保长切住她，几乎又生气了；但他忍耐着，走近几步，把油罐和醋筒塞给她。

只等两手一空，他就顺势在一张躺椅上坐下了。这躺椅不是麻布绷的，代替它的是一串麻绳联成的竹片，已经放红透亮，夏天保长顶欢喜躺在上面睡觉。现在，虽然瞎忙了大半天，又饿，又跑了路，但他却不打算睡觉，连休息也不想。而他之躺下来，无非希望用用脑筋，以便找出路来，补足他的壮丁欠额。

然而，说到思考，保长是并不见长的。因为自来他就按照惯例行事，即便是用脑筋，也都简单得很。比如吧，每逢派款，他总要费一点心血的；但也并不繁难；某人冬天送过他几升白果，少派点吧！但又派不足额，而且是老实人，于是，照样添上，不再管了。诸如此类，真是等于白想！至于是否公平、正当，那是不在他思考范围内的。而他之不会想到这些，正如公鸡不会下蛋一样。

因此，现在他拚命考虑的，也只限于那几项早已想了又想，颇为流行的办法：买条子，拉过往客商，或者向本保抓？而每项办法的难易，也都一目了然；就只后一项复杂点，因为当一设想到它的时候，他就又立刻投身在那个人事关系的天罗地网里面，没一点把握了。也许动了肝火，也许思路绾了疙瘩，他忽然大声地自言自语起来。

"唉！"他生了气，一下坐起来了，"刘狗监四个儿子，一个不送，都要留着当皇帝啦！杨大万，你自己不出丁不说了，还要给老表撑腰！现在连痣胡子也都动不得了？……"

"霉了！"从厨房里，女人糊糊涂涂地插嘴叫道，"他个空子都怕！"

"你晓得个屁！"保长跳起来破口大骂，"已经同副乡长的舅子开了亲了！……"

哼了声气，他就全不必要撩起衣服，重又坐下去了。

因为正在洗刷灶头，女人没有顶嘴。但当丈夫重又爬进那个倒霉的人事关系的网里，而且继续搜寻出路的时候，她就摸出房门，用围裙擦着湿淋淋的两手，一连赏了他几句粗话，接着，她就问他，他这样瞎吵瞎闹究竟为了件什么事？

保长粗鲁地回答了她；因为被搅扰而感到恼怒，于是他又怄气地紧接着说：

"这一下你该清楚了啦？他妈的！真想搁下来不干了！"

"啊哟！"女人瘪瘪嘴冷笑了，"说来说去，也才一个丁啦！就急得来狗跳墙！……"

"你会用泥巴捏！"唉声叹气，保长讽刺地喃喃说。

"可惜我又不是塑匠！"女人并不示弱，而且，大有主见地说下去了，"这个也不敢撞，那个也不敢撞，九子痒你敢撞吧？杂种，听妈说的，他的光棍已经搁了①！还差点吃柴块子！几个儿子，都壮得像牛样，随便抓一个来都验得上！"

"你妈说的？"好容易回过神，保长半信半疑地问了，"你妈什么时候说的？"

"今天，在善堂里说的！讲他带了三老太爷的过。……"

女人絮聒着说明，但保长早已不在听了，他得到了个回忆。

这九子痒是一个土粮户，兼做青山生意，原是不足道的。三四年前，本乡的"三老太爷"，因为修造房屋，需要一个熟手采办木料，九子痒被选上了。而在次年年底，作为报赏，那地头蛇就送了他个光棍。于是，这同一个九子痒，得意忘形了，在一回派款上奚落了保长一顿……

"他们打伙做青山生意，"女人继续说，"背时地把三老太爷烧了！……"

"怪！"保长忽然懵懵懂懂，沾沾自喜地说了，"我怎么没听到呢！"

"你没听到！人家总还要专门为你传个锣嘛！……"

---

① 光棍：指哥老会会员，光棍已经搁了，意即已经被撤销了会员资格。

"好吧!"保长让步地说,带着决心站起来了,"你赶紧去热点饭吃!吃了好去借枪,找人,今晚上就动手!……不过,我给你说,没要当肉告示哇?!就像前一回样……"

住在同一院子里的保长的嫂嫂,走来还盐来了,于是保长就住了口。

当那背着娃儿的女人,回转自己的区域去的时候,保长太太对着她的背影瘪了瘪嘴;接着把那盐碟儿伸向丈夫示意,又瘪了瘪嘴,于是跨进厨房,动手热饭。但这并非一件繁杂工作,保长很快便已坐在厨房里的食桌面前,对着一大钵炒腌菜吃起来了。

现在是在抽饭后烟。保长太太,到父亲家里借枪去了。面前摆着一盏燃着的灯台,一包兰州棉烟,一根比告化儿还要脏、没有链条、只剩有一个纸枚筒儿的黄铜烟袋,保长一只脚踏上板凳的一端,像煞有介事地抽起来。若论家境,他的排场还该阔一些的,他有田地,有山场,闲钱也很松动,但却永远换不过节省刻苦的家风。然而,他在本保,生活也就算不错了,因为很多庄稼人都吃的大麦面,穿刷把裤子,用竹棒抽水烟。

保长一口口抽下去,十分自得;但他忽然提醒自己,再抽一口,他该找人去了。于是,更为慎重地装好了烟,将头一侧,把烟哨对准灯火上去;而当两颊深陷,烟哨被火逼得滋滋作响的时候,他猛地听见墙外面有人在用尖嗓子唱女戏,而且,一路唱过去了。保长立刻辨认出这是谁,于是搁下烟袋,奔走呼嚎地追赶出去。

"蔡翁爷哟在朝陪王驾。"那人还在边走边唱,没有理会身后的招呼。

保长又气又恼,只好不叫唤了,跑过去抓住对方的肩头一车,而两个好家伙,就立刻对相了。这唱的人叫徐烂狗,保长的拜把弟兄,瘦小、精干、白净,同样生着些麻子,只是要多一些,也大得多。烂狗好酒贪杯,喜欢赌博,算得本保第一名道地的光棍。

烂狗身穿白色汗衣，下面是草鞋绑腿，肩头上搭着件薄棉紧身。

"嗨嗨，我怕是哪个呵！"

烂狗喷出酒气笑了，当他风车一样转过身来的时候。

"这个舅子，喊了你好几声……"

"这只怪我唱迷窍了！"切住保长的抱怨，烂狗更加开心地笑起来，"早知道是你老弟，用手一招，也要来啦！——他妈的，连挟耳朵的毛钱也输掉了！你揭得八，宝官的丁字九把你吃倒！换一个方向吧！满手的瘪十，连点子都拿不上！——昨晚上又没有乱动手动脚啦！……"

"这龟儿子！你也说两句正经话哩！"

"好，说正经话！"烂狗赞同道，"借点钱翻梢①好吧？"

扭歪颈项望了烂狗一眼，保长歪起嘴角一笑；随又叹了口气，于是支支吾吾地说了：他们弟兄家，银子钱没关系，下一场卖了粮食他就兑现。接着，他就提出自己的要求，请对方夜里帮一点忙；但却不肯说出帮忙的性质。烂狗慷爽脱略，又喝醉了，何况要紧的是那把兄弟已经答允了通融，于是跟定保长飘飘荡荡就走。

一到了家，保长立刻走进厨房把灯盏吹熄；而当他转来一看烂狗已经摊在马扎上打鼾了。这时已经挨近黄昏，暮色正在合围，陡起的山风吹得房子周围的树木哗哗作响。而正因为地段恰当平原山沟相接的峡口，春寒也就更峭厉了。那个搂着薄棉紧身的醉汉，刚才扑通扑通打了两个喷嚏，就又立刻倒下去睡着了。只是懵里懵懂地掳了掳棉紧身，希望能够多得一点掩蔽。

烂狗直到保长叫他才醒转来，这时街上起码已经打三更了。在他酣睡当中，保长又去找了两个人来，老表大舌头王敖和佃客胡子老苏。他们都已全副武装起来，只等候出发了。但这所谓武装，不过包括两支只有一夹子弹的步枪，一支不能连放的十响手枪，如此而已。

---

① 翻梢：意即把输去的钱再赢回来。

保长开始谈起今天夜里的任务；烂狗呵欠着，钻进厨房里喝水去了。

"所以，"保长接着说，当烂狗喝了瓢水转来的时候，"想来想去，只有在九子痒身上想办法了！他妈的！三四个儿子，都留着做种啦?! 不管大的小的，抓他一个算事！……"

烂狗听得有点心不在焉，但他忽然纵声笑了。

"你怎么去撞鼓架子啊!"他说，已经没有了睡意。

"什么鼓架子哇？杂种带了三老太爷的过，把光棍都搁了！还差点挨一顿！"

"可惜又解释好了！吃了的吐出来，另外请二十席客……"

烂狗一直原原本本地说下去，带着一种熟悉内幕的得意神气，而保长却已嗒然若丧，一屁股坐在马扎上了。但他随又跳了起来："人的！这个怎么办呢?"他呼噜着，随又扭歪颈项瞪着烂狗，"好了！我已经听清楚了！"可是烂狗并不住嘴，很想借这机会证明他的重要。

"是今天讲好的！"他俨然地继续说，"看来更搅紧了！生意还要往大的做……"

"杂种起来听吧!"保长蓦地转身对准黑洞洞的卧室，破口大骂起来。

现在，他觉得这一切都是老婆的错，因为如果她所传达的消息是确实的，或者她竟然知道了全部的经过，事情是不会这么样难办的，他一定已经另外想到了好路子。这自然有一点说不通，但他确实又是这么着想。好在女人早睡觉了，没有回嘴，于是他也没有尽骂。

"你好好地挺尸吧!"他放着尾腔，"我明天才跟你算账！……"

他感觉疲累地坐下去，可是立刻记起了问题还没有解决。

"人的！这个怎么办呢?!"他又一下跳起来了，扭起脖子扫了大家一眼。

大舌头扬起脸来，动了动嘴唇，似乎有所建议；但他搔搔后颈，又把眼光埋下去了。胡子老苏摇头叹气，什么也没有说；倒是取出烟棒，在亮壶上抽起来。其间，烂狗闭紧嘴想了一会，然后很响地敲开它，一连提出几个替身，希望能够救一救保长的急。然而，每一个名字才被提起，保长两句话就驳了。因为他是更精通本保的人事关系的，若其不然，他就一天也干不下去。加之，所有提出的人，他都早已想过的了。

"好了！不要再朝这方面想了！"他烦恼地加上说，"可惜你的脑筋！……"

"那么只有这样做了！"烂狗忽然灵机一动，"看幺店子里歇得有客没有。……"

"有！"大舌头王敖神经质地说了，"有！……有！……"

"你不要开玩笑呵？"保长大声反问，而若果不确实，似乎很可能拔掉对方的舌头。

"你自己去看啦！"因为一急，王敖意外流畅地说下去了，"晚上来的时候，奶狗娃在张家借玉麦面，说，家里歇了盐客，没有面了！妈叫他来跟表婶婶借点。……"

保长已经没心肠再听了，他忙着倒扣了厨房门，催促大家立刻上路。

于是在保长的带领下，大队人马就动身了。只有烂狗走得不很起劲，他有心事。他觉得他该很好利用他的机会，因为他忽然想起保长的话照例不可靠。最后，已经走了一截路了，他挨近保长，又向他提了提借钱的事。而在得到一个较为可靠的答复之后，他就精神抖擞，做起种种高明建议来了，说是一切有他！……

那么店子，是奶狗娃两母子的唯一生存空间，就在大路边上，离保长家有里多路。一达到目的地，烂狗就自告奋勇地分派起来，因为这类事他比保长当行。他叫大舌头和老苏兜向草棚后面伏起，保长蹲在前面屋角边上，而他自己则向前门走去。刚一挨近屋子，狗就嗥起来了，但他毫不在意，只是边走边骂，叫那畜生识相一点。室内是漆黑的，奶狗妈已经醒了。

店主妇唧唧哝哝地叱骂着，烂狗通了姓名，说他赶场迟了，要买火把。

"等我把亮点燃来哇。"店主妇说，传出了摸索声。

"好的！"烂狗说，"你今天没赶场么？米又涨了！……"

这是一个月黑头夜晚，除了道路有点白扑扑的影子，一切都显得深不可测。屋后高坎下面正当一家磨坊的堤堰，水从堤堰上澎出来，哗哗哗的有如瀑布。听着水声，烂狗勉强自己同店东继续扯谈，谈着米价物价；但他忽然面前一黑，仿佛眼睛一下子瞎掉了。

室内已经有了灯光，接着，那个面貌浮肿，只有一颗门牙的半老寡妇，走来开门来了。但才开了一半，烂狗便已擦身而入，直向经常住客的地方跑去。店主妇立刻明白了这是怎么回事，于是拍拍屁股，打着旋子，开始抱怨起来。深恐坏了信用，以后没有人来投宿了！因为每抓一次，生意就有一度停顿。

因此，当她昏天黑地，穿出穿进地忙了一阵，叫了一阵，收拾好她的盆盆罐罐之后，一眼看见保长带着人进来了，她就又拦住他，请他千万做点好事！

"请你想一想吧！"她情急地恳求道，"如果天天来抓，还有人上门么？！……"

保长生气地摆脱了她的手肘，但她立刻追跟进去。

"我已经两个月没生意了！"她继续恳求道，"并且，你们看吧，都是老头子啦！……"

凭着自己的敏捷，这时候，两个盐客已经被烂狗降服了。

那确乎是两个老头子，不然，他们也不敢上路的。不同的只有这点，一个胡子花白，蓄着大牛角须，无人敢于打赌说他像个壮丁；另一个要年轻些，胡子纯黑，显然由于长久没有刮脸，但也一样不是壮丁！两个都是长面孔人，那年老的，左眼眶被打肿了。他们惘然地站在两挑担子之间，神气沮丧，眼光里露出苦趣。

站在两个被缚的俘虏面前，保长的情趣也是苦的！他不知道怎么做好；那两部大胡子，太叫人扫兴了。最后，因为烂狗一再向他请示，他就转过身去，摇头叹气起来。

"真是见鬼！"保长叽咕着，眼睛望在一边。

"怎么！"烂狗有一点诧异了，"一个都不行吗？"

"都留得有这个啦！"保长低声地叫出来，做了个抹刷胡子的动作。

"剃头匠做啥的哇?!"烂狗切然反问，生气对方小看了他的业绩。

保长没有回答上嘴。于是，苦笑一声，又搔搔头，终于下了决心，把那黑胡子带回去了。

烂狗的提示，确也有点理由。只要修一个面，刮去那些可厌的乱糟糟的胡子，谁敢说那个年轻点的盐客不是壮丁？何况身材魁梧，背是直的，至少抵得上街上抓的那批烟鬼！此外，保长又记起前例了，上半年一个卖药材的，留起胡子，意图蒙混，结果却叫剃刀现了本相。……

然而，虽然如此，保长却始终不放心。因此，一路上他都闷闷不乐，而在消夜的时候，也显得不开展。曾经有一两次，已经端起酒碗，快要动手喝了，他又忽然搁下，侧起头望定正在接二连三捻着麻惊胡豆的烂狗，说，莫要剃了胡子还是一个样呢！睡在床上，他也挂念着这同一问题，仿佛那部乱蓬蓬的胡子是个噩梦。自然，只需多花点验送费，老一点也不妨的，十保去年就曾经送掉一个谁都摇头的气包。……

次日早晨，保长起身很迟。这时候，那个可怜的盐客，已经在七手八脚下打扮好了。在铲去头发胡子之后，盐客确乎不能算怎样老，只是两腮微窝，嘴有点瘪，又确乎没办法说他年轻！烂狗、老苏全都围绕着他，正像对着一副高深莫测的美术品样，实在越看越有兴会。

因此，当保长出现的时候，保长女人立刻把他叫了过去。烂狗忍不住哧的一声笑了。

　　"好吧，你的眼力要不错些！"他说，让给保长一个便于观摩的地盘。

　　保长没有理会他的打趣，架上眼镜，聚精会神地走过去了。盐客的长脸上留得有剃刀伤；他两臂平抄，翘着张嘴，身披一件肩头破烂、领口已被撕坏的棉布短袄。而正因为翘着嘴，两腮也更陷落，显得来更苍老。扭着脖子，保长先从右面看他；而在一声叹息之后，就又摇一摇头，掉向左边去了，最后忍不住发起火来。

　　"嗨！你做起你这副神气做什么哇？"他冲着盐客嚷道，"是送你打国仗啦！……"

　　"可惜不该我去！"盐客大叫着插入，嘴更翘了。

　　保长惘然一笑，又叹口气，于是转身望定烂狗。

　　"真是见鬼！"他摇摇头轻声说，"怎么办呢？"

　　"没关系呵！"烂狗挤眉弄眼回答，"第八保连跛子也都送掉了呢！只要有钱。……"

　　"我给你说！"压低嗓音，保长女人自信地加入了密议，"说不定装起的！……"

　　于是，掀开老苏，她走向那俘房去了。她请他宽心一点，说是吃过早饭会放他的。接着，她又用趣话逗引他，而且，立刻惹得众人笑了！但是盐客反而嘴巴翘得更凶，因为他不是小孩子，而且觉得自己是在受辱。最后，保长因失望而恼怒了，他跳过去，一连敲了盐客几下。

　　"杂种，你会装吧！"他咆哮着，"可惜你就是我老子我今天都要送你！……"

　　于是，保长回过身去，叫女人赶紧弄饭，好早点把壮丁送上街。

一九四五年四月二十八日

访 问

看光景正同刚才访问的两家人一样，当事人是决不肯在证件上画押的了。

于是，一刹那间，忽然全都感觉得很闷气。这里面包含有拘谨、失望，以及因为自觉对不住别人而来的内愧。由于一种奇妙联想，那两个年轻的访问者，还特别有一点不好受。因为当一瞥视参议员苏子隅严肃而带苦趣的病颜，他们就不免想起了事件的全部经过。他们如何为当地接兵部队的贪污，才把这个老前辈从床上拖起来，而若果进行顺利，也不说了，偏偏猜中了的倒是对方！

现在，在那小商人卑陋的堂屋里面，大家似乎全都希望着一件事：县参议员究竟怎样来结束这个访问。因为那个扶病而来的老人，低眉蹙脸，就一直沉默着，谁也猜不透他想的什么。最后，苦笑一声，又摇摇蓄着花白胡子的尖削下巴，于是，挂着长而粗大的叶子烟竿，参议员终于叹口气站起来了。

然而参议员并未立刻告退，倒是睐起细长慵懒的眼睛，望定小商人试探地一笑。

"你担心牵连得太宽吧了？"他问，想起了乡公所在那些丑事上的干系。

"不是，不是！"搓搓手掌，商人陈隆兴否认着。而他的失态却恰恰道出了一个相反的答复。"绝对不是！"他接着说，"有你老人家做主，我还有什么怕的呢？不过，"他假笑起来，又叹口气，"嘿嘿，他们说的：出钱为功德……"

"我再说一遍，你只是画个押！"参议员决绝地插入说。

"不！不！……你老人家不知道……"

眨眨病态细长的眼睛，参议员抿笑了。

"这就是俗话说的，"他想，"一方愿打，一方愿挨，——你抱不平又怎样？……"

瘦长黧黑，身穿旧蓝绸袍的参议员沉在一种苦趣当中，没有留心小商人的辩诉。而当他重又清醒过来的时候，对方已经因内愧而住嘴了。但这个来自参议员的态度者少，多半倒是由于参议员的一向的地位、声望，因为一般言之，全乡都很敬重他的正直。

在将近六十年的漫长岁月中，曾经有三十年，参议员是在本乡的公共事务上消磨掉的。他做过小学校长，后来又在防区制时代当过两三任区正。他的脾味，原是很狷介的，有个时期，曾经变成全场士绅反对的中心。但也就因为这个狷介，若果不是他的独养子夭折了，他是不至于退休的。这事发生于十年以前，此后他就闭门谢客，把心力用在小孙儿的看护上面。他被指派为参议员已经一年，却从来未出过席。

他从沉思中醒转来，看定对方，于是小商人更加张皇起来。

"嘿，再坐坐好吧？"商人陈隆兴支吾地说，"这么大的天气……"

冷冷地点头，又扫了两位青年同伴一眼，参议员显得不满地默默退了出去。

他之不满，并非全因为小商人陈隆兴不肯画押，因为他的畏缩虽然叫参议员厌恶，但他还不像第一个被访问的人家那样使人丧气，才一听清来意，竟然喊冤似的叫道："你老人家怎么拿这些事来照顾我呵！"而那第二家人更咬口否认，赌咒说自己没有出过一个钱检验费。

参议员也不是怀恨那几位大学生，怪他们不通世故，死活把他拖进这些使人头痛的事件中来。虽然他曾经恼怒过他们的连函责备，说他忘掉了自己的权责。而叫他不满的，当他们要求他出面检举的时候，全场七八个暑假归来的学生，都是签了名的，今天却只来了两个，其余的人，都在坏蛋的恐吓、家长的约束，以及种种忽然想起的动机下退缩了，弄来无踪无影！似乎随处都有魔掌等着他们。

然而参议员之不满，主要的还是在他自己。"真蠢透了。"他对自己说，想起了他承认当参议员的动机。在初，他打算不干的，他很清楚目前是个什么局面。但他转而一想："也好！就占他一个位置吧，至少少挤一个坏人进去。"于是在这个消极打算下，他承认下来，从未想到这个竟会使得他良心不安。"偏偏又遇到这一批毛小伙子！"他又想，真有点怪自己从前把问题设想得太过于简单了。

"没有关系！"他迅速地说，忽然注意到一道跟来送客的小商人还在道歉，"没有关系……"

"你老人家明达人。"小商人继续说，愈来愈加谦恭。

参议员没有再理睬他。跨出大门，他就向东头走去了，把希望寄托在最末一家。

那两个青年学生相视一笑，随又抑制地叹息了。他们很想提出就此结束了这个没趣的访问，但又羞于出口，因为这件事原是他们闹起来的，而且深知这个老前辈的方正梗直，也许他会训斥他们胆怯。于是，他们也就只好一声不响，满怀不安地跟了上去。

其中一个，身着灰布大褂，表情沉闷，又瘦又小，他比那个穿着衬衫短裤，头戴太阳盔的大块头更不安静。这不仅因为秉性拘谨，又在读理工科，他原是避开父亲摸起来的，因为十分担心老头子跑来找他。正如去年寒假，一听说他在茶馆里打牌消遣，便奔走呼嚷地赶去，深恐儿子会把裤子输掉一样。

理工科学生的父亲，是一个不大不小的财主，原本就很胆小，曾经几次阻止这儿子干预地方上的事务。而当他们正走到刘家酱园门口的时候，提着根短烟杆，慌慌张张，他就面对面闯来了，于是意外地住了脚。

在预想当中，他准备狠狠痛骂儿子一顿，但他临时却又改变了主意。

"呵哟！你也在一道么？"他假笑起来，张罗着参议员，"听说你欠安啦，——怎么？……"

洞察地看定那个矮矮的络腮胡子老头，参议员笑着回答，他的病好多了。

"噫，脸色还不对呢？"财主李雨三摇摇头接着说，"又这么大的天气……"

李雨三原很神经质的，现在，更显得慌张了。他忽然又深深地叹一口气。

"这种事，是该有人出来说几句呀！"贼眉贼眼，他愁苦地低声说。"所以，"接着讨好地一笑，他随又恨恨地瞥了儿子一眼，"所以，嘿，嘿，像我们这娃样，我给他说，这是地方上的公益事啦！你们读书人都不出来——不过，嘿，不要多心……"

"再走一处也就完了。"参议员插嘴说，意在提醒对方不要啰唆。

"糟糕，我还以为都完了哩。家里又有点事情……"

"怎么，那你就先回去吧！"略一回头，参议员带笑地问那理工科学生。

那个老实人咕噜了一句什么，同时翻了父亲一眼，于是迈开了脸，羞然垂头不语。参议员苏子隅嘲讽地笑了。他早已看出了蹊跷，那财主是来叫儿子回去的，而他之作态，只是碍于情面。但他不愿意揭穿它。现在，既然连那儿子也都觉得厌恶，他就不复能忍耐了。

"你听！"参议员斩截地接着说，"老太爷呢，你家里有事也好，没事也好……"

"怎么？你以为我撒谎么？哈哈！"财主李雨三心虚地插入说，很不自然地打了两个哈哈。

"……总之你们老少不管这一件事，已经管了！而且只有一家人了。要是怕麻烦么，你先不该让他来。现在迟了，还是让他搞下去吧。首先，这件事不见得会成功。就是搞成功了，血也不会喷在他身上的，——我挨头刀！……"

当说到最后一句的时候，参议员昂头挺胸，重又恢复了十多年前的气概。而那个目瞪口张，一直胆怯地望定他的狡诈财主，这一下更显得神经质。

"呵哟，你怎么这样说呵？这又不是偷人抢人……"

财主李雨三辩解着，又像企图讨好，又像有点恼怒。这不仅因为参议员的直率揭穿了他的隐秘，使他感到愧恶。同时，他更担心争辩下去反而不妙，因为这会引起疑猜，而且已经有人走过来探听了。

那理工科学生很为自己父亲的行为害羞，迟疑一会，于是冲过来闷声闷气地截断他。

"你先回去好么？我跟着就回去！……"

"嗨！我在拿牛鼻纤绳拉你吗？——这个杂种呵！……"

财主认真气恼起来，于是借着机会，大不为然地车身就走。

当几个访问者重又上路的时候，那些沿街经过，与乎那些坐在茶馆里、铺堂里的各色人等的注意，也就更加其显然了。根据传说，他们已经知道这三个人为什么在溽暑中奔走；但是除了好奇，又都并无定见。因为，说他们多事吧，这半月来大家所见所闻，已经够叫人发呕了！若果说管一管也应该呢，又觉得世风已经败坏透顶，你就把"委员长"抬起来也没办法！……

因为人们好奇地注视，那两个青年人，更加感觉不自在了。而当走过那座本镇当权派常去闲聊、赌博的茶馆时，理工科学生甚至于耳热面赤起来，埋下了头。因为乡公所的要人们，正在阶沿边茶桌上喝茶，才一发现他们走来，就都嘻嘻哈哈，胡扯起种种叫人恶心的脏话。

"唉，摸着耍呵！"那胖队副说，"脑壳好像在打摆了！"

"×！"那警官粗鲁地接嘴道，"活起来当洋盘啦！……"

那位头戴太阳盔的，毫不自觉地握紧了拳头；但他随又松了口气，于是也把头埋下了。

这一切情景，参议员苏子隅虽然沉没在一种专注严肃的心情当中，但他同样看见听见，而且猜中了其中含义。然而，仅仅在唇边掠过一闪傲然的笑意，他便把他们甩开了。只是这半天招来的不快，却更强烈起来，忽然间看不出一星希望。

"还讲将来，"他想，记起一篇不久读过的报纸社论，"人心早决堤了！……"

于是，不仅目前他所企图抹掉的这个污点，凡是战争扩大后他所见闻的种种，一时都齐奔眼前，替他酿造着一种更深更广的苦趣。他想起了人们的贪婪、无耻，以及各式各样的欺罔。而更叫他难受的，是很少有人表示愤慨，一般而论，毋宁说是视同正常。他记起来了，一个亲眷，几天前曾经向他怎样谈到一个在粮管处做事的族人的发迹经过，似乎异常羡慕。……

他正打从中心学校门口经过，一眼瞟见一面墙上写的几个大字，于是苦笑起来。

"到了不再叫嚷礼义廉耻的时候，也许会好点吧！"他灰心丧气地对自己说。

他们最末访问的一家是个卖汤圆的。全场闻名，大家都叫他王汤圆。这有名，是因为他汤圆做得好，摆摊收摊又很准时，对于好多人具有一种时计的作用。他在这一季糊里糊涂地中了签，而除却一个壮丁的时价，他还出了笔验送费，弄来一身债账。

王汤圆住在东头栅子外一家大杂院里。本不是大杂院，因为房主人破了产，就胡乱佃些人家，变成大杂院了。而在那座用了篾笆、晒席等随便间隔开的迷宫里面，参议员一共走错了几户人家，随后就碰见了房东熊烂席子：不修边幅，喜欢吵闹，从十二岁就烧起烟的，到现在已经有了三十年的成绩。

赤脚趿鞋，身穿旧麻布背心，手里捧着一把带有一串细小银链，原极漂亮的小茶壶，房东正摇摆着走出来。那戴太阳盔的正想叩问，他可自动停下来了。

"嗨！"房东大笑着说，"苏老师啦，这句话又验了哩：拿钱买命！……"

因为日常进出烟馆，消息灵通，他已经揣测出参议员苏子隅的来意，于是忍不住发起感慨来了。虽然他们之间还隔着一个天井，约有三四丈远近。

"你们是找王汤圆吧？"他接着又含笑问，"就从那里转过来啦？……唔……"

三个访问者都禁不住皱了皱眉头。因为房东指给他们的阶沿，显得太狭窄了，而那晒席后面，又烟雾熏腾，住的人家正在煮饭。天井里又满地泥污，难于下脚，于是迟疑了一会，三个人就打侧身子，苦着脸走过去了。房东站的处所要宽敞些，阶沿就是阶沿。

然而烟鬼房东并未立刻让他们过去，因为他对他们这次访问很有兴致。

"依我看，难，难，难！"压低嗓子，他挤眉弄眼地说，"早上就有人来过了！"

"什么人呢了？"理工科学生纳罕地问。

"你想还有什么人呢？"房东高深莫测地反问，又歪起嘴角笑笑。

除开那两个青年人，参议员已经很明白了，那所谓"人"，一定是指那些在乡公所当差的角色说的。事实确也如此，而且，不仅这里，别的几处，也曾经有人去警告过。

但是参议员并不揭穿，仅只木然一笑，他就请房东领领路。于是又穿堂入室地倒了两三个拐，走进屋后那个荒废的庭园去了。临着一片旧日的花圃，那一列宽大的游廊，已被间隔成房间，住着两三家人。在进门不远一间阴暗的屋子里，双臂扶着一张木架的横梁，右脚踏在一块木板上面，汤圆匠正腿杆一伸一缩地舂着米粉。身后摆着个箩筐，里面躺着一个婴儿；那做母亲的，刚才下河清洗衣服去了。

汤圆匠有四十岁上下，很黄很瘦，脑后蓄着所谓一把抓的发式，身上只穿一条蓝布裤子。因为经常迟睡早起，眼白上有红丝，神情非常疲惫，正像被罚苦役一样。但当房东从门外发出招呼的时候，虽然并未停下工作，他可一下变得很振奋了。

现在，他终于翻身落地，显得发烦地叹起气来。

"哎哟，正忙得不开交！"他嗫嚅着，脑子里打着算盘。

"你出来下啦！"房东紧接着说，"苏老师找你说话！"

汤圆匠好一会没有再出声气。他已经直觉到这是怎么一回事了。而且，自从早上接到乡公所那份非正式口头警告以后，他就一直不很快活，还同老婆吵过。因为他倒很想出口恶气，老婆却尽力阻止，叫他不要闯祸。他现在重又痛感到这个矛盾，不知怎么做好。

"还是忍口气吧！"他又想，忽然记起老婆的劝告来了，"现在的事，官官相卫！……"

"我还有好几升米的粉子！"他接着说，口气含混而带恼怒。

"嗨！这个猪儿才怪！"

房东嚷叫着，随即抱起茶壶，钻进屋里去了。

参议员和那两个青年人一道留在门外。他们互相看了一眼，又摇摇头，于是都叹息了。他们大都预感到事情会全部失败，参议员甚至推测到了这个失败的直接根源：乡公所的警告无疑已经生效！虽然他无从知晓，汤圆匠同时还担心被人利用，惹出更多麻烦。

然而，尽管已经预感到这将是最末一次访问的全部结果，他们照旧耐心地等下来，希望能出现一点意外。因为室内的商谈，看起来很机密，只偶尔可以听清一句半句："你懂了没有?""你这个脑筋怎么生起的啦!"等等。而且似乎只有房东一个人在说话,但当参议员不复能耐,摇摇头叹口气,带着一种病态的兴奋,转身走进门去的时候,一串混含着恼怒、哀求的呼嚷,从室内冲出来了。

那是汤圆匠的声音。挥动赤膊,他正向了房东叫道:

"我懂!……我清楚你的意思……我王汤圆也不是生下来受气的!可是,你想想吧……"

他打算痛痛快快表白一番他的心思,说明他之所以连证人都不愿当,那只因为这一类事,他见识过不少了,有的毫无结果,有的遭到反诬,而他是只有资格做替罪羊的!议员们则都绝不会遭到报复,说不定还会把他当烂草鞋样,一到码头就脱下来扔掉……

汤圆匠就有这么多意见!但一瞟见了参议员的身影,他可又立刻嗫嚅起来,于是乎住了嘴。

"那是一些人说起的!"他终于吞吞吐吐地接下去说,转换过念头了,"你想吧,我哪里有好多钱来出呵!"他故意装出一副取笑人的神情,又摇摇头,"都是吹工!……"

参议员已经停下来了,但他沉默着,拿不准他是否就此罢手。

"你已经向他谈过了吧?"他终于明知故意地问,带笑望着房东。

"就只没有画滚身图。"房东说,做眉做眼地叹口气。

"你大约害怕吧!"参议员接着说,转眼向王汤圆,而且努力做出一种叫人信托的微笑,"不要紧的,你只是画个押,证明一下,就没事了。怎么样呢?"他加上说。因为对方老是埋着头不张声,"给你说吧,这个确实没有多大关系!"停停,他又十分恳切地说。

"我知道没多大关系呵!"汤圆匠反应地说,同时显得狡猾地一笑;随即又把头埋下了。

"好!"参议员投机地说,伸手进怀包里摸索,"那就请在上面画个押吧!……"

伴随着一串干笑,汤圆匠猛然抬起头来。

"可惜我一个钱都没出啦!"他大声说,脸上的痛苦多过强笑。

参议员没有接得上话,顿然感觉到力量消耗尽了。

"我还有好几升米粉子!……"

环顾了一下,汤圆匠在喉咙里说,同时又勾下头。但他随又偷看了来客一眼,于是叹一口气,毅然决然,走去舂他的米粉去了。

而接着就来了较前更为顿重的舂击声。房东向议员扮了个鬼脸,又叹口气,就带头退出去了。他们全都认定了事情已经一败涂地。所不同者,房东一直带着一种邪恶的嬉笑神气;而当伴送三个闷闷不乐的访问者走出大门的时候,他可显得更开心了。

一个枯黄沉闷的人,正坐了滑竿从门口经过,于是吆喝一声,房东向他扯淡起来。

"嗨!你今天又是来交壮丁的哇?"他问,忍不住打起哈哈笑了。

"是啦!喏,这么大一口袋!"那人回答,提了提躺在衣包里的饱满的帆布口袋。

"兴隆乡的!"滑竿走过去后,房东津津有味,自言自语般加着说明,"前几天送了十多个来,都没有验上!这回像打算买条子……"

"对,"并未留心到房东自得其乐的排遣,参议员一直寻思下去,而且,已经得到了结论了,"对!"他决绝地重复向自己说,"就这么样,明天到城里去吧!若果议会不理,我就立刻辞职! ——我为什么要给人家当狗熊脑壳呢? ——去他妈的!……"

他忽然听见身后顿起的告别声,于是清醒过来,略一转身,机械地点点头。

一九四五年十月二十日

范老老师

范纯嘏范老老师，算是这天的第三次，他又走向邮政代办所取报去了。

自从抗日战争胜利，蒋介石发动内战以来，范老老师总是亲自去取报的。但是，像这样一天三次、四次地跑去取报，却是最近才有的事。

事情是这样发生的：五六天前，邻县一个做黄金生意的，由成都回家，经过这里，在一家茶馆里休息下来。而在坐定之后，两三个认识他的，端了茶碗，围过去了。而且，正如目前每个偏僻所在的人们那样，他们开始连连发问：物价跌点没有？内战打不打得下去？于是那汉子宣称：成都物价大跌，因为和议已经成功，内战停止打了！

这时候，范老老师正在那里，于是不管认不认识，他立刻快步地走过去。

"请问，这是哪天的事情呢？"他问，现出孩子般的惊喜。

"我走的头一天。十二号夜里，成都放了好多炮啊！……"

由于那金客说的，正和他自己的想望一致，而且，不仅感情上一致，认识上也一致；而且曾经把这个当作预言，一直宣称：内战一定打不下去！因此，范老老师立刻把它当成新闻，逢人便公布了。又正如对待日本投降的消息那样，算作提倡，他还第一个买了鞭炮来放。

然而，五六天过去了，他连十三号的报纸都看过了，事情却还没有得到证实。……

当他走到代办所的时候，已经半下午了。那是一处单间铺面，兼做香烟衣线之类的杂货生意。老板叫朱问樵，沉闷偏狭，又瘦又长，生着两片漫画式的肥大嘴唇。像他自己说的，是个学而未成的人，平素十分尊敬范老老师。然而，正因为那个人人欢迎的消息没有得到证实，杂货老板的尊敬，忽然减了等了。

朱问樵首先歪起嘴角一笑，接着又叹口气，最后张开漫画式的大嘴打个呵欠。

"这个时候怎么还会来啊！"呵欠之后，朱问樵曼声说。

"唉，"范老老师叹息了，"这个邮政真太糟了！"

"待遇好菲薄啊！"朱问樵似笑非笑地接着说。

"问题就在这里！"范老老师大声说，精神振奋起来。

接着他在柜台边坐下，把烘笼放在怀里，烤上双手，说了一大篇话。而正如每一个怀有心病的人那样，他的话全都绕着这个问题：内战！因为由他看来，内战不停，邮政从业员无从加薪；即或加薪，也绝不会追得上物价，因而只有和平实现了才真正有办法。

"他们有些人倒还笑我呢！"他加上说，"你看，现在哪一界人不希望内战停止？"

朱问樵差一点笑出来，觉得老头子发昏了；但他抑制地懒懒说：

"道理哩，当然是这样啊！"

"你这一说！……"

不满地车车身子，老老师见怪了。

"这不只是道理，这也是事实呢！"他站起来，走向柜台边去，耐心地紧接着说，"比如说，打仗要钱，钱不够就拚命印钞票，钞票一多，物价自然要涨，所以只有和平……"

"这个话你早就说过了。"避开视线，朱问樵插嘴说。

"那么你又认为我说的对不对呢？"老老师逼着问，目不转睛地望定对方。

"对，自然对啊……"

朱问樵说了句半截话，于是意味深长地笑起来，又故意擦擦漫画式的大嘴。因为他是很知道老老师的心病的，而且知道近来有人在背后嘲弄他，而若果他补足他的话：对自然对，也没有一个人希望内战，可惜还在往烂处搞啦！这就等于是踩痛足，太使人难堪了。

老老师败兴地叹口气，没有再说什么。他可能走掉的，他没有这样做。

"十二号报上说，重庆十几家杂志，在联合反对了！"沉默了很久很久，他忽又自言自语地说，"各界人民也在召开大会反对，拿这几点看呢，可能性也并不小啦。"

朱问樵没有张声。因为同样的话，他前天就听过了。而且认定老老师是在解嘲。

"近来的消息，也太不一致了！"停停，老老师又感慨地说。

朱问樵依旧没有应声；而且，显然感觉厌烦似的叹了口气。

"总之啊，"最后，老老师忽又强笑着站起来说，"又看十四、十五的报上怎样说嘛！……"

于是这个素重礼貌的老人，头也不点一下，就提起那只喷黄透亮的烘笼走了。

很显然的，他是生了杂货老板的气。因为就在前两三天，朱问樵还是支持他的，把他的话看作真理；但他现在竟也做了旁人的尾巴了。毫不理会那种种无可置辩的理由，仅仅因为消息一时没有证实，就一下变了态度，以为老老师说的话半文钱都不值。

老老师很不快活，而且有点丧气；就连他自己忽然也怀疑起那个消息来了。但也正因为这样，他避免了和熟人打招呼。这不是件简单事体，因为近几天来，有些人的招呼似乎都带一点讪笑。特别是那个停学不久的高中生表现得突出。但他最担心的还是那大批老实诚恳的人们，因为招呼之后，他们总爱那么固执地向他发问：那消息，报上登出来没有？会不会是谣言？这真使他不好回答，也很不好受，因为所有油盐柴米等的价钱，还在不断地往上涨啦！……

当老老师到家的时候，他那哑巴孙子，正动手在关铺面。老老师的儿子媳妇都早死了，就只留下两个孙子。而根据每个人都该自食其力这个简单信念，他煞费苦心，把这残疾人训练成一个能写能算，全场第一个用机器缝衣的模范裁缝或如旁人说的，"卫生裁缝"。

往常回家，老老师总要同哑巴比比手势，以表示慈爱的，但他这天笔直就进去了。这因为他不快活，同时，也因为昨天哑巴曾经指手画足，又扮鬼脸地抱怨过他；表示老老师炮放错了，以致那一两个惯爱在背后同祖父捣蛋的青年人，竟拿哑巴做了替身，狠狠开了一通玩笑！

在两个孙子当中，另一个比较理解祖父。在中心小学校当教员，拘谨诚笃，写得一手好字。为了表示区别，一般人叫他少老师，祖父是老老师。而这少老师的学问品行，完全是老老师一手夹磨成的；只是禀赋上不及祖父聪敏，抱负也不及老老师远大。

老老师到家不久，这少老师也回来了。前者正摊在躺椅上纳闷。

"今天邮差又脱班了！"当孙子向他问好的时候，老老师自言自语地叹息说。

少老师不知如何回答的好，于是向他提到邻场几个学校，来信联络他们一致要求改善待遇的事。但是才一开头，老老师显见得振作了，终于坐起来切住孙子的话。

"你觉得会成功吗？"他问，非常之有兴致。

"目前，依我看，难。"孙子回答，蹙着显得苍白的瘦脸。

"对啦！"老老师快活地叫了，于是提了烘笼，轻快地站起来。"你想这个道理多么明白！"他接着说，"若果内战不停，哪个来关心你教育啦！他们忙打仗也都忙不过呢。可是，你们能够不张声吗？不能！当局又能够不理睬吗？也不能！因为若果是不理睬，大家还会闹来罢课！……"

"成都全市的小学，已经在罢课了！"少老师插人说。

"对啦！对啦！"老老师连声说，忽然记起前几天自己也看过这段新闻，"这里那里都在要求恢复战前的待遇，各方面又在直接反对，——这个仗还会打下去吗？"

"我看，打是无论如何打不下去的。"少老师审慎地说。

"可是，有些人倒还笑我说错了呢！……"

非难地一笑，老老师踌躇满志地退回躺椅上去。

毫无疑问，孙子的体贴懂事，已经把他的闷气扫荡尽了。于是，坐下之后，他更从容不迫，把所有足以证明内战之会停止的种种论据罗列出来，融会在一种金石可开的信心里面。

然而，末了，当孙媳妇点了灯来的时候，老老师忽又出乎意外地叹了口气。

"怎么十三号的报上都没有登出来。"叹息之后，他丧气地喃喃说。

于是摊下身子，不再响了。

少老师也没有再张声。虽然没有听清楚祖父这后一句话，但他自以为理解他的情绪的变动。祖父重又想起一些人的责难来了：那消息是谣言，他们冤冤枉枉放了串炮！

少老师很想劝劝他的，准备向他指出，即或炮放错了，他的动机却是好的。而且，恰恰表明了老百姓的愿望，意义也就不小。但是话到口边，又咽住了。因为他近来觉得祖父有点失常，生性又极认真，这样做也许反而会惹恼他，以为孙子也在怀疑他了，在故意替他圆梦。

其实，自从去年做过七十岁的大生以后，老老师的精神，便不大济事了。虽然背依旧那么直，生活做事一样的有条理，一样热心于种种新的科学知识。而且，忽然学习起拉丁字拼音来了。但他变来喜欢说重复话，又像孩子一样易喜易怒，有时还十分小气。

老老师完全是自学成功的。年轻时候在开碗铺，到了三十一岁，忽然把碗铺顶给人，到成都补习数学去了。回家以后就把教育当成了他的终身事业。他的想法非常简单：知识愈丰富，生活得愈像样。他一向注重实际学问，而且注重普及。因此，他是全县第一个学会注音字母的人，而一经学会，他就广为宣传。甚至写春联也用注音字母，以示提倡。

老老师是所谓"筋骨人"，又小又瘦，高高的鼻梁上架着一副猪腰形金边眼镜。胡子已经花白，但是他的嘴唇还像孩童的一样鲜嫩。这张红润天真的嘴，是从来不说诳的，本人也常以此自许；然而，由于那个显然并不可靠的传闻，他生平第一次被人看成说诳者了。虽然这个并不是使他苦恼的根本原因。

老老师摊在躺椅上不响了好半天。直到孙子改好课卷，提示他说，已经是睡觉的时候了，这才漫应一声，没精打采地退进卧室里去。已经是八点多钟，比他规定的上床时间延迟了两三刻。次晨起床，他也错了时间；不过不是延迟，而是提前。但他例外地没有去逛田坝。他是常常劝人逛田坝的，说是空气远比补药重要。

因为祖父连生活秩序也失常了，神色也不好看，吃过早饭，少老师问他是否有病。

"你真想得个怪！"沉默一会，老老师非笑地回答说，"大约是听了内里的话，说棺材在响，有点不放心吧？我给你说，我吃也吃得，睡也睡得，——我还早呢！"

"我倒不是听内人的话。"少老师开始解释。

"你听！"老老师抢着又说，已经逐渐有元气了，"棺木已经做好一年，现在冬天，木质干过性了，自然是会响啦！这有什么奇怪？读书明理，说不通的事，我们不能轻信。比如说，我为什么相信内战停止了呢？简而言之，老百姓不要内战！你在这街上找得出一个欢迎它的人么？"

"当然！单看那天放炮的情形，就晓得了。"少老师说。

他讲的是真实情形，因为那天几乎每家人都放了炮。但才说了半句，他吃惊了，忽然觉得这会刺伤祖父，以致那后半句话变得来含含混混；但也更加失措起来。因为老老师浮出强笑，就那么茫然若失地望定他；于是为了补救，少老师赶紧又扯了个笨诳，说是时间已晚，他要赶忙上课去了。

当少老师告辞的时候，老老师例外地没有理他。也没有改变他那惶惑疑虑的神气。因为老老师忽然觉得，就连他一手调教出来的孙子，现在竟也开始背叛他了，不相信内战打不下去。

老老师就那么呆坐下去，直到半晌午了，这才叹息一声，走向案头去翻阅报纸。

他订了一份日报，一份夜报，每月一册，装订得很整齐。他开始择要地浏览下去，检阅着从八月十二直到最近的日刊。一面看，一面又摇头叹气，喃喃自语；有时出神地想想，或者扳着指头计算日子。而当他重读了一两封收复区的通信的时候，他又叹口气把所有的报纸朝前一推，于是苦笑着摇摇头，倒在藤圈椅的靠背上了。

他感觉到那些描写的重压，看不出一线光亮；但他忽又撑起身来，直立在书桌边。

"可是，单凭这些，这个内战也该停啦！"他感奋地说，手指尖敲着报纸。

于是他又继续翻检下去。情形自然愈加痛心，同时，他的信心却也愈加坚定。

"你愿不愿意这个仗打下去哇？"他猝然发问，当他一眼瞟见孙儿媳妇的时候。

那是少老师娘子，走来提烘笼添火的；她苦着脸摇一摇头，随即又叹口气。

"哪个愿意这个背时仗打下去啊！"她发愁地接着说，"棉花涨到一千几一斤了！"

"你看！提到内战，就连妇人女子都反对啦！……"

昂头挺胸，老老师欣喜地叫出来；而在意想当中，他眼前正站着那些非难他的人们。

于是，他高高兴兴把烘笼递给孙儿媳妇。等到添好了火，就提着上街去。虽然已经在烧晌午火了，很快就会吃午饭的。他一连走了好几处人家，而他再再向人证明：甚至连妇人女子都在咒骂，这个仗能够打下去吗？那是无论如何也打不下去的！

他所走的几处，多半是些小商人和贫苦住户。所以，当他们想起那个消息是那么苦恼了他，而且引来种种有欠忠厚的打趣的时候，立刻对他充满了同情。而一等他搬出那个新的铁证，一个个更立刻变得很激动了。因为他们也同样苦恼着这个切肤的问题：棉花暴涨到一千几了！……

只有最后一处访问未免扫兴。因为正当同主人谈得投机的时候，那纸店老板的儿子，一个十一二岁的高年级小学生，提起书包，放午学回来了。

在向父亲讨过零钱以后，那顽童并不走开，反而望定老老师傻笑起来。

"老老师!"他吞吞吐吐，但却很感兴趣地说，"他们说，大家要叫你赔钱呢!"

老老师脸红了；既然不便于生气，也不便于辩驳，于是他搭讪地说：

"赔什么钱哇？我连豆腐也没有打烂过呢!"

"不是豆腐，他们说，要叫你赔那天的火炮钱啦!……"

老老师没有回得上嘴，那孩子给父亲赶跑了。

当老老师离开那家纸张铺的时候，他是那么丧气，仿佛七十岁这个事实，真的已经压在了他的头上。他原本打算回转家里去的，这天又非班期，但他信步走向邮政代办所去。而当他望见那个正在跨下杂货店阶沿的邮差的时候，他又忽然振奋起来。邮差显然已经交割清邮件了，于是老老师加快脚步走去，希望能够立刻从报上证实那个传闻。

再过两三间铺面，他就快到代办所了；但他忽然发觉背后有人向他吆喝。

"你的报在这里啊！"一个人在品香居阶沿上舞着张报纸说，当他回转身的时候。

这人正是那个读过两年高中的无业知识分子。身体肥壮，去年冬天才加入了袍界。因为很清楚那个金贩子是在胡说白道，同时又深信老老师很为自己的流言苦恼，当看见邮差走过的时候，他抢先把报取了，正在做着恶毒的设计。

"请来吃碗茶吧！"看见对方迟迟不前，高中生又说，"好消息多得很呢！……"

在这镇上，私人只有老老师有报的，他叫它作精神粮食。而且，虽然取予极严，独独对手书报，却又喜欢旁人随意借阅。现在因为某种缘故，他可感觉得不满了。

"你们说都不说一声！"老老师开口了，但又顿住，神色很不快活。

"请你老人家原谅，我们这几天也急到要看报呢！"

高中生讪笑地赔着小心。而且恭恭敬敬，亲自跑过来邀请了。

老老师已经觉察出情形不大对劲，而当他看见邮差时那种忽然使他周身燃烧起来的热望，也已经消退了。因为他并非傻子，知道对方是个什么样人，而且亲自尝过他的讪笑。而且他很理会高中生目前的居心。至于刚才到的报上，是否业已证实了那个他所希望的消息，那就更不必猜，也可以推测到。但他冷冷一笑，又提口气，仿佛应战似的，跟那小流氓走去了。

老老师的脾味，原是很温和的，少有生气的时候。纵然同旁人因为争论吵起来了，他也会笑笑说："等你平平气再讲吧！"赶紧走开。但他现在，不仅态度上显得不辞一场争吵，他还有了那个争吵的邪恶念头。似乎对于任何一种局面，他都不会想到退让。

他傲然走进茶馆，傲然坐上旁人让给他的首席，而且傲然四顾。

"你们像是拖我吃讲茶哩！"于是他说，强笑起来。

"完了！"高中生故为惊怪地叫了，"你老人家怎么这样说啊！……"

"最好你把报读起他听听啦！"同一张桌子上，有人摇旗呐喊。

"这个话对！"高中生说，接着嗽嗽喉咙。

于是，双手展开报纸，他开始读起来了。他只选择那些重要电讯朗诵，而在十四、十五两天报上，一共有着这样几项标题：国共两军冲突愈烈，山海关展开争夺战；"中央"百万大军，三路进入华北；魏德迈发表谈话，美军不参加中国内战，但可能与共军对立，等等。

而在这种别致的朗诵当中，高中生虽然做作得那么正经，但是每读几句，必然拿眼角扫一眼老老师。他的同伴更是专心一意望着那个决心受难的老人；他们有时忍不住嗤声一笑，有时又故意板起面孔。但是，由于老老师的表情之急剧而又复杂的变化，他们可逐渐感觉得不好受了。

而正当高中生的作弄快要达到顶点的时候，老老师忽然站起来截断它。

"我问你哟，你这是啥意思呢?!"他抑制地嘶声问。

"没有啥意思啦?"停止朗诵，高中生假装不懂地反问。

"没啥意思！"老老师战栗了，"没啥意思你又这样神气活现地念啥?!……"

"呵！你说这个。我想让你老人家知道：内战已经停了！"

"你扯谎！"老老师厉声说，手指一戳，几乎正中对方的额头。

"唉，老老师，我一向都很尊敬你啊！怎么……"

"你扯诳！——叫他们大家说吧！……"

老老师的声色更加严厉；他昂头挺胸，号召似的，指了指前后左右或坐或立的人众。因为他们显然都是同情他的。而接着，一场偷偷掩掩的恶作剧，立刻转化成公开严重的论争了。

那高中生的初意，本在作弄一个老实人的，因为老老师意外地不驯善，他也发起火来，立即当众宣称：扯谎的是对方，因为他冤冤枉枉叫大家放了鞭炮。论争随即进入那个几天以来，使得老老师痛苦非凡的矛盾当中去了：内战会不会停止？停止了没有？这中间也曾扯到应不应该内战的问题，但是高中生几句话就撇开了。因为就是一个货真价实的好战分子，他也不敢正面主张内战。

而末了，因为这场争辩已经轰动全场，少老师赶来了。挤开那些出于关心，聚精会神围在茶馆门前的人众，他走进茶堂里去。于是，他首先情辞恳切地止住那小流氓的瞎扯，说，即使炮放错了，这个总比逢年过节放得来有意义：人们借此表示了自己的热烈愿望！然后他又费了更多的唇舌，才把老老师劝回去了。

这所谓劝，实际倒不如说拖来得恰当。因为老老师自始至终不愿意罢手的，他的信心已经因为这场争辩而更坚强起来。而在少老师一路扶着他回去的途中，他更不时出其不意地从孙子手中挣脱，回转身去，望着那家茶馆，手舞足蹈地嚷叫一通。

"我没有错！"他高声大叫，"只有那些混蛋才愿意打下去！……"

"祖父，算了！……算了，祖父！……"

少老师照例苦着脸哀求，于是重又挽住他的手臂，回转身再走。

这样兴奋激烈，在老老师算生平第一次。但一到家，他可顿然困惫得不像样了。他一连躺了两天，不吃饭食，也不同家里人交言。但据少老师娘子说，她亲耳听见他半夜里起来过；来回走动，一面喃喃自语："这怎么会不停呢？没有一个老百姓欢迎啦！……"

到了第三天上，老老师又恢复常态了。不过，这所谓常态，是很不完全的。他看来比以前衰老，也像一般老年人样，不大振作。京毡窝的护额歪在一边，胡须不大干净。而且，一直保持着一种病态的昂奋专注，因为老老师所有的心思，全部都集中在一个信念上了：内战应该停止！也一定会停止！而他的论证比较以前清晰得多。

不仅这样，几乎成了定规，正如他中年学字，起床后先得在砂盘上画五十个大字那样，他每天总要找一两个人透透彻彻谈一番他对内战的意见。因为那场纠纷，初听之下，有的人很想笑，但是，随着谈话的进展，可又逐渐变得很严肃了，从他的谈话里得到不少鼓舞。

而说到鼓舞，那批望眼欲穿的抗属，受到的鼓舞算最大了。她们是常来请教老老师写信的，因为他早就在哑巴铺面前柱子上贴了个条儿：义务代替抗战军人家属写信，每日午前十时至午后二时。他目前一样为她们服务，所不同的，从前他总爱写努力杀敌这一类话，现在呢……

然而，就在前天，那高中生忽又放出一股谣风：范老老师神经有毛病了！因为一天下午，有人发觉，当他刚从米市坝朱凉粉家里串了门子出来的时候，忽然神使鬼差地一下停在街心，而且莫名其妙地笑了起来。

"这还不明白吗？简单之至：没有一个老百姓不反对内战！……"

他说得那么大声，好些人都听见了。接着他就高高兴兴买了饼火炮回去。

一九四五年十一月二九日夜

呼　嚎

抗战已经胜利，日本人投降了。

这是一件特等重大的事情。对张三如此，对李四也如此。对于磨家沟鸡心石旁边廖洪顺廖二的妻子，意义更加深刻：丈夫就快要从前线上回来了！

老实说吧，廖洪顺廖二出征，就从拿麻绳套进乡公所那天算起，是连一年半也不到的。然而，因为乡民代表主席，当时曾经在茶馆里公开地向她担保："你不要再闹了！今年一定胜利！胜利了一定有你的廖二！"而这个在她便如钉钉木，成了无法动摇的信念了。

而且，在这一年半中，她过了些什么样的日子呵！起初还有嫂嫂帮着种几亩地，不到半年，嫂嫂因为熬不住守活寡，又无子女，就嫁掉了。婆婆是老咳嗽，行动迟缓，毫无作为；女儿不到两岁，只会招来麻烦；于是田地里的工作，便落在她一个人头上了。

而且，她还额外碰到过多少的纠纷和屈辱呵！单拿领优待谷这件事说，她同保长吵过打过，同嫂嫂吵过打过，还坐过禁闭室。她同嫂嫂争执，因为那嫂嫂改姓后还想领廖大的优待谷；而结果双方都没有拿到手，暂由乡长保存。她同保长口角，则因为那小领袖一连几次批驳她证件不足，随又诳称没有得到县政府的批示；但她始终不肯罢手，却已领到过一石多烂谷子。

廖洪顺廖二的妻子，一般客气称呼叫廖二嫂，是个瘦长的女人，却很壮健。门齿微露，眼睛很鼓，突出的颧骨红得来像鹤顶样。全沟人都喜欢她，因为她做事认真，同她换工顶划得来；但也有点讨厌她，因为她嘴又硬又直率。和这山沟里一般人户一样，廖家也是半自耕农。但因人手不够，租子又越来越重，从去年起，她就单只耕种自己几亩地了。

廖二嫂做的是熟地。因此，虽是山里收成较迟，当其胜利消息传来的时候，她的玉麦，早已经上了架了。起初她还不敢相信，因为说这消息的人特别开了她点玩笑："好了！这一下不睡凉拌觉①了！"直到她从别的一些赶场人口中，陆续听到这个同样消息，这才认真高兴起来。

虽则由于性情梗直，廖二嫂有时不免冒失，但她也是一个稳扎稳打的人。而且每件事都喜欢做到底。因此，到了下一个场期，她又特别磨了两升玉麦，忙着提上街赶场去了，决心亲自探听一下。因为她愈来愈加激动，势非弄个水落石出不可。

这代价是不小的，她得耽误播种小春。为了补救，到得临走，她叮咛起婆婆来。

"你挖一锄头算一锄头，再不然，把磨刀石地里的豆子扯了。"

"好啦！我早上就听见了！"婆婆喘息着回答。

婆婆是个五十多岁的矮小的老妇人，因为长期喘咳，眼珠微黄，面孔有点浮肿。同这沟里的人们一样，对于媳妇，她也是又喜欢又讨厌的，还有一点惧怕。她承认着，随即摸索着站起来，准备到地里去扯豆子。

看见她的动作那么迟缓，已经背上孩子的媳妇，有一点灰心了。

"好吧，你就在屋里领娃娃吧！"她说，开始又解开那女儿的背带。

于是，就在孩子的啼哭声中，廖二嫂提了玉麦上街。

---

① 睡凉拌觉：独自一个人睡觉。

磨家沟离镇子有八九里，全是荒凉的山径。当她到了街上的时候，场集早开始了。人们正从四面八方汇集拢来，男子汉或挑或背，女的大半挽着个提篮，装了鸡蛋、母鸡；篮把边则捎着小巧的油罐酒罐，或者醋筒。

　　这是八月二十号左右的事，鞭炮已经放过好几天了。但就在外表上，人们也还可以一眼看出胜利的确实证据。各处柱子上的红绿标语依然健在，十字口新添了好几家布摊。那些蓝映映的阴丹士林，以及红红绿绿的花布，是城里一批敏感的布匹商运起来倾销的，生怕背胜利时。但却看的人多，买的人少，因为大家都认定还要跌价。有的乡下人问问价钱，舌头一伸，就走掉了。

　　虽然并不识字，也不曾从那些布摊领会出深刻的含意，但是，廖二嫂却普遍地从人们脸上感觉出一种轻松神气。加之，她听见好多人都在喃喃自语，或者向熟朋友叹气，"好了！也应该太平了！"有时她停下来，设想他们会说得明白点；但又每每没有下文，似乎单是这点，便已足够表明他们的丢心了。若果她问一问，她是会得到满意的答复的，但她却把希望搁在那个信柜管理人身上。

　　那管理信柜的叫童大爷，兼营杂货生意。为人诚恳和蔼，常常帮忙抗属写信。身材高大，胡须浓黑。当他看见廖二嫂满面红光，仿佛跑来道喜一样奔上阶沿，他也不由得眯细眼睛笑了。

　　童大爷理会她的心情，而且猜想她是来取信的。因为这几天很多乡下人都这样。

　　"好了！也应该太平了！"他说，从柜台上拿起一叠信来。

　　"是啦！"廖二嫂笑着回答，"我们女子她爹抓去快两年了。"

　　"呵！你叫啥名字啦？"童大爷问，开始翻检信件。

　　他没有发现有磨家沟廖黄氏的信，于是就照例安慰她，叫她不要着急，断言她不久就会接到信的。此外，他还毫无怨意地回答了她一大堆渣渣草草的问题，也即是说，斩除尽一切足以引起任何疑惑的藤葛，而使她确信：胜利了！她的廖二就快要从前线回来了！

说过道劳的话，廖二嫂就到粮食市上去了。粮价跌了很多，那斗行①照旧抽了她过重的头。但她例外没有怎么丧气，也没有同斗行拌嘴。而这个在她真是奇迹。

她走向一家盐摊称盐；但她刚才讲好价钱，忽又挤向人丛中去。

"老太爷赶场！"她招呼说，站在盐摊对角一个老年人面前。

那是乡民代表主席黄老太爷。八字胡，矮胖胖的，手上套着根玉圈。他穿戴古董，是个有名的好好先生。对于廖二嫂的招呼，他起初有点莫名其妙，接着就笑起来，想起这个女人因为丈夫被保上拉了壮丁，曾经在茶馆里那么又哭又闹地抗争过。

而且，乡民代表主席理解她为什么这样高兴：胜利了！丈夫快回来了！

"怎么样，我该没骗你哇？"主席取笑地说，想起了他的劝解。

提起前情，廖二嫂害羞了。但也更加开心。

"是啦！"她忸怩地说，"真是全靠你老人家费心！"

"我费什么心啦！"主席说，满足地捋捋胡子，"这是天公地道的事：打日本每个人都该去，打平了就回来！——你怕是从前烂军阀拉兵么？哈哈！……"

回转去称好盐，又特别买了两把麻花，用谷草提起，于是廖二嫂回家去。

而正如每个精力饱满、喜好活动的人们那样，希望并不是促眠剂，以为一觉醒来，自会实现，它倒使他们更加积极起来，为着希望，或者为着希望的实现进行种种准备。因此，从这天起，廖二嫂是更加勤谨了，又全都离不开那个严重主题：丈夫就快要从前线回来了！

她忙着种小春，为的廖二回来可以多清闲几天。对婆婆自然是一

———————————

① 斗行：用公家规定的"标准"容器为买卖双方量粮食的人。

样好，可是她更竭力约束自己，不要乱发脾气，免得廖二回来知道了讨气恼。女儿脸上也没有干鼻涕了，或者像乡下人说的，膏药搭搭了。因为若果又烂又脏，廖二回来看见，不会骂她是个懒婆娘么？她不再卖鸡蛋，存起来等廖二回来滋补滋补。因为根据传说，当兵照例总吃不饱；多添一点，那些守在饭甑边的官长，就拿军棍劈头赏你几记……

总之，她的一切活动，全是为了廖洪顺廖二从前线回来这一件事。此外还新添了两项活动：每天下午总要站在鸡心石上，向沟外山径上瞭望一阵，而且，每一场必上街了。以前她只是卖粮食才上街的，现在上街，几乎完全为了到童大爷那里看信。

这样过了很久。到了十月初旬，竟连廖大都没寄信回来，她起了疑心，以为丈夫留恋异乡，舍不得回来了！于是失望之余，她央求童大爷写封信去催促。

"请你老人家写详细点，"她叮咛说，"问他还要不要我们几娘母！"

"看可惜邮票了！"童大爷笑笑说，"谨防已经在路上了！……"

但他架上眼镜，仍旧接受了廖二嫂的央告。正如他对付其他一批批望眼欲穿的抗属一样。这使她安了心，似乎这封信立刻就会招回她的丈夫廖二。

而更叫她安心的，是她又碰见乡民代表主席了。而且主席是那么灵活地提醒了她。

"呵哟，你们这些人啦！"主席愉快地说，当他听见廖二嫂诉苦丈夫老不见从前线回来，而且问明是在西安驻防的时候，"这又不是从厨房到卧房，三脚两步就到了么？他是在西安啦！晓得么，西安在陕西省，已经出了四川界了！……"

接着，主席又为她讲了点地理常识；不过，对于由西安回转四川的路程，他本人的概念也很含混。不同的只有这点：廖二嫂总以为很近，他却以为很远很远。

然而，不管如何，廖二嫂总算是安心了。特别因为主席对于胜利时间的预言得到那样满意的证明，她对他的解说也就更加相信。而且，凭着自己的常识，主要是凭着自己的热望，她还把那老头子有些空洞的概念充实了一下：既然说是很远，那总同到松潘差不多了，因为她听见花椒客说，到松潘顶不容易，来回不耽搁都要一个多月！

　　于是，她又狠心地为自己划了道界线：再等半个月看吧！因此，在这个范围，自己心意的界线以内，廖二嫂的一切活动，虽然照旧为了那个同一希望，她可很少去赶场。虽也偶尔站在鸡心石上向了沟外瞭望，那只因为她有时竟会忘乎其形，并非每天下午都是这样。同时，地里也还有工作等着她，她得除草施肥，准备铲灰，更得为了换工替人家劳动。而当一个人生活在忙碌劳累下面的时候，心思也就更容易安定了，不至于随时随地都跑野马。

　　然而，这种由于强力压抑而来的平静，终归难持久的，更容易出毛病。正如一辆勉强行驶的破烂汽车一样，看起来走得很好，一眨眼睛又"抛锚"了。因而她的不安，还没有隔多久，便在别的方面暴露出来。她变得来更加易怒，常常为了细故打骂孩子，或者同婆婆吵嘴。

　　一天，她又忍不住同婆婆拌嘴了，原因无非为了灰棚子漏了点雨。

　　"我有八双手倒好啦！"她抱怨说，"这样你就可以睡倒吃了！"

　　"对，对，我是猪！"婆婆赌气地说，正如一切软弱无能的人那样。

　　"我没有说你是猪，——你罪渎不了我！……"

　　因为灰棚子漏了点雨，这样大吵大闹一场不说，到了夜里，已经上床睡了，廖二嫂还是满腹闷气，喋喋不休。于是那个素来怕她的婆婆，忍不住发火了。

　　"你不要老这样生我的气！"她刻薄地说，"又不是我不准那娃回来啦！……"

　　这一句简单话语会这么有力量，廖二嫂气哭了。至于一晚上没有睡觉。因为婆婆的意思很是明白，认为媳妇之所以那么暴躁，只因为丈夫廖洪顺迟迟不见回来！这就无异踏了她的痛脚，使她深深回味一次在这些日子里她所付出的种种热望，——而结果呢？……

她乱糟糟地想了很多，深为自己的幻觉所苦。而最叫她难受的，是她怀疑廖二给长官绊住了，永远不会让他回来！只有一点理由使她没有陷于绝望：廖二是说清楚去打日本人的，现在日本人又早已投降了，用不着再打仗了！

"这绝不会骗人的！"她再三安慰自己，"又不是从前烂军阀拉兵啦！……"

然而，这个正同糖果一样，是只能混混嘴的。次日一早，她就上街去了。

这天正当场期，她的目的，是到童大爷那里看信。但就她的心情来说，却又无异是去拖她丈夫廖二回来。正如一年半前，丈夫被保长抓走了，她跑上街，设想她会把他要转来的时候那样。

这是十月底边的事，距离她所狠心划的那道界线，还有几个日子。而且，便是昨天她也没有想到要上街的。然而，经过痛苦的一夜，不仅心意，就是外表，廖二嫂也变样了。眼睛看来更大，门齿也更外露，神气异常沉静。而这种沉静，和骚动只隔有一层纸的，它可能爆发成为狂喜，但也可能爆发成为一种无法控制的狂怒。

市面上的情形，也有点同前一向两样了。普遍的喜气洋洋已经让位于沉闷寡欢。这里在喃喃自语："又打响了！"那里在唉声叹气："棉花涨到一千三了！"但是廖二嫂没有留心这些，更未研究它们的含意。正如那些被一种深沉的内在不安支配着的人们那样。

童大爷的神色也不怎么快活。他正在和一个马褂长到盖过膝头，毡窝上外加一条白布帕子，矮小无须的老头儿谈天，仿佛是在讲说什么灾害一样。

"童大爷早！"廖二嫂强笑说，当她走上阶沿的时候。

"呵，你早！"童大爷随口说，接着就又同那长马褂谈话去了。"我问你哟，"他接着说，"若果每个人都这样，说不通就过打，这还成个什么世界？那我们也就不必再要公断处、法院，大家就瞎打好了。哪个气力强哪个称霸！"

"可是，前一向还在说讲和了啦！"长马褂叹息说。

"讨厌就讨厌在这一点！……"

"请你老人家看看有我的信没有喳？"廖二嫂又说，觉得太等久了。

"好的！"童大爷顺口回答，随又紧盯着长马褂说下去，"我告诉你，我们常常骂人：你讲的尽是三个钱一十，五个钱一堆的话！——而今的事情就是这样。'怎么？'"他模拟地接着说，"'说了就兴做么？那我早不该不说啦！'……"

长马褂无可奈何地笑了。童大爷摇摇头叹口气，接着一眼认识出廖二嫂。

"又打响了。"他怜惜地说，于是取出一叠信来翻检。

"我叫廖黄氏！"廖二嫂关照说，一心只想得到一封丈夫的信。

"你今天没有扑空！"童大爷说，浮出抿笑，检出一封信来。

当廖二嫂接过丈夫来信的时候，一刹那间，几乎连呼吸也停止了。仿佛这封信里就装得有她的廖洪顺廖二！而接着她就换了一副神色，喜笑颜开地要求童大爷念给她听。童大爷叹息一声，架起眼镜，就开始朗诵了。

不是西安，这封信是从河南来的。信上说，队伍九月间开到豫东，一走拢就同共产党打响了！沿途逃的很多，抓回来就枪毙。根据长官宣布，大家要努力干，因为要剿完共产党才能回家！……

然而，童大爷还没把信读完，廖二嫂便已四肢哆嗦，呼吸也困难了。

"怎么，又在打共产党了么！"她禁不住失声问。

"全国都在打哟！"童大爷说，准备再继续读下去。

"天啦！这又要多久才打得平呢？"廖二嫂重又截住他问。

并不立刻，童大爷苦着脸想一想，于是冲气地回答说：

"过去打了十年都没有打平！"

廖二嫂失神了。

"唉，童大爷！"她忽然大喊大叫起来，"我们说清楚打平日本人就回来的呵！……"

"现在什么人在把话当话呵！"童大爷叹息说，双手颓然落在柜台上面。

"那我不管！——我只要得着我的人！……"

廖二嫂的口气异常坚定，说完就又那么决绝地身子一扭，一屁股坐落在柜台边长凳上。仿佛抓去她的丈夫，又不如期放回来的，不是别人，正是那个和蔼诚恳的杂货店老板一样。但也许立刻反省到这是一个误会，呻唤一声，她又啰啰唆唆地一下站起来了。

"请你老人家做点好事，替我写封信把他叫回来吧！"她含泪地乞求说。

"这个没有用呵！"因为童大爷闷声不响，廖二嫂又显出一种近于疯狂的兴奋，长马褂苦笑着插嘴了，"又不是长年月伙，他在军队上啦！……"

"可是我们早就讲清楚才去的啦！"廖二嫂高声大叫，翻身直面着长马褂。

"嗨！你怎么跟我闹呵?"长马褂大为见怪，忘记了对方正在受难。

"我用不着跟你闹！——可是总有一个人我该跟他闹嘛！……"

于是廖二嫂回转身，抓过童大爷手上的信，奋力挤向人丛中去。

毫无疑义，长马褂激恼了她，但也给了她一个提示：她记起乡民代表主席来了。因为若果他当年不担保，她不会轻容易让他们把廖二带走的。说不定她会闹得来同他们拼命。而且，除了乡民代表主席，她真也找不出一个适当的对象了。不管是同谋者或是帮凶。

这时早已经登场了。满街只见黑白套头翻滚，挑担背背的不时发出愤怒的喊声："让！——油脏衣裳！"每座茶馆里都人声鼎沸，而超越这个，则是茶堂倌震耳欲聋的吆喝声。在那家门口悬挂着"公断处"三个字横额的一园茶社里面，乡民代表主席正在那里排难解纷，主张公道。

然而，实际上，这位好好先生是什么也不能做主的。但凡遇到事情过分棘手，他那两面取光的办法一点不起作用的时候，总得由乡长出来替他解围。乡长穿着时新，是个满身肥肉、满腹诡计的狡诈家伙。乡长同主席是连襟，诨名王水公爷，因为你一沾上他就会坏事。

现在，因为一件争执了很久的纠纷，给乡长几句话就解决了，主席正在为他自己解嘲。

"是不是？"他沾沾自喜地说，"早听我劝，也少说些冤枉话哩！……"

于是他站起来，挥一挥套了玉圈的手，号召另外一批人去受评断。然而，当他顺手捻捻胡子，正待坐下去的时候，廖二嫂气喘吁吁，脸色铁青，奔到他面前来了。

"唉，老太爷！"她情势汹汹地叫道，"你说过的话究竟兴不兴算事呵！"

"我说过什么话哇？"主席反应地问，一时没有摸着头脑。

"什么话？"廖二嫂重复着，声调已经接近破哑，"你当着茶馆里这么多人说的：你不要再闹了！今年一定胜利，胜利了一定有你的廖二！——怎么？……"

"呵！——呵！——呵！——"

主席忽然得到回忆，于是一唱三叹，而且嘲弄地笑起来。

"呵，你是说的廖洪顺廖二吗？我，记起来了！"他接着说，轻松活泼地坐了下去。"这我前儿场就讲过，"他继续说，"你不要以为这是从厨房到卧房那么容易的事……"

"可是现在又开到河南打共产党去了！……"

廖二嫂蓦地痛哭起来，随又出乎意外地伏下去叩了个头。

"请你老人家做点好事，去封公事把他要回来吧！"她大声呼吁说。

"真是异想天开！"因为主席开口不得，这又确乎是个难题，胖乡长说话了，"这个不要说是主席，就是县长也办不到的！——快赶完场回去吧！"

"可是，我们早就说清楚才去的呵！……还有你，——乡长也在场呵！"

"可惜我们都没有带军队！"主席笑一笑说，终于找到了借口。

"你兴这样说么？那我的人又是大风吹去的啦！……"

主席没有回答上嘴，胖乡长也一样，于是廖二嫂就更加坚决了。

"我们说清楚打平日本人就回来的，今天不还我的人硬不行！"她接着喊叫。

"呵哟！"乡长故为滑稽地叫了，"你像又安了心要要横啦！……"

乡长接着又问：廖二嫂究竟听不听劝？但却并不等候答复，而正如一般忽然陷于理屈词穷的专横者一样，他立刻把最后一张牌摆出来了。因为他紧接着宣称：为了一个廖二，她已经闹了无数次了！单为一点优待谷就敢扭着保长打架。而若果她今天再要横，他要把她关起来往县府送！

"这个风气不压住得了吗？"他又向主席说，"将来会都跑起来向我们要男人呢！"

"怎么不跟你们要男人哇？"廖二嫂力竭声嘶地大叫，因为乡长的种种威吓，只不过替她所有积压下来的怨气放宽了出路，"说过打平日本人就回来的啦！你没有带耳朵我带得有！——我今天就要你把我关起来往县政府送！……"

她像疯子一样奔向乡长；但是，还未近身，她就被乡长的手下人打翻在茶堂里。……

末了，因为既不听劝，也不屈服，势非要回自己的丈夫不可，乡长果真叫来警察，把廖二嫂关到禁闭室里去了。然而，这个有什么用处呢？一点没有！因为一有机会，廖二嫂每天都要大吵大闹一通。"我们说清楚打平日本人就回来的！"她总是这样喊叫，"他姓廖的又跟共产党没冤没仇！"而由于这种理直气壮的呼嚷，人心逐渐地骚动了，特别是那批苦守活寡的抗属骚动得厉害……

那个浮肿猥琐的婆婆，已经拄了根白夹竹棍儿，提了点口粮，把孙女背上街了。她就成天守在禁闭室门口，每逢媳妇吵闹，她也眼泪汪汪地跟着抗议。

"我们说清楚打平日本人就回来的！"她会怨愤地喃喃说，"姓廖的又跟共产党没冤没仇！……"

一九四五年十二月十日

苏大个子

在同母亲吵嘴的翌日，苏大个子一早就上街了。

虽然对于母亲的哭诉，他也多少有点怜惜，不愿意再抛弃她，但他决定到街上混个时候，等老人家气平了，自己的身体再强旺点，就回部队里去。这不仅因为当他还在路上的时候，老婆害伤寒死掉了，叫他定不下心。同时他更耐不住乡下的荒凉寂寞。

苏大个子的出征，勉强可以说是自愿。因为他生性好动，又负了一身债，不卖壮丁，实在没办法拖挨了。他在晋南豫中一带一直拖了三年，而在那次可耻的溃败之后，才又匆促开回四川，准备抢救广西。但才走到綦江，他病倒了。同时病倒的很不少，有的还未断气便被抬去埋掉。然而，凭了一向的信用，他却意外请准了病假；同时，也因为连长相信他不会好了，落得送个人情。

在从川东回到川西北角这个辽远的途程上，苏大个子费了不少时间，吃了不少苦头。他讨过口；有几次自以为快要作路毙了，又侥幸活转来。而在活转来后，他总照例向自己发誓，从此不要再当兵了，苦死苦活守住自己的家小。但他现在却又只顾渴念天涯海角，完全忘记了他曾遭受的种种磨折。

一到街上，他就在上场口河坝里石灰窑找到了老朋友王跛子。这是一个道地的光棍，无家无室，也无常业。有五十多岁，穿着异常破烂；但却永远保持着一种无挂无虑的快活神气。而他的唯一享受，是叶子烟同烧酒，有没有钱吃饭，在他丝毫没有关系。

当一发现大个子的时候，跛子立刻停住正在拌炭的扁扁锄，于是故为吃惊地掀掀破草帽子，上下打量对方的补巴军服，而末了，带点嘲弄地笑起来。

"呵哟！才是位远客呢！"他快活地说，翕开老婆子式的瘪嘴。

"什么远客呵！"大个子苦笑说，"差一点在路上拖死呢！"

"我听你妈说过！"跛子说，哈哈大笑起来，"劝你你又不肯听啦！现在总尝到辣椒了。怎么样呢，老弟！这几天人不好请，帮哥捡几天广子好吧？"

吁一口气，大个子在一块石头上坐下来。

"好嘛。"他曼声说，眼睛并不看望对方。

但他忽又抬起头来，望定跛子，试探地笑一笑。

"不过，混个时候，我还是要出门呢！"他愁闷地说。

"你今天总不走啦！"跛子随和地说，"快把烟抽燃动手吧！……"

于是，他从腰间取下根附有猪皮烟盒的短烟杆，抛掷过去。

拾起跛子视同生命的恩物，又轻轻叹口气，大个子走向窑门边取火去了。吸燃烟后，他就钻进那个搭在窑边的人字形草棚里去，取来一副篾箢，一根系有弯木钩儿的扁担，准备去捡广子。其实就是石头，不过要饭碗大小的，而且要坚实才能耐烧。

但当担起篾箢，走过跛子的时候，他忽又停下来。

"认真讲哪个还愿当兵呵！"他解释地叹息说，"又冷又饿，还要挨打受气！"

停住拌炭，跛子含笑地望定他，似乎很感兴趣。

"你没有看到我们从河南败下来那个阵仗！"取下嘴里的烟袋，大个子接着说，似乎准备谈到底了，"简直像赶浮鸭一样，到处都是人！你才停下来休息，又说'来了！'"

"未必尽都是些饭桶，不兴抵住打吗？"跛子惊怪地问。

"打，"大个子非笑了，"大家都拚命向后转，——你去打吗！"

"当官的也不管么？"

"当官的管！……"大个子菲薄地说，同时车身就走。

但他并没有走掉。他又回转身来，而且率性搁下扁担，认真谈起来了。他说了好些长官们的坏话，描摹他们怎样忙于搬运他们的私货、家眷，而完全忘记了战斗。

然而，正当谈得眉飞色舞的时候，他忽又败兴地叹口气。

"不过，这些讲它做什么呵！"他愁蹙地接着说，"这回请假回来，才把人罪受够了哩！——一共发了五百块钱盘川！你说熬下去吧，天天看见好多人气都没断，就抬去埋了！……"

"那你怎么还没有霉醒呢？"跛子切住问，一点不像玩笑。

大个子立刻懂得了他的意思：他不赞成他再回部队。而这个阻止也来得正合适，因为此时此刻，他所看见的只是部队生活的残酷黑暗，没有一点值得留恋的地方。

但他并不作答，悯然一笑，他茫没地望向天际。

"可是家里住起也焦人啦！"他曼声说，发愁地看定跛子。

"那你这个就毫没办法了！"摇一摇头，跛子不以为然地说，"为什么呢，你揪到喊痛，掐到也喊痛啦！老实讲，这两年乡坝里自然苦，——你看我吧，一身是'金'！不过说句笑话，哪个要拿气给我王跛子受么，——'你倒去你妈的！老子又没有伸起手向你讨饭！'……"

"你没有门户差使啦！"大个子插嘴说，自愧不如他的朋友潇洒。

"呵哟！这个才凶，你都有个家了！"瘪一瘪嘴，跛子紧接着说下去，"再说起些，现在你也只有一个母亲啦！是我么，我就把庄稼退了，搬上街住，包你混得起走！你妈呢，那里街沿边摆个摊子，这几天卖花生，过几个月，卖窑桴糟，——看你哪个又向我派差事！"

"这个糊得圆一张嘴吗？"心里一动，大个子十分留神地问。

"告诉你吧，现在好多人都这样混日子呵！……"

也许因为跛子语气间露出了悲戚，也许大个子根本没理解这句话的含意：大家都逼得没法了！他没有表示同意他的主张，但也没有反对，仅只意义暧昧地叹了口气。

"好嘛，"他含糊地回答说，"慢慢看嘛！……"

于是，他重新担起箢篼，闷闷不乐地去捡广子。

跛子的说辞动摇了他回转部队的意向，但也使他更加感到了农村生活的破烂：他陷入苦闷了。他不知道如何决定的好，远走高飞呢，或者住下来苟延残喘。

然而，当其到了晌午，两个人去刘聋子饭馆里午餐的时候，因为一连碰见好几个熟人打趣，他却忽然决定了再回部队。虽然这些刺激并不严重，大家不过顺口开了一点玩笑："杂种！亏了你这么一大筒呵，仗都没打完你就跑回来了！"但大个子是那种人，有时豁达爽朗，有时偏狭小气，受不了任何人一点藐视。

其中最涎皮的是红眼睛泥水匠李长子。又瘦又黑，尖嘴唇边露出两颗门牙。既不管顾跛子的招呼，也不看看脸色，他就毫不知道休息。似乎大个子愈尴尬他愈有趣。

因为对方已经不张理了，他又眯眯兔子眼睛，恶意地笑起来。

"嗨！若果你真要再回部队里去，不要枪一响就骂我哇！说……"

"我只会爬房子！"大个子傲然说，端起酒碗咕地灌了一口。

"哎呀！好大的气！又不是什么人在强迫你哩！"

大个子倏地站了起来，指指跛子，盛气地顶住说：

"你问一下吧！老子一早就这样决定了，——要哪个舅子强迫？"

"那更好啦！"李长子涎皮说，"走的时候一定请你喝一台木脑壳酒！"

"一个人要懂眼呵！"漫点着头，跛子指责地大声说。

跛子义愤填膺，准备结结实实收拾一顿那个红眼睛兔子；而且向他指明，他的玩笑只是幸灾乐祸，想把人往死亡里揎。但正当这时，拄着根竹棍儿，大个子妈走过来了。

苏大娘是个瘦小的老太婆，她之上街为了找寻儿子回去。

"最好把我活埋了你再走！"她边走边说，和儿子正对面停下来。

大个子把眼睛埋下了。跛子略一回顾，立刻认出了她，于是假装快活地笑起来。

"呵哟，苏大娘哩！"他巴结地说，"大约怕我们把大个子拐带走吧？"

"等我死了随便他怎么走！"苏大娘赌气说，眼泪禁不住夺眶而出，"我锄头都响到耳门边了，你还要洒洒脱脱出门，看天地间又有这个道理没有！……"

"他是在帮我捡广子呵！"哈哈大笑，跛子解释地插入说。

"捡广子？昨天还跳起足吵着要走，你把我骗到了！"

"难怪！"跛子大彻大悟地叫出来，"你坐下来让我慢慢讲吧！……"

尽管苏大娘不肯坐下，似乎坐下去就会上当，然而，由于跛子的极为周到的讨好，她终于听从了。于是跛子赶快遮掩，说大个子确乎有过走的意思，但他已经说服了他。

"你想，"他诓骗地加上说，"明明是去跳岩，我都不拉他一把？"

"呕！他肯让人拉又对了啰！"苏大娘负气说，已经有了几分相信。

大个子早已不喝酒了，他闷着脸，也不看望母亲。

"那我走倒迟早要走的呵！"捡起一根筷子，又一下掷在污黑的条桌上，他忽然生气地叫出来，"你倒说不要紧，"他接着说，一眼看定母亲，"我要留张脸见人啦！"

"难道你不走就没脸见人吗？"愤恼地抬抬屁股，苏大娘顶住问。

"给你说你也不懂！"大个子避开说，接着就叫堂倌添饭。

于是，也不管跟来的母亲的哭嚷如何可怜，他就一味吃饭，不给一个答复。但这又并不是他心狠，恰恰相反，他倒十分替母亲难受。而且，更憎恨那些恶毒的嘲弄了。无意识间，似乎认定他之坚持，只由于不得已，而这个正是李长子们做成的劳绩。

因为理会他的朋友的苦楚，而且眼见成了僵局，王跛子出马了。

"苏大娘呢，"他苦着脸呼吁说，"你怎么把气话当成真话听呵！"

"早知道你大了这样么，我不该找个爷嫁了！"苏大娘继续哭诉。

"你这个人！……"

跛子着急起来，因为对方只顾哭诉，而且越来越固执了。意在非要儿子立刻跟她回去不可。而末了，他就只好赌神发誓，担保阻止大个子回部队去，否则亲自送他下乡。但他求她不要操之过急，因为若果绳子太拉紧了，有时反而容易挣断。

于是，由于自己素来的信用，同时语气间又多少带点威胁，跛子终于把苏大娘劝走了。然而，问题并未从此解决，才隔了两三天，老太婆又上街了。而且，此后隔不几天，必然上一次街，看儿子走没有走。因为尽管跛子拍着胸口担保，她可始终不肯放心。而实际上，大个子也只答应他的朋友多留一两个月再走。

这是七月底边的事，到了八月中旬，跛子因为不胜其扰，有点不耐烦了。一天，当他把那个可怜的老太婆送走之后，他闷着脸好一会不张声。而末了，扬起脸望定了大个子。

"你这个人没有一点道理！"摇摇头，他突头突脑地说。

停住抽烟，大个子也莫明其妙地望定他。

"我只问你，"浮出强笑，跛子困恼地接着说，"我嘴都说起茧了，今天劝，明天劝，——你一个不来气！这是啥讲究啦？未必一个人胡说白道了几句，你就这么样伤味么？"

"我倒不是为了几句话才这样呵！"大个子说，掉开了脸。

"那又是为什么？"

"为什么？简单得很，我在乡坝里过不惯！……"

"大约军队里是天堂吧？"跛子切住问，嘲弄地笑起来。

大个子没有回答得上，因为无论如何，他说不出部队里怎样好。

"快算了呵！"跛子得胜地大叫了，"揪着也是痛，掐着也是痛……"

"我会另外找部队啦！"

"老弟！你忘记那句话了，天下老鸦一般黑！"

"不！"大个子俨然地否认说，忽然记起他在晋南豫中接触过的共产党部队，"八路军，八路军就不是这样的！司令官伙夫一个待遇，像打啦，骂啦，这些事就没有！……"

跛子忽然败兴地叹口气，于是苦笑着站起来。

"好吧！"他喃喃说，"你就明天走都对我没关系！……"

于是，从此以后，跛子再不劝他留下来了，每逢苏大娘上街来，总又借故走开，由他两母子去瞎扯。总之，他对他的朋友大为灰心，觉得就用牛牵绳也把他拖不转了。

而大个子本人呢，从此也不再向他提说要走的事。但他私下决定，只等有机会他就走。不过，这种越来越加固执的想法，已经早和那些刻薄的嘲笑没关系了，确乎只因为日子一久，他更觉得他不能就这样活下去。也不是那种他所称道的部队在那里吸引他，他之提起他们，仅仅由于一时词穷，而且，他也找不出一个参加他们的门径。

因为彼此互不满意，同时，跛子向学校包的石灰，早说定了三千元一窑，一共烧二十窑，但米价老往上爬，因而就更加不痛快。若非必要，他们几乎整天不交一言。

然而，就在八月底边，胜利的火炮在野猫溪放响了。

"好了！就要吃相因米了！"跛子说，开心地笑起来。

"杂种！也有今日！"大个子笑骂了，比小饭馆里任何一个兴高采烈的人都更高兴，"你们还不知道，在河南把我们打得好惨呵！简直连撒尿都不给你留个时间！——去他妈的！"

"可是，日本人现在就有尿也都撒不出来了呢！"跛子附和地大笑说。

这是八九天来，他第一次这么愉快地张罗他的朋友，接着就又一道去米市坝看庆祝会。直到喊过口号，才回石灰窑去。而当他们到得河边的时候，苏大娘跟来了。

当一发觉出她，跛子意外地笑起来：自然更没有躲避。

"这下好了！"他停下来说，"仗火也打完了！"

接着，他又含讥带笑，把头偏来偏去看大个子。

"唉，军爷！现在你再不叫唤要回部队了吧？"

"怎么不哇？"大个子笑着反问，仿佛对方说了句失格话，"你刚才没有听见乡长说吗？我们还要包围日本人缴械呢！——他妈的，糟害了我们这么多年，这个落水狗都不打吗！"

失望地叹口气，跛子闷声不响地坐在桥头边一株酸枣树下。

"我话也说尽头了，"苏大娘痛心地接着说，"只要你给我找得出一条路，——你走！"她勃然大怒，"我一定要留下你弼马瘟吗？死了没人端灵牌子，我会往回头上插！"

"你们就这样天天吵，的确也不行呵！"跛子忽然叹息着插入说。

他蹙着脸，充满一种悲苦神气。

"苏大娘哩，"他又苦滞地说，"你是不是说的本心话呵？"

"呕，矮子过河，我安了心的！这么大的天气，天天往街上冲，我对我的老子都没有这么孝顺！可是你知道的，他听过一句话吗？我现在也想横了：他走！……"

"好！"跛子简捷地说。"那么你又怎么说呢？"他接着问大个子。

"不过，他就想这样洒洒脱脱走掉，也不行呵！"苏大娘抢着申明。

"当然。那么你又怎么说呢？"跛子重又问大个子。

"我按月寄钱回来好啦！"大个子闷声说，在一块石头上坐下来。

苏大娘嘲弄地笑了。

"当兵会有钱寄回来！"他扬败地说，又瘪瘪嘴。

"你又试一试看嘛！"大个子打赌地叫出来。"打仗的时候是都苦啦！"他又辩解地说下去，"只要仗火停了，改编成国防军，待遇马上就

077

要提高！大家双粮双饷……"

"做梦！"母亲堵住嘴批驳说。

"呵，做梦！"大个子重复说，一撑站起来了，"人家军长几次训话都这么说！……"

"你听我来说吧！"跛子抢着说，阻止住正想顶嘴的苏大娘，"不管双粮双饷，单粮单饷，大个子呢，只要匀得出来，总之有钱就寄好了！你妈苦了这半辈子……"

"他不兑回来我把他看两眼！"苏大娘插入说。

"你啦！"跛子着急地叫出来，"你怎么这样迂啦！"他愁蹙地接着说，"他就是到外国，也总还是你儿子！敢不认你？常言说，不到黄河心不甘，你就让他再去尝一点辣椒好啦！"

"天啦！这就是守节养儿子的结果！"苏大娘咽哽说，坐下去哭起来。

她哭得那么伤心，似乎现在她才觉得这个积渐而来的决心的可怕。大个子很想给她安慰，甚至于可能改口，但他结果反而觉得她扫了他的兴，转身就过河到石灰窑去……

于是，苏大个子一心一意准备走了，只于偶尔想到母亲的处境，和她的再三阻拦的时候，他总感觉得不安。因此，事情决定后的第三天上，他特别买了点肉，抽空下乡看她。而在九月初旬，他又下了次乡；虽然老太婆外表上始终不愿同他和好。

当大个子上街的时候，已经半下午了。对于母亲的冷淡，他多少有点反感，因而也就抵消了他的歉意。而且私下决定，只等跛子同学校结了账，他拿到钱就动身。

他的朋友正在关帝庙一家凉粉摊上喝酒。而且，正在高谈阔论。

"这就是俗话说的，开口亲家，闭口冤家，说穿了半文钱不值！……"

"什么事这样高兴哇？"大个子问，在旁边坐下来。

"高兴?"跛子重复说,"我倒想哭一场呵!恐怕你倒会很高兴吧?"他接着问,浮上一个悯笑,"大约也是因为你要当兵,所以好生意就上门了,——只可惜是杀家靴子呵!"

"杀家靴子?"大个子反应地问。

他有点困惑,但也恍惚懂得跛子说的是怎么回事。因为三四天前,他就偶尔听到一个蛋贩子说过,内战又打响了!但他不敢相信,而若果相信了,他准备了那么久的重新回转部队的行动,就会发生动摇。因为当他还在河南山西驻防的时候,他和所有的士兵同志一样,早已弄清了对方是种什么样的武力,和他们打起来又会是啥味道;更重要的是认定了内战不是一件好事!

"难道认真又打起内战来了吗?"他又紧接着问。

"那总是假的啦!"跛子曼声说,一面端起酒碗。

"呵!"凉粉老板瞪着眼叫出来,"学校里的先生说的都会假了!……"

"走,算账去吧!"跛子回避地说,放下碗站起来。

于是,也不管大个子跟来没有,他一径走向中学校去了。

他之如此不快,自然由于内战,因为当那些教员讲说这个噩耗的时候,他们全都预言,物价一定要回涨了。而且断定一时不会结束。同时,他也不满意大个子,仿佛他之强着要回部队里去,无非为了给大家造灾害……

当跛子正同校长算账的时候,大个子也闷着脸走来了。但他并非赶来结账,预备拿到钱就动身,倒是跑来解决他的疑难。因为他已经问明了消息的来源了,但他还是半信半疑,于是跟到学校里来,打算找机会问个究竟,免得心里七上八下。

校长是个瘦长子人,拘谨老实,穿着一件已经发红的学生蓝布衫。他斤斤计较地同跛子对着花账,有时迟疑不决,就搔首抓耳地唤取回忆,随即呵的一声,又继续算起来。

大个子忽然感觉得不耐烦了，于是假咳一声，又讨好地笑一笑。

"呵，校长！听说又在打共产党了啦？"他鼓起了勇气问。

放下草纸账单，校长舒俊臣望定他笑起来。

"哎呀！"他激赏地说，"你还知道留心这些事啦！……"

"因为这是他的好生意啦！"跛子紧接着嘲讽地说。

"你就把人说得这么不值钱啦！"大个子生气了，"好在我还没有这么糊涂！……"

他转身就向校门外走去了。

他没有得到明白答复，但他已经确信这不是谣言了。这不仅因为校长的神气，跛子的一味打趣从旁证实了这个，当他满怀狐疑跑来的时候，虽然表面还不相信，本心上可已经相信了。只因为事情太叫人不痛快，他总希望它不一定是事实。

他在窑洞边坐了很久，直到跛子来了，他就一骨碌跳起来。

"去他妈的！"他大声叫骂，"我这个运气真太好了！……"

长吁口气，又拍拍他的肩头，跛子摇摇头苦笑了。

"你发啥脾气呵，现在是啥世界！"他愁蹙地曼声说。

"你要伙得起走啦！"

"怎么伙不起走？叫你妈把庄稼退了，上街来做生意。我两个呢，这里的事情一完，一眨眼就要种小春了，——包你不会凉起！哪个要想拿气受么，'你倒去你妈的！……'这有哪一点伙不起走？何必一定要当兵呵，——不杀家鞑子也不说了！"

"真是正拜堂就碰到脚转筋！"大个子丧气说，重又颓然坐去。

"快不要再东想西想了！"跛子怜惜地说，"看打死了不好做得祭文！"

"去我倒不能再去了呵！"

"那就好啦！等到把共产党打平了，我一点都不挡你！"

"可是天晓得这要打多久呢？"

"恐怕不会打多久吧……"

"没有那么便当！……"

抗议地叫出来，大个子一蹦跳起来了，于是十分兴奋地讲述了一长串坚强勇敢的动人故事。

一九四六年四月二十四日

催 粮

时候已经过了正午，场集逐渐冷淡起来。

满脸慌相，又东张西望着，李永发李扯火，重又在人丛中逡巡了。当一经过茶馆，或者饭店，他总要停一停，希望能够发现一个好心肠人，答应替他担保。

他已经来回逡巡过两次了。但他碰见的照例是那几张熟识面孔，全对他不信任的。虽然实际上他们也各有苦楚，并非怕李扯火人难缠。因为，由于可恶的内战，不仅他一个人被逼得紧，势非立刻缴出各项欠粮不可，一切庄稼人全都受着煎熬。

李扯火人很瘦长，麻脸，嘴角上写意地蓄着两撮焦黄的虾米胡子。眼睛细长，带黄的小眼珠总碌碌转动着，显得异常狡猾。这也是实在的，否则他早就当不成粮户了。因为他三个儿子都爱赌钱。他把祖传的几十亩山沟田分租给人，自己耕种十几亩坝田，而且饭都舍不得多吃。

当敌人投降，免粮一年，和停止征实的消息接二连三传来的时候，李扯火着着实实松了口气，以为总算把难关渡过了，没料到现在还会来这一套！

正像热锅上的蚂蚁一样，他逡巡着，身后紧紧盯着一名肥胖高大的警丁。

"我比你更着急！"他闷声说，当那警丁高声抱怨他的时候。

"单着急也不是办法啦！"警丁说，愤愤地身子往后一牵。

李扯火没有再回答他，在一家豆腐饭店前停下来了。

虽然客人并不算多，堂子里却很闹热，因为好些人都喝醉了。而凭着酒兴，大家也就忘记了约束。他们争吵的原因，有的为了债账，有的为了一句失格的话，有的单是为了发泄闷气。只有一个人坐在角落里喝闷酒，那便是有名的老牛筋柯胡子。

李扯火张望一会，接着就走了进去。他没有料到他的襟兄柯胡子会来赶场，这可真叫他喜出望外。但他才一开口，柯胡子就嗤的一声，愤愤地苦笑了。

"我也一样在坐蜡呵！"柯胡子呻吟说，他那胖胖的老脸微微有点颤动。

"快几下吃了走吧！"就在挨近一张桌上，另一个警丁叫吼着站起来。

"当然是要走啦！"柯胡子见怪说，而且感觉得不平了，"你怕我们是大粮户么，就欠几百石也没人出气的！不过，这又算什么呵！禁闭室不是人坐的吗？……"

李扯火挫折了，摇摇头叹口气，转身向店外走。

他的襟兄虽然没有给他以如实的支助，但却给了他一个暗示：他也只有等着坐禁闭室了。据他所知，已经有几个人闹到这种地步，是并不稀奇的。因为目前正是青黄不接的时候，没有多少人还有余粮。即或是有，因为旱象已成，也都不愿意拿出来，做他们所不赞同的战争的本钱。

因为忽然想到最后的结果不过这样：坐禁闭室！他稍稍振作了。但当走到饭店门口的时候，他忽又停下来，出神地凝望着那一队破破烂烂的庄稼人。

这一队人，是一星期前，乡公所向各保征调来运军米的。本来说定运进城就回来，来去只有两天。但他们却被耽搁了一个星期，而且食住都很恶劣，因此已经被拖得不成样了。衣服褴褛，面容憔悴，看来就像刚被开释的囚犯一样。

而末了，李扯火又惊又喜地笑一笑，接着就拔步赶过去。

"哎呀！你今天到底还是钻出了！"他不满地说，当他叫住他的佃客汪二的时候。

汪二是个矮架子青年农人，骨骼宽大，气色却很萎靡。

"你倒还要说呢，这一回几乎见不到你老人家了！"汪二忘情地诉苦说，呆呆望着李扯火的虾米胡子，"送到城里，以为可以转来了吧，还要往高桥送！跟着又一挑挑搬上船。这样还不算呵，——这一回真倒霉透了！……"

"再说，你这下总算没有事了！"李扯火插入说。

汪二庆幸地叹口气，看看自己的赤脚，于是颓唐地自语道："还不知道庄稼怎么样了！"接着抬起风尘仆仆，宽大而又多骨的瘦脸，悬心地仰望着李扯火。

"前几天该下过一点雨啦？"他问，又失望地连连摇头，"一路上的田都张口了！……"

"到处都一个样呵！"李扯火回答说，随即板起又瘦又黑的麻脸，神情严重地说下去道，"不过，这些那些暂且都不管吧！你欠我的那点谷子，要给我才行呢！"

"当然是要给啦！前年九斗，去年是一石一，一共……"

"上前年还有个三斗！"李扯火机警地提醒说。

"就依你算好啦！"无可奈何地一笑，汪二曼声回答。

"怎么说依我算？这都是大眼大项的账……"

"我说的老实话呢！"

"那么，好！你就交给我吧！……"

说时，李扯火故意把他那细小狡诈，碌碌转着的小眼睛顺往一边。因为他知道他的提议，将会在那个既极老好，又无经验的年青人身上发生什么反应。

"折合成钱也行。"他又偷偷瞥他一眼，狠心地加上说。

他忍不住向汪二望过去，于是做作地叹口气，变得很兴奋了。

"我也逼得没法子啦！"他紧跟着叫喊说，恳求地直望着那个惘然失神的年轻佃客，"要是我有缝隙，我不会找你要的！所以，你不要以为我故意挖苦你呢！"

"我的天！这不是开玩笑么？"汪二终于失声地叫出来。

"我也这样想啦！吃的吃了，种的才草鞋缠鼻子①……"

"请你让我欠到下半年再还吧！"汪二习惯地告饶说。

身子一侧，又伸伸手，李扯火叫他注意那个寸步不离的肥大警丁。

"你问他吧！"他同时说，"就像尾巴一样，盯了我两场了！今天交不出就要坐禁闭室！不然的话，我这样东转西转做什么呵！玉麦也没有垒，田也干……"

"可是……"汪二张大眼睛，着急地插嘴说。

"你听！"李扯火切住他，紧跟着说下去道，"这道关你帮我渡过了，下半年缺吃的，你又找我好啦！大家换手抓背②。你不要再说了！"他阻止地摇摇头，"就这样吧！……"

于是赶忙转向警丁，而且讨好地笑起来。

"嘿！班长，你叫他量给你吧！——他叫汪二！……"

而一眨眼，他又匆忙地转向他的佃户，简捷明了地吩咐他把欠租拨给所丁。而且，为了表示好意，还说，他的欠粮只有五个新石，余下的他可以拖下去。……

李扯火是惯会打如意算盘的，凡是同他有过交往的人，碰到什么事情，总预先警告他："不要又遗尸诈害啦！"但他现在，可又自然而然拿出这一套了。既未经过认真考虑，也不是存心害人，只是他那狡诈

---

① 草鞋缠鼻子：刚刚开头。
② 换手抓背：互相帮助。

的本性在那里提醒他：若果不这么做，他得准备坐禁闭室！

然而，正当他想车身便走的时候，首先是那警丁，大不为然地叫起来了。又是惊奇，又觉可笑，而且十分不满意那个小粮户竟把自己看成傻瓜。

"哪里有这么便宜的事呵！"警丁非笑地叫道，"又不是收烂账啦！"

"怎么烂账？"李扯火装作不懂地紧接着说，哈哈哈伴笑起来，"这个是租谷啦！你刚才都听见的，一共两石四五老斗，给你量了，都还有剩的呢！……"

"你这样做不对呵！——嗨，李大爷！……"

汪二着急地连连反对。挽挽破烂不堪的衣袖，又胡乱摆摆手，显然是被这个意外的打击骇慌张了。而且李扯火只顾同警丁打交道，似乎一点也不留心他和他的呼吁。

"唉！李大爷，你也听我说几句么？"他又顿顿脚乞求说，感觉到了不满。

"你究竟走不走呵？"听见有人叫喊，汪二忽又车转身望过去。

那是汪二的邻居刘洪兴刘老三。身材瘦小，一双鼓鼓的圆眼睛。他们是一道被征去运军粮的，因为汪二给人绊住，他就停下来等他；但他已经等得不耐烦了。

"你不走，我就走啦！"刘老三接着又说，"玉麦也没有垒……"

"请你再等一下好吧！"苦着张脸，汪二请求地说。

他们相隔有十多步。想想，刘老三不满地走了过去。

"还有好多鬼话说不完呵！"刘老三生气地喃喃说。

"你看多奇怪啦，这几天要我还他的谷子！"汪二愁蹙地诉苦说，声调空洞而又可怜，"话都还是热的，'不要紧，你好生做下去！'早知道这样，我不该退了佃当丘二！"

"你把好人遇到了啦！"刘老三依旧喃喃地说。

"真是鬼摸脑壳！……"

"你同他扯好啦!"刘老三低声说,努嘴而又瞪眼。

"那我是要同他扯呢!"汪二赞成说,忽然变得很激昂了,"话冷都没有冷,'谷子下半年给我好了!你用不着退!'一等你上了楼,就把梯子抽了!以为你屁都不放……"

"你向着我抱怨是空事!"刘老三插入说,随又咽一口气。

当汪二转身过去的时候,李扯火已经同那警丁把交涉打好了。大块头的警丁多少还有一点迟疑,但是一眼看见汪二,他那只握有钞票的手忽然神经质地抖摔了一下,随即变成一只拳头,偷偷塞进裤袋里去。

汪二看清了这个举动,而且懂得了它的意义;但警丁却抢先开口了。

"你是说叫他给哇?"警丁装模作样地问,用下巴指指汪二。

"唉,对啦!"李扯火巴结地回答,"他叫汪二。"

"什么对哇?"汪二明知故意地问,接着可就忍不住发火了,"我把丑话说在前头,李大爷!"他大喊大叫起来,"这个谷子我一颗也不给的!——还没有到时候!"

他最后几个字说得意外硬朗,大块头警丁佯笑起来。

"好!"警丁笑一笑说,"你们趁早把话交代清楚!"

"这难道还是假的了么?"李扯火浮出强笑,不以为然地叫嚷了,"前年九斗,去年一石一,——上前年还有个三斗,——都快年打年了,连利钱都没有要一个!……"

"这个我承认啦!"汪二插嘴说,急想分辩明白。

"我还以为是假的呢!"李扯火抢着说,又扬声一笑。

"假倒不假,可惜还没有到时候!……"

汪二本来有很多理由的,然而,由于李扯火的极为狡猾的躲闪、曲解,更重要的是他明明白白看清了那警丁受了贿赂,他一急,就再也找不出话说了。

"总之，要命就有！"他又忙匆匆加上说。

"怎么兴耍横呵？"瞪着眼睛，李扯火曼声地叫出来。

李扯火显然自知理屈，但他陡地觉得汪二过分不识好歹。

"我们找几个人来讲一讲吧！"于是停停，他又紧接着喊叫了，"看该不该向你要：借了这么久了，一颗谷子的利没有，——现在倒还说你要错了呢！……"

"我并不是说你要错了。"汪二重又开始辩解，"……"

然而，正在这个时候，柯胡子大声武气走过来了。他显然有点借酒发疯，因为当摊派献粮的时候，他就闹过一次，认为这个应该出于自愿。现在，已经胜利了半年了，而且又说过拖欠的不再缴了，却又糊糊涂涂催收起来，这就更加使他感觉得不合理。

柯胡子身材高大，鼻尖有一点红，几乎每一年总要同人讲几次理信的。而若果遭到失败，被公断处判输了，他就遍街瞎闹，做着极为刻薄的攻讦暴露。

汪二认识他的，相信他懂得是非；他招呼住柯胡子。

"柯大爷！请你老人家评断下吧！"他接着说，呼吁地摊摊手，"退庄稼劝我别退，'你做下去，欠的租你慢慢还！'现在连吃的都艰难，又逼着跟我要起来了！"

"对啦！请你说我又该要不要？"李扯火紧接着叫起来。

他显得那么理直气壮，相信他的襟兄一定会袒护他；但是柯胡子皱着脸苦笑了。

"我自己都鲜血长流，怎么还会为人家医痔疮呵！"他邪恶地喊叫说，"缴不出来，跟我一样，你会往禁闭室里跨呀！横竖今年庄稼是没望了，你怕屁呵！"

于是，他又征求同意地扫了他们一眼，就走掉了。

"简直是扯神经！"李扯火恼怒地喃喃说。

"总之，谷子我没有的！"汪二说，闷气地堵住嘴。

但他忽又眼睛一亮，讨好地紧望定李扯火。

"再不然这样好吧！"他打赌地接着说，"到我家里去搜，要是找得出一颗谷子，我把脸翻过来让你打！——我们都吃了个多月的大麦面了！……"

"你会折成钱啦！"

"我给你赌咒！"汪二手指指天，痛苦地顶住说，"要是家里找得出一千块钱……"

"我这个人不信咒呵！"李扯火狠心地切断说。

"那你要我怎么样呢？……"

因为看出来辩解和恳求全都无用，汪二又冒火了。

"这样你不答应，那样你不答应，你要命么？"他紧接着叫喊，已经不再显得可怜，"搬军米就缠了你七八天！玉麦也没有垒，田还不知道干成什么样了！……"

那个等在边旁的刘老三忽然烦躁起来。

"快几下说完走吧！"他轮睛鼓眼地喊叫说，"我回去还有事呵！……"

"再几句话就说完了！"车过脸去，汪二请求地说。

"没有那么便当！"李扯火愤愤地瞪着眼睛。

大块头警丁苦笑着叹口气。他才放下锄头不到两年，十分知道在这青黄不接时乡下人的苦楚，而且十分了解这场纠纷的是非曲直。他那只插在裤袋里面的手，就老那么颤动着，一时握紧手里的钱，一时又放开它；现在，他的手心已经在流汗了，感觉很不自在。

忽然，他把他的拳头往外一提，忸怩地笑起来。

"你这个包袱我拿不下来！"他喃喃说。

"无论如何请你帮帮忙吧！"李扯火低声恳求。

汪二把脸转过来了。警丁灰心地叹口气，重又把拳头塞进裤袋里去。

"这个谷子究竟该你们哪个给呵!"警丁烦躁地叫喊说,"时间不早了呢!"

"是啦!"李扯火狡猾地接着说,"就看你怎么样呢!"

他大有讲究地看定汪二,似乎所有的责任全都在汪二身上。

"关我屁事!"汪二愤激地叫出来,看出李扯火在挽他的圈圈,"我欠你的,到了时候我知道给!你这样屎搅尿的,我告诉你,要想把我牵进去就不行!"

也许出于激动,也许真想走掉,他转过身就走了;但是李扯火一把手揪住他。

"有这样便当吗?"李扯火喊叫,似乎每根胡子都在用力。

"你究竟还要不要我回去看一看庄稼呵?!……"

因为一个揪住不放,一个急想摆脱自己的手臂,那些先前只是远远站着望的少数观众,都一齐围拢来了。而别的一些人更陆续加进来。但也有踮起脚望一眼,就又摇摇头走开的。因为最近半个月来,为了军粮,几乎随地都在发生纠纷,已经算不得稀奇了。

一个赤足趿鞋的老人,甚至望都没望一眼,便已经猜到了那该是怎么回事。

"端总开不得呵!"他叹息说,"现在就随时随刻都要向你要粮食了!……"

他摇摆着走过去,毫没意思停留一下;但他又一下站住了,因为那人丛忽然崩开一个缺口,而那几个吸引住人们的对象,正气势汹汹地嚷闹着冲出来。

李扯火和汪二是去找乡长的。他们互不相让,实在也因为双方都愈争辩愈固执,除了请求公断,另外没办法可想了。这出路是那警丁提出来的,因为尽管拿人手软,他不能不袒护李扯火,但他总是硬不下心,生吞活剥地把汪二挡起来,拿他去代替李扯火。

乡长是个瘦长子近视眼。心粗气浮,爱闹少爷脾气。当李扯火和汪二，前呼后拥地走到公所门口的时候，他正伴同那个刚到不久的催粮委员走了出来。

乡长一边走，一边带点矜持，正在向委员张罗。

"我们已经关起好几个了！"他说，"不然的话，恐怕连一半也都收不齐呢！……"

他一眼看见拥了过来的人群，于是就立刻住了嘴，态度忽然严厉起来。

"你们啥事情哇？"他停下来问，又用指头扶扶眼镜。

迎着走来的人们，也立刻停下了。那警丁抢先大声报告起来。

"报告乡长！因为他还欠四个多新石的粮……"

"那就叫他赶紧缴啦！你看，委员今天又来催了！"

"我就是来缴的，"李扯火卑微地插入说，"这是我的佃客。……"

"对啦！"汪二情急地抢着说，"我们问问乡长，看又该不该我来给？若果该我给呢……"

乡长是忙着陪委员去吃饭的，因此，他厌烦地挥挥手切住他。

"让我问你！"他很威严地说，"你究竟欠不欠他的呵？"

"我是欠他三个老石……"汪二开始陈诉。

"那就好啦！"乡长武断地抢着说，"快去缴起来吧！"

于是，仿佛大功已经告成似的，乡长迅速地转向委员，伸一伸手，邀请他走前面，同时摇摇头笑道："这些乡下人真够收拾！"但是汪二忽然又冲到他面前了。

"可是要请乡长明白，给，我自然该给他！……"

汪二竟是那么兴奋，摊手而且跺脚，似乎打算拦住对方。这可使乡长恼怒了。

"这个猪儿才要横呢！"乡长一手指着汪二大叫，"你佃客不给谷子，他粮户拿命上去缴啦？我给你说！"抬抬下巴，他命令着那个肥大警丁，"把他押起！——不给就往禁闭室送！……"

"可是你也让我再回两句话嘛！"汪二力竭声嘶地叫了出来。

他已经决了心说个究竟；但他又忽然住了嘴，就那么眼睁睁让乡长走了过去。而末了，当刘老三向他道别的时候，他陡地转脸向李扯火，弓腰踢足地嚷叫了。

"你是对的！——你把我一家人活埋了就是了！……"

于是，拿手背擦擦夺眶而出的眼泪，接着他就疯子一样冲向李扯火去。

一九四六年六月十一日

烦 恼

并不答话，刘久发叹息着，顺下锄头在坟园拜台上坐下来。

自从父亲前几天向他提示，内战打起来了，又要抓壮丁了，而如果认真抓起丁来，他得重新请求乡长保险以后，他就感觉得七上八下，心里老不自在；现在经人一问，就更加烦恼了。

"你呢?"最后，他反问了，期待地望定对方。

"到了哪匹山唱哪个山歌!"陈天佑满不在乎地回答道。"脚长在我身上的，"自信地一笑，他又紧接着说，"只要草鞋链子没人割断，他认真抓起来了，我不晓得跑啦!"

"我也是这样想!"刘久发附和说，微微叹一口气。

陈天佑轻声笑了。"怕由不得你吧?"他沉吟说。

"管它由不由得到我，我早就说过了，——'我不要哪个保险!'……"

刘久发勃然兴奋起来，于是一顿，红着脸住了嘴。

这是一个二十上下的青年农人，身材瘦长，满脸雀斑。比起陈天佑来，他是很容易激动的，身体也没有矮而宽大的陈天佑结实。刘久发是光头，陈天佑蓄了个一把抓。

他们在单调的蝉声里沉默了好一阵。最后，刘久发站起来了。

"我当闷驴还没有当够!"他喃喃说，扛起锄头走下坟地。

"难道一两年都没有给工钱吗?"陈天佑问，依旧坐在黄桷树下。

"多得很呵!"刘久发很气愤,故意说着反话。

他本不愿意再多嘴的,但他忽又顺下锄头,慢慢回转身来。

"钱是小事,那个气才够你受呢!"绷着张脸,他恼怒地接着说,"做错一点,就敞开口乱骂,还说:'喂到你这种人可惜我的饭了!'那些背枪的一天到晚啥事不做,你这些么,一有空闲,几个破屁股就闹麻了!'你晓得米卖好多钱一斗么?去捡背引火柴回来!……'"

"那这个真是赶闷驴了!"陈天佑说,苦笑着站起来。

"可惜上当只有一回!"刘久发说。

他忸怩地一笑,神情有点沮丧;但他忽又变得很昂奋了。

"啥呵!"他接着喊叫说,"他来抓吗!张木匠从火线上还要逃回来哩!"

于是扛起锄头,一转身走掉了,准备回家消夜。

这时正当黄昏,蝉声逐渐急促起来,小飞蚊成团地在夕阳光照中打着旋子。在离家不远的旱地里面,父亲刘洪顺同母亲在扳玉麦。玉麦刚才挂须不久,他们拣着熟了的扳,准备明天带上街请乡长尝新,以便趁早提提儿子的事,免得将来认真抓起壮丁来措手不及。

父亲的最后决定,当儿子出来放水的时候,原就提说过的;但是刘久发当时闷着张脸,一句话也不说,因为他老拿不定主意。但他现在,忽然感觉得不表示一下态度是不行了,于是在地边停了下来。

"丑话讲在前头,我可是不去哇!"他沉着而又决绝地说。

母亲的脸色更阴暗了。"吃了屙秋痢,打标枪!"她低低地恨声说。

她并不反对丈夫的主张,因为大儿子早死了,老二四年前当了兵久无消息,刘久发现在算得他们的独子。但她不满意刘洪顺的凡事奉承,把乡长看待成老祖宗,玉麦那么嫩就扳了。她身坯高大,平日可吓怕刘洪顺,因为个子虽然比她要小一半,一惹毛了,他可动不动就打人。

父亲并未听清儿子的话,但从神气猜到了他在赌气。

"你再讲一遍喳?"刘洪顺挑剔地反问道,停住手翻扳玉麦。

"我不愿意当闷驴了!"刘久发强硬地回嘴说。

刘洪顺自信地冷冷笑了。他立刻懂得了儿子的意思，但却毫不惊怪。因为他认定刘久发贪恋新婚，他是能够降服他的。这是那一类庄稼人：顽固，坚强，年龄越老越硬。

"那你又去塞炮眼嘛！"他平静地说，重又拨弄得玉麦叶子哗哗作响。

"塞炮眼就塞炮眼！"刘久发顿顿脚说，"我总不向人求爹爹告奶奶！……"

一路唠唠叨叨，刘久发回家去了。而当他跨进那个破败的大门的时候，抱着把筋竹扫帚，老祖母正在晒场上揽着渣滓，准备集起来烧火灰。她已经七十几了，矮小而又干枯。

"明天你爹就要给你找人保险去了！"她哀怜地喃喃说。

"我不稀罕他找！"顺下锄头，刘久发插嘴说。

"记住我这个老婆子的话吧：等你出得了头，我已经钻土了！……"

"你是从哪里听来的呵！"心里一软，刘久发改口说。

"哪里听来的？你以为我认真耳朵背吧，告诉你，我比小神子灵醒呢！"祖母赌气说，随又深深叹一口气，"我的骨头倒有人捡，我只愁你爹啊，——说起来三个儿子！……"

低眉顺眼，刘久发老婆从灶屋走出来，拿去丈夫手里的锄头。

"不晓得哪里那么多猫儿尿水！"刘久发生气说，感觉得混乱了。

刘久发是十个月前，放过抗战胜利的火炮过后，才从乡长那里回家来的。而在五月间父母才替他完了婚，因为既然用不着抗战了，也就不会再抓丁了，人们可以安安静静过日子了，——但是事实证明这只是个梦想！好几天来，他就看出她不舒泰，现在他更直觉到她刚才流过泪。

祖母珍惜地瞥了两个年青人一眼，摇头叹气，又动手扫地了。

"圆房三个月还不到啊！"她边扫地边说。

放好锄头，刘久发老婆退回灶房去了。刘久发接营也跟了进去。

院子里只有一列三间泥墙茅顶的房子，两端拖出两间草率搭成的偏屋。刘久发闷闷不乐地跟进灶房,于是从身后裤带上取下一根烟棒,装上烟丝,然后劈了一段捆柴用的篾片,走去灶里点燃。而在这种种动作间,他没有望过妻子一眼,似乎还对她颇不满意;但他忽然沉重地叹口气,和她并肩在灶门口矮凳上挤着坐下来了。

妻子只有十六七岁,正弯身向了灶腔里添柴,脸被火光照得通红。

"这个龟儿子啊!"刘久发诳她说,装作满不在乎的神气,"又不是三百里,五百里,要腾云驾雾才能够回来么? 十多里路,一袋烟久就回来了。再说,又不是马上去啦!"

"迟早你总要走!"妻子闷声低语,呆呆望着火焰。

"那我又守着你等人来抓好吧?"

妻子赌气地脸车开了。"你不讲很苦么?"她又回过脸拿眼角望着他问。

"总比驮煤炭轻松啦!"刘久发解嘲说,随即默默抽起烟来。

母亲走进来了,取下装了嫩玉麦的背篼,搁在水缸脚边。

"这都是为了你啦!"她恨声说,当她搁好背篼之后,"是你爷爷在么,这几天哪个撞他的玉麦,不把你头骂崩才怪呢!"她叹息了,"可怜今年单是望这两场雨啦! ……"

"说好说歹都是你们!"儿子说,磕磕地敲落着丝烟锅巴。

"这屋里有我插嘴的吗? 才说缓两天扳,就骂开了!"

"你去向着他抱怨好啦!"刘久发说。

"还敢抱怨? 他就是这屋里的人王啦!"母亲紧接着说,更加气恼起来,"像那天样,"她吸口气继续说,"我才讲了一句,'也该提一下工钱呵!'马上就忤你一鼻子灰,'那么会翻花你又去吗!'依得他么,我看,就是人家要他把脑壳割下来垫座,他也会答应呢! ……"

屋外传来父亲的咳嗽声;她住嘴了,又抑制地叹声气。

"吃了屙秋痢,打标枪!"她唧唧哝哝地说。

"明天就要去么?"这是祖母的声音,"也等把玉麦扳过走哩。"

"你少管些闲事啊!"父亲生涩地说。

"少管些闲事?圆房才三个月,屁都还没有放一个啊!"

"你问清楚来哩:我明天才去讲,人家接不接手还不知道!……"

刘洪顺个子很小,一嘴胡子,时常显出一副惹不得的神气。冰冷,严苛,少有开开朗朗笑过。他竭力忍耐着祖母的啰唆,一字一板地向她解释;但他忽然间咆哮了。

"她倒还要我提一下工钱呢!"他紧接着高声大叫。

"那又倒贴他几个嘛!"母亲低声地赌气说,靠身在泥壁上。

父亲冲到灶房门口来了。瞥眼看看儿子,又看看母亲。

"我把你们都遇齐了!"翘翘胡子,他曼声地抱怨说,"说是再耐它半年哩,娘心慌,儿也心慌:生怕人家把他煮起吃了!明天要是不肯接手,你两个去给我抵住吧!"

"再叫几声老先人就接手了!"刘久发喃喃说,夺门冲出去了。

蝉子已经收声,天算是黑定了。明星闪烁,而在夏夜特有的恍惚无定的光影当中,一切物象全都在薄雾中发着亮光。圆月远远挂在天边,禾苗尖上凝聚着的露水,好像珍珠一样。

刘久发顺了田塍信步走去,没有目的地,也不留心脚步。

"你还要去看水啦?"半空中忽然传来了话语声。

田塍左首架着一座玉麦棚子,刘久发仰起头望过去。

"头都给人闹涨了!"他愤愤地说,交叉着抱了手。

"我说由不得你吧!……"

陈天佑笑了;他从玉麦棚子上匍匐着望下来,正像巢里的燕儿一样。

接着,他又故为生气地说:"上来摆龙门阵吧!"

"哪里还有心肠摆龙门阵呵!"刘久发忧郁地说,在路边坐下来。

"我就想得不同!你把胡子就愁白了,也没人会赏你二百钱!"

远远忽然传来一阵嚷叫。先还单调,接着可就很杂乱了。

"干黄鳝两亲家又在扯了！"扬声一笑，陈天佑提示说。

干黄鳝是个半自耕农，大儿子当兵去了；二的半身不遂，等于废人。幺儿只有十六七岁，因为内战的传闻越来越恶，他决定赶快替他完婚，保住香烟后代；但是女家拚死反对！

"不是讲已经断好了么？"悬心地仰起头，刘久发问道。

"断好个屁！前场讲理信，张麻子特别把招贵子领上街，叫大家看，说：'只要你们说这点大圆得房哩，我屁都不放一个！'后来连做童养媳都不答应，就咬着说：'我怕人家笑我养不起了！'老婆才说得粗，'呵，只图你保窝子哇？万一抓起走了，你不误她一辈子啦！'……"

"这个背时仗真害人不浅！……"

喃喃自语，刘久发啼笑皆非地站起来了。他原想走掉的，但他并没有这么做，反而走向玉麦棚边，背靠着棚对角一根麻柳树站下来。于是仰起脖子，困惑地笑一笑。

"如果有地方跑，真想就跑他娘了！"他无可奈何地说。

"等到有了响动也来得及呵！……"

"住起来心焦啦！"刘久发厌烦地说，随又叹一口气，"走到这里，是讲的那回事，那里，也一个样；把人五脏六腑都搅翻了！依得我们多么，打个鸡蛋藏起来都不放心！"

"说这个话！"陈天佑大笑了，"幸得你还可以找人保险！"

"我不要哪个保险！"愤然离开麻柳树干，刘久发大声道，"再保一两回险，会连人气也没有了！我就要在家里等起。将来溜得掉呢，我溜；落在它口里，它又吃了好啦！"

"没有那么遇缘！"陈天佑说，"怎么，你就回去了么？……"

并不答话，也没回头，刘久发消失在玉麦的阴影里了。

月亮已经逐渐地升高了，一切田庄、村舍，全像浸在澄清见底的水里面的一样。干黄鳝两亲家的争嚷还未停歇，似乎便是这样美好的月夜，也对他们的怨气无补。只是吵声却已经零落了，分散了；并不集中在一处地方，也不再有力竭声嘶的大吵大闹。

刘久发在门口发现妻子站在核桃树下等他。虽然身体还算结实，那小女人并未成熟，体态神情都还带孩子气。她站在那里，嘟着厚厚的嘴唇，一面扯起围裙擦手。

"一个人兴跟肚皮赌气！"她抱怨说，当丈夫挨近身来的时候。

"爹呢？"

"干黄鳝那里劝解去了！——看你吃不吃哇，在灶头上！……"

她赌气似的转身退进去了。刘久发叹息着，又咽一口清水，于是跟了进去。灶头上放着一大碗搅团①，碗边有一撮腌菜。端过碗，抽了一双筷子，他坐在灶门口吃起来。

最后，夹了床破棉絮，刘久发到地里玉麦棚上守夜去了。除开雨天，玉麦刚一挂须，他就每天都守夜的，要到大半夜才摸回去睡一觉。否则父亲就会骂他贪恋新婚。然而，这天夜里，当他正在那个简陋的人字棚下面纳闷的时候，父亲忽然在棚脚叫他了。

刘洪顺劝架已经回来很久；早就睡了，但他老睡不熟。

"唉，还没有听到嘛？"因为儿子并不应声，父亲又催促说。

"我已经睡了！"刘久发说，猜到了父亲是来替他。

"睡了也要起来！"刘洪顺生气了，"讨到老婆来做啥哇？"

刘久发没再搭腔；但却狠声叹气，夹着棉絮走下来了。

"把棉絮交给我！"刘洪顺说，使气把脸偏在一边。

刘久发偷偷地望过去，觉得父亲比平日更严肃了。满脸皱纹，而因为闭紧着嘴，胡子看来也更多更乱。他的眼睑成三角形，小眼珠抑郁地发着闪光。儿子忽然想到他也很不快活，忍不住叹息了，于是叠叠棉絮，避开视线，他默默地一双手递过去。

刘洪顺并不立刻接手；他咽一口气，望定刘久发苦笑了。

---

① 搅团：用米粉或玉米面煮的稀粥。

"我愿意二辈人你给我变老子!"他曼声说,接过棉絮。

于是并不再看儿子一眼,他上棚去了;但也又在扶梯上停留下来。

"你还在等啥?"他生涩地催促说,"请吃饭还要我端下巴么!"

"我再讲一遍哇!"刘久发意想不到地开了口,"我可是不去呵!"

"我刚才讲过了:你二辈人来给我当老子!……"

父亲跌跌绊绊,一气爬上去了。随即传来了倒下声和叹气。

刘久发惊愕了。因为他没料父亲竟会这样反常,昏乱,软弱,一点也不像平日的坚定硬朗。他惘惘然站了一阵,于是痛苦地唠叨道,"背时仗真害死一湾湾人!"接着慢慢走回家去。

"哪一个哇?"祖母从卧室里问道,当他揎开大门的时候。

刘久发没有应声。他卡好门闩,又照样顶上一根棍子。

"怎么不张嘴啦?"祖母又问。

"未必还会有贼来偷我们么!"刘久发丧气地说。

"这也才像话嘛!"祖母叹息了,"看着就走了还要跑去守夜!……"

母亲忽然突头突脑骂道:"谨防屙秋痢打标枪!"她也显然没有睡好。

刘久发走进卧室去了。从牛肋巴窗洞里,月光水一样淌进来,直流在床面前。撩开疤上重疤的破帐子的帐门,他看见妻子还眼睁睁躺在床上。她更显然眼睛都没有眨一下。

"你还没有睡么?"他问,当他躺下之后。

"睡屁!我就老是想,等你过几天走了……"

"还说不上走呵!"

"你不打算去么?好,这才使不得呢!像我们幺哥样……"

"我们两个都出远门帮人好么?!……"

祖母在隔壁呻吟了。"话留到明天说哩!"她富于暗示地喃喃说。

两夫妇立刻都哑住了。但不一会,可又低声说开头了。

一九四六年九月

李虾扒

　　当征兵这个噩耗，由传闻变成事实的时候，保长李虾扒着实乐了一通。

　　这不是没有来由的，整个抗战期中，有一大半时间，他都负责主持本保的征兵业务，深知其间的油水有多么大！能够抓一两个过往客商，自然算顶运气，即或倒霉到一向流行的买条子，他又何尝没有一点好处？因为不管十万八万，一到挨户摊派，把戏可就由他要了。

　　然而，不然！抗战胜利毕竟不是一向流行的空论，它还给我们带来不少实际变化。而征兵的特别麻烦便是其中之一。首先是行政机关对于种种条文的严格坚持：不准估拉顶替，只能按规矩办。随后因为行之不通，虽然默许一切可以依照老方法炮制了，可又来了验收上的多方刁难。不仅体格不壮不收，尺码不够也不合格。

　　头痛的还不止于这些！自从十月份起，所有的青年人也一个个变样了。有的流浪到了都市，有的投身在当地权贵庇荫之下，做着半义务劳动。剩下的全都十分精灵，晚上不肯在家里留宿了。所以直到现在，保长李虾扒前后抓来的两个脚夫，自然没有一个验上，最近他在本保的两次出动，也都每次因扑空失败了。

　　然而，还有更头痛的！由于打仗总得要老百姓当炮灰，对内又远比对外认真！加之，转眼就是新年，要扫解了，因而困难尽管困难，乡公所却反而催逼得更起劲。无可奈何，李虾扒昨天试探过买条子，但他被价钱骇跑了。因为且慢说捞油水，要一气榨出三十万现款来实在也不容易。他又不是傻瓜，自然更不愿意垫钱。

这是一个最后的严重打击，李虾扒弄来一夜没有睡好。但是天才见亮，他又照常地起床了。而且立刻开始了一个新的行动：他叫人去通知甲长们，这天下午保上要在东岳庙开保民会议。并又透出口风，他主张买条子，若果众人嫌价钱大，他就准备当场辞职。

这是烟幕！但他可做得那么认真，竟连那个几乎和他同样诡诈，身材短胖，左嘴角有点歪斜的保长娘子，也相信了。而一经相信，她就抱怨起来，认定丈夫的措施过分冒险。

"你懂得个屁！"保长大叫，站起来进房里去补睡瞌睡。

"我懂啥呵！这沟里尽是粮户，三百万你也收得齐啦！"

"我只问你！"保长又回转身说，"把我逼死了，你心里凉快哇？"

"这是你自己寻到的啦！前年子选举样，恨不得把脑壳都削尖！"

"我不要跟你龟儿子说了！"保长嘟哝着，翻身进了卧室。

保长李虾扒有五十岁。又黑又瘦，神色冷峭，拖着两撇向下直垂的胡子。眼睛小而灵动，从不轻易正面看人。土粮户，人们因为他爱捡便宜，手段又狠，所以把他比作一般农民用来打捞鱼虾的虾扒。一倒上床，他很快就睡熟了。但还不到一竿烟久，保长娘子突又在房门口叫醒他。

当保长昏昏沉沉，从卧室跨进灶房的时候，抱着根满身污垢的黄铜烟袋，那个嘴瘪鼻塌的警察班长，已经坐在灶门口抽烟了。而且衔着烟嘴，鼓胀两颊，正在并力吹烟锅巴。

也许是灰了心，也许急于要谈正事，塌鼻叹息着松了口气。

"哎呀！"他讽刺地呻唤说，"把我吃奶奶的劲都用完了！"

"这几天哪里还有心肠来打整烟袋呵！"歪坐在房门口方桌边，保长自怨自艾起来，"你清楚的，我也办过好几年壮丁了，从来没有这次这么咬手！——连瞌睡都没睡好过呵！"

"乡队附就是叫我来催壮丁的呢!"塌鼻站起来说,顺手把烟袋搁在灶上。

于是走向方桌,坐下来,一面开始铺张着乡队附的吩咐。

"单是昨天下午,县政府就来了三次电话!说……"

"我比你们更着急呵!"并不看望对方,保长愤恼地抢嘴说,"告诉你,我上个月就送过两次了!一个不行,两个还是不行!打日本人都没有这样认真过。"

"这个倒都在抱怨!所以乡队附说,要找精壮点的……"

"我冤枉盘川还没花够!"保长又抢嘴说,显然很不耐烦。

"你这样拖不行呵!"塌鼻子是警告地说,"乡队附说的……"

"你听!等阵我们开过会了,也许下午我就要上街买条子!"

塌鼻含笑地挖了保长一眼。"州里涨到五十万了呵!"他接着提示地沉吟说。

"啥东西都在涨哩!"保长说,随即吩咐家人摆早饭。

饭后送走塌鼻,当保长正想出门去试探一下各方面的反应的时候,二老师吴茂如走来了。矮胖胖的,八字胡,头戴棉瓜皮帽。同保长是郎舅,但性情浮躁,恰和他的妻弟相反。

"究竟是怎么的呵!"二老师一见面就急忙说,"听说你要辞职?!"

"你坐啦!"保长满不在乎地打着招呼,"幺娃子,给姑爷点火来!"

"不!我才吃过了!"二老师说,坐下去,把长烟杆靠在方桌边上,"你听我讲!"他一面接着说,神情紧张而又机密,"要不再征丁征粮,也不说了!——偏偏说话像放屁样!我两家族戚又多……"

咂一咂嘴,保长第一次直面看定他的姐夫。

"二哥!"他猝然插嘴说,"说一句本心话,公事我不丢的!……"

"对啰!"二老师拍拍桌子跳起来说,"好多人巴不得你丢呢!"

"不过有一点哇,我主张买条子:这个今天你要帮我吼几腔呵!"

二老师叹息着颓然坐下。

"对倒都对。"他末了沉吟说，"我就担心钱呵！……"

"这个你莫担心！总之，你多帮几腔好了！"

二老师翻眼看着保长，又轻轻叹口气，没有再作反对。他清楚李虾扒心狠，是从不会吃亏的；自己又是保民会议主席，更不会被派款。两个人谈了一阵家常，就一道开会去了。

东岳庙离保长家只有半里多路。在那四通八达，没有一扇完整窗户的正殿上，已经到了三十多个人了。多半是老年人，青年人没有一个到场，深恐是个圈套。带着愁闷神气，大家分散开一堆一堆地聚谈着，不住摇头叹气。而话题完全没有超出抓丁这一件事。

仿佛应景似的，一到达目的地，保民会议主席吴茂如也立刻显出一副愁相。而保长李虾扒，更比平日表现得冷峭而深沉了，他阴悄悄地扫了大家一眼，随又歪起嘴角一笑。

"呵哟！都是挑过选过的呢！"他嘲讽地自言自语地说。

带点戒备神情，到会的乡下人全都住了嘴了，陆续站起来打招呼。

"就只到了这几个么？"皱皱眉头，二老师问。

于是各种各样的解释就开始了！但是保长冷然一笑，大声插进来说：

"只有我李闷娃工夫多！——不要说了，你来主个席吧！"

这后一句是保长望了他的姐丈说的，接着二老师就正式发言了。在谈到这次抽丁的诸般困难的时候，他也很不满意，着实抱怨了一通；随后就提出保长的建议：找乡公所买条子！

"我看这样也对！"他继续说，"免得大家心里都揣根红苕……"

"揣根红苕还好，我是在坐蜡呵！"保长拉长脸插嘴说。

而因为他这一岔，众人也都七嘴八舌地说起来；但不是直接向保长、主席申诉，依照惯例，他们各自找了挨近自己的熟人说，假装是在私下商量。一致都认定买条子痛快，免得老替子弟伙发愁；但又觉得年终岁尾，若果款子太大，找钱就更难了！……

"你们莫忙愁钱！"保长抵挡地伸伸手说，"先讲赞不赞成！"

大家又立刻哑住了。他们发出苦笑，彼此面面相觑。

"天底下的事就这样呵！"停停，二老师就开始劝诱了，"不是人吃亏，就是钱吃亏……"

"大家揭开讲吧！"保长兴奋地抢着说，"你们的心病我懂，这几天了，钱那么好找？不过呢，若果大家赞成，钱，我可以垫一手！要不，我只有退包袱，——也许换个人又不抽丁了呢！"

"除非他是委员长的舅子！"二老师认真说，"你倒不能说辞职呵！"

"呕！二哥！说不通我只有这样，再搞下去，谨防把胡子急白呢！……"

两郎舅就这样唱和下去，于是末了，因为既然用不着马上出钱，保长的建议，终于顺顺当当地通过了。而在种种办法确定之后，虽不能说开畅，大家心上可都松了股劲。

认真开畅的只有保长，虽然平常那么深沉，他可忍不住开起玩笑来了。

"啥呵！今晚上总可以舒舒服服睡一觉了！"他沾沾自喜地说。

接着，他又用一种解嘲的调子谈起前两回摸夜螺蛳的经过。最使他伤味的，是到白溪口抓康幺蛮子那次，刚才翻过了丫道坪，他就冻得像棱条了，一直到现在还在咳嗽……

"好在我倒只有那么一回，有些人才叫整惨了呢！"

"再不了结会拖死两个呵！"有人叹息着喃喃说。

"这下好啦！"保长说，"大家可以放心大胆在床上睡觉了！……"

临到散会的时候，他又郑重其事，显得诚恳地叮咛大家，要他们分别通知那些没有到场的人，事情算解决了，青年人不必再露宿了。因为若果病了，吃副草药都要几百元！

而且，两三天内，一见人他总要重复一次同样的劝告。同时还一定做嘴做脸地发通牢骚：他算把舅子当了！因为为了那笔垫款，他势非把裤带上的钱都解下来不可了。不仅如此，每当傍晚时候，他还会找些借口，突然阴悄悄出现在邻近一些住户家里。

他是去探查动静的。而不管直接间接，每一次总证明他的诡计已经有了买主。但他还是迟疑着不动手，因为十分明显的，万一扑一个空，他就会立刻一点抓拿也没有了。

然而，就在第三天的下午，塌鼻又跑来了，甚至于骗他上街。

"你晓得的，我不好交票啦！"塌鼻又解释地说，"就像上一回样，——"

"呵哟！"保长非笑地插嘴说，"这个姓李的还跑了！"

"倒不是怕你跑，我回去要挨骂呀！"塌鼻大叫，从板凳上撑起来了，于是模拟地紧接下去，"'呵！这碗饭那么好吃吗？就是一只粪桶，你也有两个耳朵嘛，这几天电话都摇烂了！'……"

保长忽然向灶房外嚷道："正想找你！"接着站起来走出去。

塌鼻叹息着住了嘴。随即颓然坐下，伸手去拿夹在方桌上几个土碗中间的烟袋，但他忽又摇摇头缩回手，闷着脸跟出去了。他怕吸之不通，更担心事情办不好受申斥。

他在檐口边探头一望，发现那两郎舅正坐在横堂屋阶沿上。

"喂！李保长！"塌鼻于是叮嘱地说，"我是说一句算一句的呵！"

"有回销！"保长挥挥手大声说，接着就又望二老师机密地说下去，"你不能说我把你都装了！杂种些滑得像泥鳅样，漏得点风声么？老实讲吧，就是么娃子他妈，我都没漏过一个字！"

"好吧！"二老师收住笑说，"现在你又打算怎么样呢？"

"本想再等两天，杂种今天又打催符来了！……"

"你不要火色看得太老！只是一点哇，动得的才动呵！"

"当然！"保长自信地说，"等阵我们再慢慢商量吧！"

保长从枋料上站起来了，循着阶沿，向了灶房门口走去。

"你听我讲！"显得少有的亲切，保长一只手搭在塌鼻的肩头上说，

"时间也不够了，不耽搁已经耽搁了你，你就歇在这里吧！我们明天一早上街。事情呢，总不会要你再跑冤枉路的！"

"决定买条子哇？"塌鼻问，一直望入保长的眼睛。

"还正在忙钱呵！"保长叹息说，同时避开了视线。

而接着为了不让塌鼻纠缠，他就大声向老婆提出一串吩咐，赶紧把烟袋打整一下，赶紧准备消夜，等等。之后就神秘地望二老师支支嘴，两个人一同退出院子，商量去了。

院子右首高坎上有座坟园，三面绕着柏树，他们在那里蹲下来。

"这下说吧，你打算找哪个开刀呵？"二老师于是注意深深地问。

"祭祀牛吗，只有那么一两条嘛！"保长高深莫测地回答。

"陈甲庚？"二老师猜测着，"再不然还是康幺蛮子！"

"我想在附近找！上回把我冷串皮了……"

"李邦万来不得呵！就在前天，他爹把我鼓儿石十多亩地租了……"

保长败兴地叹了口气。"这才有鬼！"他不满地喃喃说。

"你听！还是白溪口好，那里闭起眼睛抓都不会有麻烦。"

"话倒是话，——附近我摸得实在些啦！……"

保长颇为担心他的烟幕效果没有发展到白溪口去，因为他没有直接去侦察过，山里人又心眼多。但他碍于情面，终于也承认了。只是借机会提出一串要求，说是为了避免注意，他得找二老师的长年、佃客，和他两个外甥来做帮手，而且就从他家里出发……

白溪口在丫道坪顶上，和东岳庙丘陵地带距离有好几里。区域很广，凑凑落落，可也只编了三个甲。因为开发较晚，住户多半是外路人。生活习惯也和下面不同。有的间或还种火地，打猎烧炭更是一般人的副业。当保长带了人摸上山的时候，已经大半夜了，他立刻指挥人把一座垭口上的草房子四面包围起来。

户主叫康有成。老大已经分居，老二早被抓去参加抗战去了，只和小的一个一道住起。狗才一咬，全家四个大人便惊醒了。老头子坐起来，正想披起衣服出去看看，忽又传来了恳切的吆喝声。

"康大爷！"门外有人叫喊，"请你起来借个火呵！"

康有成没应声，他疑神疑鬼起来，预感到不祥了。

"唉，怎么不张声呢？向你们要个火都这样艰难么！"

"你是哪一个嘛？"出乎意外，康幺蛮子忽然恼怒地大声问。

这是一个二十带点的青年，大块头，因为直率鲁莽被人叫作蛮子。他露宿了半个多月，刚才丢心落意歇在家里，因为他大烧大热，病睡倒了。他正在迷糊当中，所以很不满意这个打扰。而保长一经听见他的口音，就忍不住暗笑了，万分侥幸这回有了着落。

喊门的是二老师的长年刘忙，他诳称在街上住家，小孩子病了，去了道观画符水迷了路。也算编造得相当像样，然而不但没有人来开门，反而连一点回声也没有了。

刘忙又继续诳骗，依旧没有响动；于是保长就公开出马了。

"你听！幺蛮子，你今天规规矩矩出来算了。……"

"他病倒床上在呵！"康有成告哀地说，"都躺了两天了。"

"那还有什么怕的哩！只要他认真病了，没有哪个撞他！……"

保长的表示就有这么剀切，这么合理，可以叫每个人都相信，但是同样没有人来开门！于是保长生起气来，带人翻过那一道横在屋前的石砌短垣，撬开门冲进去了。……

在一阵紧张急促的混乱当中，幺蛮子没有逃跑。因为他确乎有病，而且自料跑也跑不脱了，等到父亲战战兢兢把亮照燃的时候，他还一样躺在床上，在一种病态的兴奋中脸孔涨得通红。另一头床角上蜷缩着一个孩子，仿佛慈了似的瞪着一双眼睛。

怀里搂着尖声啼哭的婴儿，幺蛮子女人显见得最激动。她哀求着，不时又跑到床面前摸摸丈夫的额头，向保长指陈着他的病一点不假。康有成两夫妇也在恳求，希望保长大发善心，做点好事。但是保长老不相信幺蛮子有病；随后虽然是相信了，又认为极不严重。因为如果承认他病得厉害，自己的诡计也就随之而破产了！

所以末了，他刻毒地笑起来，制止住那几个可怜人的解释。

"你们放心！即或他病得凶，部队上医起来比你家里方便！"

"至少等他多养息几天哩！"康大娘说，哭起来了。

"你要我动手哇？"保长只顾威骇着幺蛮子，"爽性点起来吧！……"

"对嘛！你就号着我抓好啦！"幺蛮子大叫，光着上身一骨碌坐起来了。他颤抖着，放下足在床沿边找草鞋，"我只问你一句，"但他忽又紧接着叫喊，"日本人都打平了，还兴抓壮丁吗？"

"这个要政府才晓得！"

"政府总没有说只该我一个人当兵！"

"嘿！你中了签啦！"

"再说是中了签，他生病呀！"幺蛮子女人放声大哭。

保长歪起嘴角笑了。"神气还连铁钉子都咬得断哩！"他轻声说。

"对嘛！——你把我这条命债拉了好啦！……"

幺蛮子大叫着跳起来，又顿顿足，于是摇晃着向床上抓衣服。他是料定了只有叫保长捆起去当炮灰的。但他忽又转过念头，弯身到床足去，抓起一把烧炭用的齐头砍刀……

而当保长惊觉的时候，可惜迟了！幺蛮子的右手食指已经在床沿上和手掌分了家。

一九四七年五月十六日

生　日

因为是做散生，贺客随来随向寿星行礼。大献蜡已经燃去一小橛了。烛焰在黑漆神匾神对上晃动着，时而投出一塔影子，时而又反映出一片亮光，淡青色的香烟袅袅上升。

女眷们陆续退进后堂去了。然而，盖过厨子剁肉的单调顿重的声响，堂屋里的男客，仍然不时可以听见一片尖脆的笑语声。男客一共有六七位。几个乡下人衣履一新，规规矩矩僵坐在八仙桌旁。三两个街上的客人，大都比较随便，但是最随便的，还算那位年轻主人，几乎只有他一个人在讲话。而且神情又紧张又激动。

年轻主人叫钟玉书，身体结实，饱满的圆脸上生着好些面疱。只读过一年多的高中，但气魄可不小。辍学以后，他曾经潜心研究国画，还开过展览会，可惜彻底地一败涂地！三年前忽又加入帮会，但也早已不再涉足"嘉白堂"了。因为他几次没有争到家长这个名位。远在去冬，他就决心要当农会参议员的，昨天刚从城里竞选回来。

主要话题便是两天前那场轰轰烈烈的选举。生性本来戆直，又失败了，所以从政府直到每个参加选举的代表们，他都无不加以攻击。仿佛他的落选适足以表明自己干净。

"所以你看，"他末了总结说，"我这回才是活毛子呢！"

于是，他一跃站起来了，响着那种自嘲自讽的豪笑。

"唉，难道我们没有一样拿油大轰吗?"但他忽又诉苦地接着说，同时求助似的，弯身望定一个悠然微笑的小胡子中年人，"一进城就在谢瓜瓜馆子里包了五席！平常打尖消夜，一围就一两桌！吃下来总十几万。说拿言语①，哪一个黑壳壳虫不是答应支持我哇？……"

那小胡子中年人忍住笑问：

"育生又是怎么挤掉的呢？"

这人是钟玉书的大姊夫张平。小学教师，为人落落寡合，惯会平淡而又辛辣地嘲笑一切世态。而所谓育生，则是钟玉书的二姊夫黄育生；一提到他，那青年人立刻挺直腰车开了。同时鄙弃地叽咕说："你怎么讲他！"随又回转身去坐下。

他默坐了好一会，板起点缀着面疱的脸；最后短促地干笑一声。

"这个你清楚的！"他诉苦地低声说，已经打侧身子直面望着张平，"春天我就向他说过，'也让我们过下瘾嘛！'接着又一连找他几次，——始终冷水烫猪，不给你个快信：'我没问题！'……"

张平笑一笑说："他才偏偏就有问题！"

"我没有帮过他的忙我也不气！"钟玉书拍拍腿子大叫，不曾听懂张平的双关话，"不是吹牛，上一届没有我他能够当选吗？又跑路，义垫钱，——还熬起夜帮他造会员册子！……"

一个老太婆的声音从后堂传出来。

"尽说这些有啥味呵！……"

这是寿星钟老太婆，接着出现在侧门边。头发是剪过的，面色苍白，还有一点浮肿。关于钟玉书、黄育生两人之间的争执，她已经知道了，正在设想怎样才能使得他们和解。至少不要再扯皮了。而且，时间已经不早，女婿、女儿都还不见前来拜寿，她更心里七上八下。

"算了！算了！"她颤巍巍地边走边说，"不要把亲戚说生分了！……"

---

① 拿言语：四川袍哥的江湖话，后成为一般习用语，有向人疏通的意思。

钟玉书顽强地顶住说：

"他做都做得，我就说不得吗?!"

"不要专怪别人，也该怪一怪自己呵!"老太婆叹息说，想在就近一张独凳上坐下；但又忽然变了主意，"他张大哥!"她接着说，向那大女婿走了两步，"啥世道呵! 是长心的，会跑去伙着闹吗? 现在亲戚也得罪了，钱也花了，——前前后后丢了我几百万!"

张平宽慰地呻吟说：

"亲母呢，这总比拿去嫖赌嚼摇了好哟!"

"对啰!"钟玉书自负地赞同说，没有理解张平的言外之意，"我总没有拿起去嫖赌嚼摇!"

"亲戚你总算得罪了! 郎舅家，他选上你选上有什么分别呵?"

钟玉书诡秘地曼声说，"可惜他还是挤掉了!"于是敞声大笑。

他接着跳起来，拍拍张平的肩膀，用一种幸灾乐祸语调，开始描绘那二姊丈的失败经过。黄育生本不致失败的，他直接控制的票数相当多。但是一桩交易把他害了。对手是个三教九流都来的角色，在成都混了很久，直到去年才通过某项暧昧关系回转家乡服务。

在儿子的追述中，老太婆不安着，随时探头望堂屋外看。

"不要说了!"她再三打岔说，"看你二哥碰起来听到! ……"

"你深沉吧，哼! 大爷他们才就看中了你这点!"钟玉书一个劲轻狂地说下去，似乎已经完全忘掉自己的失败。"眼看要开选了，人家还稳他一手：'到底是不是交换票呵?'他当然更信任人家了! 哪晓得人家的票还没他的票零头多。要是投了他也想得过! ——偏偏一票都没有投他!"

张平忍俊不禁地叹息说："那这回育生当上深了。"

"上当的还不止于他呵!"钟玉书大声说，接着又哈哈哈笑起来。"你想，"他又机密地忍住笑说，"人家一共才两三票，否则怎么会得票最多? 本来也是，"他轻轻叹一口气，显然很钦佩那家伙手段高妙，"杂种随时随地都在跟代表些打广子①，咬耳朵，没人把他摸得够啦！"

"这样看来，竟选又多了项战术了：买空卖空法！"

除开钟老太婆，堂屋里一般老老少少，全都为张平姊丈的讽喻笑了。而寿星不但没有附和着笑，甚至努嘴眨眼，显得着急地制止着那冷嘲家和儿子。因为黄育生拜寿来了。

二姊丈黄育生有四十几，个子矮小，又黑又瘦。高鼻梁上架着金丝窝子眼镜。而当他集中注意的时候，立刻眉头一攒，嘴唇尖起，仿佛心里揣着什么难于解开的疙瘩。旧制中学毕业，做过教员，后来就陆续主持各项法定社团。许多人都很称赞他为人老成持重。

离黄育生稍后一步的是钟二小姐。中等身材，皮肉松弛的阔脸上浮着一点困恼。而当她随着丈夫跨进堂屋的时候，这点困恼更触目了。而且显然在规避着钟玉书的视线。

她强笑着回答老太婆说：

"就怕带起来他见啥吃啥！……"

"毛毛你该带起来啦！"

二小姐勾下头说："横竖我吃过饭就要走的……"

督促用人摆好礼品，于是嗽嗽喉咙，黄育生慎而重之望老太婆走过来。

"亲母！"他细声细气地说，"拜个生嘛！"

于是，老太婆照例谦逊起来，但也开始说着客套话接受敬礼。直到毕恭毕敬叩头完了，女眷们告退了，黄育生这才在张平下手，钟玉书空出的椅子上坐下。接着掏出折得方方正正的手巾，揩揩鼻头，又揩揩嘴，最后揣进荷包，和那连襟攀谈起来。

这中间，正和所有的客人一样，在顿起的肃静中，钟玉书一直鉴赏着黄育生每一动作。不同的地方，是他始终带点嘲弄神情。现在，

---

① 打广子：四川土语，意即聊闲天，开玩笑。

他向黄育生献茶了；但他随随便便，故意想使对方感到不快。

黄育生欠欠身受了茶，接着便又回答张平：

"就只教育会没选了。"

"未必还在扯皮？"

"皮倒没有扯了！"黄育生慢条斯理地细声说，"听说省府有急电来，一些边疆省份，都比我们的会员多，所以只好延期，把尺度再放宽点，重新登记一次。"

"这样也对！"张平貌似正经地插嘴说："若果放宽到能识字就够格，我大大小小倒还有几个呢！"

钟玉书愤激地笑骂说："简直巫教堂子！"

"政府有些事真也有点使人头痛！"黄育生说，语调更缓，更轻，神气也更加愁苦了，"朝令夕改，什么都没定规。比如说吧，第一届选举，虽然也有缺点，流品总还算不杂，——哪里像这一次！……"

他叹息着戛然而止，随又非难地摇摇头，仿佛不胜今昔之感。

张平貌似诚恳地打偏头问：

"你这次该旗开得胜啦？"

"当一次已经够了！"淡淡一笑，又叹口气，黄育生忧郁地说，全不关心钟玉书正在向张平扮鬼脸，"不替老百姓说话吧，问心不过；就说了呢，也等于零！倒不如退下来，心安理得……"

张平假装吃惊地插嘴问："你这次没有竞选？"

黄育生抿笑说："同他们争也没味呵！"接着伸手扶扶眼镜。

钟玉书差一点叫出来："你说这些鬼话麻哪个呵！"幸而正在这时，少奶奶在后堂呼唤他。于是沉重地叹口气，接着瘪瘪嘴在心里骂道："假道学！"随即三脚两步，穿过侧门应声而去。

同堂屋间隔着一道板壁，在那所谓倒座厅的后堂里面，女客只剩有两三个了。其余都已退入左首一个房间，在劝慰二小姐。因为从城里一落屋，黄育生就向她发牢骚，而她也认宅钟玉书无情无谊，对待自己的姊夫未免过火。刚才经过母亲一问，她就更伤心了。

少奶奶小巧玲珑，嘴唇翘苏苏的；她在侧门边迎着丈夫。

"又把天戳破了！"她不满地低声说，"妈喊你去！"

钟玉书莫名其妙了一会。"我把啥天戳破了哇？"他末了问。

"啥天戳破了？"少奶奶翘翘嘴重复说，又侧目瞪了丈夫一眼，"人家怪你不该在城里跟二哥吵！他这回挤掉了也该怪你：你把票扯花了！——横竖只有她的人才该当参议员！……"

钟玉书愤激地干笑道："嗨！兴这么价说！"接着冲向左首房间里去。

"我啥事把他的票扯花啦？"正像放鞭炮样，一跨进门，他便冲着二小姐叫喊了；而她本来已经在大家的劝慰下逐渐平静下来，"人人都有权利竞选，他该挪票，我是小妈生的，只该给他抬轿子吗？……"

老太婆深悔叫他进来，她感觉无助地叫骂道：

"我晓得坛神找到你了！"

目瞪口呆一会，二小姐挺身站起来叫道："你凶啥哇？"随即哭了。

大小姐瘦长温和，已经插身在两个对手之间。"你小声点好么？"她再三向钟玉书重复说，有时像是威胁，有时又像恳求。"今天是妈的生呵！"末后她又这么说了，嘴才一停就开始淌眼泪。

钟玉书迁怒地顿脚大叫：

"妈的生，她就该吊起嘴乱说吗？……"

抱怨着少奶奶，老太婆忽然眼泪花花地呻吟起来。

"我二辈人都不要做生了！"

钟玉书正待还嘴，几个女眷忽然齐声嚷道：

"你出去陪客好嘛！"

钟玉书改口对了女眷们咆哮道："我今天就偏不出去！"但他火头显然已经萎了。带点沮丧，他接着转身朝房外走，最后在房门边一张藤椅上坐下。而在这个开始松弛的局面下，大小姐亮着湿润的眼睛笑了，因为她看见转机了；然而，一转瞬间，钟玉书又蓦地跳起来了。

钟玉书忽然切齿地嘶声说："我要去质问他！"接着拔步跨出房间。

少奶奶兢兢业业地在后堂拦住他：

"你这不是在给我累饭么？"

钟玉书见怪似的大叫："没有那么便当！"推开少奶奶冲出去了。

当他冲进堂屋的时候，他不像对待二小姐那么毛躁；但是好些客人却都警觉到了情形有点不妥。他们发现他嘴唇皮颤抖着，面疱也转成灰紫色了；而且他那么倨傲地一直向着黄育生走过去。

末了，他哗啦一声拖来一张独凳，坐下去，把右腿横担在左腿上。

"二哥！"他抑制地开口了，"我究竟挪花你好多票哇？"

黄育生早就显得吃惊地望定他。现在，经这一问，他的眉头攒得更紧，嘴唇也更尖了。他今天原本不想来拜寿的，而刚才从后堂传出那阵叫嚷，已经引起了他很多担心。但他不曾预料到还会有这个场面！因为说到出气，当在城里的时候，钟玉书气也算出够了。

黄育生困惑地笑起来，最后张皇四顾着说：

"你这是啥意思呢？"

"就是这个意思！"钟玉书大叫，上半身狠命向前一折；而且，此后每说一句就这么来一下，"你是我的姊夫！我是你的舅子！所以你挤掉了应该怪我，我被挤掉了就只能闷在心里，——屁都不放一个！"

黄育生苦笑说："这叫作啥话呵！"又不以为然地摇摇头。

"老实话都不受听！可是总比假道学好，满口仁义道德……"

"不要扯了！"张平笑一笑劝阻说，"再扯没光景了！……"

"不扯清楚我过不得！"身子一旋，钟玉书又对准张平喊叫起来，"大哥！天地间有这种道理吗？自己上了人家的当，一个字都不提，就把过错往你一个人头上堆，——我是受气包吗？……"

老太婆赶出来了。几个女眷跟到门边停下，都把头探出来。

老太婆边走边圆梦说：

"你二哥倒不见怪，看外人笑话呵！……"

黄育生强笑着迎过去。

"亲母！"他嗽嗽喉咙说，"我想先走一步。"

老太婆不复能装假了，她惊惶地失声说：

"你怎么跟他小孩子一样见识呵！……"

"不是！我原早就想拜过寿就走的，因为农会上有点事。"

"你知他是个火爆性子！啥话嘴一张就说了，又不长心……"

"对！啥事往你老丈母份上看！"两三个男客也帮着齐声挽留。

钟玉书还在沉痛地进行控诉。而张平也并不打岔他，装出同情的样子，一任他尽情发泄。因为他看得很清楚，只有这样可以避免他再挽住黄育生吵，而且会逐渐安静下来。

然而，钟玉书忽又咆哮着跳起来了，一转身紧盯住黄育生。

"唉！坐下来我们让大哥评判下嘛！"他理直气壮地大喊大叫，<u>丝毫没察觉到黄育生正在那里向老太婆告辞</u>，"若果是我姓钟的对不住你，我愿意当着这么多人给你叩头！——悔口算娃！……"

张平挽着他往自己身边拖。

"你这个人怎么不听劝呵！……"

黄育生向张平点点头说："大哥！欠陪哇！"又向在场的客人些点点头。

于是一切叫喊他都置之脑后，从从容容走了。老太婆一直在向他赔着小心，现在她更伴送他一同出去。但当跟出堂屋，忽又偷偷掉转头来："孽障！"指指儿子，她嘶哑地切齿骂了。

钟玉书望定母亲的背影跺脚大叫：

"我晓得你心目中只有女婿！……"

张平解嘲地笑起来。

"喂！看我犯夹疑呵！"

"我指的是那些假道学！……"

"管你指的哪个，坐下来吧！你今天气也算出够啦。"

"从头到脚都是假的！"钟玉书继续嚷叫，随即勉勉强强坐下。"你们看他该正派哇！"他又扬声地接着说，"其实哪个不骂他哇？顶起块参议员的招牌，这样税他要包，那样税他也想搭两成……"

张平苦笑着叹息说："你说来哪个听呵！"

"昨年才把炭秤包了，今年春天又想投标肉厘！……"

张平忽然板起脸说："听点劝好吧？"因为老太婆送罢客转来了。

钟玉书感觉扫兴地说："好！"随即吁口气靠身在椅背上。

"他张大哥！这个究竟是哪些烂心肺开的条呵？"一跨进门，老太婆就站住向张平控诉了，神情凄凉而又惶惑，"害得大家六亲不和，又花钱又淘气，——难道这几年还没把人折磨够么？"

"亲母呢！现在是鬼世道……"

老太婆忽又自顾感伤地摇摇头说：

"这回生做得光彩！……"

于是长长咽一口气，她接着回过身，找张椅子坐下，闭目闭眼仰摊在靠背上。堂屋里一时间哑静了。而在这稍嫌拘谨的沉默中，后院隐隐有哭声传来。这是少奶奶二小姐顶嘴后的余波。献蜡已经燃掉一大半了，但烛焰熊熊，匾对上的反光使人目眩。留在香签余烬上的香灰摇摇欲坠。

那个两手油腻的厨子，忽然撩开侧门门帘，探出头来问道："开得点心了么？"因为老太婆没回话，他又转向钟玉书去；而这一个照样一声不哼。于是厨子笑一笑轻声说："我倒不在乎呵！"接着消失在门帘后面。

一九四七年十一月二日

钟　傲

若果要用一句话来形容我的生活，"如坐牢笼"这句成语，真是再恰当没有了。因为尽管已经搬到一个偏远场镇住家，我的亲属照旧不很放心，经常劝告一些知道我的行踪的当地友好，不要同我往还，免得引起坏人注意。

最初一年，我是不在乎的。奔波了十多年，又有胃病和贫血病，我也需要一个长期的静养了。何况，世界在我并不窄狭，我带的书不能说少，又有好些东西要写。但是，到了次年春天，我可逐渐消沉下来。书自然看不进去，对于写作，也一下失掉了好兴致。

侥幸我是喜欢喝几杯的，我开始向杜康乞灵了。每天三台，醉了就睡。但是，还不上三个月，胃病更严重了。酒后一定大吐清水。于是我又改变办法，垦出堂前那片空地，种些菜混日子。过一晌我又买了小鸡来喂，最后又专心饲养一只花猫。而每一改变，居然也带来不少生趣。可惜效用都不牢靠，结果我又放肆喝起酒来。

一天中午，因为忽然想起几个老友，我正乘酒兴高声吟哦一位大诗人怀念旧好那首名篇，院子里蓦地爆发出一阵狂吠；随又猝然而止，换成了抢食骨头的哼哼声。我感觉有点稀奇，立刻静下来了。因为那只我特别喂养起来的黄狗，若果发现生人，照例总一直嗥到底，没有丝毫通融。

我走到门边去看，我更加惊异了。一个须髯沙白的瘦小老人正在向我走来。白草帽，灰色柳条布西装，而全都蹩脚得只有拾荒的才肯穿戴！下面更赤脚套着双水爬虫草鞋。

因为黄狗又嗥叫着赶来了，老人略一回身，扔出一块石头。

同时他打趣说："再请你吃一块吧！"接着狂吠又变或哼哼声。

我开畅地大笑了。"你这个收拾狗的方法好哩！"我说，已经猜认出对方。

"间或中用！"老人捣蛋地笑笑说，"你看它又来啦！……"

我三脚两步走出去了，赶开黄狗，把客人接进门。而自从这天起，这个几乎二十年未见面，早岁曾经显赫一时的前辈，便成了我唯一的访问者了。几乎隔不上两礼拜必来一次。

这位前辈是巡防军出身的，诨名钟傲。虽然六十多了，身体可比青年人还硬朗。而且健谈、豪迈，有时更像一个老兵那样放肆。他进过西藏，到过印度、北平和东三省。曾经做过四川光复后第一任都督尹昌衡的卫队，这个他很引以为荣。直到后来尹昌衡下了狱，他才回转故乡，用一支从军营带走的九子枪重新开创世界。

最初，我以为他是纯然为了旧谊和同情来看我的，随后我可觉得不尽然了。在这荒僻地区，他也同样感到寂寞，需要一个对象来倾诉衷肠。因为十年以前，自从他不再当公事了，便和一般士绅们格格不入。而他自以为是在传播西方文明的种种努力，更普遍遭到讪笑非议。

而且，似乎不仅士绅们对他另眼相看，好一些普通人也对他有误解。比如说吧，老人的打土匪是远近驰名的，成绩更无可否认，然而，便是这个，大家也照例又称赞又喊头痛。

在他有一次访问后，我的一个临时雇工就讲过他的坏话。

那痣胡子歪起嘴角笑一笑说：

"哎呀！他大爷倒讲得热闹呢！"

想起老人刚才的精彩叙述，我带点好奇问：

"难道是吹牛吗？"

"那倒不是得吹牛呵！"痣胡子断然回答，但又叹口气接下去说，"就只一点，他打起土匪来人吃不消。不管三更半夜，哪里狗一噪他就赶起去了！闹得大家连瞌睡都睡不舒展。"

这庄稼汉的回答虽然不能令我满意，但他说明了一点真理，老人处事的严格认真，怕是他使人侧目的主要原因之一。抗战初期，全国都奉行着一项新的规定，每天要升降旗。其时他还当事，而为了早上升旗，好多懒虫被逼跑了，有的被他打过手心。

他之遭怨，这件事可算得顶重要。因为不久他就不再管本场的公务了。但他并无悔意，倒是认定大家之反对他，不过由于积习太深，国家观念薄弱，而且时常嘲笑他们无知。

一次，妻偶然向他要点番茄种子，这使他惊愕了。

他几乎失声地嚷叫着反问："啥？——番茄？！……"

我们都有点莫名其妙。最后长叹一声，老人兴趣盎然地笑起来。

"嗨，稀奇！"他柔声说，带点调皮神气，"在我们贵码头，今天我算初次听见这两个新鲜字啦！告诉你们两位，"他接着说，脸上忽然堆满苦恼的皱纹，"我种番茄二十年了，不管街上人，泥脚杆，都叫他洋辣子！摘一两个玩大家是高兴的，劝他吃么，——你在向他进毒药啦！……"

老人不但于种番茄，逢人宣传吃食番茄的妙用，他还努力推广过好些品种优良的玉麦、小麦。然而，不幸之至，成绩比他劝人种番茄还要坏！因而每一提起，他又一定大发牢骚。

他断言一切庄稼人都顽固、懒惰，不想从贫乏里救出自已。

他的偏激引起了我的异议，我截住问：

"你们这里也兴看庄稼吗？"

"怎么不兴！"老人肯定地回答，显然以为我的问话未免多余，"比如玉麦，一莴须主人家总要到佃户那里去走一转，扳两包做样子。不然的话，你想，乡下人多狡猾？到了收租的时候，他会这样那样：——今年雨水少啦！——种都收不够啦！——十八福①扭着你让！"

"你这就接触到要点了！"扬声一笑，我愉快地扣上去说，"依我看么，他们拒绝改良，只因为收成好对他们并不利！你想，若果你一年忙到头，结果无非为了别人，这个你高兴干吗？"

"可是，照我刚才的计算，每亩就上足一石租他们也划得来！"

"第一季或许这样，恐怕不等过年，地主就要喊加租了！"

老人好一会没张声。"总之文化还不够呵！"他末了断然说。

我没有再反驳他。因为我知道他本人就有田有地，而且凡事总好就全好，坏就全坏，不会轻易改变主张。这也许是他的弱点，但在这荒野的山区，无疑是个别具一格的人物。

他种得有一株尤加利树，好些没钱买药的贫苦农民时常要点叶子去医治疟疾，居然是能见效。但他宣称它的功能并不止此，还可用来敷疮洗疮。凉寒伤风自然更行。逢到天时不正，煨水吃了，就能防御白喉之类的传染病。若果经常吃呢，不必讲更可以延年益寿。

他的说法也许夸张，但在一般常人当中，仅就技艺而言，他本人倒可以算得万能。他的西服，通常是他自己裁剪，自己用缝衣机做的。他会石工、木工、铁工，以及其他许多手艺。而且常能在工具的制作上自出心裁。他于育种极有经验，有个时期，曾经以一头荷兰种牛繁殖到四五十头！他用新方法喂养着一大群列亨鸡……

此外他还会接产。自备有橡皮手套等等，简直像个专门的产科医生。但医生是取费的，他可不要。若果碰到赤贫人家，他还常常自动贴补一点口粮，或者银钱。而且，对于住在他田庄附近一带的乡下人生孩子，要不请他，他还会不舒服。无须说一请他总会立刻到的；不管你是住在哪匹有名的大山顶上，也不管白昼，或是风风雨雨的黑夜，他一点不迟延。而且真有他壮年时打土匪那种气概。

---

① 十八福：四川人玩纸牌的一种方式，这种玩法比较复杂。

总括一句，他对接产的狂热，远比对其他事务强烈。而同这个恰成正比，人们对他其余一切行事的讪笑不满，再也找不出一件比对他的接产更厉害了。当我最初回到家乡，一次偶然在城里向人问到他时，一位老先生就曾经嘲笑了他一通。

那位老先生不算顽固，人也和善，但是他的态度竟是那么严厉。

"这个人简直搞得太没有光景了！"老先生厉声说，"现在就四面八方替人接生，这个叫啥名堂？做医生我不反对，你啥身份？啥地位？听说就连媳妇生产他都厚起脸皮要接！"

我审慎地笑笑说："在欧美这个恐怕倒很寻常。"

"欧美！"老先生响着鼻子笑了，"中国有中国的国情！……"

至于本地一般上流社会人士，他们倒没有以卫道者自居，把老人当成叛徒看待。因为他们在我问起他的时候，只是意味深长地歪起嘴一笑，轻描淡写讽刺他一两句。

"他么，"他们慢条斯理地回答，"现在又在做稳婆了。……"

然而，后来我才明白，这并非因为他们比城里的士绅宽大，他们的愤怒早已发泄够了。再则，他们当然清楚，老人是断不会向攻击低头的。一件事开头了他总照例必做到底。

而且，对于一切诽谤，他似乎很冷淡，因为他就从来没提起过。

一次，我忍不住试探地问：

"像你接生，恐怕好些人不赞成吧？"

"你这个话才有意思！"老人回答，津津有味似的悄声笑了，"他们赞成怎样？反对又怎么样？这个不像公事，就是反对，也不过嘴里说说，绝不会用黑名字告状的，——我才没有工夫理呢！"

他更加悠然自得地笑起来，一面满足地拂拂须髯。

"我告诉你，"调皮捣蛋地眨眨眼睛，他随又接下去说，"在这街上，要人不反对很容易。首先你不要说什么文化呀，西洋的科学怎样进步呀，最好是讲生意，讲刮钱。有人约你靠盘子呢，"他模拟地接着说，绘影绘声地丝丝入扣，"'好啦！找个地方烧两盒吧！'若果是约你去赌场玩，你也不要拒绝，'行！闻闻汗臭屁臭顶卫生了！'……"

他爆发般大笑了。最后又深深抽口气，显然笑得过分痛快。

"再告诉你一句吧！"他随即苦笑说，"我从前也是这样昏呵！……"

于是自嘲自讽，开始追述他中年时代的放浪生活。

"请你批评，"他末了严肃地结束道，"究竟我从前对呢，还是现在？"我的答复没有叫他失望，于是他轻声一笑，"可是，"他接着说，"那个时候，不管当面背地，哪个不尊敬我？现在你私下去打听下吧！只要你向他们提说起，大概总有个把人说，'那是个怪物啦！'……"

他一顿，笑得更甜蜜了；但我却神经过敏地感到一点苦趣。

"好！算了！"停停，他又沉思地柔声说，"还是说我们的正事吧！……"

他之所谓正事，是他第一次向我说明，为什么他要用最大的热忱来对付生产。在国家民族的前提下，他从人口问题说到当地的生育情形。照他说来，就是街上，婴儿死亡率也很高的，横生倒养的难产时有所闻。而这个是不能容许其存在的。现在政府不管，那是政府失职，每一个有教养的人士可不能袖手旁观。

他随又说到一些实际知识：怎样保产和怎样临盆，刚好我的太太从外面回来了，于是他精神更旺起来，立刻招呼住她，从头再说一遍。显然认为这个对女士比对男士重要。

最后，一个女邻居来借东西，他又一样高兴地留住她。

"这些话听了好呵！"他认真地劝诱说，"请坐下来吧！……"

其实，他是从不放过一个任何机会的，平日不必说了，有时他还特别去赶庙会，召集那些前去进香的妇女们公开宣讲。我想，和尚、道士之所以没有赶走他，大多由于他声望高，尽管有时他未免说得过分直率。

据我记忆所及，在我们将近一年的接触中，只要适逢他接生了，他必定很快跑来看我，把经过原原本本告诉我听。而他碰见的几乎尽是难产！有时他讲来喜不自胜，因为侥幸他把母子都保全了。有时却又声容黯淡，向我描写一些悲惨情景：为了救活大人，他只好把婴儿剁碎了；或者两条生命都轻轻从他手边滑掉……

给我印象最深的是这样一回事：一个农妇不幸碰见横生，几乎整三天婴儿还不落地！一只手随送进去，随又钻出来了。最后，那丈夫绝望了！而在情急之下就一剪子扎去……

听得人有点毛骨悚然，于是我惊呼道：

"为什么不早来请你呢！"

"早一天来请我都对了！"老人懊丧地大声说，"至少大人的生命没有危险！可是你要晓得，不必说乡下人，就是开通点的，事情不到九分九厘，他们也不会来找我啦！……"

他苦笑着住了嘴，原极愉快生动的眸子浮上一层阴影。

他随又沉郁地加上说：

"总之，天地间愚昧和灾难是一联的！……"

这次谈话以后，我们一直有两三个月没有见面。因为我那保护人忽然从城里给我带来大批谣言，而且竭力劝我立刻离开，单独搬往邻场一处荒凉的山沟里去。我照办了。

我在那里的孤单，是更其不用说的，只差一点没有发疯。

好几次我向自己发誓，说我从前已经本分得顶合格了，就是杀头我也要回转老地方去！自然，在那半年多的落荒生活当中，事实上我只回去住过两天。因为我的小女儿出痧子，自己委实放心不下。

到家那夜，我女儿已经退了烧了，但是另外一件事却又使我为之愕然。

我跳起来遮断妻反问："啥？——坏了一只眼睛?!"

我那女用人照例直戆戆地从旁插嘴：

"哪个叫他那么爱接生嗬！"

"你听！"妻扬败地大笑，随手一指那个自以为是的批评家，"这就是街上一般人的代表意见！差不多这几天都在讲，哪个叫他那么爱接生啦？完全是给胎气污了！——仿佛是活报应！"

我摇摇头叹息说："这就叫狗嘴里长不出象牙！……"

老人坏的左眼，当时正在邻县一家医院里动手术。我很想去看他，但事实不允许我去。我又回转山里去了。日子自然同样难挨，但我开始尽力排遣。首先，我自己开锅弄饭，不要吃现成了；其次，即或下雨，我也一定套起草鞋，戴上斗笠，早晚上下爬一趟坡……

少用脑筋，有时也真有妙用，我慢慢安静了。一天黄昏，我又照例开始每天最后一个节目：从住处往大方坪爬。但刚爬到小瀑布边，我忽然发现前面一个熟悉身影，正在下来。

我停下来审视，对方也同时停下了，跟即互相欢呼着面对面走。

碰头以后，我首先抢嘴问：

"先讲讲你的眼睛是怎么的呵？"

"喏！这只坏了！"老人生涩地笑笑说，"医生讲我白血球太多了！……"

我满望他再说下去，但他一顿，忽然神采奕奕地笑起来。

随即突如其来看定我问："你说，一胎几个衣包？"

我一时糊涂了，只好吞吞吐吐回答：

"想来一胎一个……"

"若果是双生呢？"

"双生？双生，照常理讲，恐怕有两个吧。"

"今天我发现三个！"他大声紧接着喊，精神更焕发了。

"你问他吧！"他继续说，拿手肘靠靠身边一个麻脸农民，"就是他的女人，我刚才取下来的。真是稀奇，从来想都没有想到过哩！……"

于是他又有声有色向我描述了一通详细经过。

"你看这个该我老头子高兴吧?"他末了打趣说,"今天真痛快透了……"

这是一九四三年夏天的事,随后我就被逼离开故乡,至今没有再见过他。

一九四七年十一月二十九日

选　灾

谢天谢地！篾匠二爸终于翻过那道垣墙，逃出来了。

当保长挨户召集大家上街参加伪国大代表选举的时候，好多人都喊头痛，原本只有他有兴致。说："吃了这么贵的口粮，不去开开眼界，太冤枉了！"但他没有料到竟会一天两天地拖下去！

篾匠二爸身材不高，可很宽大。缺齿的阔嘴上稀稀疏疏盖着一片胡子。现在，靠着墙息口气，他开始爬坡了。他知道半坡上有条路，可以转往大道上去。因为已经无须怕人发觉，他缓缓走去，不再显得怎么张皇。而且还不时咯咯暗笑。仿佛他在打趣自己："这回眼界真开得好！"或者庆幸自己，"这下该我回去种菜籽了！"

他已经爬上那小路了。打从那里俯瞰下去，可以一眼望见躺在脚下的乡公所。他喘息着，一面静静观望那些聚集在礼堂空地上的选民；过道里不时有人穿出穿进，神情显得慌张。

正待要笑出来，篾匠忽又变得很严肃了：一个人头十分突兀地顺着墙耸上来。

他很快断定那是选民，于是他笑笑说："我怕只有我一个人熬不住啊！……"

那人似乎比他健壮，很快就已爬上墙头，纵身跳在蔓草掩没的荒坡上。但也显然比他胆小，因为并不停下来息口气，接着就又奋力爬坡。正像后面有人追赶那样。

这重又叫篾匠感觉不安起来。本想再息一会，等那人近身了，问问他走后有什么新闻的；但他搔着短而打皱的颈项，眨眨眼睛，反身拔步又走。因为，若果真的有人追起来了，他很可能受到连累。

带点蹒跚急急走去，篾匠二爸，很快便出现在大路上了。一直到了一座碉堡面前，他才放缓脚步，打算歇下来抽袋烟。那里有家麻糖摊子，篾棚下面石块上坐着三个人在聊闲天。

那摊贩跛子是个熟人，两个乡下人也不是生面孔，篾匠二爸笔直走过去了。

算作招呼，篾匠歪了头笑笑说："你们才潇洒喃！"

接着搬了一块石头坐下，取出烟盒烟杆，动手裹烟装烟。篾棚下面的聊天始终都津津有味，但他没有插嘴，只是眉宇间浮着一点笑意。等到把烟裹好装好，他可再也忍不住了。

篾匠突如其来地扬声一笑，拖长着声音说："可惜还在闹意见呵！

跛子不以为然地坚持说："不！参议员捏好的，两边一家占一半票！"

"你自己去看看就清楚了！"情不自禁，篾匠站起来又比又说地接下去道，"那些师爷刚好跑出来招呼大家，'站好站好！要投票了！'老跑就那么跳出跳进大闹。这一个安顿倒，幺大爷又不依了！说：'要乱来我们大家乱来！'就这样七拱八翘的：你自己带着眼睛跑去看吧！"

跛子抓抓腮巴，陷在怀疑里面。篾匠高深莫测地悄声笑了。

篾匠沉吟着添上说："依我看么，谨防还要把皮褂子扯烂哩！"

跛子忽然咂咂嘴反问道："你自己才去投票来哇？"

"投啥票呵！你我都是蚂蟥，生来只有听水响的。"

显得惊奇地定着眼睛，跛子又问："怎么只有你一个人摸出来呢？"

篾匠打量地瞟他一眼，又淡淡一笑，接着随手取过一个大胡子嘴上的烟杆。他并不怕他们知道他是逃出来的，只是脾味喜欢弄鬼，不肯直白地说。他终于把烟杆吸燃了。

篾匠重重抽了几口，喷出一股浓烟。接着又斯斯文文吐口唾沫。

"你听我讲！"抹抹口涎，他含笑地叹息说，"一个是老跑的对手亲家，一个是幺大爷的亲血老表，你我都在瞎操心呵！还是自己的庄稼要紧。菜母籽要再不种下去，只能煮起吃了！……"

很多时候，篾匠总有嘴无心的。话说过了他才彻底了解它们是什么意思。现在，还没住嘴，他的情绪忽然变了。觉得他的冒险逃跑，原是为了赶回去种菜籽的，不是为了聊天。而且凭着他特有的神经质，他还很快联想起他的欠租，因为它就靠小春来归还！……

于是他一顿，叹口气衔上烟杆就走。但才走了几步，忽又兴冲冲回转身停下来。

"啥样子吗？"他反问道，虽然竹棚下面已经在自顾闲谈，并没有请教他，"满街都是相片，跑去看嘛！他们说，那个牛角胡子就是老跑的亲家，精瘦，——跑到牛市上就可以看到啦！"

他重又记起他是回去种菜籽的，于是忙着做个结束，认认真真走了。

从此，他没有再碰见任何耽搁，或者引诱，就那么翘着烟杆默默走去。等到进了黄泥沟了，虽然有好几次，路边田地里的同沟熟人都向他问："我们那一个呢？"他也仅仅爱理不理搪塞一句，"没有觉得！"因为尽管本质上依旧那么豁达，但他也会忽然沉闷起来。

篾匠二爸自来有三亩旱地，又会篾工，一向生活比较松动。可是五年以前，因为要把小篾匠从收兵连赎回来，几亩地就光了。接着又死了老婆。而他有时会不快活，就是这么来的。加之，儿子经常在外工作，媳妇又叫三个从一岁到六岁的孩子拖得来狼狈不堪，庄稼主要靠他一个人做。孙子全是女的，这个也叫老头子不舒泰。

篾匠家里离街有七里路，几间屋顶已经发黑的茅屋，孤零零地站在一座山坡脚下。当他到家的时候，媳妇刚把午饭吃了。媳妇只有二十多岁，但是贫困和生育已经使她显得那么衰老，又黄又瘦，眼睛阴凄凄的，她正在灶门口奶孩子。篾匠不声不响走进灶房，一边从身后取下一只口袋，摸出两个玉米面馍。昨天他饿够了，所以早上特别带了一点口粮。

他把馍递给媳妇，叫她焙在灰里，接着在一张小方桌前面坐下。

他长长透了口气，随即一字一字地曼声说："也把菜母籽地动一下哩，又不逢戌！……"

他开始向媳妇数说了：懒！坐在那里连钉耙都抓不起！

媳妇受屈地辩解说："我知道你今天这么快会选完了？……"

"好好！"篾匠厌烦地连连挥手，"你横竖有理！"

媳妇叹口气住了嘴，篾匠也不再张声了。但不一会，他又说开头了。不过已不再是指责，而是诉苦。他从大春的歉收谈到欠租，以及地主廖瘟狗的刻薄和他自己的诺言。而若果小春无望，他们的日子就会更可怕了。

他原在教训媳妇，鼓励媳妇，但是结果他自己竟比听的人还感动。

"好吧！"他结束说，毛躁不安地站起来了，"把馍掏出来吧！我不要紧！"深恐媳妇啰唆，他又蹙着脸叮咛，"有点热就行了。啥年辰呵！只要把肚皮塞得饱就算万幸！难道还择嘴么？……"

媳妇递来烤热的馍，又送来一杯茶，篾匠拍拍灰吃起来。

他忙匆匆地吃着，一面开始向媳妇和孙女吩咐。他叫那个四岁的孩子在家里守门和照管婴儿，免得碍足碍手，大的则随同去打杂。而在最后一块玉米面馍还没有咽下喉咙的时候，他就已经到了菜母地里。菜母地在村道旁边，离家有半里路。菜母已经长到好几寸长，再不分种确乎是不行了。

幸而大选的前两天，因为趁着天气放晴，留下来的一亩多空地是已经翻耙过的。只需打好窝儿，就可以栽种了。他没有任何想念，只是努力拔着菜母，决心一下午把一切准备好，明天一早动手栽种。

等到太阳落坡，一个中年妇女顺着田塍走过来了。胖，两脚黄泥，头上盖着方蓝色破布。

打过招呼，中年妇女声色俱厉紧接着问道："我们那个挨刀的呢？"

篾匠原想这么回答："我是你的看牛娃啦！"但他忽又把话头咽住了。

篾匠伸直腰叹口气，于是变得讨好的笑笑说："明天换天工好吗？"

"呵哟！"中年妇女惊叫了，瞪着双圆圆的大眼睛，"你怎么还找我换工呵？都讲半天就选完了，等你把菜母籽扯起来，早上他又把人跟你挡上街了！几个短命鬼又只晓得张起嘴吃……"

也许察觉出老头子的扫兴和难为情，她一顿就住了嘴了。

停停，她又叹口气轻声说："呵哟，我都正在这里和尚的头没抓拿哩。"

篾匠二爸浮出苦笑，在喉咙里叽咕说："真是劳民伤财！"

中年妇女忽又固执着问："你一直没有看见我们那一个么？"

篾匠诉苦地曼声说："我走的时候还没有开头选呵！"

于是摇一摇头，又吹口气，篾匠弯下身子工作去了。也就是说扯菜母籽。但和前一刻钟相反，他总有点心不在焉，不能把注意集中在眼睛上和手上。因为由于那中年妇女的眼前实例，好些担心开始蛀蚀他了。大选今天是否可能结束？万一明天还要挡他去呢？……

那个中年妇女还一直在吵闹。因为当一听明白篾匠是提前回来的，她对丈夫更生气了。

她恨恨地继续骂："我晓得他，狗打架都要看个饱才肯走！……"

一下子撑起身子，篾匠厉声叫道："明天他牛牵绳都把我牵不去！……"

于是他又开始工作，什么顾虑他都抛掷脑后。更加没有心肠替那个挨冤枉骂的丈夫解释一句。等到那个中年妇女吵闹着走远了，估量扯下的菜母籽已经够种七八分地，他就叫媳妇收工回家。因为要把菜母砌好，装在箩筐里挑起回去，他自己迟一步才动身。这时黄昏已经来临，而在远处的林莽间，暮烟扩张得更快了。

篾匠分别把箩筐提在村道上面，穿上扁担，摆开两腿，蹲下身子去挑。但他忽又迈过肩头，空着身子撑起来了。他发现前面有一路人正在走来，他想看个究竟。

人数似乎很多，而且沿途都在嚷叫，篾匠的好奇心更旺了。

带头一个是夏壳子，篾匠赶紧迎上去问道："结果怎么的哇？"

"怎么的哇，"夏壳子重复道，"不是敷得快都打响了！"他一顿，丢开篾匠，随即飞快回转身去，"我有个好主意！"他紧接着大叫，和身后一个什么人搭上腔，"我们大家凑一点钱，买一对牛油蜡，明天跪下来请保长代个表好了！随便他选啥黑壳壳虫我们都没话讲！"

"肯答应倒对喃！"有人从远处回答道，"可惜他偏要把你编去做摆设呵！……"

不期然地，人们一时间集中了。虽然有的还隔几块田远，有的已经转上岔道，有的依旧是在走路。他们此唱彼答地嚷叫着，把对大选的观感全都搬出来了，而且赤裸裸的。

篾匠直到大家走散了才闷闷不乐地走回去。他听了很多，而归结起来只有这样一个观念：明天还得上街投票！这也是说，他的逃跑反而把事情弄糟了！因为按照媳妇的劳动力，至多只能种两分地，而他扯下的菜母籽可够种七八分！……

当他挑回箩筐的时候，媳妇已经把面团搅好了。她替他盛了一碗，搁在小方桌上，但他并不想吃。最后，他用筷子在碗里搅动着，勉强挑起一点向嘴里喂；但他随又放回原处去了。

他把筷子挂在碗里，扭转身笑笑说："你明天上街去投票好么？"

媳妇例外爽利地从灶门口回答道："那我倒不干呵！"

"不干？"篾匠惊叫着，整个身子一下车过去了，"七八分地的，你一个人种得完么？鼓一个劲，至少我可以种它大半！再说，女人家也有去的，不止你一个呵！就只路远一点，又有小的……"

媳妇干干脆脆地插嘴说："对啰！这一窝窝看拿来怎么办！"

"怎么办？大的留下，小的可以带上。再不然完全留下来我领哩！……哼？"

他催逼着，希望她肯承认，但她再也不张声了。她无论如何不放心她的孩子。篾匠灰心起来，因为一向知道她脾味古怪。但他忽又灵机一动，以为媳妇固执，无非把大选看深沉了。因为平常她连场也不赶的，很少见过世面。于是他又耐心向她解释。

他末了又说："总之，只有那点秘诀，保长叫你选哪个你选哪个好了！……"

他又连连追问，后来甚至只希望她应一声，但连这个似乎也不容易办到。

篾匠忍不住发火了，他跳起来大声说："好吧！等廖瘟狗逼起来大家去上吊吧！……"

跌跌绊绊，他摸进自己房里睡觉去了。他从没有这么样生过气，也没有这么样绝望过，而他天性上的豁达已经离开他了。他不停地翻腾着，每醒一次又一定深深叹一口气。约莫半夜，他甚至一骨碌坐起来了，大叫道："他枪毙我好啦！"于是倒下去又睡了。

篾匠这最后一觉算睡得很酣畅。但当他醒来时，天已经大亮了。他显得吃惊地跳起来，不等穿好衣服，就慌慌张张向灶屋跑。正像发觉房子塌下来了，迟走一步会被压死。

媳妇已经生燃火了，篾匠找出晚上剩的搅团，倾在锅里，渗了点水，盖上锅盖。

于是他带点诡秘地吐出第一句话："火生旺点！"接着又弯身到灶门口瞧一瞧。

敞开抄上的衣服，他开始扣纽扣了。而只等热好搅团吃了，他就趁保长没有来溜之乎！但他依旧不很放心。扣着纽扣，他不时走近门口，伸出头望一眼。耳朵更没有一秒钟的疏忽。

好了！现在他已经坐在小方桌前动手吃了。但他忽又放下碗一蹦跳了起来。

接着他没头没脑直望右首茅房里窜。"就说打晒席去了!"他匆忙地弯过头叮咛。

他随即在那道矮门边隐没了。茅坑很大,上面蹲着一座空无所有的猪圈。里边很黑,全靠从墙壁缝里投进来的几条阳光,才可勉强不致碰破脑壳。刚好选定一个漆黑的角落蹲下,接着他又撑起来了,打算在门口遮块笆子。因为叫唤声越来越近,更加证明了那确乎是保长,来叫他上街去投票的。但他忽又望后一缩,胡乱打着转身。最后,他蹲下去了,把墙壁拆了个洞……

当篾匠壮着胆子,从山上摸回来的时候,媳妇早已被挡上街参加大选去了。两个大的孙女还在阶沿边哭,箩筐里的婴儿正津津有味地吮着拳头。平日赶场回家,碰到孩子们伸起手要零食,老头子总是说:"胎投错了!"但他这天自愿下场带把麻花回来,而她们很快就安静了。补吃过早饭后他就忙着排开工作。

虽然去了一个有力帮手,又耽搁了一早晨,但是篾匠并不懊丧。因为无论如何,他到底从一场可笑可耻的纠纷中逃出来了,现在可以认认真真把时间和精力投在正当的劳动当中。他愉快地工作着,正像他年轻了十年。

刚到晌午,他就约莫种了两分多地。他正想回家吃饭,副保长可忙匆匆跑来了。

副保长又小又瘦,人很疾跳,他边走边嚷:"走!走!赶紧跟我上街!……"

篾匠大张着嘴,最后咽了一口唾沫问道:"唉,这个媳妇子去了不一样么?"

"已经给打死了!是幺蛮子那边先开的枪,乡长叫你马上进城去抵住告!……"

一九四八年二月十二日

医　生

中医彭春山是个瘦小老人。面色白净，胡髭浓黑，外表活像一个办理文牍的师爷。他是专门外科，生疮伤症都行，很得一般病家信任。而且，他心极恬淡，从不争论医药用费，不管多少都笑嘻嘻接下来。对于贫苦病家，他还间或施诊施药，分文不取。因为他是从穷困中奋斗出来的，深切了解贫苦生活是个什么味道。

中医彭春山开业将近三十年了。三十年不是个短时间，需要一份坚强信心才能一直保持住一个人的声誉。抗战以前不必说了，就是抗战中间，他也从没有怀疑过，像他这样做人是会有困难的。即或偶尔想到自己的晚境，想到存储不多，他也能够叹口气就丢开。到了抗日战争末期，他可逐渐感觉不对劲了。而认真挫折他的，却是抗日战争的胜利，以及跟着这个胜利来的内战。因为生活的担子越来越重，他的医术好像已经不可靠了。

幸而老医生始终没有向困难屈膝。他一样不讨价还价，一样肯对穷人怜恤。只是他的性格和从前不同了。比如以前他替病人开刀接骨，总是连连安慰他们："不痛！不痛！痛一阵就过了！"现在若果听见呻吟，他会大发脾气："怕痛最好不要找我！"而且，不止暴躁，他还变得来喜欢饶舌，喜欢打趣。有时更爱粗粗鲁鲁批评几句时事。甚至就当街坐在铺堂门边，拉开嗓子向左邻右舍讲，没有丝毫顾忌。说也奇怪，他原是很和善的，但他现在就是笑起来也带一点恶意。

老医生最近几天相当忙碌。每逢场期，他总往往非到下午无法得到休息。这不是病人比以往多，倒逐渐减少了。他之忙碌，因为每当送走一批病人，他得清检一次收入，再又合拢来计算一次总数。万一勉强够买一点实物，还得赶快投到市场上去。这是去年法币快要断气时候造成的好风气，金圆券出世以后，一般人都以为这种抢买抢购的风气，跟法币殉了葬了，但它现在无疑又突然还魂了。

　　这天场期，老医生断断续续诊治了两三批病人，一共有八九个。其中一个折断腰骨的最为严重，医起来也最麻烦。但他终于把它弄停妥了。送走那个粮户，他就习惯地转身到那张条桌边坐下，数了数刚才接过手的报酬。随又打开抽匣，连同所有的收入一起计算。

　　这时，医生娘子打从市场上回来了。这是个肥大的半老妇人，一向丈夫治病，她总静悄悄在一边做手工，从不过问他的业务。不幸这种平静生活早已经过去了，现在她也一样紧张忙碌。特别赶场天是这样。

　　一直走到小条桌边，医生娘子喘口气问道：

　　"凑得够多少了哇?"

　　想起刚才偶尔听来的行情，老医生靠在椅背上说：

　　"斗把米总够吧! ……"

　　医生娘子早已抓过票子在检数了，一面摇着头连连说：

　　"一元的怎么这样多呵! ……"

　　老医生叹口气站起来截住她道：

　　"像你这样绵缠下去，只够买几升了!"

　　于是几下收检起钞票，包在一张大蓝洋布帕里，老医生自己赶往粮食市上去了。因为他的话不只是一时的打趣，也是一种担心。而且这点担心是很近情的，自从上两场起，物价总一天涨几次。但他还不知道，在他替病人接骨时候偶尔听来的那个价格，跟同老伴刚才亲自在粮食市场上打探到的价格，事实上已经有了很大距离。

赶场的并不多，可是喧嚷、匆忙把情形扩大了。随处都好像拥挤不通。米粮市也一样。虽然趸卖的少，顶多的是卖零升。走近一只大约装了斗把米的夹背，老医生抓了点看样子，一个斗手同时提了斗紧跟过来。

老医生照例问了问价钱，接着就静观斗手卖主交涉，自己一声也不响了。

价钱终于讲妥，于是斗手转身问道：

"量吗？——都还在不服卖呵！"

老医生正待答话，一个身着灰布旗袍的中年妇女，忽然奔走呼嚷地赶过来。她满脸慌相，似乎发现了什么危机。但是，当她听说米还没有过斗，仅仅讲好价钱，就又立刻松口气笑起来，随即吩咐那代她卖米的汉子，把夹背背起走了。

老医生解嘲地笑笑说："她不肯卖，我也不想买了！"接着转身便走。

老医生没有另自再买，他一直闭紧嘴离开粮市。因为斗手说的价格，已经高出他的预料很远，实际讲妥的可是还要高些！而他手边的全部款项，是连一斗米也都不能买了。他有点沮丧，同时却更气恼，所以决心照样把那些金圆券带回去，让它们彻头彻脑变成废纸。

然而，走上大街不久，他又叹口气转了念头，觉得还是赶快设法把它们支销出去的好。天气热起来了，眼见就要下酱，他首先想到该买点盐。他边走边留心看，但他没有发现一个盐摊。几家店铺，又只各自摆了三五斤水花盐应景；显然已经把趸数藏起来了。幸而一个熟识布客打动了他，使他想到一个新的计划，认定买成布也不错。即或只够缝条裤子，总比金圆券有用处。

那布客又黑又瘦，左眼睛有点毛病，对人极为老实客气。他的摊子摆在一家烧房门首，这时正在同一个乡下老头子讲生意。当老医生走近摊子，生意也恰好讲妥了；但他并未立刻向布客打招呼，因为他忽然看见那老者掏出一个硬洋，递了过去。

直到布客把银圆斟酌好，要量布了，老医生这才忍不住问道："金圆券还用吗？"闪着惊奇的眼光。

布客一顿，细起眼睛瞧瞧，于是笑嘻嘻诉苦说：

"去年我两担布，只剩这一点了！……"

老医生带点固执地截住他：

"好！问你是不是只卖硬银圆呵？"

布客蹙着脸支吾说：

"这点卖完，我决定要改行了！——说要话不叫人！……"

老医生显得害羞地笑起来，因为他忽然领会出这不是布客有意同他作对，实在不该使他为难。于是表示谅解地点一点头，转身离开布摊。他脑子里已不再有怎样处置手里的款项这个念头，它被种种杂乱印象占据住了。他老是想到那个老实布商的狼狈，想起那个卖米的中年妇女的慌张……

老医生忽然听见有人在招呼他。那是一个糖坊老板，胖，八字胡，神气有点诙谐。他停下，同时一个打从城里来的熟人也正向他点头问好。本想应酬几句就走掉的，但他迟疑一会，应着邀请走过去了。搁下包裹，他在柜台边坐下，接着随手接过徒弟递来的烟袋，开始吹烟。

扯开包裹角儿瞧瞧，胖老板玩笑地警告说：

"还不赶快用掉，下一场没事了！"

老医生停住吹烟，愤激地强笑道：

"我会拿它来点火吃烟！"

胖老板摇摇头凑趣说：

"不！横竖皮纸也贵，裁起来摊膏药吧！……"

胖老板紧接着纵声大笑，坐在柜台后面的客人、徒弟，也都哈哈哈笑起来。但是老医生似乎一点也不觉得有趣，就冷冷然抱了水烟袋吹。老板随即转过话头，单独同那客人谈起来了。他们谈到南京的解放，谈到物价，谈到逐渐公开的硬洋，及其种种版式的硬洋的细微特征。

最后大家吹起"袁大头"来了；于是递过烟袋，老医生竟也忍不住开了口。

老医生抖抖身上的纸捻灰，忽然扬起脸来问道：

"依你们袁世凯比老蒋如何？"

胖老板一顿，随即就苦笑了，说：

"讲到这几天用这个背时钱么……"

然而，并不等待回答，冷冷一笑，老医生自顾接下去说：

"蔡锷云南起义的时候，我正在州里学医。当时我想，这下有个打头！没有多久，大家嘈杂袁世凯吞金死了！因为他听说四面八方都反对他，再干下去太没有光景了。老蒋有这个度量吗？恐怕就是老百姓每天点起香烛咒他，他都不会红一下脸！……"

那客人笑扯扯轻声说："你要是在城里这么讲啦……"

老医生一个劲接下去说道：

"至少他不会吞金死！——他把人还没有害够！……"

于是用鼻孔吹口气，他又缓缓吐出几个字道："瘟牛脑壳！"同时已经站了起来，取了包裹，头也不点一下离开了柜台。而在转身之时，他又愤激地补了一句："瘟牛脑壳只有用兰炭炖！"接着昂然跨下阶沿走了。

说也奇怪，老医生一下觉得心里很舒展了。仿佛这大半天的闷气，甚至这几场、这几年的闷气，都已经消泄尽了。走回铺子，他发觉他的小女儿一个人坐在那里。他只有三个女儿，大的早出阁了，二的在成都学看护，这小的在本场读书。搁下包裹，又揭掉瓜皮帽，于是他靠在条桌后面的竹圈椅上，希望好好息一口气。

停停，医生娘子弄好饭出来了。撩开悬在两只货柜间的蓝布门帘，她缓步而出，但那包裹立刻叫她大吃一惊；于是唠唠叨叨急走过去。

她在条桌边停下，随又接下去说：

"怎么原封不动带回来呵！……"

老医生厌烦起来，他冷冷地截住她问道："把它丢啦？"

但他随又叹一口气，坐起来，耐心地说了一遍买米、买布的经过。

老医生柔声地加上道：

"这有啥办法呢？变到中华民国的人啦！"

医生娘子沮丧地自语道："搁到下一场这个钱还有屁用！"

因为偶尔想起糖坊老板的打趣，老医生故为开心地说：

"拿来摊膏药总行啦！……"

然而，这个笑话没有发生多少效果，医生娘子依旧唉声叹气，放心不下那一堆金圆券。因此，丈夫一时的好兴致，正同肥皂泡样，一转眼也吹了。以至午饭时候，彼此全都显得闷闷不乐。便是他们的小女儿也是这样。

然而，这中间老医生忽然惊叫了一声，又一下放下筷子，同时站起来又坐下。

老医生一旦醒悟地大笑道：

"霉了！托人明天带进城买成冰片不一样啦！……"

家里的冰片已经不多，这倒是一个好主意。所以吃罢午饭，也不管顾是否还有人前来就诊，老医生赶忙上街找人去了。这也容易，本乡离县城只有三十里路，每逢赶场，几家匹头商人，总是当天下午就要赶进城去添货。他决定找一个姓竺的，人很和达，对他又颇熟识。老医生在下街子找到他，那小胖子正在忙着收拾摊子。

权当招呼，老医生边说边走近阶沿去：

"怎么，这么早就收啦？"

那匹头商人转身一看，接着就诉苦说：

"这几场的生意卖多了赔不起……"

老医生叹口气插嘴道："现在的生意确乎难做！"随即提出他的请托。

老医生很快就把交涉办停妥了。这不是他有权有势，他的为人一向受人敬重。但他并不高兴，因为清好钞票，那匹头商人预先告了个罪，说是一元的金圆券，当天街上已经没有人接手了，城里是否通行，他不敢打包票。虽然一再这么作想："由它去吧！"但是老医生心上总像压了一块石头。

回到铺子，老医生但只说人已经找妥了，没有告诉老师娘子那个新的危机。因为他觉得说了不但没有好处，反而使老伴多担心。半下午时候，一个滑竿夫走来请他医治疗疮，送的诊金，恰恰又是一小叠一元的金圆券，但他照样一声不响地收下来。只是他的神情总跟往常不同，不大喜欢张嘴。他很爱自己的小女儿的，平常无事，喜欢把她拖到跟前，问东问西；而她这天下午放学回来，他可理也不理她了，就那么闷着张脸。

逢场关门以前，老医生照例是要检查一番药品，看该添制什么。这天黄昏，他忽然发觉膏药快用完了，这个立刻又叫他记起了糖坊老板的打趣。而且意外地感觉有味。

老医生忽然邪恶地笑起来，同时叫道：

"对！搞不好我硬就要这么做！"

医生娘子出奇地望定他，终于叫苦地抱怨说：

"怎么一个人说鬼话呵！"

老医生嬉皮笑脸答道："生在这个鬼世界了哩！"随即动手收检瓶瓶罐罐。

次日闲天，他照常不应诊的，但他意外地很少停在家里。好大半天，他都在街上熟人铺子门口闲谈，而情绪比一向好。他饶舌，他打诨，他使得大家都很高兴。只是碰巧偶尔有人背了包袱，打从上街走来的时候，他总要停住嘴审视一会，直到认清楚那来的是什么人，这才重又接上话头，吹谈下去。

吃过午饭，吹了水烟，老医生又出门上街了。但跟上午有点两样，出去不久他又回来，吹阵烟又出去，显得五心不大做主。而当他第三次出去时，刚跨出铺板门，那匹头商人恰好匆匆走上阶沿来了；手上提了只小藤包。

匹头商人一见面就告罪，随即取出一个白纸包儿，一捆一圆的金圆券。

匹头商解释道："嘴巴都拌木了，杂种！打对折他都不收！"语调神情都充满歉意。

一直带点神经质的激动，老医生干笑说：

"没关系，——我有支销！……"

作为安慰，匹头商人又故为生气说：

"啥呵！三几百元，当如扒手扒了一样！"

老医生高声地干笑道：

"它再多些，我都有法支销！—— 一点关系没有！……"

接着，他就用一种送客方式邀请对方进去坐坐，吹几袋烟；匹头商人极为知趣地告辞了。这不是老医生怪他办事不力，他怕继续应付下去，反而会得罪人。因为他觉得这时候他可能说些粗话。而更为重要的，是他的愤恨越来越加强烈，他得赶紧把自己的设想变成行动。所以那匹头商人才一转身，他也一转身退进铺堂去了。

老医生一直走到自己经常制药的地方才停住脚。那是间小围房，当天井开了一堵窗子，光线还算不错。一走进门，他就从墙脚边拖出一只砂炉，跑到灶屋里生上火；然后垫了一块木板，把炉子搁在靠窗安置的白木长条桌上；接着搁上膏药罐儿；最后，打开钞票捆子，拿出几叠，分批拦腰截成两段；而这中间他没有过一分钟的停顿。

现在，照旧显出一副严肃紧张的表情，他凝神着罐儿里的膏药，等待它全都溶化；但他出乎意外地悄声笑了。因为他忽然记起他所熟悉的种种疮症，又立刻联想到钞票上那张蓄着一横胡子的突颧骨丑脸。

老医生忍不住充满恶趣地嚷叫道：

"暂且也让你受一点洋罪吧！……"

一九四九年十一月

酒　后

　　王大廷是三合乡十八保的保长。眉粗眼细，鼻梁挺直，一张嘴时常闭得绷紧。尽管有人骂他毒辣，但当保长五六年了，从未犯过过失。不管催收什么款项，他总比旁人缴得快，又不随意浮收。所以虽是尾数每每没有下落，乡长也一样称赞他会办事。

　　保长王大廷待人接物，也值得称赞的。也许过分老练，但是沉默寡言毕竟是桩美德。他可不至于不说废话，你就当着面挖苦他，他也能够装作不懂。即或偶尔沉不住气，也只淡淡咕哝一句："我没你吃得饱！"就转开了。他生活也极朴实；虽然自从当保长后，他的田产已经由三十亩增加到六七十，年龄又四十岁都不到，但他终年赤脚草鞋，身穿粗布大褂。而除开当中作证，他就从来没有进过饭馆。

　　保长王大廷只有一宗缺点：有点好酒贪杯。一喝醉了又会变得十足脓包，失掉了他那分坚韧的好性格。比如，他的一个隔房兄弟，几年前是在他严格管束下拖死的，随后那媳妇也被他嫁掉了。他一向都相信自己没有做错，谁叫他烧烟呢！但他有时酒后却会大发神经，深怪自己做得太过火了！戒烟不该用铁链锁住戒，又不注意营养。而且一再发誓要把五亩绝业捐给善堂，以明心迹。否则就替死者另立一房……

　　这天，保长王大廷又一塌糊涂了。他喝得不算顶多，只是一点意外刺激扩大了酒的作用。事情是这样的：上街不久，他就听说共产党把宝鸡解放了！但他粗略知道宝鸡是在陕西，心想："还隔他妈一省！"于是几下办完正事，就专程到场外去吃会酒。菜馔丰富，酒又是烧甜酒，他接连灌了好几整杯。随后又青起张脸上街喝茶，而他忽然发觉谣风比上午更重了。但是，认真打击他的却是一条本埠新闻：乡长已经把家里二三十副匾对收检起了！而且托人在龙洞山找房子，准备将来拖上山打游击。

正为这件大事，保长王大廷昏头串脑地在街上绵了很久。他四下张开耳朵，总想多听一点消息；不幸他愈来愈不安静。倘在平时，对于种种离奇谣言，比如凡当公事的都要清算之类，也许他会这么想的："总不会我挨头刀！"倒霉又喝醉了，他就不可能找出这样的好想头。

当保长昏昏懂懂摸回家的时候，晚饭早吃过了。保长娘子正在洗碗。这是个瘦小精干妇人，心直口快，说话像放鞭炮。她知道丈夫对庄稼很认真，一见他走回来，她就开始向他报告家里当天插秧的经过。

她伴着哗啷哗啷的洗碗声说："算是我盯得紧，只剩那块一亩五没栽了！"

保长一直没有答白，甚至一句话都没有听进去，只听到一片噪音。他默默进了厨房，取下草帽，挂在墙壁的钉子上面，顺势在方桌边坐下；但他随又吁一口气，站起来，移向热烘烘的灶门口去。

保长娘子接下去说："陈二顶坏！出去看一道他在吹烟，两道他在吹烟……"

保长苦笑一声，忽然从烧火板凳上扬起脸来，轻声说："这个怎么做啦？"

保长娘子一顿，洗碗声随即也哑静了，接着笑扯扯反问道："啥哇？"

带点惊怪，保长反应地说："啥？共产党快要搞进四川来了！"

保长娘子啐了一口，又开始洗碗了，一边说："天塌下来还有长汉子抵住！"

保长显得受辱地站起来切住她："跟你杂种说，可惜话了！"接着几步进了房间。

保长王大廷一向总一个人独行其是，凡事很少同家里人商量的；纵然喝醉了有点饶舌，他也只肯吹嘘他在做人做事上的经验阅历。什么事他搞对了，什么差点上当，诸如此类。但他现在可又多么想同她谈一谈！她才偏偏一点也不看重他的情绪。

一进房间，保长就床沿上一坐，又斜起身子躺下；但他忽然又一蹦跳起来，在婴儿的啼声中破口大骂。因为他差一点把娃娃压坏了！然而这是老婆的错，谁叫她放孩子不朝床里边放？！

保长继续大骂："我懂得你杂种呵，几下整死免得洗屎洗尿！……"

保长娘子早已断定他喝醉了，她半开玩笑地回嘴道："我是后娘哩！"

保长大骂："你比后娘还毒！我问你呵，掉娃子是怎么死的啦？！"

于是，正像一切心情恶劣的人样，对人对事总老爱挑漏眼，他又接连搬出那两个夭殇了的儿女，申言全是因为她招呼疏忽葬送掉的。偏又能够一气说出一大堆事实，反复证明她是罪魁。

保长娘子已经把灶头弄好了，于是挖苦他道："吃那么多糟子做啥呵！"

保长理直气壮地大叫："老子就是猪，都比你杂种聪明！"但也就此结束了他的攻击。

说也奇怪，经过这顿好骂，那些令他烦心的种种杂乱念头，忽然都一下不见了。虽则头脑还那么昏，但是纯生理的，思路确实已经清醒不少。而且他还不假思索地有了个好主意。这个主意又对他如此情投意合，正像大半下午来他的苦思苦想，瞎吵瞎闹，原来就是为它！现在他可不费吹灰之力就找到了。

保长情不自禁地笑了。接着长长松一口气，又干咳两声提提精神，于是板起面孔走进灶房里去。保长娘子正打算进房间领孩子，看他对面走来，故意笑扯扯嘴两瘪，随又把脸转开。但他没有接受她的挑逗，笔直走向水缸，拿起瓜瓢，一气灌了半瓢冷水。最后在灶房门外马扎子上躺下，寻思他该怎样动手实行他的计划。恰巧长年赶起牛回来了，这个立刻提醒他一件首先该做的事。

保长决定支开长年老李，于是叫住他吩咐说："乘夜里凉爽去推磨吧！"

老李抬起头四下望望，接着自言自语地推诿道："月黑头啦。"

保长冷冷地抵塞说："把电棒照起嘛！"随即站起来了。

尽管走起路来，步子照旧有点不稳，浑身感觉疲累，但是一股虚劲支使保长亲自去量玉麦。他从灶房门背后拖出一只夹背，取了升子，就跨进存放粮食的横屋里面去了。等到送走长年，他就立刻扛了大门，转来就叫老婆点亮。而他的语气之干脆独断，真像一个将军对小兵发命令。

现在，取过那只瓦料灯台，保长的表情更严重了。跟即默默向堂屋里走。堂屋相当宽敞，两壁挂满"大廷保长庆祝龙坛志喜"，以及"大廷保长三旬晋八"、"三旬晋九荣寿"一类的联对，灯光下红得令人耀眼。这些联对，保长一向原是很重视的，这是他在一保中的光荣表征；但他开始逐一取掉它们，又毫不顾惜地取下来就一扔。

最后，保长打开神柜，找出一包废纸，蘸了点油，堆在堂屋中间。接着像架柴堆似的排上那些联对。于是，正像七月半烧钱封样，他把它生燃了。而且蹲在地上，十分当心地拨弄它们。

保长娘子带点诡秘神色，抱了娃儿悄悄走来了，而她立刻大吃一惊。

保长娘子大踏步走进堂屋，同时阻止地惊叫道："你疯了啦?！……"

保长头也不抬地说："你杂种懂得个屁！"一面只顾蹲在地下照料火堆。

保长娘子一气，冲到椅子边坐下了，说："我是只懂得个屁呵！"于是连声抱怨。

火势燃得很旺相了。就是没人照料，光景全部联对也会化成灰的。保长很觉满意，于是吁口气站起来，打算几句话点醒老婆，免得她干着急。但他随又皱了眉头，因为当他笑扯扯正想开口的时候，他又忽然一下发现了他的母亲。老太婆斜靠在门枋上，满脸晦气，显然对于儿子的行动也不满意。

老太婆摸来好一阵了，的确很不高兴。但她深知扭不过他，又听说喝醉了，所以一直没有张声。而且这几天胃病复发，她也不愿意讨气恼；现在看出儿子在注意她，这才忍不住开了口。

老太婆忤气地告罪道："我又要多嘴了，烧掉它做啥呵！"

保长傲然一笑，抑制地轻声说："我烧掉有我烧掉的用意嘛！"

因为老太婆微不可见地瘪了瘪嘴，保长有一点生气了。但她毕竟是个母亲，他没有说"你懂得个屁！"倒是显得自负地向她解释起来：共产党快要搞进四川来了，乡长已经拆下家里所有的匾对，等等，等等。

解释一完，反而更舒畅了，于是他又向老婆加上说："现在你杂种懂了吧？"

老太婆摇摇头，接着打趣似的问道："未必这一下他们就不会知道你摸过公事了么？"

保长下巴一扬，刀砍斧切地答道："我额头上又没刻得有字！"

保长娘子失声笑了，她嘴快地大声说："你没刻字，左邻右舍长得有嘴！"

老太婆附和道："对啰！当公事那里不会得罪两个人呵！"

保长照旧回不上嘴，他的虚劲已经一下吹了。他就那么痴立在火堆边，被一点人所共知的道理震惊得啼笑皆非：物证可以销毁，人口是封不住的！这也就是说，烧掉联对毫无意义，因为等到共产党搞拢了，只需随便什么人动动嘴，他得照旧接受清算。

也许单是他的狼狈打动了她，老太婆顺势在门槛上坐下了，准备接下去说到底。但这两母子并不和气，随常在打肚皮官司。因为她也凡事自有主见，又很小气，有个时期彼此曾经几乎闹到分锅。

老太婆接着道："不讲别人，李金毛根就到处讲坏话，说你把他儿子抓去卖了。"

保长猛地大吵大闹起来："他儿子是我卖了的吗?! 明天我要他还价钱!"

老太婆说："一提起你就跳! ——冤家宜解不宜结呵!……"

保长呻唤一声，灰心丧气地塞在一把椅子里说："杂种真不该当这个公事!"

老太婆接下去道："比如讲吧，崔家大汉子女人不一样逢人扬败，说你欺孤灭寡? 后来我一阵劝，又给她一件背心，就闸水板样，不大响了。前几天诉苦说没吃的，想借给她一两升玉麦呢……"

保长苦滞地插嘴道："你借给她嘛! 啥事我抱怨过你来呵?!"

老太婆乘机说："依我看，王大娘该补的壮丁米，你也不必再去逼了。一家人这几天大麦搅搅都敷不匀! 再说，一笔难写一个王字，大家又一道住了一两代人。还有哩，万一逼出事来……"

保长大叫："我逼她做啥?! 现在就是上面催起来我都通通不想收了! ——我垫!"

保长表现得异常诚恳，梦想不到地一下变开豁了。因为他忽又在母亲的提示下发现了一条生路：他该多结人缘。而且，说也奇怪，他还充满忏悔情绪，深愧自己一向办事太辣。所以当老太婆接下去举出更多缺点劝他改正的时候，他都一一接受。

老太婆又说："还有，现在天工都一升米，你跟陈二他们还是扎一升吧!"

保长迁就地承认说："扎一升好啦! 我也早就怕人家挖苦我发官价。"

老太婆笑笑说："我劝你的话不会错的！只要大家不乱说话，共产党来吗来他的嘛！……"

最后，老太婆又提起那只合升，要他换过。这是近几月金圆券不断贬值引出来的，专门用来收款，因为所有种种派款，都改成食米了。但它远比市面上通行的合升大，三升五升又全都要用它量。这使得一般庄稼人吃亏不小，但又无可如何。

老太婆不满地接着道："你扯长耳朵听一下吧，没一个人不把它当咒赌！"

保长痛苦地分辩说："这是我兴的规矩么？大家都是这么做啦！"

老太婆说："呵哟！公修公得，管旁人做啥呵！眼见儿女也不好领……"

忽然一眼发现那支合升正摆在神龛边柜子上，保长一蹦跳了起来，抓过来就一摔。

接着他又痛快淋漓地向了老婆叫道："捡出去跟我几石头撬掉！"

虽则亏了保长娘子救驾，说是留着装东西也好的，合升幸被保存下来，没有撬掉，保长可已决定不再用它扰害人了。而且，在继续下去的商谈中，彼此又同意了一项进一步的办法，赶快找机会辞掉公事！这种和衷共济的情形真是少有。而更为少有的却是保长对于母亲的体恤，执意要她找出旧药单来，捡服药吃。他已经听见她呻吟了两天了，但他总以为残病自己会好，没有怎样重视。

当上床的时候，保长的心情已算得平静了。只是头脑还有点晕，周身更加虚弱，烧甜酒和过度兴奋造成的恶果显然还有待于善后。他接连翻了两三回身，每翻一次身一定咕噜一句："公事真不是人干的！"但在最末一次翻身之后，他也终于好好睡下去了。而且睡得那么样香，长年半夜推磨回来喊门，他都没有受到惊动。

保长一直睡到吃过早饭才醒。但他并未立刻起床，反而张开眼睛，陷在回忆里面。当一想起昨天夜里那些精彩节目的时候，他笑了，满不在乎地吐出一个粗鲁字眼；跟即又在心里补了一句："啥事都是说起来凶！"同时翻身而起，披上衣服出了卧室。

吃过早饭，用口袋装点米，保长就要到邻镇赶场了，老太婆忽然病恹恹走过来。

递来一个白纸卷儿，老太婆说："还是去年串脸胡开的单子，将就捡服吃吧。"

保长叹一口气，懒懒接过手想道："残病吗吃啥药嘛！……"

保长深悔夜里说错了话。因为现在发表药都要卖升把米，他得准备两三升米来开销了。幸而离家不到五块田远，另一件事牵开了他的注意。背着夹背，一个瘦长老人正从岔路上转过来。看光景那夹背不是空的，里面一定装有粮食。

保长停下，等那老头子走拢了，于是攀住夹背口望了一眼。

紧接着下巴一扬，保长冷冷地问道："两升壮丁米呢?!"

老头子赔罪地笑起来，说："等上面催起来我又再缴好么?"

保长顺手摇摇药单儿切住他："没有催这是啥哇？不要找话说吧！"

老头子的命运无疑已经定了！因为保长随即回转身去高声吆喝把合升拿出来。

一九四九年十一月

退　佃

　　局势越来越坏，反动统治眼见要垮台了！于是严老四赶忙召集专家研究对策。

　　真也不枉自平日喂养了一场，专家们很快就把症候弄清楚了，失掉了民心！这是个老毛病，所以药方也还是那张开过无数次的药方：收拾民心！只是另外又加了几味药，而二五减租便是其中之一。并且赌咒发誓要认真实施，不准有一点拖泥带水。他们相信，这一来民心准定会转向他们了。

　　正像凭空掉了一颗炸弹，整个农村立刻被搅昏了。首先是各色各样地主，他们开始着急，咒骂，一面挖空心思设法抵制。一个自命脑筋新的，还特别开了张每年收支的详细账单，向报纸诉苦，断言地主势将无法维持现状。佃农方面恰恰相反！他们皆大欢喜，认定这是个好办法，明年春荒期间，他们可能不卖高足黄了。

　　起初也有少数人不相信。就佃农来说，万福乡第八保勾长子勾兆安就是一个。他人极老练沉着，也很固执，平常喜欢讲点笑话。他把自己两腿连疮戏叫作保险疮，因为它使他两次没有验上壮丁。对于一切政令，他一向是怀疑的；有时就干脆批评一个字道："屁！"算是他的全部意见。所以尽管旁人兴高采烈，他可照旧采取保留态度。然而，等到督导团跑来办理登记，就连他也没理由怀疑了。

　　登记已经结束了两天了。勾兆安做了十一亩地，生怕办事人员疏忽，他一直盯住对方填写好才放心。地是租出名的老坎陈永发的，每亩七个老斗玉麦，一共该减多少，他一早就把它算清楚了。但他两天来总爱在心里算一次又算一次，结果又自言自语说出总数："恰合该减一石九斗五升六哩！"而且有时完全出于毫不自觉。

勾兆安就在地主陈永发房后住家，连同两个摸角共有五间茅棚，但因沾了那面土墙的光，倒还方方正正像个模样。他一家大小有六口人，除开两个顶小的儿女，没有一个人吃闲饭。这天早上，架好最后一批玉麦，大家又各自捧了一碗搅团，动手吃早饭了。

抿抿筷子，勾兆安忽又沾沾自喜地说：

"恰合该减一石九斗五升六哩！"

母亲是个满面浮肿的老妇，她发愁说：

"还要看啥时候才审查得好呵！"

勾兆安叹口气说："就是这点讨厌！"他的兴致又低落了。

在全部事件中，这一点确乎不大痛快，同时也是他想不通的地方。因为他所佃的田亩，他该上的租子，都一丝不假的，实在用不上审查。唯一可以解释的，只有那个流行极广，但又高深莫测的字眼：手续！这是官场中的常套，他也只好拿出耐性等了。

然而，一提起等，倒也并不怎么简单。当其吃过早饭，带起大娃走向地里去拔玉麦桩子的时候，他就预感到不吉利了。鼓眼子陈永发在自家大门口叫住他，问他一共扎了多少提玉麦。

勾兆安照例报了个谎账，接着诉起苦来：收成瞎了！……

陈永发轮起眼睛把他两挖，就又截住他问道：

"前两天你也登记来哇？"

"你正忙着扎玉麦提子，他就那么老是来催！"勾兆安有意带点抱怨口气回答。

"好哇！"陈永发冷笑着用反话说，"也许还要全部减哩。……"

接着他就严正地宣告说，再过两三场他就要抠租子！这是一件反常措施，因为陈永发每年照例不过霜降不收租的。勾兆安看出这个又悭吝又刻薄的老坎在玩弄把戏了。拔着玉麦桩子，他一面设想他该怎么应付。

当天勾兆安没有在家里提一个字，但他次晨可动手抵制了，一气从架上取下好些玉麦。

他回答母亲的惊怪说："做啥？人家都在耍纸变蜂子哩！……"

母亲连连叹气，因为她对儿子的俏皮话照例摸不着头脑。但等藏好那些取下来的玉麦，勾兆安可自动把谜子揭开了：鼓眼子正在弄鬼，打算趁审查结束前照旧约来抔租子！接着他又吩咐老婆，叫把脱把子尽量抹起来吃，同时抔点去换油盐。……

"快算了吧！"母亲想一想插嘴说："背后已经在骂你最狡了。"

"佃客不跟老板狡我去跟肚皮狡？"勾兆安说，"你这个话才怪哩！"

妻子鼻梁上有几颗白麻斑，她发愁说：

"就怕搞不好反转把窟窿弄大呵！"

"搞不好？"勾兆安笑笑说，"搞不好政府怎么大吹大擂装舅子啦！……"

正像一切固执多疑的人样，他们很不轻易相信什么，一经相信，却也很难动摇。所以尽管母亲、老婆相当悲观，有时他本人也多少有点怀疑了。但他毕竟不在乎。次日赶场，同到熟人一谈，他就更加不在意了。

听完两三位熟人的叙述，勾兆安故为惊怪地说：

"噫！都像预先开过会啦！"

"真是会讲！"一个名叫老摆的愤愤地嚷叫道，"你全都抔跟我，一定要减，我又照数退你好了！"

"他以为当佃客的都是些蠢猪啦！"勾兆安调皮说，"杂种！……"

言谈之间，大家的意见都很一致，尽量设法把应该减的租子拖起不缴！

就这样好几场过去了。陈永发虽则并没有来抠玉麦，谣言可逐渐多起来，说是省县参议员正在反对政府实行减租，若果不取消，粮户就一齐不完粮！这些话不止流传在一般地主嘴上，一次两次，陈永发本人还做出一副与己无关的神气，自言自语直接向勾兆安提起；但他一句白都不答。

一天傍晚，勾兆安正在天井里编背篼，准备偷空到黑窝子帮人背炭，母亲忽然唠唠叨叨走进来了。她满脸怨气，因为陈永发女人扯鸡骂狗地申斥她没良心：做梦都想减租！等两年一定会当粮户。只可惜参议员些根本就不答应！……

勾兆安等她发泄够了，这才笑扯扯地说：

"就是这些话嘛？我当她把胡豆吃多了！"

"凡事你总冷水烫猪！"母亲不平地嚷叫说，"我就受不住这种狗气！"

"那就照原租抠跟他吧！"勾兆安赌气说，"抠不齐把豆子卖了垫，再不够又嫁婆娘。"

母亲开口不得。勾兆安妻子叹口气说：

"背时审查要啥时候才办得好呵！"

正待答白，陈永发的幺娃子在门外叫唤了，说是他爹等到勾兆安讲要紧话。

勾兆安眨一眨眼睛想："杂种一定是催着抠玉麦！"随即应声而去。

但是他猜错了。陈永发自然很想抢个手快，先把租子全部收了再讲，但他又舍不得破坏旧规：因为不过霜降玉麦不会干透，提前抠回去会吃亏。他找勾兆安是叫他明天早点上街，把旧佃约找人换过。

担心引起对方怀疑，陈永发添上说：

"你放心吧，不会加你一颗租的玉麦！"

"鸟呵！"勾兆安用开玩笑的口气说，"多余找些麻烦！"

"怕花费酒水哇？你听，纸都不要你买！"

勾兆安懒声懒气地答道："倒没大关系呵！……"

此后他只呵呵呵地应声，一面正像躲煞似的转身走了。但他并不就此放心，因为他还猜不透敲眼子究竟玩的是啥把戏。而且相信对方不会说过算事，一定要盯紧他干到底的。回到家里，看见舅子胡保禄坐在灶屋里矮桌边，他也走过去坐下了。随即接过烟袋，在灯盏上吹起烟来；但却始终不动声色，就一直吹下去。

因为一向相信他人灵醒，办法又多，胡保禄是特别来找他的。但他碰见的问题并不新鲜，他的东家也在催他换佃约了！而且已经揭开新佃约的内容：一切都照旧规，但在实收租子若干一句上面，须得加上"除二五减租外"几个字！

搁下烟袋，勾兆安开豁地大笑了。

"哎呀！把我好猜！……"

"已经催了两三遍了！"胡保禄继续说，"这个怎么做呢？"

勾兆安沉着有力地吐出几个字道："跟他拖！"随即嬉皮笑脸说起前一刻钟他的遭遇。

胡保禄叹口气喃喃说：

"就不知道要哪辈人才能够审查好！"

"杂种些一天要嫖赌嚼摇，他们会拿好多功夫跟你办正事呵！……"

接着他又向胡保禄壮胆，认定二五减租决不会冷下台。

当天晚上他破例做了很久夜工，直到把背篼编完了才去睡觉。次晨一早，他就到黑窝子背炭去了。夜里回来，老婆告诉他陈永发唠叨过，怪丈夫害得她在街上瞎碰了一整天。勾兆安听了只是觉得可笑，次日又一早走掉了。也不跟那老坎留一个确实音信。

勾兆安就这样一连背了两三场炭，也一连两三次躲过了陈永发；但他两个终于是碰头了。

一天，天才开亮，陈永发有所准备地在门口拦住他问：

"今天又怎么讲呢？"

"就拃租子，也要等我空嘛！"勾兆安机灵地推诿说。

"你少装些疯！租子我不拃在，我要马上换字！"

"呵哟！"勾兆安笑了，"横竖原租，我还怕你换么！……"

接着他想趁势溜掉，但是陈永发几步跨下门阶，转上路口，把他截留住了。

于是两个人坚持起来，一直在陈永发大门外缠绵了很久。说话最多的是那老坎，起初他咬定非在当天换约不可，随后可就瞎扯开了。夸他如何厚道，如何肯体恤佃户，勾兆安可几乎无时无刻不和他要狡，一有机会就想吃他。

勾兆安只在紧要处顶一两句，现在，他截然反问道：

"你这个咬住要换字又叫啥呢？"

"你去问问看吧！"陈永发搪塞说，"好多'大面子'① 都是这么样做！……"

"那这些大面子才不狡哩！"勾兆安冷笑道，"分明一颗租子没减，硬说减了！"

看出对方已经道破了他的诡计，陈永发一急，两个眼睛鼓得更大。

"就是这样！"他恼羞成怒地大叫道，"划不来你退庄稼！"

勾兆安从路边枇杷树脚下站起来说："只要有这个道理！"随即提了背笕回家。

他感觉得很痛快也很恼怒，因为要到黑窝子背炭已经迟了。母亲妻子都情绪低落，觉得情形越来越加糟糕。因为当双方争执的时候，她们大半时间都在场的，认为勾兆安的话太硬。而且明明白白听见陈永发退庄稼这句话。

一到家里，她们就连连叹气说：

"我看退了庄稼又怎么做！……"

---

① 大面子：有相当社会地位的大地主。

勾兆安厌烦地大叫："倒还由不得他呵！"接着提起督导委员保佃的话。

妻子丧气地喃喃说："一点审查都闹得上气不接下气！"于是婆媳两个抱怨起政府来了。

因为这一连串岔子，勾兆安也开始了对于政府的不满；但他性硬，又照例不服输的，嘴上可一个字也没提。而且他的信心并未动摇：政府既然出了那么多的告示，又还派人四处督导，何况登记也办理了，这不会又是欺骗！

吃过早饭，陈永发女人传话来了。说是勾兆安须得立刻上街换字，否则准备腾田，庄稼他们自己要做。他没有同那地主婆争辩，可也没有把她的威胁放在心上。隔一场那女人又来了，唠唠叨叨了一长串，但是勾兆安照旧跟她一个不理！到了第三一场，鼓眼子陈永发可亲自出马了。显然横了心要在当天得到一个解决。

因为两个人都有一肚皮气，他们几句话就扯起来，随后一道上街评理去了。乡长是个精干青年，长相漂亮，在县府当过科员。装出民主姿态，他先让双方各自陈诉事由。

等到勾兆安最后话说完了，乡长笑一笑说：

"你理由都有，可惜还没有到时候！……"

听见口风不对，勾兆安插嘴说：

"那天督导员来乡长也在场的……"

"我只问你一句，"乡长威严地说，"你接到审查通知单没有呵？"

勾兆安没有回答上嘴。陈永发得意地一笑，就又装出一副恭顺神气。

"减租都还没有闹好，怎么就谈保佃？你连手续都不懂哩！"乡长接着又说。

勾兆安着急地抗辩道："可是……"但他忽又口吃起来。

"可是啥哇？"乡长扣上去说，"既然老板自己要做，赶快跟人家把租缴齐就腾田吧！……"

勾兆安切齿地嘶声说："我是毛子！"愤然转身走了。

他没有料到乡长会如此不公平，但也立刻理解了究竟：他们都是有田有地的地主！而且已经想定了一个步骤，来找县长申冤。因为他就不甘心随便受人愚弄。回到家里，他没有提说评理的事；看了他的神情，母亲也不好盯着问。他只吩咐妻子做了几个玉麦面馍，又从床头搜出一包辅币，检检数目，准备次晨一早进城。

把馍装在一只小口袋里，他就要动身了，母亲忽然在床上号叫起来。

"问起一声不响，可怜我翻腾到天亮呵！……"

"这个还要问吗？"勾兆安嘶声说，"人家都是粮户！"

"那就让一手哩！"妻子长声吆吆地哀求说。

"没有那么便宜！"勾兆安高声大叫，"我要问问县长，他们是说话吗还是放屁！……"

他转身出门走了。一进县城，他就找了写状生拟好状纸，递到司法处去。接着住下来候批，饿了就吃冷馍，晚上躲在人家阶沿上睡。到了第三天上，馍吃完了，幸而批示也下来了。那文丐于是边解释边读起他听：因未奉到上峰明令，无从受理该项案件……

勾兆安认真感觉到挫折了。因为他还能够做什么呢？去问严老西吧！他正手忙足乱，担心解放军就要向四川进攻了。去问王灵官吧！他也焦头烂额，而且传说他的姨太太跟人跑了。去问那些皇皇文告吧！它们又早被其他种种文告覆盖住了。去向陈永发求饶吧，他又不肯输这口气！所以结果只有绝路一条：他得另自佃庄稼了。

勾兆安直到九月底才租到三亩地，而且，佃约上分明多出"除二五减租外"几个字。

一九四九年十一月

160

意　外

　　一间简陋的寄宿舍小楼房，靠壁面对面安顿了两张床铺，中间当窗夹着一张方桌。糊壁的报纸上涂抹着一团团臭虫血，楼板又粗又薄，随处散乱着纸屑烟蒂。

　　屋顶既低，又当西晒，空气相当闷热。租赁这间小屋的两个青年，午饭后都陆续出去了。现在只有大学生李涛单独留在里面。李涛是三号早晨来的，就借住在这里，一直三天，街也少出。敞开中学时代穿的三峡布制服，他仰躺着，细长的腿子架在桌沿上面。

　　床铺上搁着两三份当天的报纸，皱作一团，李涛已经反复看过好几次了。他始终没有发现一线转机，充满整版正张的只是战争、逮捕、威胁，以及虚伪透顶的有关和平的呼吁。当地的情形也一样紧张混乱。警察宪兵已经全部出动，随处都有贫民抢劫食米，而好几所学校都遭到搜捕了。这些消息更加坚定了他的计划，等到今天借到路费，或者侥幸把丢在学校的行李取来，送进当铺，他就依照那个直接领导他工作的学生会副主席的劝告，暂时搭车回故乡去。

　　虽是如此，他可并不怎样安心。他还得逗留半天一夜的时间，谁也猜不透这当中会发生什么事。同时他还感到怅惘，他那批落了难的师友下落怎样？此外他更有点难受。因为南京、上海一带大专院校师生受到的打击最大，但运动并没有就此停顿下来，还在继续发展！他们可完全失败了，至少一时不可能有较大的作为了。

他忽然听见了敲门声。于是放下搭在桌沿上的腿子，他坐起来，显得神经质地尖起耳朵。他随即叹口气，寡黄的瘦脸上掠过一丝微笑。他放心了。接着，扶扶银边近视眼镜，他走去开门。

寄宿舍的胖老板娘堵在门口，神色张皇，面前蹲着一只饱满扎实的口袋。

老板娘喘喘气请求说："搭把手吧！我气都快挣断了！"

李涛纳罕地皱皱眉头。"你这是啥呵？"他末了问。

"米！"下巴一递，老板娘诡秘地嘶声说，"这阵长顺街又抢起来了！连烧饼摊子都没有躲脱。老师！"忽又提高声音，她责难地接着说下去道，"这个年景怎么了啦？你们倒是粮户，铺盖一卷就回去了！……"

老板娘身后忽然传来一阵含怒的嚷叫声：

"整冤枉么？——让呵！……"

两个人同齐吃了一惊；老板娘退往窄狭的过道去了。一个油布被包出现在楼梯口。而压在被包下面的，则是一张油汗渍渍的团脸：这间楼房的主人张锷，李涛的同乡，春季刚才毕业的高中学生。为了这点行李，他已经奔走过无数次了。

张锷并不上楼，一下卸掉被包，顿在老板娘空出的楼板上。

他接着诉苦说："你们那个训导处真把人湾酸够了！……"

李涛惊喜交集地截住他问："还有口箱子呢？"

张锷懵里懵懂一顿。"呵！"他接着大叫，赶紧又梭下楼梯。

等到扛了那口黑漆板箱上来，老板娘已经藏好米下去了。李涛也已不再为他的行李担心。于是，张锷一面向了嵌着一双圆眼睛的团脸上胡乱揩汗，一面开始诉说学校当局对他的种种刁难。

李涛笑一笑插嘴问："光景家伙些不是很怀疑我？"

"你装啥瓜呵！"张锷大笑，朴实的黑脸上带点嘲笑神情，"老实讲吧，不是听我的话，造那封假电报，今天倒还拿不到这些行李呵！有一个像是你同班的，杂种尽涎皮耷脸盯着我问……"

李涛欠一欠身，忽又低哑地插断他：

"你是一直坐车回来的吧?!"

张锷嘟嘟嘴说："你还要问！今天的圈子才兜得多呢！"

路上的经历显然也不平凡，张锷接着把话匣子打开了。一过东门大桥，他就碰见好多人在抢米。进城以后他又一连碰见两次，而每一次他都只好叫车夫绕路走。这固然由于乱糟糟无法通过，但他别有用意：他怕也像那两个摄影记者样，糊糊涂涂就把老命丢了。

张锷情绪饱满地一个劲说下去。时而紧张，时而沮丧，时而又沾沾自喜。李涛蓦地纳闷起来，试想猜准那个老盯着问他的是什么人。对头？或者朋友？

李涛最后熬不住问："你说家伙尽涎皮耷脸问我，究竟啥样子一个人呵？"

张锷败兴地叹口气说："记不得了！"接着抓起茶壶凑在嘴上就灌。

"记不得了！"李涛半笑半恼地重复说，"光脸吗？麻子吗？……"

张锷揩揩嘴截住他："横竖我又没有说啥带汤的话！"

"你这样大意不行呵！下半年考进大学，你就会懂得了。"

"老子会读迂夫子书！"

"只有你才是这样想?"李涛笑嘻嘻顶住问，随又深深叹一口气，"身历其境，就不由得你了！"他忧郁地紧接着说，"除非你也昧尽良心，认定内战该打下去，人民的死活可以不管！……"

李涛兴奋起来，于是不由自主地开始倾诉他的全部信念。

他是去年暑期才考进大学的。而且，正如他所表白过的一样，他也存心认真读书，不问时事。他自来就沉默寡言，他相信他一定做得到。加之，他并不富有，他的寡妇母亲随时都希望他将来有个可靠的职业。而也正为这个，他才违反本意，选了银行系读。然而，远在去年冬天，他便已经投身在波澜壮阔的反饥饿、反内战的群众运动中了。

正如每个身世孤苦的孩子那样，他也又沉郁又执拗。他热情地倾诉着他参加学生运动的动机、观感，直到他对时局的意见。他对目前的情势毫不绝望，所以末了，他就借用一位外国人的名言来做结语。

他加重语气地说："谁也改变不了潮涨日落！……"

他显得尊严地站起来了。漫然走了几步，又再退回床边坐下。张锷翻眼望他，又轻轻叹口气，心里感到一种很少体验过的味道，仿佛自己一下变得很严肃了。

最后，李涛望望天光，看见黄昏已近，就吁口气站起来扣纽扣。

张锷嗽嗽喉咙，谨慎小心地问："你准备就出去会人哇？"

"真是混蛋！"边扣纽扣，李涛自顾沉吟地苦笑说，"开口受人利用，闭口认识不清，好像年轻人都是脓包！"他昂然从床头抓来一件蓝布长衫，同时切齿地加上一句："真是混蛋透了！"

张锷摇摇头叹口气，接着愁闷地提示说：

"好像还很早呢。"

走到张锷身边，李涛笑一笑说：

"至迟九点钟回来！……"

于是，他又异样地一笑，转身下楼走了。

李涛是去会他一个女同学王南的。黑名单上也有她的名字，得到消息以后，她就躲避在本市亲戚家里，昨天他刚同她取到联系。当他走上大街，他才发觉时间的确还早，但他没有想到再回转寄宿舍去。而且，正同前一两天相反，他的态度相当从容，有时还故意装作好奇的样子，打量打量那些形迹可疑的路人，猜想他们是不是反动派豢养的特务。

随处可以看出情势的紧张混乱。米铺多半都停了业，一些小食店也关门了。一般谈话都是米荒钞荒。其次便是战争、学潮，那两个因为拍摄学生游行的照片，就被当作"异党"的摄影记者的悲惨遭遇。街口上的警察已经武装起来，而且全是双岗。李涛打从后门走进少城公园，但他没有在约定的地点会见王南。踌躇一会，他就又由前门出来，到祠堂街逛书店。

三联、东方照例比任何一家热闹。可惜揩油看书的多，认真买书的少。而且，对于那些"左倾"的书刊，照例有些人又羡慕，又踌躇，最后，总又照例偷偷四顾，放胆拾起一册，装作好像信手拈来的神气，慢慢翻阅起来。绕着陈设摊溜了半转，李涛踱向货架去了。

然而，刚才离开人丛，他又忽然转过念头，翻身向了铺堂外走。那使他改变主意的是王南。鼻塌嘴阔，身材也不苗条，但她笑起来可极动人：开朗、真挚，具有一种超越世俗评价的美。

会面以后，他们默默沿了公园池塘外一条便道走去。

李涛很想问问她借钱的事，但他脸一红说：

"我行李都取到了。"

王南带点惊异问道："你自己去的?!"

"我那个同乡。家伙弄了封假电报……"

王南忽然叹口气说："这两天更加抓得凶了！"

李涛也反应地叹口气。正待追问一个明白，看有哪些同学又被捕了，他蓦地瞥见对面阶沿上有人在贼眉贼眼地看他们。夏威夷衬衫、黄短裤，神气很像一个专搞投机生意的汽车司机。于是咽住话头，他示意地瞥眼王南，随又警告地嗷嗷喉咙。

接着他又出于应付地问："你找的钱呢?"

王南停下来说：

"钱倒算找到了，今天把人可跑够了！……"

于是，打开那只花布衬里的白色崇宁线手提包，她取出一大叠包扎整齐的钞票。李涛红着脸接过手，有点不知怎么做好。但是，当他正在踌躇的时候，王南又一包递过来了。堆头同样的大，纸色同样新鲜。

皱皱眉头，李涛失声地说：

"哪里要这么多？四五万就够了！"

王南忍俊不禁地笑起来。"你仔细看下吧!"她随即捉弄地说。

李涛一看,原来尽是些久已绝迹市面的百元小票!他也忍不住笑了。但也愈发感觉为难,不知道怎么样安顿好。所以末了,他又一并退还王南,约定分手时拿。两个人重又向公园走去了。

虽然是在戒严期间,公园却也并不怎么冷落。大门口场子上停留着不少人,有的在那里等候车子,或者等候伴侣,有的又似乎并无目的,只在那里随意张望。在右首一家花摊面前,李涛忽又发现那个司机模样的汉子,他偷偷指出来叫王南看。但也随即不再注意,因为他们都同意那汉子不会是特务,很可能是个飞机流氓。

进了公园,他们没有到热闹地方去,也没有坐茶铺。他们在那家著名的"浓阴茶社"后面一条小径上来回散步,互相倾诉着几天来的感触。因为那里有着很多树木,又很幽静。若果有人经过,他们就改口谈电影,或者指手画脚地观赏和评价四周的景色。

天色终于黑下来了,市面上的电灯也早亮了,但是他们没有想到分手。

"啥呵!"李涛带点愤激地继续说,"一次失败了还有二次,三次……"

"只是好多人抓的抓了,走的走了,隐蔽下来的不能轻易暴露身份!以后起个头更难了。"

"总不会断种!"李涛坚定地笑笑说,"你大约还可以想办法转去吧?"

"说不定。不过,等到风头过了,我倒想试试看。"

李涛望着墙垛外的街灯沉默了好一会,"我决定暂时回去自修!"他最后说,"我们县里图书馆还不坏。只要你们来信说可以复学,我马上就转来!"他傲然笑了。

王南显得有点迟疑地问:"你家里该不会抱怨你吧?"

李涛轻轻叹一口气,他想起了他的寡妇母亲和那个帮助他学费的乡绅。

他一字一字思索着说：

"就抱怨也是那么样一回事……"

他是不喜欢谈自己的家事的，因此，紧接着掉转话头，他问她对于最近报纸上一般战争报道的观感怎样？活泼热烈的谈话又开始了。他们从鲁中谈到晋南，最后东北，而总爱从反面下判断。这种做法，也许有人感觉主观，但却往往能够从一切反动宣传的迷雾里看到战局变化的真相。等到谈话告一段落，他们这才记起是在戒严期间，四周的话语声已逐渐零落了。然而，他们并未直接走出公园，反而兜个圈子，打从那道原有的正门，转到一向夜晚很少有人行走的体育场上来了。于是停在跑道上开始告别。

在他们短促的生命史中，这是一回多么值得纪念的分手！又兴奋，又愉快，但是没有半点感伤。因为他们都能够体会到自己的行动的深刻含意。然而，正在这时，好几个人一拥从身后出现了。一共有四五个，立刻胁迫地紧紧包围过来。

虽然不免慌张，李涛、王南全都来得及想：他们落在了特务手里，他们糟了！

那个为首的汉子嘶声大叫："走！"一枚金牙齿在暗夜里发着闪。

李涛刁起嘴角勉强一笑。"走嘛！"他说，顺着对方的排挤穿过场子，但他忽又站定，"请问，这个有她什么事呢？"他高声质问。"我们不过是亲戚关系。"他接着说，开始替王南制造托词。

几个人同时粗鲁地截住他："别响！……"

李涛陡地发火起来。"你们究竟还讲一点理么?!"他大叫，但又一顿，在一种贯穿全身的痉挛下住了嘴。因为一支手枪的枪筒，已经抵在他肋部了。"好！"他停停说，而由于愤激，声调有点颤抖。

接着，他重又在挟持下走去。但是他的想念骤然间多起来。他无力控制自己的想象力了。他设想他们将怎样处置他，随即好多流行一时的恐怖传说，也都一齐涌上了记忆。最后，他想起了他母亲，立刻被沮丧吞没了。而那几个下落不明的师友的影子，可又逐渐使他振作起来。

现在，他几乎是半被推着走了。而越近场子中心，也越静寂，只有急促的步履声沙沙作响。下弦月还未上升，在稀疏的星光下，保路纪念碑黑魆魆地高耸空际。王南始终很少说话。她显然明了，在这空旷无人的广场上，任何抗议都不会发生实效。她走在先头几步，她那夹在肋下的白色提包一直吸引着他的注意；但那提包忽然间消失了。

李涛正很诧异，他也在吆喝下住了脚。"把手举起！"那个镶金牙齿的汉子紧接着吼，跟即来了严密而又粗鲁的搜索，连裤子的岔袋都没有遗漏掉。"乱动就跟你敲响！"最后，那汉子又叫了。于是响起一片杂沓零乱的奔跑声，正像忙着逃命一样。

这一切全都进行得那么紧张，而且出乎意外，李涛一时间糊涂了。

王南忽然蹦跳着跑过来欢呼道："是强盗呢！"亮出两排雪白整齐的牙齿。

李涛并未立刻作答。因为他也已经明白了这是抢劫，正在吁着气翕开嘴笑。

一九四九年十一月十三日夜

炮　手

参议员彭玉书是贯元乡一个老派士绅。为人极其通达，不拘对谁都一团和气，不拿架子。又肯遇事方圆，从未做过落井投石的事。他在本乡很得人望，便是一般自视甚高的青年人，不大满意他没有主见，也只把他看成一个好好先生，并无多少恶意。

参议员彭玉书的处世秘诀，他所常说的一句话表白得最清楚："以不得罪人为原则。"这不是他滑头，他就老老实实按照他的信念做人。因为自从保路同志会起义以后，他已经经历过不少的事变了。单就他自己说，他也曾经烜赫一时，但也吃过不少苦头。为点意气，三十七岁那年还几乎丢了性命。于是从此尽力约束自己，开始了他最近二十年来类似退隐的生活；但也开始获得声望。

彭玉书已经当了两届参议员了。第一届是反动政府指派的。近一届各保又选上他。在参议会中，他也照旧保持住一向的作风，"以不得罪人为原则"。所以虽则代表党团的新派，同代表绅耆的旧派之间，常有冲突，他都没有卷入旋涡。这派有事情找他，他来；别一派人的拉拢，他也应付。但又有一个限度，不下深水。他这么做，无疑两派都对他不满意，但是大体总算不错。然而，在一九四八年夏天县参议会的临时会议当中，因为他发言失慎，结果可弄得焦头烂额。

正同当日反动派区域内，其他种种团体召开的临时会议一样，党团方面事先奉到密令，他们得设法通过一项决议，通电呼吁南京对延安停止谈判，明令讨伐。没有谁怀疑这个提议敢有人非难的，然而，由于书记长言语间火药气味太重，参议员彭玉书忍不住发言了。他十分天真地提到前几天蒋介石的一篇谈话，说是，既然"领袖"都公开表示要贯彻和平解决的初衷，明令讨伐的话，是值得审慎的。他说得很清淡，也很诚恳，但他才一坐下，旧派中两个年轻人紧跟着出击了。因为他们从他得到一点暗示，觉得只要把那老流氓抬出来，和平的话还是可以说的！也就是说，他们一样可以同新派捣蛋。而结果真也使得新派很不光彩。

会议刚一闭幕，参议员彭玉书就阴着溜了。因为他在散会后更加感觉得自己是上了当，旧派竭力对他捧场，新派对他已经露出了显明的敌意。而这样下去是不行的，他得避避风头。还有一点，他要赶回姐姐家里过瘾。他是三十七岁那年开始抽鸦片的，如他所说，目的是在磨炼脾气。这个算是他的唯一缺点，好在很有节制，脸上一点不带烟容。一回寓所，他就忙着把烟具摊开了，而且立刻叫来外甥陈著，因为他觉得胀了一肚皮的闷气。

陈著有三十上下，初中教员，新派一直怀疑他同民盟有关系。外表很像舅舅，矮胖胖的，只是缺少两片浓黑的八字胡。他一进来，彭玉书就一面开烟，一面用诉苦调子谈起那场极不愉快的论争。

陈著忽然失声笑了，插嘴道：

"难怪！你没有把行市摸清哩。"

彭玉书摇一摇头，显得矜持地说：

"我早就知道他们又要搞事情了！"

"我不是指这个。"陈著紧接着说，"你对老蒋那篇谈话信以为真，未免太老实了！实际停止谈判、明令讨伐那一套才是他的本意；不然他们敢跟他反起说?！慢慢看吧，只等四面八方的通电一发出来，他会马上来一个大转弯：他要服从民意，大打而特打了！"

带点愤激，彭玉书从床上撑起来干笑道：

"这样说我才是傻瓜哩！……"

一个戴眼镜的青年人嘻嘻哈哈直走进来。这是参议员杨泽，属于旧派，又是县银行的经理。在参议员彭玉书发言以后，这天他的出击极为勇敢；虽然他也同样是反对共产党的，而且同样是国民党党员。

杨泽边走边大笑说："今天你算是把他们弄痛了！……"

彭玉书忽然忤气地央告说："请你不要这么上汤好吧！"

"啥呵！"杨泽提劲地说，"他们一时说我民盟，一时又说是共产党，我都没有怕哩！"

"倒不是怕造谣！"彭玉书强笑说，"我这个人么，一向以不得罪人为原则。……"

看出舅舅有点气恼，陈著立刻把话头岔开了。他向银行经理问起会议的结果，于是对方吸燃纸烟，在床边椅子上坐下来，兴高采烈地开始报道那封正式通过了的通电。其中没有提到停止谈判、明令讨伐的话，只是要求继续谈判时不能再做任何让步。

杨泽满足地加上说："开口闭口他们的办法多，这回不受申斥那才叫怪！……"

这场会面加重了彭玉书的失悔，他是愈发不自安了。进城之时，他是接受了好几桩请托的，他得替人验契、拨粮，以及催发米贴，他决定次日上午就赶办完，早点离开这个是非窝。但他晚上坐阵茶馆回来，却又变了计划，把它们委托给陈著了，改期吃过早饭就走。因为他看出他的失慎已经成了茶余酒后的重要话题。

还有更头痛的，一批同新派声气相通的公教人员，还含讥带讽把他叫作炮手。甚至少数熟朋友也这么称呼他。关系深厚点的，虽然没有随声附和，也叫他作炮手，但都对他毫无隐讳地一再表示惋惜，怪他发言太轻率了。……

陈著觉得他有点神经过敏，说："管他那么多做啥呵！"

"不！"彭玉书说，"听说又在开秘密会议了，我何必再惹些是非在身上呢？……"

他一顿，因为一道手电筒的亮光忽然从房门外射进来。来客是个长身材红鼻子青年，新派的重要干部，也是他一个同一场镇居住的晚辈；但是为了上届参议员竞选，彼此间的隔阂也相当深。彭玉书一眼发现他就有点不快活，但他轻轻咽一口气，决定耐心张罗对方。

两个人一打照面，红鼻子就笑扯扯说：

"你今天怎么点大炮呵！"

彭玉书反应地说："我点大炮？"同时记起带点讽刺意味的炮手这个称呼。

红鼻子自负说："没关系！我已经跟书记长解释过了！……"

于是接过陈著递来的纸烟，吸燃，吐口浓烟，谈起他来访的目的了。他开始攻击了一通县银行经理的为人，随即举出他办理县银行以来的种种劣迹，最后宣称：像他这种坏蛋都不检举，未免太对不起县人了！所以他们正在搜集他的罪证。

"我就是特为这件事情来的！"红鼻子添上说，"大家希望你能参加。"

"关于银行的事我不清楚！"彭玉书笑笑说，"我一向处事对人的态度，你又是知道的……"

红鼻子冷笑了，抢嘴道：

"当然！可惜搞政治要不得罪人怕办不到……"

结果可以想象，这里只提一点，参议员彭玉书，次晨早饭都没吃就回家了。但他并没有得到安静，因为传闻比他还走得快，滑竿刚才经过那家熟识茶馆，一批公教两界的朋友，立刻留住了他，请进茶馆去了：挖根挖底细问他开会的经过。

彭玉书说了，于是好几个人放声大笑：

"难怪他们叫你作炮手呵！……"

彭玉书失声问道："你们都知道啦？"神情又惊又诧。

一个瓜子脸教员笑扯扯说：

"炸弹昨下午回来就广播了！……"

这诨名炸弹的，同红鼻子是两郎舅，彭玉书更加觉得事情不简单了，眼见新派已经对他发动了攻势。回家后他有两天没有上街，被悔恨煎熬着，开始设想他们会怎样对付他。他二十年没有摸过公事，说不上有劣迹，于是自然而然联想到对方惯于使用的伎俩：造谣！而他得准备当共产党，当民盟盟员，当捣乱分子了！……

能够支持他的只有一点：他是正正派派的士绅呵！而且他还预定了一个步骤：对方如果瞎吹得太厉害，他就登报表明态度。这个使得他安了心，重新上街坐茶馆。但他觉得有点异样，每每熟人们一见他走来了，总爱忍俊不禁地笑一笑。

有天他忍不住了，向了他们问道：

"我像多了个鼻子啦?!"

瓜子脸教员脸红起来，道歉说：

"不是！想不到你这么稳健的人……"

"我点了大炮，就这么凶嘛?!"彭玉书猝然正色地截住瓜子脸道，"我又不怕他们扣帽子哩！……"

就这样，半个月过去了。其间虽然也有谣言，但不如他想象的厉害，只是说他已经倒向旧派而已。然而，一到九月初旬，一点意外来了。而且正和一切意外一样，它是那么突如其来，但又非常自然，只需事前多想想就可以预料到。

一天上午，彭玉书正在喝茶，乡长冯昆山带点紧张神情来了。瘦长，串脸胡，同参议员是表兄弟。一进茶馆，他就诡秘地把表哥招到一张空桌上去，随即取出一封县府来的公文。

接过公文，彭玉书一声不响看了；而在看完公文后嘴却闭得更紧，下颚有点颤抖。

乡长随又拖出一封私函，说：

"这是县长给我写的,意思……"

彭玉书狞笑了,他截住乡长问道:

"意思要你马上拘捕?!"

乡长见怪地说:"你看了再讲好嘛!"但他接着却开始转述县长来信的内容。

县长的态度相当滑头。他说,彭参议员是否有瘾,他不得而知;不过既然有人向专署检举了,又有公事调验,他也只好奉命通知,希望不必耽延,立刻就动身去。末后又说,要是真有瘾呢,倒是自动辞掉参议员一职妥当得多。……

彭玉书突然站起来了,嘶声说:"我辞!"随即旋风一样转身离开乡长。

但他忽又回身转来,在茶桌边站定,摆出一副愤怒表情。

"参议员当中只有我一个人在烧烟吗?"彭玉书责难似的向乡长嚷叫道,"哪个不知道我们的副议长就是个箩筐瘾?!申长子不只烧烟,还贩烟运烟!张品三单是脸上都刮得下来几两烟灰!……"

乡长啼笑皆非地劝阻说:"何必牵扯别人呵!……"

彭玉书高声大叫:"我不牵扯哪个! ——我辞!……"

他认真一转身走掉了。而他一边走去,一边又自言自语连说了两三回:"我辞!"回到家里,在堂屋外一张马扎上坐下之后,他又说了一遍:"我辞!"接着便一声不响了,就那么板起脸坐下去。

最后,他带点苦笑站起来了,说:"当个参议员有好大油气!"语调则渗透着轻蔑。

于是他穿过堂屋,走进卧室,把烟具铺开了。他躺在床上开始裹烟,准备好好吹它几口;但他心神并不专注,手也有点颤动。而他忽然又一筋斗翻身坐起来了,丢掉烟签,随手抓过烟灯就向地板上一掷。毫无疑义,那种青年时代的莽气,显然又在他身上复活了。

彭玉书连连切齿大叫:"老子戒! ——老子不输这一口气!……"

参议员太太是个瘦小半老女人，惊惊惶惶走地过来了。

"究竟啥事情呵?!"她颤声发问。

彭玉书挥挥手臂叫道："通通给我丢到茅坑里去!……"

这个夸大吩咐虽然没有兑现，但是烟具很快就被收检开了。而参议员彭玉书已经决定不再亲近它们。这不是他有意恋栈，只是觉得这样下台面子上太难受。当天下午，他就请来乡长，告诉他这个新的决定，并且教他如何回复县长。

其时正像得了病样，他已经软瘫在马扎上了，不住地淌眼泪和打呵欠。"你就说我到成都医病去了。"等到把自己的意念阐述毕了，他又加添上说。

"依我看么，"嗽嗽喉咙，乡长审慎地笑笑说，"就是上次你把那批人得罪凶了!……"

"我戒好啦! ——戒掉了我还要点炮!"

"戒掉自然也对，"乡长叹口气说，"我就担心你的身体! 万一是拖垮了……"

"顶凶不过拖死! ——老子不输这一口气!……"

于是事情就这样商定下来，乡长尽量用公事拖，参议员就从当天起开始戒烟。

彭玉书早就戒过两次烟的。一次他戒掉了，不到半年又翻了瘾; 一次因为受不住痛苦，半途而废。然而，失败乃成功之母，现在他倒从两次经验中捡到不少便宜。他一天老是考究吃喝，实在熬不住就醉一台; 或者从后门溜出去逛田坝……

最初的几天确乎痛苦，不到一月，便不再怎样难受了; 只是偶尔心里有些发慌。为了消磨时间，他开始约人到家里搓麻将，有时也偷偷上街喝茶。但是，不久就从城里传来流言，说他并未到成都去，专署就要来提人了。于是他又改变门路，一个人阴悄悄去钓鱼。等到专署认真催验起来，他的烟瘾已完全戒掉了，脸也正在重新发胖。

他对敌方这个新的策动一点也不惊诧，甚至感到一点欣慰。因为既然吃了那么多苦，要不正式去让专署验一验，未免太扫兴了。所以当天下午他就雇了滑竿进城，准备次晨一早坐黄包车赶往州里。

临行之时，他望乡长自嘲地呻吟说：

"哎呀！幸得这一向连呵欠都不打了！"

乡长叹口气说："其实又何必这么急呵！"同时满足地笑一笑。

彭玉书故为惊怪地笑道：

"不急？人家等在那里要看我坍台哩！……"

他沿途心情都很不错。然而一到县城，刚在姐姐家里住下，他的兴致便告吹了。因为当时县银行的贪污案刚由法院宣判不久，就以这个作例，外甥陈著劝他，既然对方如此神通广大，验瘾一事，他该特别审慎。

"你知道，他们是下了决心对付你的呵！"陈著接着又说，"会容你干脱身呀?!……"

"可是你要弄清楚呵：我完全戒掉啦！"

"我相信你戒掉了！……"

彭玉书理直气壮地反问道："那我为什么怕验?!"

"这个你比我清楚，他们啥子怪事都编造得出来呵！"陈著叹口气苦笑说，"比如说吧，他们照样可以塞点包袱，或者向专署捏造些事实，要求勒令检验人员咬定你有烟瘾；一面拘留起来，一面撤销公职。即或能够闹个水落石出，你人已经吃亏了！我再举个例子……"

"我不相信他们敢活埋人！……"

彭玉书认真气恼起来，没有再听外甥举例。而且干脆拒绝了他的劝阻，因为他所说的太使他难堪了。然而，他在反动统治下活了二十几年，又不聋不瞎，活埋人的风气他倒是相信的。所以尽管嘴上很硬，心里总不安泰，当天晚上躺在床上翻腾了大半夜。但他次晨照旧赶往州里去了。

从县城动身后的第一站口叫兴隆乡。那里的熟人把他接待下来，劈头就问他是不是去听候验瘾？随后大家又告诉他，前一刻钟，书记长也到州里去了。而语气表情都在叫他犯疑。

闷了一会，彭玉书抓一抓脸颊问道：

"你们知道他啥事去么？"

他们笑而不答，但是劝他不必去了，说是何苦多找麻烦。

彭玉书叫屈说："我认真戒掉了呵！?"愤激地拍拍大腿。

但是，他们照旧劝他不要固执；一定要去，也该看看情形再讲，不必这样匆忙。这使他很不好受，也很生气，早饭都不愿吃，他又坐起黄包车走了。但他不久就又原车转来，只是没有停下来再同熟人应酬。

彭玉书一直回城去了。一到姐姐家里，他就立刻草拟公文，请求辞去参议员的职务。

一九四九年十一月二八日

减　租

　　张二没有再作声了。他缩缩瑟瑟地退出赵大爷的堂屋，就在街沿上停下来。

　　他是来请求赵大爷取消二五减租的，宁愿照旧按老规矩办理。因为依照新例，租子自然减了，但却不能有颗粒拖欠。这就是说，今年就把所有的副产品，茶豆、黄豆搭上，他还脱不了手。而如果是照旧例办理呢，他就可以留下点做口粮。

　　这是他第三次请求。然而，正同前两次一样，这次他的请求显然又落空了。但他不肯甘心，觉得还该再做一番努力。而且，他更忽然发生一种痴想，以为当着客人在场，赵大爷也许会软化的。他窥伺着，每当他们在寒暄中显出得意的神情时，他也凑趣地笑一笑；同时移向门槛边去，打算有机会就开口；但他总又迟迟疑疑地吞口唾沫完事。

　　赵大爷是个精干瘦长老人，牛角胡子，倔强健谈。现在他咒骂起反动政府来了。

　　赵大爷气愤愤说：

　　"又征又购，还要闹起减租，——你认真打得垮共产党也不说了！……"

　　张二觉得这是机会，他大胆地开口了，结结巴巴地说：

　　"大爷……"

　　赵大爷飞快把眼光射在张二的酱色的扁脸上，惊怪说：

"嗨！你还没有走?！"

张二乞求地笑起来，说.

"大爷！还是照往年好了，我不减！"

赵大爷恶意地笑了，随即向客人说了一遍事情的经过。

最后他又望张二说：

"觉得划算不来，你去找蒋介石扯！这又不是我兴的哩。"

于是丢开那请求者，他又继续指数他在征粮购粮上遭受的种种损失。

张二感觉得绝望了！但他又踌躇了好一会，以为最后也许可以找到一条出路；临行之时，他还转过身去，探望了两三回，这才垂头丧气地望家里走。他住家的地方叫枣子桠，同赵大爷隔条河，但有五六里远。因为枣子桠在帽儿山半中腰。

帽儿山单是本山就绵亘有七八里，山顶以及后山全是森林，其余则是近几十年开垦出来的山地。全部五分之一都是赵大爷管业，他招了十五六家佃户，租子比一般取得重。但他有个让手，佃户每年可以酌量拖欠一点，不必一定缴足。而这正像一条绳子，捆住佃户们只好终身替他变牛，没有一个人能够自由自在搬动。

一过大河，张二一边爬山，一边又不时停下来，抱怨一句两句。他已经不再对赵大爷有半点敬畏了，只觉得他太可恶。但他更不满意国民党反动政府，认定他们的每一项措施都是同他作对。因为如果没有这个欺诈性的减租法令，他就不会这么狼狈。

爬到桐子园时，离家已经不到一里路了，他在路边一列茅棚外歇下来。

他愤然望定山脚下明晃晃的河流，好像那里就是反动政府，詈骂道：

"杂种咳声嗽都会害死一大堆人！……"

茅棚里钻出一个张二叫作表婶的缺牙齿老太婆来，她定定神问：

"又是跑空路吧?"

张二一蹦从石包山站起来了,顿足说:

"还是咬住那一句话,你去找蒋介石扯!……"

表婶把嘴唇紧紧抿住一片,然后松口气说:

"我就讲那个老狗人的说不进油盐吧!"

张二大叫:

"说不进油盐算了! 表婶,他一定要减租,我只有一条命!"

摇摇白发蓬松的头,表婶一字一顿地说:

"早就跟你讲过,赶快搬起走呵!"

张二长长咽一口气,勾下头不响了。逃跑的计划,他是早就考虑过的,但他拖起母亲老婆,还有三个孩子,走起来不容易。而且,自从李大嘴上月逃跑以后,赵大爷已经向佃户们警告过了,再有同类事件发生,他们须得分别偿付逃跑者历年来的拖欠。这就叫他更加为难,又怕牵累旁人,又怕旁人知道了走漏消息。

看见张二还在怀疑,表婶又说:

"比不得我们,你大大小小那一窝呵!"

张二拾起尘汗渍渍的扁脸,终于腻滞滞吐出两个字道:

"我——不!……"

表婶唉声叹气:"这也由便你呵! 我两老儿倒是安了心的,替他变牛也变够了!"

张二又沉思地自言自语了一遍:"我不!"随即转身往家里走。

张二的家只有三间茅棚,左首一间茅棚的屋顶快要塌了。屋基很高,阶沿周围砌着石块,门前有一小方晒场。晒场尽头便是耕地,相当平坦,母亲正领了大的孙儿在扯豆子。望见儿子走来,她便伸直腰不动了。

母亲身材高大,但已只剩有一张皮和一把骨头了;她就那么憨痴痴望定逐渐走近的张二。

张二才一近身就嚷起来：

"说得容易，好像草鞋一蹬就走掉了！"

母亲拿在手里的豆秸忽然坠下，她苦涩地说：

"逃得脱，逃你们的！——不用管我！"

张二大叫：

"鱼死同串！要杀要剐，让他一锅熬了算了！"

张二老婆是个垮嘴角黄脸女人，她惊惊惶惶从屋里赶了出来，问道：

"还是不答应么?!"

张二詈骂说：

"老东西可恶透了！就咬住那一句话，你拿鸡大腿调他都不换！……"

深深咽一口气，老婆翻身在门边一段木料上坐下。木料一端泥地上爬着一个两岁多的女儿，穿着破烂，脸上没有一点血色。她在专心一意玩着灰土，现在却向母亲走过去了，但那当娘的劈脸就给她一个耳光，接着又跟孩子一同号哭起来。

老婆边哭边说：

"我看又怎么做！就把豆秆卖了，也不够他的啦！……"

母亲颤巍巍说：

"我不拖累你们，赶快自己找路子逃命呵！"

张二烦乱地大叫：

"逃命?! 他要找旁人扯皮啦！你那天听见的……"

老婆挣起来切住他：

"早听我的话哪有这场事啊?! 搬都搬起走了！"

老婆是水磨沟人，离帽儿山三十多里，但却属于另外一个县份，地旷人稀，算得这一带一般庄稼人的最后巢穴。当第一次请求失败的时候，她就向丈夫提议过，去找她哥租一点地，阴悄悄搬起走。但张二顾虑多，又对赵大爷有幻想，现在他可又认真失悔了。

张二软弱地辩护说：

"没有人算得到这着棋啦！早知道大嘴会跑……"

老婆又一屁股坐下去说：

"那就死守在这里吧！豆子不够垫，卖娃娃，——嫁我也行！"

张二开口不得，随即顿足大骂：

"杂种咳声嗽都会害死一大堆人！……"

他重又怨恨起蒋介石来了。因为如果不闹二五减租，是不会引起这一串麻烦的。但当减租法令刚才传播开来的时候，正同旁的佃户一样，他也着实高兴了一通。以为租子既然很重，今年又是歉收，这一来可以少带一点账了，哪里知道又是欺诈！

母亲、老婆也都随声咒骂起来，而且干脆把蒋介石叫蒋乌龟。这是四川老百姓向来对那老流氓的秘密称呼，因为他们听说宋美龄老是到美国去，找洋人借军火又借钱，觉得有点不妥。随后他们又牵扯到抗战以来的诸般苛扰，认定全是他在作怪。末了，怨气发泄够了，于是那个老问题又强迫他们做答案了：死守呢或者跑掉？

然而，事情还是直到夜里这才商量定的，张二次晨一早就到水磨沟去找妻兄租地。妻兄叫左聚光，串脸胡，一双呆滞的大眼睛，神气好像老在想着心事。他在水磨沟乡下月亮岩坐家，除开种地，空下来就替人搬运木料。

张二一见面就诉苦。左聚光边裹叶子烟边听他讲，但他意外地笑了。

左聚光瞄了眼老婆说：

"仔细听一下吧！倒还抱怨我不提谈减租哩。"

张二激动地抢嘴说：

"幸得你没提谈！——这个自己还提谈得?!"

左聚光皱一皱眉头问：

"你又打算怎么做呢？大大小小一窝……"

张二充满感情答道："我想搬上来住！"随即闭紧嘴不响了。

左聚光也不响了。他在水磨沟住了三代人了，他很清楚这一带的实际情形，做梦都想能够往下面搬。即或没办法在坝里租庄稼，便是山地也好。因为水磨沟太荒凉了，便是山岳林莽都对人不和气。而且租佃条件也不便当，住下去永无翻身之日！

停停，左聚光摇摇头说：

"其实搬上来做啥呵！……"

张二绝望地插嘴说：

"没地方好走啦！眼前就没口粮。……"

左聚光插嘴说：

"那就只好上来拖了！拖一辈子，就跟我样！"

张二抽口气勾了头；但他忽又扬起脸呼噗道：

"我也只求眼前能够拖起走呵！……"

于是事情很快就决定了，就由左聚光当中人替张二租地。这在水磨沟是容易办到的，因为荒地很多，几家地主还间或派人到下面招佃，把水磨沟吹嘘得就像天堂一样。如果佃户太穷，还可借贷口粮，只是利息也特别重。

左聚光替张二租的地，是雷幺老爷的，他本人一直以来就是雷家的佃户。因为是道地的山庄稼，租子是以能下多少种计算的，一斗种子宽的地面，该上一石六斗玉麦。栽种大小春时，佃户还得替地主帮几个短工，不取工资。借贷口粮的要求也办到了，一斗玉麦，来年归还一斗菜籽；照旧还玉麦呢，一斗就归还二斗五。

雷幺老爷人很瘦小，八字胡，满脸汗瘢。左聚光次日就领张二上街写字去了。

重复过一切预先讲好的条件，幺老爷又叮咛说：

"还有，二五减租我不兴哇。"

张二情急地连连说：

"不！……不！……不二五减租！……"

幺老爷说：

"对啰！想么认真是年成坏，拖欠一点又算啥呢！"

张二眉开眼笑地说：

"唉！年成是摸不到的，有个让手就好办了。"

幺老爷用下巴指指左聚光说：

"你问他吧！前后拖起我好几石。"

左聚光忸怩一笑，随即叹口气想道："所以只好永远都替你变牛啰！……"

然而，张二是没法顾到这一层的，只要目前不会逼得上吊，在他就万幸了。

上午写好佃约，下半天张二就赶回家了。因为事不宜迟，他得赶忙进行搬迁，免得中途发生岔子。但这并不简单，白天不能够走，帽儿山脚下河边上赵大爷有座磨坊，他是随常去招呼一切的。有时又会卡起手枪，突然爬上山去，查看是否有人偷砍他的树子。翻山抄小路自然稳当，小娃儿又太多了；母亲老巴巴的，也吃不消。

一路走去，张二一路老是设想，他应该怎么做？但他终于也想通了。装作走人户样，先让母亲带了大娃动身，然后老婆带两个小的走。自己压后搬运家具。而这么一来，便是抄小路也容易多了。因为他家具并不多，所有的破烂装不满一担箩筐。

走到帽儿山时已经半下午了。中途他碰见表婶在路边息气，身后立着一个背篼。

表婶是才推了磨回去的，她带点责难地迎着他说：

"三番两次劝你不肯听啦！"

张二停住脚想了想，最后莫明其妙地问道：

"啥哇？"

表婶说：

"磨坊里都讲康花脸挡上街了，老家伙明天要派人上山守！……"

一屁股坐在路边，张二把头探向表婶面前问道：

"花脸是想跑哇?!"

表婶说：

"早顿饭走都错过了！他开亮口下山，老家伙正到磨坊里去……"

表婶接下去叙说得很详尽，花脸先被挡到赵家，然后扣留下破烂行李，再又往街上送。赵家男男女女整天都在磨坊里放空气，说是要拿康花脸做榜样。但是张二早已没有听她讲了，只是觉得事情很糟，仿佛赵大爷已经在帽儿山布下了天罗地网！……

最后，张二垂头丧气站起来了，喃喃说：

"杂种咳声嗽都会害死一大堆人！……"

他丢下表婶一直回家去了。但他并不进屋，就在晒场边土埂上坐下来。

老婆正在阶沿上奶孩子，看他满面晦气，她带点担心问道：

"地没有租好哇?"

就那么死板板的，张二没有答白；于是老婆的疑心更加重了。

老婆紧接着抱怨说：

"我就猜到了吧！上面到处都是荒地……"

张二翻身跳起来了，哭声哭气地反问道：

"你就晓得我地没有租好哇?!……"

老婆害羞地笑起来，叹口气说：

"看你马起张脸……"

张二切住她说：

"只有你才高兴得来，心里想走就走掉了！"

母亲边从屋里出来边说：

"不用管我，——地租好就快走呵！"

张二跺脚甩手地大叫道：

"还走个屁！老杂种明天要派人守山了！……"

一九四九年十二月十九日

归　来

有点像发梦癫，牛中一骨碌翻身坐起来了。

这是本机关同志们心目中的英雄人物。但在三天之前，他还只是一个普普通通的通信员。虽然早就博得了大家的重视，而且成了青年团的培养对象。

这不是偶然的。大家之如此看重他，因为他不仅称职，通信以外的任何工作，只要他能做的，他从没有偷过懒。而一有空闲，总又关在屋子里学文化。九个月前，他还只认得几个字，但他现在已经勉强能写能读。

他之成为众人眼目中的英雄，自然更不是偶然的。他是本单位报名参加赴朝参战志愿部队的第一人！而且已经请准了三天假，回家看看，以便随时到朝鲜前线去。他是一百二三十里路以外乡下的人，来成都两年了，家里只有一个母亲、一个妹妹。假是昨天才请准的，晚上便已催促会计算好了菜金、粮票。

他一面穿衣服，一面叮咛着那个暂做他的替手的小勤务员。而他的动作、语调全很匆忙。这些叮咛，他早已加重语气表白过了，但他显然还不放心。

他接着又说："懂得了吗？送一封信就有一封信的责任！……"

小鬼王兴发也已和他面对面坐起来了，光着上身，痴痴地瞪着他，脸上带着一点惊喜羡慕互相混合的表情。

他叹口气切断他："妈的！我都想去报名！……"

牛中劝阻地大声道："将来有你打美国鬼子的时候！……"

小鬼王兴发冷不防打了一个喷嚏。于是牛中一顿，话头转了弯了："你会凉着的！"而直到对方抓起衣服披上，这才又开始解释为什么不必要每个人都去前线参战。

现在两个人都已穿着好了，牛中身着新棉上装，而为了走路方便，下面却是两条已经穿旧了的单裤。接着他们相率到院子里去。天已见亮，厨房里传来咳嗽声音和砸碎兰炭的声音。当他们正想穿过天井、走向大门去的时候，忽又都站住了。

一个青年人敞开制服慢步直走过来。这是秘书干事王秀，同时也是团的支书，一直领导牛中搞学习的。而牛中轰动全机关的出色行为在他特别感到骄傲，所以专门一早起来送别牛中。

牛中早已笑得来合不拢嘴了，现在他紧紧握着王秀伸过来的手掌，一面哼声点头肯定着王秀的嘱咐。

王秀用带点鼻音的山西腔接着说："还有你娘，老年人的事情，多宽宽她的心吧！"

牛中自信地摇摇头说："我们妈倒没啥啊！像上次写信要我回去……"

王秀说："我不是担心她会挡你，安慰安慰老人家吧！……"

而末了，再一次握握手，牛中就正式动身了。

牛中原籍什邡，在高坪铺乡下一个名叫万福寺的山沟里住家。他家在那里居住已经三代人了，三代人都是佃户。中间，靠着勤劳、节省，祖父、父亲都以为自己可以买点田土，不必再受地主的狗气了，但都遭到了失败。尤其是那父亲，他在公路上拉板车的"中杠"，积蓄了不少钱，而结果却被反动派抓了壮丁，至今没有下落。

那是一九四四年贵阳吃紧时候的事。出事地点在川陕公路的成汉段，离家七八十里，营救已经来不及了。牛中则是一九四八年保上抓丁抓起走的，那时候他只有十七岁；后来幸而在成都跑掉了，于是就在成都市区一带过着流浪生活。

在这两年当中，他拖过板车，做过短工、堂倌。解放不久，他由一位共过患难的朋友介绍到这机关里做杂务，随又提升为通信员。前年冬天，他的生活最惨，经常没有工作、住处，没有饭吃，可是始终不敢回家，而他现在却大摇大摆回转万福寺老家去了。

人们老是爱讲，家乡里连水也是甜的，这有时的确也是这样。因为当牛中进入越来越加熟识的地段时，他总觉得一切都越加可爱了：那些笼罩在暮色里的山丘、林莽，一座自小看惯了的远远屹立着的尖顶石塔……

到家时已经是夜里了。他大声叫门，而一个女孩子忽然从室内惊呼道："哥哥哩！"随即传来扎扎的床铺声和不断的问话。

因为没有听见母亲讲话，牛中带一点担心问："妈呢？"

牛兰英隔着破板门答道："开小组会去了。"

牛中十分兴奋地呵了一声。他没有料到母亲这样快就进步了，但他随又觉得这很自然，因为他从一些回忆发现她本来就不错：她对农民和气，她最恨地主，她曾经因为派款不公从保长家里哄闹到乡公所。……

牛中自言自语说道："说不定还是积极分子哩！"

门开了，借着月光，牛中发觉妹妹还是他走时候那样高，肩架却发育些了，发黄的小毛辫已经剪掉。妹妹才十五岁，同哥哥一样眉粗眼大，只是从前没有现在开朗。

妹妹一直就没有停过嘴，现在她又开始报道本乡的一些新闻。

牛兰英接着说："马吞口也管制起来了！你听到讲吗？"

假装叹一口气，牛中嬉皮笑脸反问："你咋不问问哥哥走了路饿不饿呢？"

于是两个人齐声笑了。但是，虽则接着就动手弄吃的，谈话并未就此停顿。而内容则多半是解放以来本地的一些人事变迁。直到吃过饭了，这才逐渐松缓下来。

他们并不想睡，就坐在灶门口等候母亲回来。

牛兰英忽然高声说道："会好像开完了！"随即站起来向门外走。

牛中静静听一听说："你耳朵真尖哩！"接着跟了出去。

他们在门口清清楚楚地听见妈妈在嚷："他不低头，只有等邓大元回来斗他！……"

牛中咧开嘴笑了。他本想这样打趣她的："妈！你敢斗哪个哇？"但他只向妹妹问了问邓大元的情况。直到母亲爬上老坎，离家只有两三块地远了，这才招呼着迎面走去。

母亲已经半老，身材不高，但却结实。这一点跟儿子很相像。性格也差不多：干脆利落，从来不向困难低头。只是心胸有点狭隘。她没有料到儿子会回来的，因为自从牛中拒绝回来以后，她就赌气没有给他写过信了，仿佛她就没有他这个儿子。

因此，她吃惊地站住了，随即丢心落意抽一口气，正像了却一桩大事一样。因为牛中能够回来，究竟是她衷心所愿望的，而赌气恰是一个更加有力的反证。

母亲接着一边走去，一边故为生气地说："呵哟，外边那么好耍，还舍得回来嘛！"

牛中停下来了，笑嘻嘻回答道："耍？比你工作紧张！"

母亲说："你能干啦，一跑就是两年！"

深恐母亲伤心，牛中半开玩笑地抢嘴道："你不一样过得来很好么？"

母亲生气勃勃地答道："哪不好？解放迟点，骨头都跟人家车成纽子卖了！"于是走向阶沿边坐下。

她开始追述起牛中被抓后招来的种种烦恼来了。

她带点不平的口气说道："难道你以为这两年的日子好过吗？阴着

流了好多眼泪啊！"她拖长着声调，但是没有半点悲哽，"当天晚上我就跑去找杨大头那个老狗：'我就要我的人！他把你祖坟挖了啦？'杂种劈脸就跟我一耳光！……"

牛中半气恼半安慰地说："叫他现在又来打嘛！"

牛兰英笑了，说："七月间挤黑田①，还跑来跟妈说好话哩！"

浮上一个坦白坚定的微笑，母亲瘪瘪嘴说："鬼才会上你的当！"接着才又追述下去，"我也不是好惹的呢！你打吧，我又不是爪手儿②，——后来连神主香炉都叫我甩了！两天过后又上街讲理信。这个马吞口才恶啊！仗势他是乡长，跑出来一竿竿挎起。依得我那个气啦……"

牛中庆幸地笑笑说："到成都那晚上我就跑了！"

母亲也很庆幸，她感觉幸福地叹口气说："总算毛主席领导咱们翻了身，咱们穷人也该出口气了。三月间一得到你的信，我就请张老师写信叫你回来，认真把庄稼做起。你看邓大元喳！……"

牛中插言道："现在到处都是工作啊！"

母亲说："不要嫌做庄稼，只要恶霸地主垮了……"

牛中说："我不是嫌做庄稼，旁的工作也要紧啦！"

母亲沉默了，她望望穿着制服的儿子，随即抽口气勾了头。

她接着显得担心地问："你是请假回来的哇？"

牛中答道："请了三天假，后天就走。这回走得远哩。"

母亲一字一字咀嚼着说："对啦，横竖你们翅膀也长硬了。"

牛中笑扯扯地讨好说："啥翅膀长硬了啊！……"

母亲负气地切住他问："该不是到外国吧？"

牛中充满感情地答道："到朝鲜打美国鬼子！……"

---

① 挤黑田：把地主为了对付减租退押而隐瞒的田亩查出来。
② 爪手儿：手指蜷曲、不能伸直的残疾人。

于是他开始向母亲鼓动了。他讲到美国的资本家、军阀如何支持蒋该死压迫中国人民，美国的少爷兵如何在中国奸淫掠夺；讲到朝鲜人民如何为中国人民的抗战流血牺牲，以及中朝两国唇齿相依的兄弟关系。

　　他继续说："还有，就是你不帮助朝鲜把它搞倒，饱嗝都不会打一个，一眨眼它又要吃你了！……"

　　母亲一直没有作声。因为几天以前，文化干事曾经有过一次抗美援朝问题的传达，随又在农会上讨论过，所以尽管心里越来越不自在，但她总找不出理由来进行反驳。

　　现在，她忽然带点强词夺理的口气打断他道："人家那么多解放军要你去！"

　　牛中大笑道："这是老百姓凭志愿组织的队伍啊！"

　　母亲嘴软地强笑道："我肯信就只缺你一个！"

　　牛中苦笑着叹口气说："对！如果每个人都这么想，有我不多，无我不少，等到敌人打进来了，恐怕还不会有一个人站起来呢！"

　　母亲烦乱地挥挥手道："横竖管你们也管够了，你把这个死女子也一道带起走吧！"

　　她边说边站起来，转身进屋去了，没有看望儿子一眼。她又是伤心，又是气恼，因为直到现在她才明白：儿子的回来远比他不回来还可怕。他不回来，她可确知他就在百多里以外；眼前他回来了，但是为了就要投身到一个辽远的战场上去！

　　而她又多么希望他回来啊！因为她深深相信，通过今天的减租退押、明年的土改，她将获得一种几千年来农民们所曾希望过的美好幸福的生活。她是时常在幻想中描绘这种新生活的，每每总又让儿子占一个重要地位。有时想象得太放肆了，她还凭空添上一个媳妇，几个孙儿……

　　牛中对于母亲的反应多少不免感到惊异，因为他从未设想到过她会挡他，同妹妹见面后，甚至还以为会从她得到鼓励；同时他又忽然记起，母亲万一固执起来，会一直犟到底，是不容易说通气的。但他不相信她能够阻止他，只想尽力减轻她的难受。

于是他也搭讪着跟她进屋去了，希望把她的情绪转移一个方向。起初，他若无其事地向她问起外婆，但她不张理他；接着他又提到当前的减租退押问题。

这时，母亲正想取下灶头边木钩上的亮油壶子，而她忽然终止了这个动作。

她回转身厉声叫道："我不是放屁哇，要走，把你妹妹也一道带起走！"

牛中故意装神地望妹妹说："好！跟我一道去当女兵……"

牛兰英侦查地望望母亲，然后抿笑着摇摇头说："不，我要跟妈一道！"

母亲气冲冲嚷叫道："我愿意当孤人！"

于是转向灶门口去坐下，埋下脑袋；但她随又把头扬起来了。

接着自怨自艾地哭起来："天啦！可怜我朝日暮日都在望儿子啦！"随即开始诉说她解放前的苦难遭际。

牛中第一次感受到挫折了，他不知道应该怎么做好。

最后，他叹口气，在板凳上坐下，同时苦涩地曼声道："怎么还是老一套啊！"

母亲自暴自弃地嚷道："我知道你进步啦！——又没有包袱！……"

打个呵欠，牛兰英提示说："明天一早还要浇菜籽啊！"

母亲叫道："它就瞎了也是那么大一回事！……"

然而，虽是这么样讲，接着她可站起来了，走向卧室里去。因为她固然不相信儿子已经回心转意，但也不相信今天夜里会有结果。同时，她更深切而又尖锐地感觉到：作为一个积极分子，她的借口多叫人难为情啊！这同旧式妇女的要横有什么两样呢？……

牛中也感觉很疲倦，因为他只坐了四十里路马车，其余全是步行，而他的一团高兴，又叫母亲泄了气了。他站起来，想到灶门口柴草上睡；这时，提着亮油壶子，夹床铺盖，妹妹走过来了。

牛兰英笑一笑说："快接到，——妈叫你盖！"

牛中望她一眼，然后车开脸说："快拿起转去你们盖啊！"

牛兰英说："我们还有棉絮。"

牛中忽然转向她轻声问道："妈还是啥事犟到底哇？"

牛兰英肯定地点点头，接着又问："到朝鲜不是很远？"

牛中惘惘然只顾出神，随又叹口气说："由她去吧！"

接着他从妹妹手上接过铺盖，一声不响地在柴草上睡下了。

他已经横了心，不管母亲怎样阻拦，怎样伤心，决定留一天就回成都，听候命令出发。但他也不愿意过分伤妈的心，因而次日一早，他就爬起来去浇菜籽。以为这样一来可以叫母亲松一口气，多少有点想头。

母亲只做了三亩半地，胡豆、大麦、菜籽，一样都有一点。当中菜籽种得最多，有一亩五。解放提高了她的劳动热情，今年很早她就撒下菜母籽种，前几天又忙着栽种了菜母籽。地是祖父手里租下来的，原来有三十多亩，经过好几次扣押抽田，到了前年，就只剩下这三亩多了。

庄稼就在那一连三间茅棚外面，牛中自小便熟识的。而当他正要舀粪的时候，妹妹边扣衣服边出来了；哥哥的举动显然已经叫她吃了一惊。

牛兰英走向摸角边茅坑前低声说："妈翻腾了一夜。"

牛中停住舀粪，然后苦涩地拖长着声音说："哪个叫她背起包袱不放啦！"

随又叹一口气，于是用粪档档在坑里搅起来。

同时他又问妹妹道："水桶呢？"

牛兰英说："我去借吧！"走向老坎下面去了。

妹妹走后不久，牛中装好半担粪水，担到菜籽地里，接着坐下来等水桶。而从左边一片柳树林中，一个青年农民走了过来。这就是邓大元，本保农会的副主席，矮个子，又瘦又黑，喜欢吵吵闹闹；但是很得人心。

牛中同邓大元自来就要好的，一经认识出来，牛中便站起来迎过去。于是两个人就在路边扯谈起来，互相问询着各人的情况，而这一来双方谈得更投机了。

因为听说牛中明天要走，邓大元不以为然地说："又不是点火吃烟！"

牛中解释道："我都报了名啦！"

邓大元聚精会神地张大眼睛问道："学习哇？"

牛中说："不！到朝鲜打美国鬼子！……"

牛中重又很兴奋了！因为母亲阻拦而来的不快已经忘记得一干二净。接着他就庄严而热情地解释起来，希望对方明白这个行动的重大意义。

而邓大元惊喜交加地顺手推了他一巴掌，同时连声嚷道："真想不到！——回来看你妈的哇？……"

牛中的脸色忽然变了，他感觉扫兴地说："不回来看她倒痛快得多！"

邓大元惊问道："拖你后腿？"

牛中脸上忽又罩上一层严肃气概，他加重语气说："走，我倒一定要走的啊！"

邓大元充满感情安慰他道："莫急！——莫急！——脑筋打通了就对了！……"

随即忙着跑进牛中家里去了。

牛中一个人被留下来。他对邓大元的努力并无多大希望，但是对方的热情感动了他。而且母亲能够心安理得地让他走，这是他乐意的。因此，当妹妹担了水来，他同妹妹一道进行兑粪、浇粪的时候，都一直心不在焉。

最后，邓大元出来了，走到牛中面前，开始向他报告谈话的经过。

但是，一听口气不对，牛中立刻切断他道："脚在我身上啊！"

邓大元接着说："经我一顿劝起，后来话又变了，说，'我懂，我懂！用不着你宣传！'等阵吃过早饭，开会的时候又再看吧！……"

邓大元继续约人开会去了。

吃饭当中，母亲一直没有同儿子讲一句话，甚至避开脸不看他。而当一个农协会员跑来催她前去开会的时候，她更意外地拒绝了，借口要浇菜籽，匀不出时间来。只是饭后她又并不下地，倒悄悄缩进卧室里面去了。

牛兰英忽然沉下脸提示说："妈又在生气呢。"

接着，他们便听见了母亲的埋怨："是政府派你去，我没有二话说！——举起两只手赞成！……"

牛中放下饭碗，自言自语般苦笑道："成千成万人都是志愿报名参加的啊！"

仅只一夜，吃饭时候，他便发觉母亲变了样了，消瘦、颓唐，眼睛干眨眨的。当时他第一次真的感觉到不好受，现在也就更加难过起来，觉得母亲倒是骂他一场痛快得多，他可以灰都不拍一把，翻身便走。

牛中没有继续吃饭，他到地里浇粪去了。一肚子的闷气需要他用劳动来排泄。他闷声不响地一气浇了好几挑粪。而末了，他一眼发现邓大元从老坎下走上来。并且不止他一个人，身后还跟了三四个。老的少的都有，牛中几乎全都面熟。

他们大都停下来喜笑颜开地同牛中打个招呼，接着就陆续进屋去了。只有一个鼻尖嘴阔、又瘦又长的青年人直接跑了过来，边走边说，边说边笑，好像碰见了什么天大的喜事一样。

等到两个人面对面了，那个名叫汪二的青年人笑得更开朗了。

汪二说："包你说通，来了这么多张嘴啦！"

牛中明白汪二说的是什么意思，他笑着回答道："说不说得通都没关系！"

汪二严正地说："不！要顾到影响啊！"接着说明他们很快也要展开抗美援朝运动。

末了，一个老头子跑到门边挥着手嚷了一句，一晃又不见了。于是汪二约同牛中一道走了过去；但才走到门边，牛中就停下来了，没有跟着进去。

牛中听见母亲正在诉苦："我的命就这么坏啦？恰合说现在好了，一家人可以团团圆圆过日子了……"

汪二边走进去边说："美帝国就不高兴你这么想！"

邓大元扣上来说："唉！问题就在这里。杂种跟恶霸地主一个鼻孔出气啦！岸滩村的代表昨天在会议上反映，他们村上就有坏人威胁落后分子，造谣说'美国鬼子已经打到东北，留个见面情吧，刮民党就快要转来了！'你看，都还没有死心呢。以为减了租，分了田，就可以丢心乐意过日子——谨防把你清鼻涕想干了！……"

母亲意想不到地呼嚎道："这个美帝国究竟还要害死好多人才垮台啊！……"

牛中感觉轻松似的笑了，因为他从母亲对于美帝的愤恨看出她的思想问题已经接近解决。

接着，他忍不住走到门边笑道："妈！你肯这样想就对了！它还要害死多少人吗？让我告诉你吧，不赶快把它从朝鲜赶出去，我们每个人都会受它的害！说不定它今天搞进来了，明天我们照样会被刮民党抓得来鸡飞狗跳；至少马吞口、杨大头照样会拿气给大家受的！……"

母亲愤然大叫："老娘倒不能再受他们的脏气啊！"

一个老头子嘶声道:"那你为什么还拖他的后腿?"

母亲气势汹汹反问:"你就断定了我会拖他的后腿?"

邓大元打趣说:"这就对啦!本来也是,是我有这么一个漂亮儿子嘛,做梦也会打哈哈呢!还拖后腿?"这引得大家都发笑了。

母亲也忍不住笑起来,但又立刻矜持地板起面孔。

她同时嚷叫道:"好啦!今天你们几张嘴算把我批评够了!"

邓大元热情地解释道:"不是批评,是帮助你啊!……"

接着就邀请她一道去学校参加群众的欢迎会。

母亲显得害臊地站起来说:"又不是我到朝鲜去打仗哩!"接着就想走掉。

邓大元一蹦跳过去了,拦住她恳求道:"就要你这个小组长去起点带头作用哩!"于是别的人也都齐声劝说起来。

而末了,牛中两母子终于被大家邀到学校里开会去了。

这是农协会的文化干事,一个青年教员提出来的主意。当然应该,而且很有必要。因为事实证明,经过这次大会,对于牛中志愿赴朝参战,母亲是完完全全地想通了,而且充满一种庄严的自豪感。还有更重要的,通过这次大会,全村群众对于抗美援朝进一步提高了认识。

为了赶路,牛中翌晨一早就起来了;但他没有找到自己的制服裤子!他几乎把灶门口全部柴草翻了个身,最后又跑到母亲房里去了。妹妹睡得很香,母亲坐在床沿,点了灯在缝补东西呢。

他光起两条腿冲了过去,抓来母亲手上的衣物一看,于是笑了。

他吁口气津津有味地笑道:"哎呀,我还当遭偷了哩!"

母亲说:"没那么怪!也不晓得怎么样在穿啊,好几处都磨成麻郎翅膀①了!"

接过裤子,牛中边穿边说:"你快再去睡一觉吧,——妈!"

---

① 麻郎翅膀:蝉翼。

母亲取笑道："到了朝鲜，你也饭都不吃就打仗嘛！……"

母亲下了床，走进厨房去了。她热了一大碗饭，拿了几个鸡蛋煮起，随又从鸡罩里提出两只鸡来，要儿子拿去招待机关里的工作同志。这是牛中从成都动身前的希望之一，但它早被母亲的闹嚷赶起跑了，这时他只庆幸自己能够爽爽利利动身，简直没有记起。

因此，当时的高兴不必说了，走在路上，偶一发觉手里提着的两只鸡，他总会忍不住笑起来。而且忍不住自言自语笑道："我们妈太好了！……"

于是加紧步子前进，那气概好像是直接到朝鲜前线去。

一九五〇年十二月八日

199

控 诉

　　故事发生的经过是简单的，而且简单到了惊人的地步，正如一个人忽然被一头疯狗咬了一口那样。一天下午，张二张文贵在南门外大桥上乘凉，正在爽快透了，来不及让路，被几个过桥闲逛的美国兵抛到河里去了！

　　因为押金被扣光了，租种的几亩田给地主廖瘟狗夺了佃，自家又只有几分地，张二来到这个都市，两三年了。自己拖黄包车，女人做些零碎活路：有时缝穷，有时捶铺路用的碎石，或者带着九岁大的孩子去捡炭花。出事的当时，女人才分娩几天，但一听见丈夫遭了横祸，她可立刻从床上起来了。沿河跑上跑下查看，又去找保甲长和派出所申冤，同时四面八方拜托熟人捎信回家。

　　张二张文贵的老家离这个都市有八九十里。家里一共是三姊妹，大姐早已出嫁，兄弟前年被抓了壮丁后永无消息，父亲早死掉了；现在家里只有一个母亲，相当有名，因为如果受到什么过余过分的损害，她会同你扯个够的，就是地主廖瘟狗也对她有点扯火。只有一般农民很喜欢她，碰到派款不公，总暗中鼓动她带头跟保甲长扯皮。

　　当那个可怕的噩耗传到的时候，事情已经过了好几天了，张二他妈正在灶门口吃晚饭。她手捧一碗搅团，一面吃，一面高声叫骂，因为上个月保长又派了她两升米壮丁费。而蛋贩子王兴发忽然在屋外叫喊了，说是有要紧话。

王兴发人很矮，柿饼脸，脸色黑里透红，喜欢开点玩笑。如果是在平日，他会趣趣她的：哪个今天把煤油桶子又撞响啦？但他现在却直截了当告诉她说：张二张文贵叫几个美国兵抛下河了！……

张二他妈大惊失色地叫了声："啥?!"于是三脚两步冲到那蛋贩子面前去。

她紧逼着蛋贩子连声追问："那娃是个旱鸭子啦！——该没有淹到嘛？……"

王兴发飞快瞄她一眼，然后避开她的视线答道："尸首都还没捞到啊！……"

张二他妈目瞪口呆地嘶声问道："那不是淹死啦?!"

王兴发支支吾吾地解释道："河面那么价宽，又是洪水天气……"

张二他妈周身一软，一双手也突然失掉知觉似的垂下来了，同时盛了搅团的土碗兵的一声掉在地上。接着，她后退一步，靠身在门枋上，一面啰里啰唆用围裙擦着手，正像她忽然得了严重的疟疾。

但她随又离开门枋，向了蛋贩子干喊道："天啦！——这究竟为了场啥事啊？"

王兴发叹口气答道："听说就是让路慢了一点！"

张二他妈忽然厉声叫道："让路慢点兴要命啦？天底下就没有这个道理！"

王兴发苦笑道："他就不跟你讲道理啊！"

张二他妈挥挥手大叫道："老子当疯狗打！……"

咬牙切齿，张二他妈一下坐在一张破板凳上，而她随又伤伤心心地哭了。这在她是少有的。接着她开始咒骂媳妇，怪媳妇太没出息，为什么不抓住凶手拚命。虽然王兴发尽量解释，说是媳妇刚才生了娃儿不久，等她跑去，凶手已经走了！而对方又是美国丘八。但是张二他妈只顾一直哭闹下去。

随后，她又坚持立刻动身去替儿子申冤，结果被王兴发和邻居们劝阻住了。邻居们是来看热闹的，但在问明真相之后，却大都立刻换上一副愁闷、不平的脸色。斗行女人因为担心她会气坏，甚至自愿留下来陪伴她。

这是一九四六年的事。张二他妈那时已经五十六岁了。是个瘦长子人，尖鼻头，眼睛圆睁睁的，给人一种不大和气的印象。而经过这场打击，当次晨起床时，她更显出一种凛凛然不可干犯的神气，眼睛睁得更大。

鸡刚才叫头道，张二他妈就起来了。无数思虑和幻觉苦恼着她，大半夜她几乎就没有睡。被她惊醒的斗行女人劝她躺一躺再动身，她没有搭理她，只顾一味包扎着一个破布卷儿。随后那个好心肠邻居又自告奋勇替她看家，劝她不必另外老远跑去找女婿来。

斗行女人又说："听蛋贩子讲，那些美国兵就跟畜生一样，动不动就请你吃'火腿'！又讲……"

张二他妈愤然大叫："我这回倒是安了心的啊！"

斗行女人恳求她道："你不要这么讲！……"

但是张二他妈已经抓来一根杵路竹棍，转身走了。

张二他妈一路很少停留，只在二郎庙随便吃了点东西。她的脸色是那么难看，每逢对面走来的过路客商发现她了，总要站在一边，充满猜疑地目送她一段路。

张二在那大城市南门外大河边一家木厂后面住家。住的是所谓捆绑房子，如果木厂老板不高兴了，或者需要更多地方堆积木料，他得随时搬迁。屋子低矮，周围夹着黄篾笆子。当张二他妈被一个沿街叫卖纸烟的娃儿领来的时候，屋里边已经上了灯了。

在昏暗的油灯下，媳妇躺在床上，床前活动着一个干瘪的小老太婆和一个年轻妇女。她们都是张二的邻居，因为媳妇前两天病倒了，特别跑来帮着照料。而正如放鞭炮样，才一发现媳妇，张二他妈就紧接着爆发出一长串充满怨愤的责难。

两个妇女首先有点惊怪，但是很快就想通了，从话语里猜到了这来的人就是张二他妈，于是开始解释。

　　但是张二他妈马上切断她们："懒病！——躺起来多舒服啊！……"

　　那个干瘪老太婆生气道："你拿手摸下她好烫啊！"

　　虽然张二他妈并没有用手去摸摸那个躺在床上发着高烧的产妇，但她一顿，把吵嚷结束了。而接着一眼发现了那个大的孙儿：嘟着嘴，满脸闷气地眼鼓鼓站在屋角。她一把把那孩子拖过来了，接着就搂着他坐在床沿上哭起来。

　　她哭诉道："你也该懂点事啦，尸首到底捞到没有嘛？"

　　那个干瘪老太婆忍不住又插嘴道："捞到啥啊！前几天，有人说坛罐窑河坝里有一个水打棒①，我们那个老鬼陪着这娃他妈去看，已经给狗扯得不像样了！"

　　张二他妈转向媳妇嚷道："自己的男人，你总多少认得出来点啦！"

　　那个年轻妇女气恼地冷笑道："还盯着病人问！……"

　　接着她告诉张二他妈，媳妇得的是产后寒，半下午已经昏迷过一道。这不是平常病，张二他妈是十分清楚的。她嗒然若丧地垂了头，随即哭了，于是开始料理病人。

　　从邻居们的谈话里，张二他妈弄清楚了好多事情。张二被抛下河后，媳妇去请求过保甲长，保甲长把责任推在派出所身上；而事实上派出所更滑头，先还答应调查调查，随即劝她最好去找法院。前两天她去法院告状，淋了一场暴雨，一回来就躺倒了。至于告状的结果如何，他们也说不清。但有一点是明确的：邻居们凑来的状纸费，依旧带转来了。

　　这一来，张二他妈忽然感觉得没丝毫抓拿了，但也更加气愤。于是她问起那批美国匪兵的姓名、住址，看光景马上就要采取行动。

---

① 水打棒：被水淹死的人。

邻居们苦笑了，不知怎么样回答好。

末了，那个干瘪老太婆说："快先把病人医治好再说啊！"

张二他妈叫道："那么我那娃呢？又不是烂了根红苕！"

干瘪老太婆叹息道："怕也差不多啊！我们那个老鬼一天到处串起去收荒，还听少了？这城里每天都在出事。飞机场一带早就看不到女人家了！一碰到就跑不脱。你去闹嘛，好，'破坏盟军荣誉！'——宪兵些还倒打你一钉耙！……"

接着她又举出一些事实，证明就是告状也都没有多少用处。而这个在当时也是实情，因为国民党反动政府，一直就把美国的侵略匪军看成它镇压人民革命的靠山的。但这一切都没有削弱张二他妈那个顽强信念：替儿子申冤报仇！

只是有一点她始终拿不稳：她该怎么样行动呢？而最为重要的，是她无从找到凶手！等到大家散去以后，她重又感觉到没丝毫抓拿了！她寻思了一夜，次晨牵了孙子，依旧去找保长申诉。

保长是个粮食店老板，肥胖，刮过的兜腮胡的脸蛋显出一片蓝色。张二他妈连板凳都没坐热，他便开始推送她了。

胖保长故为吃惊地问道："你们还没有去找派出所吗？"

张二他妈充满悲愤地叫道："怎么没去过啦！这娃他妈早去过了，跟你向法院推！做好事样，请你老人家帮帮忙吧！"

胖保长装模作样地不平道："这才混蛋！——你今天马上再去！……"

接着，他还说了些体己话，又派了一个店员领路，好像这是一件头等重大的事。也许正是这点假装的同情认真起了作用，张二他妈终于被他诳骗走了。虽然来的时候她设想得那么坚决，如果得不到一个圆满结果，她就干脆同保长拚命。

因为有人引导，张二他妈很容易就进了派出所。但当那个巡官开始问询的时候，那店员已经暗中溜了。由于希望热切，才一提头她就倾箱倒箧地诉说起来。

巡官是个瘦长子人。他倾听着，显得威严而又认真，但他接着就瘫在藤椅上沉思了，腿杆架在桌子边上。

最后，他就那么莽撞地放下腿杆，撑起来插断她道：

"不是叫你们到法院去告状吗？"

张二他妈叫道："怎么没去过啦？这娃他妈老早就找过他们了……"

巡官专断地插进来道；"那就对啦！……"

张二他妈大声地解释道："根本不理你啊！"

巡官假装不平地叫道："哪里有这么怪！一定是你们不懂手续……"

于是拿出极大耐心，巡官又开始告诉她告状的种种程序。但他还没说完，张二他妈便又忍不住吵开了，因为她忽然警觉出这不外是推诿、欺骗，连那胖子保长显然也是这样居心！

她嚷叫道："怎么都兴推啊！老百姓把你们养起来做啥哇?!……"

她叫喊得那么理直气壮，但她忽又可怜地哭起来了；伏下去叩头，深恐太莽撞了误事。

她边叩头边说："请你老人家做点好事吧！……"

巡官厌烦地站起来了，向一个警丁支支嘴说：

"叫她出去！"

接着他想走掉。张二他妈一愣，随即发狂似的追上去了，拦住巡官的去路，同时爆发出一长串叫喊。而她的措辞全都是那些奴才的奴才听了受不了的，虽然他们尽都是些毫无羞耻之心的恶棍。

她嚷叫道："你们就只会欺压老百姓哇？……"

巡官忍不住掴了她一掌，但她一跌下去，就顺势抱住了巡官的腿子。……

张二他妈在派出所住了一天半和一整夜。然而，要不是邻居们跑来劝说，她是还不会出来的。这不是派出所不放她走，当天晚上那巡官就有点失悔了，因为她就那么不息气地吵闹，任何威胁都无法使她住嘴。

邻居们是为了媳妇病危才跑来的，而当他们把她劝起回去的时候，媳妇已经咽了气了。这是一个新的严重打击，张二他妈翻身坐在床沿上哭起来。随着进来的邻居们全都眼泪花花地聚在床头，但却无法使得死者复活。

他们齐声地叹息道："不中用了！……胸口已经冷了！……"

那个干瘪老太婆说："像是不服气哩！你们看吧，眼睛还睁得这么大！……"

张二他妈绝望地哭道："你们真不该劝我回来！……"

那个荒货匠说："派出所不会跑的！人死归土，先办这搭事啊！……"

这是那个干瘪老太婆的丈夫。接着他提出主张，怎样张罗棺木和怎样安葬，因为他相信张二他妈是拿不出多少钱的。而且讨要棺木和葬地已经成了都市贫民的习惯，他们大家都很精通。最后他又自告奋勇跑向施棺所交涉棺木去了。

这是下午的事。荒货匠转来时已经是夜里了。床前摆着一个破碗做的油灯，和一堆倒头纸的灰烬。屋里只有张二他妈，手上抱着婴儿，膝头边靠着孙子。

荒货匠一进门就抱怨，因为他一连跑了几处都没着落。

他愤然道："他妈的！东西贵了，连做慈善都越来越耍水了！……"

张二他妈灰心地说："好吧，我就让她烂起！"

荒货匠说："话不是这么讲，警察要干涉啊！……"

他随即提出一个新的建议，明天早晨，他再来约她一道亲自去跑一趟。张二他妈始终不置可否，因为一个无可如何的报复手段正在她思想里发生，滋长，逐渐占据了她的整个精神世界。

荒货匠走后不久，他的老婆，那个干瘪妇人来了，重又向她扯谈棺木的事。因为张二他妈板起脸不作声，作为劝解，她谈起当天听见的一件新闻来了：三个美国兵到柯家巷买刺绣，因为掌柜不在，掌柜娘被强奸了，结果就一绳子吊死了！

她继续说："男的回来一问，气慌了，要去告状；大家说，可惜钱了！过后去找报馆，报馆里也不管！"

张二他妈突头突脑叫道："菩萨总会管的！"

那个干瘪老太婆深深地叹口气道：

"现在也只有靠菩萨了！——他们当公事的都是一个模子铸出来的啊！……"

由于这场谈话，那个暗中在张二他妈脑子里活动着的念头，变得更结实了。而次晨一早，她就背着婴儿，牵着孙子，披了黄钱向城里走。

那个依靠蒋政权下任何机构替她申冤的希望，已经彻底地破灭了！而她又无从觅取那几个害死儿子的凶手，因此她就自然而然想起了那个古老、虚妄的复仇办法：披了黄钱喊冤！她要大声疾呼，她要向正直的"神明"尽情控诉。

她的目的地是城隍庙。她沿途问去，而每到一个街口她总立刻招引来一大群人。他们围绕着她，向她询问情由，接着摇头咋舌地表示一番同情。甚至有多少人，因为联想起一桩自己熟知的美国兵的罪行，还要咒骂几句。这些经历使她改变了意向，她信步专朝热闹街道串了。

半晌午间，她到了一个两条大街交接的路口上，照例又被好多人围住。这里聚集起来的人比别处多。警察走过来干涉了，但是没有发生多少效果。

街口停着很多辆黄包车，一些车夫就站在车上看。

一个车夫忍不住岔断她的哭诉问道："尸首捞起来没有哩？"

张二他妈张望一会，接着又专心一意向一个老太婆哭诉下去："等我得到信息跑来，媳妇又给我拖病了，躺在床上不省人事！……"

一个花白头发的老太婆叹息着插嘴道："还拖起吃奶的，你要赶快医啊！"

张二他妈叫道："昨天死都死了！还医啥啊?！……"

于是她又呼天抢地地咒骂起来。观众们也都摇头叹气，好几个贫苦妇女眼睛立刻红了。那个花白头发的老太婆摸出两张伪币，塞在那孩子手里。有人特别挤拢去察看那个躺在背上的婴儿，随又提出一些劝告。

一个厨子模样的中年人建议道："你去找政府机关清查下嘛！"

张二他妈厉声叫了："他们都是美国人喂到的啦，会跟你清查吗?！"松一口气，她又接着申说，"怎么没有去哇？这娃他妈去过，我昨天也去了！——都把你往门外推！"

远处忽然传来几声尖锐响亮的喊叫："米司脱顶好！"而接着，几个站在黄包车上的车夫又响起一片充满蔑视的笑骂声。这使人丛波动起来，随即裂成个半圆圈。

一架黄包车从对面大街上缓缓拖过来了。上面坐着一个美国丘八，头戴红结瓜皮，手里抱着响水烟袋。他这么打扮起来，显然自以为漂亮透了，装得神气十足的，车后跟着一群破破烂烂的顽皮儿童。

虽然张二他妈从来没见过美国兵，但她看见过外国的传教士，而那个出现在眼前的怪物，又分明穿着军装，她开始激动起来。于是没有一点勉强，那几个直接谋杀她的儿子的凶手，已经和一切侵略者分不开了。

车子笔直地拖过来，张二他妈周围吵嚷得更凶了。

张二他妈忽然咬牙切齿地吁了口长气，喃喃说："我今天就要收拾疯狗！……"

随即撒开孙子，她稳重而有力地向了那个美国侵略者走去。而当人们猜测出她的动机的时候，另外一种意外的叫嚷声又起来了，有的给她呐喊助威，有的要她当心，因为大家都知道美国丘八总是随便打人。

张二他妈已经快要走拢那辆黄包车了。但是，也许直觉到了周围的空气起了变化，或者那双燃烧着仇恨的眼睛，以及散乱的头发和结得密密的黄钱使他发生了畏惧，那个胆敢在我们神圣国土上胡作非为的侵略者意外地显出一副恐惧神色，忽然一蹦跳下车了！

同时一个警察也已狂奔过来，阻拦住张二他妈。但他立刻就做了替死鬼，张二他妈扭着他吵开了。跟着是观众们的怒吼，并且有人抛掷出甘蔗尖……

这场骚动是由一队武装警察赶起来结束的。虽然那个美国丘八，早就冲开一条出路溜了，只吃了两三下甘蔗尖，那个警察也仅仅给撕破了衣服；但是一个车夫和一个店员却被拘留了一礼拜。而在问明情由之后，张二他妈则被押解回原籍去，连看一看媳妇的尸体都不许可，怕她继续在市面上破坏美国侵略者的"威信"。

回家不到两天，那婴儿就夭折了。张二他妈一直躺了好几天才起床。但她已经有了显著改变，头发白了大半，人也更枯瘦更严肃了。而且变得不大肯说话了，偶一开口，总又全是愤恨语调。

然而，最奇怪的，是她从不向任何人诉说她的遭际。只有一个例外：每当孙子做错了事，或者自己心情极端恶劣的时候，她总要残酷地提到儿子、媳妇的惨死，提到那个活活拖死的婴儿。仿佛这样会把她的仇恨磨得更尖利些，特别要使孙子记住这些仇恨，将来好替死者报仇。

日子拖长下去，张二他妈的生计更艰窘了，人也越来越加沉默、执拗。于是大家也就不再怎么注意她了，认为她是一个被猛气怄呆了的可怜的老妇人。所以虽然解放给农村带来一连串的反封建斗争，她都一直没有被组织进去。但在减租退押工作结束期间，一个工作同志，忽然由村干领来看望她了。

他们跑来看她，因为昨晚开村干会，大家从抗美援朝谈到本村几个农民解放前在新津飞机场身经目睹的美国丘八的丑恶罪行，后来有人又提到张二他妈的遭遇。工作同志听了很不好受，批评大家对待这样一个孤老太婆太冷淡了！……

这天早晨，当他们跑来探望她的时候，张二他妈正抱了柴草从屋后绕向屋前，准备进灶屋去。还隔三块田远，她便已经发现了他们了，但用猜疑的眼光扫了他们两眼，便进灶屋去了，一概不理睬他们的招呼。

接着，他们一直跟随她进了灶屋，可是她却照样不理他们，而到了最后，她终于被村干几句话点燃了。

她把火钳从灶膛里一下子抽出来，往烧火板凳上一搁，愤然瞪着他们嚷道：

"他们是老母虫钻死的^①！——我记着他们做什么哇?!……"

工作同志安慰她道："不要难过，这几天美国兵在朝鲜被咱们志愿军打惨了！……"

并不注意对方的话，停停，张二他妈一直嚷下去道：

"我早就把他们忘记得干干净净了！——难道他们还算人吗?!就是一条狗挡到路了，也不过踢两脚，——人家偏偏要整得你家败人亡！……"

她忍不住哽咽起来，接着哭了。但她随即飞快抹把眼泪叫道：

"告诉你们：就是把我烧成灰我都记得他们是怎么死的！……"

于是她从头谈开了。生动，细致，正如昨天发生的事样。而在控诉当中，她的眼前总不时现出一个头戴瓜皮，手抱烟袋，可恨而又可鄙的美帝国主义者侵略强盗。

一九五一年四月五日

---

① 老母虫钻死的：这是一句气话，意思是找不出一个罪人。就像老母虫钻到树干里面把树子钻死而查不出虫在哪里一样。

母 亲

　　大会早已经结束了，小组讨论正在热烈进行。

　　这些大小会都是在七里村林老豆院子后面一座大林盘举行的。但在解放以前，这些蹲在各处树荫下的农民群众，却没有一个人敢到这林盘里来，因为那老家伙会当你来偷柴草，给你一顿臭骂，甚至于一顿黑打。

　　讨论的主要内容之一，是参军问题。因为每一组都有人参加过昨前天土改工作队召开的全乡抗美援朝代表大会，还有人当场就报了名。而由于这些积极分子的带头，讨论进行得很顺畅。现在，大家不仅想通了这条真理：林老豆、蒋介石和杜鲁门都是不甘败亡的！好多组已经在开始报名了。热烈的鼓掌声此落彼起，中间很少间断。

　　工作组负责人王旭，一个浓眉大眼、相当肥壮的女青年团员，手上拿着本笔记簿，兴奋而愉快地在各组间奔忙着。她想及时了解各组的情况，但当她从几株核桃树下出来，正想望第七组走去时，一个瘦长、健旺的老太婆在中途截住她。

　　这是村农会副主席陶大娘。她头发沙白，态度庄重而又自然，有着一双筋骨突出的手掌。她站定，一只手卡住腰，右手摇着蒲扇，唇边隐约露出一点笑意。

　　她显然想说什么，但那年轻人忍不住抢先向她欢呼起来。

　　王旭笑道："你看好吧？连黄良银都报了名了！"

副主席叹口气，接着显得矜持地说道："人越多越好嘛。"

王旭忽然压低声音，靠近她肩头道："所以我们不能随便说人家落后呢！你看，只要大家帮助他把思想搞通了……"

副主席辩解地插嘴道："倒不是我一个人说他落后啊！"

王旭更加亲切地笑起来，申明道："我不是指的你……"

副主席佯笑着遮断她道："由你便吧！我们还是谈一谈正事啊！……"

副主席的所谓正事，是她重又要求工作组同意她的老二报名参军。这是她这天第三次要求，但她远比以往两次坚决，因为小组讨论中间，不断高涨起来的群众的保卫社会主义祖国的热情，愈来愈叫她自觉不能落在人后。

她老二叫陶福林，人很老实，一直少于开会，在家里搞生产。正和母亲一样，他是高大的，但他有严重的哮喘症，一到冬天时常咳住一团。副主席在昨天代表会上就替他报了名，当时并没有人提起他有残病，而他本人更不在意，相信这点残疾对参军并无妨碍。但在工作组了解到这一情况之后，今天早上，便把陶福林的名字涂了。

副主席接着道："他也就是冬天早晚有点咳啦！又没缺手跛脚，少哪一样，——你这不是有意叫我在群众面前丢脸?!"

王旭惊叫道；"怎么兴这样讲啊？都知道你从征粮起就一贯积极……"

副主席赌气道："现在变落后啦！……"

工作同志接着来的解释、安慰，她简直就没有听进去，因为这些话她已经听过两三遍了。而更为重要的，是她痛苦地感觉到了一种羞辱：她的儿子连替国家出力都不够格！一般人认为落后的黄良银可都报上名了。

但是，她那酱色多皱、有着两个酒窝的瘦脸忽然开朗起来，同时突头突脑嚷道："这样，我去叫我老大回来！……"

212

王旭深深透一口气，接着一双手不由自主地分开搭在副主席肩头上；但却激动得说不出一句话来，就那么眼泪花花地仰起头望定对方。

副主席愉快地笑起来，补足道："这一个保险你验得上！……"

王旭终于叹息般轻声道："陶大娘呀，你真太好了！"

副主席道："我好？毛主席不派你们来，我连门都会摸不到呢！……"

支部负责人李尔昌，一个长条子青年人，背上背着顶草帽，满脸大汗地笑嚷着走过来；但王旭切住他，向他谈起副主席送子参军的事情。

然而，不等王旭说完，李尔昌又笑着嚷开了。

他鼓励着副主席，随又叮咛地笑道："只是要本人自觉自愿啊！"

副主席忽然感觉大为扫兴，因为她从来总是按照政策办事。

她负气地假笑道："我要拿根牛鼻绳去，把他牵回来哩！……"

接着，她找文书写了封介绍信，就转身走掉了。

副主席陶大娘是个说做就做的人，她到福洪乡找她老大回家来参军去了。那老大叫陶贵林，在福洪乡双柏树当长工。虽然隔乡，但是连界，距离七里村不到二十里路。

正是三伏天气，又快近中午了，一出林盘，人就立刻感觉投身到了热炕上面一样。但是，不到半袋烟久，她就很习惯了。主要是她不能不考虑到那老大将会采取什么态度。因为尽管她回答得蛮有把握，工作同志说的"自觉自愿"这一句话，实际上多少已经引起了她的担心。

这不是没来由的：还在十二三岁时候，副主席就把陶贵林送到双柏树的地主张昌焕家里放牛去了。最初几年，每去探望一次，那地主就要痛骂一顿，甚至逼着她把儿子领回来，因此两母子很少见面。近三四年，他才有机会每年回来几次，但她发觉他变了样了：沉闷、执拗，只想接个老婆……

然而，要点还在这里：直到减租退押运动快结束了，他都表现得不够积极。平日开会也好像应景样，很少发表意见。为此，土改以前，母亲曾经严厉地指责过他，但他同她对吵，说："管我进步也好，落后也好，我们各管各好了！"此后他没有再回家。她呢，因为工作太忙，也少于把儿子放在心上；但她此刻却又活鲜鲜记起了这一切。

　　现在，满怀不安，她已经跨上成渝铁路的路基了。翻过路基就是大路，一头通双柏树，一头通往市街。土埂对面有个茅棚，住着一个孤苦老人，摆了一个零食摊子。这人叫张三爷，和副主席沾点亲，一向赶场路过，两个人总要扯谈几句。

　　她本想一直就走掉的，但在回答了那个矮小瘦削、胡子沙白的老年人的招呼以后，就又转过念头，走进棚子里歇下了。因为她忽然按捺不住好多话想要说。

　　老头子问到她的去向，她说了，接着诉起苦来。

　　她继续道："还是你好，一个人自由自在！"

　　老头子叹息道："这山望到那山高啊。你是叫他回去分田的哇？"

　　副主席笑了，打趣道："你就只默到分田哩。……"

　　接着她扼要地谈了谈她叫陶贵林回去参军的事。

　　老头子笑着："年成变啦！国民党从前抓都抓不到兵，现在一个吆喝，大家都争到去！你看场口上李盖匠，儿子去年参军，走的时候，还领起一家人欢送！"

　　副主席是认识李盖匠和李盖匠儿子的。同时她又联想起黄良银：她做梦也没有想到这个人会参军！……

　　她忍不住羡慕地叹息道："人家不晓得怎么觉悟得那么快啊！……"

　　老头子抢嘴道："是呀，有些人就生成的木脑筋！……"

　　接着，他又开始述说一个木脑筋的故事，但是副主席忽然厌烦起来，觉得老头子有点颠三倒四，再扯下去没有多大道理。于是借口她工作忙，又重新上路了。

然而，虽是如此，老头子的话对她却并不是没影响。她的意向更坚定了，但也更加担心儿子的态度。好像她的儿子也是个木脑筋，永远不会分辨是非。而她决定要这样告诉他：他爹是活活被地主逼死的，她又为什么会把他眼睁睁送到张昌焕家里去受活罪。还有一件更加伤心的事：因为交不出租，她把他的妹妹，两个新斗米就卖掉了！……

　　想到这些，副主席那张满是汗水的瘦脸，逐渐变得严肃而兴奋了。正像她在斗争会上的神情一样。"我就要告诉他这些！"她接着向自己说，"我要问他是不是还愿意自己一家人再受罪！"而这么一来，她又觉得有了自信。因为她就不能设想：一个人会愿意让林老豆、蒋介石和杜鲁门一伙人重又骑在自己的颈脖子上！

　　她早已进入福洪乡双柏树地界了。面前横着一条堰沟，沟上有座石桥。她停下，擦擦汗水，接着顺着一个小坡道走下去。她口渴起来，决定到沟边捧些水喝。她蹲下，洗了洗手；而正当她把水捧了起来，准备送往嘴边的时候，她的视线，忽然被另外一件事牵引住了。

　　她看见一个女人，几乎带跑地从沟对面小路上走来，腋下夹着一包东西。这使她联想起了土地改革开始一月来地主们层出不穷的不法行为。而且，就在前天，和她同村的一个武装队员，还从一个借故赶场的地主身上搜查出两床绣花被面。她陡地站起来了，让那捧了起来、还未沾唇的凉水从她手上漏掉，一面用衣襟揩着手，一面不声不响地登上了那条坡道。而当她刚才绕向桥头，那妇人也恰好正在走过桥来。

　　副主席在桥头站定了，一手卡腰，一手摇着蒲扇。因为走得匆忙，那妇人是勾着头的，而她几乎同副主席碰个满怀。

　　副主席大喝一声止住她道："拿路条来！"

　　那妇人一愣，停下来了，脸上不住淌着汗水。

　　这是个五短身材的青年妇人，肥壮，一双鼓鼓的圆眼睛。她显然不是做庄稼的，尽管她的阴丹布短衫已经发红、破旧，好几处有着补丁。她开初有些惊惶，但她随又卑屈地笑起来。

然而，副主席的神色，却更为严厉了。因为她也在同一瞬间认出了她：幺老板娘，地主张昌焕的幺儿媳妇。

　　她遮断对方支支吾吾的问询，重复道："问你的路条啊！"

　　那地主婆假笑着辩解道："就到王家磨儿子哩！喏，"她用手指一指左手边一个青葱的林盘，"那里喃，吊起锅一两场了，好容易才借到两三升烂玉米！……"

　　副主席冷峻地笑一笑，接着切住她道："没路条把口袋拿来我看！"

　　那个过去叫作幺老板娘的地主婆失措了，因为她那口袋里夹带有远比玉米贵重的东西。

　　最后，她讽刺地冷笑道："陶大娘，一个人也不要忘性那么大啊！你们陶贵林在我们家里一住就七八年，就说不上恩……"

　　副主席逼近一步嚷道："啥叫恩哇？——那你们的恩才大哩！……"

　　她开始控诉了，而且越来越加气愤。因为她忽然得到一个意念：儿子的觉悟程度不高，完全是张昌焕长期的压制和虐待做成功的。而她的大儿子陶贵林，也似乎已经拒绝参军了。

　　因为太愤激了，她把话头一顿，接着就伸出手去抓口袋。

　　那地主婆狠狠向后一缩，同时嚷道："你管过界了！——这里是双柏树！……"

　　副主席大嚷道："你就外省外县我都要管！……"

　　她们互相扭扯起来，直到跑来两三个妇女为止。

　　这些妇女在坡上棉花地里扯草，忽然听见嚷叫，随又发现两个人在桥头扭扯，于是感觉有点蹊跷，忍不住一个吆喝，赶过来了。

　　她们才一到场，副主席就告诉了她们事情的真相，并且发出责难：她们的武装巡逻太松懈了！最后提议由她们把人送到村农会去。而她自己呢，准备继续去找她的儿子，因为她觉得她的临时任务已经完成。

　　她就要动身了，而她忽然记起她得问一问那地主婆。

　　她向了那个地主女人问道："啊！我们那娃呢？"

那地主婆嘟着嘴咕哝道："总是哪个把他煮起吃了嘛！"

副主席切齿嚷道："借给你二十四个胆子你都不敢！……"

几个妇女没有一个清楚陶贵林的，但是她们劝她一同到农会去，因为到农会要比到张家近些，当天全村又在开会，她的儿子可能也在那里。

双柏树村农会在恶霸地主雷显扬家里。一座三进的院落，周围绕着竹树，很像一座寺院。当她们到达农会时候，小组讨论早已收场，大会又快要开始了。一进大门，她们就被几个武装队员包围起来。

而且，人越来越多，门道很快就被堵塞住了。因为消息不断地向各处传开去：一个乘大家都在开会，秘密转移财产的地主婆被捉住了。好多挤不拢身的农民就站在门槛上跶起脚看。

口袋已经打开来了，人们情不自禁报道着藏在玉米里的赃物。

一个站在核心的人仰起头通报道："单是银圈子就三对！……"

另一个站在门槛上的中年人骂詈道："杂种退押的时候会装穷哩！撒诳说连刮痧的钱都没有了……"

一个工作同志和农会主席挤进人丛来了。工作同志人很瘦小，面孔黧黑，因而一对大眼睛的眼白异常触目；农会主席是个面色红润，秃头缺齿的精干老人。

他们查问着情由，而且当众夸奖着副主席。

陶大娘忍不住岔断他们道："同志们！我要向你们问个事情啊！……"

工作同志正在派人带走那地主婆，他随口道："好的，请到里面坐吧。"

副主席道："不坐了！——我是来找我那娃的啊！叫陶贵林……"

人丛中忽然有人嚷道："陶贵林？——已经报名参军啦！……"

充满惊喜交集的神情，副主席立刻目光炯炯地飞快扫过人丛。

她同时失声地反问道："都报名参军啦?!"

老农会主席懵懂地插嘴道:"你不要着急!"他显得满足地笑起来,眼睛眯成一条细缝,"我们报名的多得很!如果你当父母的不答应,我们可以把名字跟他刷掉。"

副主席马上把脸一沉,冷笑道:"你以为我是来拖后腿的哩!"

工作同志和气地解释道:"他不过这么想,你赞成就更好啦!"

副主席受屈似的叫道:"可是我又替他在七里村报过名啦!"

一种健康愉快的声音忽然嚷道:"让我也来瞄一眼喳!"同时,一个瘦削壮健的年轻人,从人丛中挤进来半个身子。

这是陶贵林。他好像同以前并不两样,但又好像完全变了。他开朗,他愉快,他已经不再显得闷闷不乐了。而当他一眼发现出他母亲的时候,不免感觉有点奇怪。

但他随即笑了,叫道:"还讲回去看你老人家呢!"接着全身挤进人丛。

副主席迎着他走近一步问道:"你都报了名了哇?"

陶贵林脸一红笑道:"坏蛋些还妄想变天哩!"

副主席道:"可是我已经在家里替你报过名啦!"

工作同志解释道:"哪里报名都是一样……"

副主席飞快转过脸去,对了工作同志嚷道:"我懂!可是大家会怎么说呢?'这个老婆子,今天叫这个爱国,明天要那个提高觉悟,轮到自己头上就要把戏!'……"

陶贵林忍俊不禁似的笑了,他又愉快又觉为难。

他把手臂一抄,直直劈劈说道:"看工作同志怎么讲吧!在我是一样的:哪里报名都是保家卫国!"

副主席恳求地嚷叫道:"同志!我是个农会的副主席啊!……"

工作同志审慎地说道:"对!我们应该考虑到你的威信……"

副主席用蒲扇拍拍腿子,开开朗朗地笑道:"就是这个道理,我以后不好推动工作啦!不然的话,我说什么?——自己的儿子把觉悟提高了，这就尽够我高兴了！……"

老农会主席忽然笑着拍一拍手，又展移两步正对着副主席。

"嗨！这样好吧！"他喜笑颜开地插嘴道，"人，算我们这边的，——他在这里七八年了！——明天我们派人同贵林跑一趟，向你们农会上做个证明！"

工作同志道："何必明天，——路不远吧？"

陶贵林答道："这里去十四五里。"

"那对！今天就派人跟他们一齐去。"工作同志说，接着他又极其亲切地转向副主席道，"同志！这样做你满意吧？"

副主席踌躇着，四周忽然爆发出一阵鼓掌声和欢呼。

副主席终于叹息着笑道："好吧！再扯会变成闹名誉地位了！……"

她的坦率、克己，惹得大家愉快地笑了。但是他们却不同意她立刻动身，一致前呼后拥把她推向中间一进的大院里去参加他们的欢迎大会。

一九五一年十一月四日

堰沟边

当会议结束的时候，太阳已经快落坡了。这间堆满农具、种子的砖屋，也顿时昏暗起来。

会议是午后四点钟开始的。三天以前，分支书记刘万和接到总支的指示，要求立刻动员全体党员，深入了解前进社社员群众对社委会的一些重要措施的反映。到了今天下午，当总支书记陶青山从王村赶到的时候，他又亲自召开了这个汇报会议。

会议的内容异常丰富。因为根据大家的发言，从耕牛投资，基本建设，直到社员私人副业生产，一般贫苦社员都有意见。这也就是说，尽管前进社建社一年来生产发展很快，同时也存在一些问题。而且像耕牛折价一类问题的实质，正同省委工作团在一、二两村两个老社发现的问题一样：同样犯了迁就富裕户，损害了贫下中农利益的错误。

在开始汇报的时候，大多数人是感觉吃惊的，到了现在，彼此的心情都有一些沉重。这种沉重感觉，在陶青山身上比任何人显著。他只有三十三岁，但是，他那下部尖削的瘦脸，不时出现在他那开朗的前额上的皱纹，特别是他那一双圆圆的、沉静的眼睛，都叫人感觉他并不年轻。

陶青山身穿一套做工拙劣，而且已经洗褪了色的工农牌蓝布制服，帽子皱巴巴的，两个口袋照常塞满笔记簿和文件。现在，交代了下一步的工作过后，他从凳子上站起来了。

"呵！你们救济款的事呢？"他又忽然记起地问。

"没问题了！"那个身材瘦小，腮巴绯红，头上缠着白布套头的村代表主任邬士发，照例满不在乎地抢嘴道，"名单昨天各组就讨论好了！你看嘛，喏！……"

他从怀里拖出一大叠纸头，拣出一张，递给了陶青山。

"才零点三！"他带点兴高采烈的神气继续道，"去年是零点八！前年么，一点几！……"

在这历史性的、一贯需要粮食进口的丘陵地带，这是一个有名的苦寒地区。人口多，土地少，而且多半的土地只能栽种红苕。从前曾经种过桑树养蚕，但在抗战当中，却都变成柴烧掉了。解放以前，大部分农民主要靠到外地卖零工生活，特别在这所谓青黄不接时期，全村约有一半户口是靠野菜、胡豆叶充饥的，村主任自己就亲身尝过这个味道。因此他对救济户一年比一年迅速减少，特别感觉兴奋。仿佛单从这个，他就直接感觉到了整个生活的改善和未来的美好远景。

但是陶青山忽然挥动着那名单切断村代表主任热烈愉快的发言，因为他发觉上面写得有他自己的名字。

"你们这样照顾我呀？"他不满地说，"快给我勾掉吧！"

同志们立刻理解了这是怎么回事，他们开始解释：他家里早就没细粮了，现在就只剩有半窖红苕。但是他的爱人有病，只抵半个劳力；三个娃儿都小，没有一个能够做活；而且，这是经过社员讨论后确定的，提名的人又是一个非党群众。……

"群众的意见有时也不一定准啊！"陶青山第三次插嘴说。

"这样，换成你爱人的名字！"邬士发忽然灵机一动，"横竖你早调走了。"

陶青山带笑地紧接着反驳道：

"这不是捏着鼻子哄眼睛么？"

郇士发想到自己说失了口，腮巴子更红了，其他的人忍不住一齐笑了起来。

"告诉你吧，老郇，你弄错了！"陶青山严正地接着说，"我倒还没有考虑到群众影响问题。去年学习的总路线，恐怕大家还没有忘记吧，请问，如果我们党员点把点困难，都要靠国家掏腰包，这个社会主义建设要搞到哪辈子？我看你照样有点打梦脚啊！"

"这么说就依你吧！"村主任摇摇头叹气说。

他不再坚持了，别的人也都同意了陶青山的看法，但是很为他的家庭生活担忧。而且，有的人还在心里盘算，必要时候，自己可以匀出多少粮食帮助他们的书记同志。

陶青山最后又对整个名单提了些意见，并问了问一般群众的吃粮情况。他就是本村人，又是前年冬天建社时的社长，他被调走的时间还不到半年。这是他五年来第四次调动工作，在这以前，他还担任过支部书记和乡长的职务。一句话，他对本村的情况非常熟悉，好像对自己的两只手掌一样。

等到对名单提过意见，陶青山随同大家一起离开了社办公室。他们穿过田垄，一路走去，人数也随着逐渐减少；到了最后，就只剩有陶青山一个人走路了。他回家去的路最远，挨近新德乡的地界，当中只隔一条堰沟。他每次来村里检查工作，总要抽空回家看一看的。

但是，陶青山这次回家，却不仅仅为了看望妻子小孩。他从郇士发的谈话中得到一个启示：他应该对家庭的生计做一些必要安排。因为正如前一刻钟反驳他们，他浮出微笑，用一种轻快调子说过的那样，"我家里的事我比你们更清楚啊！"而且他还感觉必须赶快解决，因为如果县委、区委的同志们知道了，又会像前年他到地委学习时候那样，闹到领导上出面照顾。

这时候，好多人家已经吃过晚饭了。那些生产队的队员，他们照旧穿着工作时穿的单衫，只把棉长袍、棉制服披在肩头上面；嘴上大多叼着一根叶子烟烟嘴，一路说说笑笑，到各人队上去记工分。因为这几天各队都在搬运黄沙改土，为今年的大春增产创造更多有利条件。

他们每个人都认识陶青山，其中不少人解放前还同他共过患难，解放后又一道斗过地主，搞过生产。因此，有时虽然隔得很远，只要发现了他，他们也要吆喝一声，向他打个招呼。

一个身材高大，拖着两片沙白胡子的老人，从另一条路上叫住了他；接着横过一片麦地走来，蹲在路边一个坟包上面。

老人一气向陶青山提出了一串问题：社员私猪的饲料是否真的归社里解决？粪价提高多少？……

"告诉你吧，我已经买了一对半大架子猪了！"他忽然从坟包上站起来，精精神神地说；但他随又叹了口气，"可惜下手快了一点，是他妈的骚囊子货①！……"

"不要紧！这两场猪多。等两天牵去换一换好了。"

"你说得容易，——正在闹土地加工啊！……"

接着他又反映了些生产上的情况，这才让陶青山继续走路。

陶青山住家的地方，是一座小小四合院瓦房。但是，这院子的正屋、横屋，早被佃富农廖有义占据了，他自己一家四口只有大门边上那一列敞房。他用竹笆把它隔成三间，中间一间，实际上是过道。他是解放前一年搬来的，从那个佃富农手里分租了三亩庄稼。土改时候，他分了五亩多田，房子可没有变动。

当他快要到家的时候，他听见自己两个男孩子在大门边争吵。他们争吵，因为十三岁的克明坚持说堰沟边张壳子是个坏蛋，他一直不肯入社；九岁的克聪却咬定这是一个好人，和气，勤快……

陶青山倾听着，故意放缓脚步；但他终于忍不住出声笑了。

"两个家伙在讨论问题呀！"他在浓重的暮色中说。

---

① 骚囊子货：品种最坏、不好养、不易肥的猪。

克聪忽然哇的一声哭了起来。

"尽说人家坏蛋!人家坏蛋!……"他边哭边嚷。

"怎么争不赢就哭啦!"陶青山幽默地说,"你们的话横竖都不能作数啊!……"

他走上阶沿,把那弟弟搂在怀里,一面指出十三岁的克明乱扣帽子。因为一般单干户绝不能算作坏蛋。等到哭声停了,并且问明他爱人背起妹妹,到队上评工去了,他就进门把灯点燃,走向灶屋里去,弄夜饭吃。

正像尾巴一样,两个孩子寸步不离地跟着他。吃饭的时候,他们也一边一个,坐在饭桌旁边。这两个孩子外表都像父亲,瘦长长的,是所谓筋骨人。但是性情却有点两样,哥哥固执、沉闷,同时又很会捣蛋;弟弟要温和些,有着一对欢喜深思的明澈的眼睛。

这个乳名牛牛的小儿子,他盘起手臂,托着下巴,就这样扶在桌子边上。他的一双眼睛聚精会神地望着父亲,很是担心似的;但他随又舐舐嘴唇笑了。

"哥哥讲妈这几天尽煮红苕吃呢!"他说,望了哥哥一眼。

"你没讲过!"那哥哥抗议道,"昨天还哭一场!"

"红苕这么好吃还哭?"陶青山笑一笑说道,"你们看我一气就干了三大碗!……"

他说得两个孩子都忍不住笑了。因为他的神情是愉快的,口气又那么坚定,而且的确一直吃得津津有味。

晚饭过后,他又一面抽叶子烟,一面同他们谈些解放前的苦境。最后,他把他们安顿睡了,就动手整理三个老社的汇报。他读过两年私馆,字墨早丢生了,解放后才重新学习的。他还只能做粗略的记录,但是这些粗略的记录,每每那么轻易地帮助他回忆起整个汇报的细节。

陶青山是个有名的心灵手巧的人,解放前,生活帮助他很快学会多种多样职业。他会木工、篾工,又会缫丝。还到涪江上游做过伐木工人和淘金工人。现在，在那座用一段茶盅口粗大的竹筒做的，上面顶着一支生铁灯盏的灯台旁边，他正在用他那双灵巧的手整理笔记。

他工作了很久，直到快半夜了，这才轻轻吁一口气，站起来，收存好笔记簿。接着提起灯台，到菜园地边看了看苕窖，然后又向猪圈走去。圈里有三只猪：一只架子猪，一对双月猪。这对双月猪是他们最近买的，还不到三个星期。

他忽然发觉槽里还有不少饲料，于是更加靠近猪圈边去。

"家伙些不肯吃呀！"他沉吟说，审视着那三只睡得服服帖帖的猪。

"不肯吃啊！"忽然有人从背后搭腔道，"早晨满满一槽，几拱就吃光了！……"

这是陶青山的爱人吴世英。她的声调是沉闷的，困乏的，而且照例带点赌气的味道。她今年才二十九，但是，由于解放前分娩后不可能得到休息，可怕的崩症，已经把她折磨得像中年妇人了。她那骨骼宽大的、黄黄的瘦脸上，经常摆出一副不好惹的神气。

每逢想到她的病苦，陶青山总会联想起解放前的苦难生活，而且对吴世英充满怜惜之情。

"你怎么不把小的留在家里啊！"他说，提了灯走过去。

他接过已经睡熟了的孩子，同时问她为什么会散得这样晚。

"还不是痣胡子搞鬼！"她说，顺势坐在门槛上面，显然很疲累了，"评工就评工嘛，他又扯起牛股金、水费来了！另外几个老社员也跟着闹。王永和才说得岂有此理：啥啊！进来自愿，难道出去就不准自愿！……"

"你们队长怎么解决的呢？"陶青山皱着眉头插进来问。

"你还不知道老刘那个脾气？一开口两个人就碰响了！……"

她用一种赞扬口气叙述了一通那个团员积极分子的鲁莽态度，而且告诉丈夫，他们还在争吵。这后一个消息更叫陶青山感到了不安。他最后招呼吴世英去睡觉，又替她把孩子安顿好，接着，拿起电筒出门去了。

他是去找社长钟永春的。但是，等他赶到钟永春家里，钟永春本人，已经去队上好久了。于是他又往队上跑，协助社长说服了那几个老社员。最后，又单独同队长刘应隆谈了话：肯定了他的立场鲜明，同时却也批评了他态度粗暴。当他回到家里的时候，已经夜深了。

明天一早，他得赶到乡上开总支委员会，然后进城参加县委召集的会议。他一到家，就在爱人孩子的鼾声中躺下了。早上醒来，他扣好衣服，接着从胸口荷包里掏出两块钱来。

吴世英也起床了。她坐在床沿，正在穿着鞋袜。

"还有几十斤供应米，先买点来搭到吃吧!"他说，把两元钱递给妻子。

"你自己留着用吧，我们已经有救济了。"

"这个救济，我们不能要啊!"陶青山叹息说。

他把两元钱搁在床边的柜子上，转身朝门外走。

"怎么不能要哇?"吴世英已经穿着好了，她一下站起来，感到有点惊异，特别因为丈夫一说完就想走掉，"谢荣贵也四五口人，劳动力比我强一两倍，都能领……"

"不要向谢荣贵看齐吧!"他匆忙地截断她，在门边停下来。

"谢荣贵是反革命分子?"她赌气说，一下坐在床沿上面。

"怎么瞎扯啊! 告诉你吧，我已经叫老邬把名字勾掉了!"

"那么就让我卖猪! ……"

她又一下站起来说了，口气非常坚决;但她随即哭诉起来。

在她看来，这是一个意外打击，因为她无法理解陶青山这么干脆就取消了自己的救济的理由。她所看见的只是这样一个事实：由于水稻增产和政府调剂，近两年来，每家不但有足够的红苕吃，每天还可搭到吃一部分大米，而这个已经成了本乡、本村的一般日常生活水平了。因而正同别的几家困难户一样，她就应该获得政府的救济，让家里的生活赶上本地的一般水平。

这是天公地道的事，但是陶青山却要反对，这使她非常伤心。她哭诉着，开始指责丈夫把三个孩子一齐压在她的身上。她一再逼着陶青山回答："你说，他们是不是我一个人养的啊？……"

　　"冷静点好吧！"他宽慰地笑笑说，"让我简单解释几句……"

　　"要是我没病也不说了，生得下来，我就有本事养活他们……"

　　"现在他们也并没有饿着啊！"

　　"可是今天红苕，明天红苕，全村人就没有几家人像我们这样！"

　　"我只问你一句：从前这几天又吃些啥啊？胡豆叶！——野菜！……"

　　不少过去痛苦的事实已经冲到了陶青山的口边，他准备说下去；但他忽然一顿，感觉自己太激动了。因为从他看来，吴世英对于生活的不满，是一种脱离实际的不合理的苛求，这就大大伤害了他，使他产生一种对立情绪；但是任意发作起来，他又担心会闹到不可收拾。

　　"这样好吧！"他叹口气转弯说，"下一个月我再带点钱给你们！"

　　他无可奈何地结束了这场争吵，在一片哭声中转身走了。

　　这是一个对于小春成熟极为有利的大晴天。太阳正在从木鱼山后面放射出最初的光芒，让那些连绵不断的山岭裸露在晴朗的天空下面。但是，从山脚起，直到这一片窄窄的狭长平原，却被浓雾罩着，人们只能识别近在身旁的庄稼。小麦已经在开始扬花了，麦穗白朴朴的，正像上过粉的那样。

　　露水很重。当陶青山穿过合作社那一大片油菜地时，他的两个肩头，很快就被露水浸湿了。而且沾满金黄色的菜花。因为那些靠近路边的菜籽，已经被饱满的菜角子压弯了腰，都向路边低过头来，正像要封锁交通似的。但是，陶青山没有注意到这些，虽然这些预兆丰收的景象往往给他带来喜悦。

　　当解放初期参加工作的时候，吴世英经常同他吵闹，怪他耽误了生产。通过土改，她逐渐进步了；但他没有料到又会发生今天早上这样的争吵！这是最叫他不好受的，同时他也责怪自己。近一年来，特别是他调离本村以后，他从政治上关心她太少了。"以后注意点吧！"他提醒着自己，而且忍不住叹了口气，但是他的心情，却也逐渐好转起来。……

当他赶到乡上的时候，支委们早到齐了。他同大家着重对几个老社的情况做了讨论，下午就进城参加县委召集的会议。会议开了两天，直到三月十五下午，他才带了县委的指示回来。他充满一种少有的清醒感觉，一到家就动手布置党内的传达工作。

这是一个新成立的乡。没有市街，乡公所设在二村一家聂姓恶霸地主的院子里。党支部也在这里办公，占有一间厢房。这座院子保存着不少陶青山个人的痛苦的回忆。土改时候，他曾经在一次大会上向群众控诉道："他聂老三还不霸道？我父亲就是他吊死在这个院子里的！……"

但是，这些痛苦的回忆，一般说来，早已从他意识上隐退了。现在，当他同住在本村的支委和个别党员交换了意见，并发出召开支部大会的通知以后，他正在打电话，催促那个县委工作组负责同志赶快回来；同时也想告诉他一些新的情况。

本乡通县委的电话，是没有专线的，得由区上同另一个乡的电话转接，相当麻烦。他打了好久没有打通，正在着急，吴世英忽然不声不响出现在电话室门边。

她依靠在门枋上，直到她唠唠叨叨抱怨起来，这才被陶青山发觉。

"自己眼不见，心不烦，当然不在意啊！"她一个劲唠叨下去，"平常那么样会算，你也替家里算一算细账吧！……"

陶青山倒抽口气，毫不自觉地放下手臂，把听筒搁在电话机上面。

"我已经说过了啊，下个月再寄点钱给你们！"他抑制地柔声说。

"我不要哪个的钱！——我要卖猪！……"

吴世英自己清楚，这是一个难题。因为政府正在动员群众多养猪只，进一步解决肥料问题；他们一对双月猪，又正是为了带头响应这个号召买的，陶青山一定不会同意。同时她也知道猪在生产上的价值，并不真心想卖。因此，她接着不响了，挑战似的把脸掉向门外，一束头发从耳朵后面掉了下来。

陶青山也明白，为了报复他断然拒绝接受政府的救济，这是她故意和他为难。他非常恼怒，这在他是少有的；但是当他正要发作出来的时候，电话铃子忽然响了。

他厌烦地挥挥手说："你去卖吧！"随即抓起听筒。

"我是要卖呢！难道我不敢卖？我自己拿粮食换的！……"

吴世英意外地嚷叫起来，连她自己也吃惊了。正如陶青山那么轻易地同意了她，使她感觉吃惊一样。她一边嚷叫，一边气冲冲地朝了院子外面走去。

陶青山没有理她。当他分辨出工作组负责同志王华的口音，而且向他谈到自己对于个别支委和个别党员思想情况的估计的时候，他甚至完全被一阵严肃紧张的情绪所占有了，忘掉了吴世英。

"几个人一个调门！"他继续道，"都讲，痣胡子他们还在闹耕牛估价偏低了呢！……"

"难道还该迁就一下富裕农民？这个苗头要注意啊！"王华在电话里喊叫说。

"是呀！所以你得赶回来参加支部会呢！……"

打过电话，陶青山走回自己屋子去了，他从文件柜上取来一个小小的、做工细致的提兜，拿出叶子烟来，打算抽一支烟，但当他把烟叶搯成几段，正在开始包卷的时候，却又突然放弃了抽烟的念头。

他想起了吴世英，陡然感到一阵烦恼的袭击。

"跟她真缠不清楚！"他想，深沉地叹一口气。

他不满意吴世英的固执，但他更不满意自己。因为他很快就明确地意识到，他在气头上同意吴世英卖猪，同意错了！而且他根本就不应该生气。……

想到这里，他立刻走出去了。他已经做出一个决定：赶快追赶上吴世英，对她进行耐心的说服。他相信，她不会已经走了很远，顶快不过里把多路；但事实比他预料的还简单。因为在距离乡政府不到半里路的一条堰沟旁边，吴世英正坐在那里哭泣哩。

这条堰沟，是一九五二年修建的，它逐年地扩大着这一带地区的水稻生产面积。堰沟左边是一片桤木林子，已经快成荫了。从堰沟另一面望过去，穿过一片碧绿的麦田，可以望见平顶山的整个山岭。这原是一座光秃秃的荒山，每年只能出产一些茅草。但是，红星老社的社员们，已经在上面种植了不少的果树了，希望五六年当中彻底改变它的面貌，叫它为国家提供干鲜果品服务。

当陶青山一眼发现坐在堰沟边的吴世英时，他由不得松了口气，立刻放缓了步子。他开始重新考虑他该怎样进行这场谈话。因为他从她的眼泪看出一个征兆：吴世英已经在失悔了。

他在离吴世英十多步远近的地方停了下来。

"好吧！现在我们把问题摊开谈一谈吧！"他平静地说。

吴世英没有搭腔，也没有回头望他一眼；但是哭得更伤心了。

"还是我先来吧！"停停，他又接着说了，在堰沟边坐下。

他开始对自己的态度进行检讨，但才提了个头，吴世英车过脸来，眼泪汪汪地盯住他。

"你对外人怎么又那样细致呢？"她嚷叫道，"一句话解释了又解释！……"

"你知道我这几天过的啥日子么？"

陶青山的态度一直是温和的、恳切的，正如他平常待人接物那样。只是当他向她谈到最近从几个老社突然揭发出来的一些问题，以及他自己的思想情绪的时候，吴世英感觉到他的语调有些沉重。她有点心软了。

最后，他就向她解释救济款的问题。

"你把细想想吧，"当他说明了他们不该接受救济的理由以后，接着又说，"哪怕现在真的就一点口粮没有，眼光看远一点，我们也应该尽量自己想办法呀！目前也就只缺一点大米嘛！他小孩子些闹，每天用罐子煨点饭，这个又要得了多少米啊？……"

"说来说去都怪背时鬼廖有义婆娘！……"

吴世英突然气急败坏地嚷叫了一句。接着又深深叹口气，几下抹干残留在眼眶里的泪水。

"去年装穷闹没吃的挨了场斗，知道骗不过人，今天又绷起富豪来了！"停停，她又气愤愤接下去说，"自己房子那么样宽，碰到吃饭，她总要端起个碗，借题目串到你家里来，向你东说西说，讨好卖乖！惹得小的馋嘴，就时常吵起要吃米饭，叫唤吃红苕吃厌了！……"

想起去年通过算细账揭露廖有义暗中煽动落后分子闹粮的情况，陶青山忍不住生气道：

"这两口儿都是木鱼！她再来，你拿起响篙赶！"

"骂了两回，来，倒不来了；可是住在一个院子里面，一天鼻子碰眼睛的，有时候看见你大人不在，她要逗呀！拿筷子夹撮饭，就那么鬼头鬼脑地啾啾啾：来，牛牛！……"

"我告诉你，要警惕啊！不要以为点把点小事。"

接着，他列举了县委最近通报的几件地主富农进行破坏活动的罪恶事实，证明一切阶级敌人的毒狠险诈。

事实之一是这样的：一个农民，两夫妇都是合作社社员，劳动态度很好，每天只有吃饭睡觉的时间在家，把一个五岁的娃儿留给老迈的婆婆照管。去年秋收，一个地主婆开始要诡计了：起初，一见两夫妇回来，不是说你们那娃差点跌下茅坑，就是差点在堰塘里淹死了，闹得两夫妇很不安心生产，最后就直接怂恿他们退社！……

"你看这个心肠多好！"陶青山嘲弄地接着说，"她担心你把香炉钵钵打破呀！……"

"好吧！"吴世英叹口气抢嘴说，"今天总算把包袱取掉了。"

她随即从堰沟边站起来，拢了拢散乱在额头上的头发，又拍了拍衣服上的尘土，准备上路。陶青山也跟着站起来了，问她是不是还需要算一算口粮细账？……

"算啥账啊！"吴世英脸一红说，"好歹现在饿不倒人！"

"倒不只是饿不倒人啊！"陶青山严正地补充说，"怎么，你就回去了哇？"

"我要赶回去喂猪。你还说不肯吃呢！喂迟一点，就那么叫，又咬圈……"

当吴世英转身走上大路的时候，陶青山叹口气微笑了，随又非难似的摇一摇头。接着就从富农廖有义老婆的捣鬼联想到本村本乡阶级敌人的动向，感觉最近应该召开一次治保会议。

一九五五年五月三日

过　渡

对岸河边只有一只空荡荡的旧船，四近连人影子也没有一个，于是我们就只好等下来了。

我说我们，实际上只有我和乡支部书记任大发两个人。任大发是一九五一年参军，一九五三年冬天因病转业回来的通信兵，他还穿着从部队上带回来的一身军服。淡黄色的，有着黄铜纽扣。这是一个身材瘦小的年轻人，十二岁时父母就去世了，给地主放过牛，当过长工。现在才二十一岁，过着独身生活。

我是这天正午才到这乡上来的，任大发已经同我谈了一个多钟头的话。他给我的印象，是和他的年龄不相称的，严肃冷静，不动声色。因为当他看过我的介绍信后，就用一种老练沉着的调子，告诉我本乡两个老社、五个新社和三十几个联组逐年的生产情况。只有在谈到七月以来新建社的数字一连追加五次的经过时，我才感觉到他的感情多么丰富，而他的冷静只是外表。最后，我请他领我到最近的一个老社看看，因为我早就听说这个老社历年增产最大。这样我们就到河边来了。

这是一条宽阔的河流。水相当深，但很平静。它是那样清澈，在阳光的照耀下，仿佛可以看见杂在河底泥沙里的白晃晃的石头。在这丘陵地带，这条河每年要灌溉几千亩田地。往下游望过去，约有一里路远近的地方，有一条石砌的很高的堰坝，名字叫胜利堰。解放后在旧的堰基上扩建的。除开涨水季节，来往的行人一向都走堰埂，对岸的民主一社，去年才弄来只旧船摆渡。

这的确比走堰埂方便。因为从场镇中心穿过一节巷道，再走过两三块田，就到了渡口了。但是，由于这只渡船没有船工，需得过渡的自己摇，在这不逢集日的寒场天，过渡的太少了，有时反而比走堰埂多费功夫。但我并不后悔，因为在这候渡当中，支部书记的谈话越来越活泼了。

好多乡村的渡口都有这么一个特点：靠近河边，长着一两株枝干向河面倾斜下去的柳树。它们总是那么古老、弯曲，枝条却非常旺盛。我们起先站在系船的柳树脚下谈着，随后却都毫不自觉地在树脚坐下，不再把摆渡的事放在心上。

任大发正在向我追述毛主席《关于农业合作化问题》的报告下达以前农村干部的忙乱情形。因为为了回答贫下中农高涨起来的社会主义热情，他们的确想尽了一切办法，但结果还是弄得很苦。

这些所谓办法，那最为通用的一种，是拿上级规定的任务抵挡一阵……

"可是一点也不中用！"任大发继续说，照旧响着他那惯有的干脆沉着的调子，"六村的刘华堂联组，春天就要求办社了。谷子快黄的时候，又一连要求过几次，我都照样说一大堆道理，要他们继续创造条件。这个人一向脾气很好，最后一次可发火了！

"他黑起张脸嚷道：'我道理长得很，就是犟不过你们！'说罢转身就走。

"大家都以为这下算解决问题了，可是，隔了两天，他又来了！

"这回他没有发火，还承认不办社了，只是要求上面派人去开个会。当时我们正在开支部大会，布置秋收工作，抽不出人来，结果就派乡政府的一个民政干事去了。喏，就是那个大块头呀！一身制服又小又窄，就像捡来的一样。你刚来的时候，在我门边东旋西旋旋过两遍。这家伙对规划的二十三个社现在还想不通。一天老在叹气：'去年才三个社，都快把人脚跑大了！……"

"结果怎么样呢？"我忍不住插嘴问，担心把话头岔开了。

"这家伙才几句话，下面就轰开了，提出各种各样的质问。特别刘华堂闹得凶，好像故意要我们派人去看看脸色的。可是你猜，那个大块头拿些什么话回答群众？回来他还有脸向我汇报！我那个气呀！——我说，你这是站在什么立场上说的话?！——这些话只有地主富农才说得出口，亏了你还是干部！……"

任大发的声调越来越加激昂，一点不显得沉静了。

"他说些什么吗？"当我插断他进一步追问的时候，他重复着，还是那么恼怒，"他说，'二社大名鼎鼎的陈国良，大家都知道的，你们去问问他吧！去年包不下工，社员拿着锄头扁担坐了一屋！后来分配了六分地棉花田，一袋烟就搞光了，又守着要工做，老陈还哭他妈一场！'——这简直是造谣！……"

这最后几个字，任大发是咬紧牙关说的，但他随即开朗地笑起来。

"可是你又再猜，刘华堂是怎么回答的?"他接着说，笑得更酣畅了，"他说，'你放心！将来大家选到我了，我不会这样脓包！'群众更加回答得漂亮：'都不是奶娃儿了，不会要社干背起走。'……"

我也忍不住笑起来，觉得保守思想碰碰这种钉子很有好处。

"同志！这一回的教训真不小啊！"显出一副忧虑神色，任大发忽然叹口气接下去道，"单是八村勾朝贵联组的事情就可以编一本书。这组人有两个副组长，一个叫王永福，只有二十多点，七月间闹建社才选作副组长的。解放前老子把庄稼做烂了，到外面拖板车，把他带在一道'挪边边'，两爷子反霸时候才回来的。劳动很好，就是嘴头子厉害；支部已经把他列为发展对象，正在培养。……"

他顿住，想起心思来了，因为睡眠不足，显得有点浮肿的眼睛眯得更细。

"过去我们老是叫没有骨干，"停停，他接着一边想一边说道，"其实群众早就把骨干挑选好了！可是，直到上个月全面安排，认真排一排队，这才清醒过来，原早都是闭起眼睛说瞎话啊！……"

他吁一口气，又停下不说了。我乘机请他谈谈勾朝贵联组争取建社的经过。

"勾朝贵很老好，他的作用不大！"他回答道，又轻轻摇一摇头，"可是这个王永福呀！机灵得很，处处使你被动！后来我才知道，好多办法都是这个家伙出的主意。"

"怎么样呢？"看见他那又气又笑的神情，我的好奇心更大了。

"按道理，第一次决定秋前建社，就该考虑他们的问题，"任大发顺着自己的思路说了下去，"那时候区委太谨慎了。特别是五月间学习社章，我一天几次电话，要求增加数字，就像钝刀割肉一样，跟你过锯：三个，五个，……

"勾朝贵是下中农，生产上有两手。已经做了二三十年的庄稼了。就是敲一下，响一声，不大肯说话。对办社可积极哩，五村学习社章的时候，他就领导组员跟着学了。这中间还闹过一场笑话：三番两次乡上不给他发社章，因为这个联组不是建社对象！向五村借呢，也不肯，怕误时间。后来王永福自告奋勇，说他能够搞到一份，就到石马去了。他有个老表在石马乡老社当生产队长。

"这个生产队长没有我们保守，"说到这里，任大发自嘲自讽地那么向我笑笑，"王永福顺顺当当就把社章弄到手了。一赶回来，勾朝贵就领导大家学习。那个学习的劲头呀，只告诉你这一点，每天夜里联组办公室正像赶场那样，附近好多单干户都跑来了！

"这样一连学习了两晚上。到了第三天夜里，大家正学得起劲，乡上的武装队长跑去碰到，拿来一看，那才不是什么社章，是一份生产计划！这一来群众都泄气了。

"为要证实自己的判断正确，武装队长接着又取出自己随身带的一份社章，说道：

"'我们来查对一下吧！看我说错没有。'

"这时候王永福出马了。"他一面伸出手去，一面愤愤不平地嚷道：

"'拿来！我才不相信弄错了，有那么怪！……'

"武装队长冷笑一声，立刻把社章递过去了。

"王永福识字不多，但他认认真真看了一遍，随又拖了勾朝贵到一边商量。最后，他满脸赔笑，走到武装队长面前，首先承认他们的确是弄错了，随即连连发问：乡干部是否全都学习过社章？是否每人都有一份社章？……

"队长一一做了回答，而每一个回答都对王永福有利。

"'那么这样好吧，'王永福最后说道，'我们借你这份学习几天！'

"'不行！——快还给我啊……'

"队长感觉得上了当，可是已经来不及了。

"因为群众紧接着也都吆喝起来，队长只好勉强答应了他们的要求。实际上，不答应恐怕也办不到。可是这一来问题更多了。大约过了一个月光景，勾朝贵带起申请书找我来了，还有一份学习社章的总结报告。

"我们考虑了一下，觉得可以进行一些了解；但还是拒绝了。"

"这是为什么呢？"我问，一下忘记了当时的情况。

"为什么？数字只有那么点大，四面八方都在申请；有的联组去年春天就闹过要建社的，只要把门稍稍开大一点，对于另外一些申请的人，你就更加没办法说服了！我说一天给区委几次电话，正是这个时候的事！……"

他停了停，最后叹口气说："想起来真伤脑筋！"用力把一段树枝投下河去。

"好在勾朝贵好对付，"他接着说下去，"向他进行了一顿说服，也就蔫妥妥走掉了。可是回到组里，组员们好轰他呀！都说，'像你这样

领导，将来地主富农都入社了，我们还会留在大门外边！'

"结果勾朝贵闹了好久情绪，觉得两头受气，不要当组长了。最后，千说万劝，他才提出条件：增选个副组长。大家都同意了，就一致选出了王永福。过了两天，带起这个新选的副组长，勾朝贵又上街了，送来这么厚一大叠申请书！……"

我正擦燃一根火柴，但我停止了吸烟，向任大发疑问地瞪着眼睛。

"这个还不明显？"任大发猜出了我的意思，他笑一笑接着说，"他们叫二十八户人每一家都写了申请书，打了印子：向我们示威呀！本来全组是三十一户，只缺三户人没有写。

"我看了这一大叠，真有点不舒服，我带点情绪说道：

"'你们就每一个人写一份申请也不行呵！……'

"'这个我们就不大懂了！'王永福笑一笑插嘴说。

"这是我第一次看见王永福：蓄的圆头，头发立峥峥的，过去板车上拉中杠的都蓄的这种头式。很精干，个子和我的差不多。眼睛细细的，说话的时候老爱聚精会神地瞧着你，嘴角边带点笑。

"他显然也有情绪，在向我挑战，但我漫不经心说道：

"'这有什么不好懂的？道理我早就向你说了！'我望着勾朝贵说，有意不理睬王永福，'不要急躁，明年建社一样啊。再说，你们口口声声全组同意，这才二十八户！……'

"'那三户人，我们接收了会犯错误！'王永福又插嘴了。

"八村是边沿村，我并不摸底，这里我给了王永福一个破绽。

"'请你说该不该吸收他们！'他接着道，显然不愿放弃这个机会，'三户有两户是富裕中农，平常排工、评分，没有哪一个尖得过他们！这回写申请书，又动动摇摇，像钟摆样！……'

"我切住他道：'那么你认为这二十八户都不错啰？'

"'跟人家比一比，依我看合格的！'王永福蛮有把握地笑嘻嘻地说，'就讲张长林吧，去年全村哪一个不说这家人落后？前一向组上要大家响应政府号召，买打谷机，迎接办社，两口子老巴巴的，一人背个背篼，在自己谷田边东旋西旋，看见黄穗子就剪下来，弄了两斗谷子，赶快把钱缴了！……'

"'还有雷发扬呢！'勾朝贵提示道。

"对啰！雷发扬这个穷坑，国家一年要塞多少钱呀？入了组，看看翻过来了，春天又死了老婆。上个月给了他点救济，一直揣着，舍不得用；学习社章的时候，一天晚上，人都快散尽了，他才掏出来交给老勾，说：'留到建社做投资吧！'张西来两口子难道觉悟不高？平常洋油桶样，一碰就响。……

"说来奇怪，我一下喜欢起这个人来了，但我故意为难地插嘴道：

"'这些表现当然都好，还要看生产上怎样啊！'

"'你快讲讲今年抗旱救灾那个劲头！'

"勾朝贵紧接着叫出来，又向王永福扬扬下巴。这个人自从上次碰过钉子以后，一直懒妥妥的，刚才进来的时候，还像蔫丝瓜样，现在他也很神气了，好像看到了什么重大转机。

"'既然要讲，就从去年冬天搞马家草堰讲起吧！……'

"王永福嗽嗽喉咙，准备说下去了，但我又切住他。因为我早就听见过汇报了，这马家草堰可以灌溉八九十亩田，堰埂坍了，水源也淤塞了，勾朝贵预先估计全组三天可以完工，结果才一天多就搞好了，还受到过乡上的表扬。

"这个联组抗旱时候的积极性，我也知道一些，所以我又切住他道：

"'单靠劲头不成，办社有办社的一套啊！'

"'你是说劳动组织？'王永福紧接着说，'我们这几天打谷子，已经在实行小包工了！不讲还学过章程，龙王，响水，石马，四面八方都是老社，平常赶场也多少听到过一点点响动呀！今年过年，到石马串亲戚，我还挖根追底问过我们老表……'

"我忍不住打趣道：'你这个人才有心喃！'

"'岂止是我？这么大一件事，迟早都要碰到身上，哪个不到处打听啊！'

"话一落音，王永福津津有味地笑了。我同勾朝贵也笑了。的确，群众比我们更关心合作社的发展，这是他们的切身大事！可是，这点粗浅道理，直到最近我才算弄清楚！……"

任大发不响了，悠然自得地望着在夕照下闪闪发光的河水出神。

"这一回我还是没有决心批准他们建社！"停停，他望我笑笑，带点狠心地接下去说，"我要他们赶快回去，不要为建社把秋收耽误了，这样不但建不了社，自己还要吃亏。

"我说：'群众这种积极性呢，我一定向区委反映！……'

"我正说到这里，像个小孩子样，王永福撩脚挽袖笑道：

"'呕！只要你肯反映，就一定批得准！……'

"勾朝贵这时候也喜欢得像个小孩子样，他也跟着叫道：

"'我们一定保证搞好秋收！不抛撒一颗谷子！……'

"我老是叮咛：'批准不批准还不一定！'可是他们一点也不在意！"

"区委结果没有批准？"我插嘴问，很替勾朝贵他们担心。

任大发长长叹了口气，随即一下站起来了。

"这次没有批准应该怪我！"他大声说，显出一种负疚的神情，"我当天就打电话给区委，区委书记没有同意。我闷了一阵，心想：'这个怎么搞呀？'接着又给县委农村工作部打电话。部长不在，一个工作同志回答我说：'县委是根据区委的报告做决定的，还是就近找区委解决吧！'我一听又蔫了！

"我要跑一趟区委就好了！电话上谈话总没有当面详尽。认真坚持一下，也可能得到同意；可是我没有坚持。所以地委四级会议小组会上发言，我着重检查了两条：一条是死扣任务，另一条呀，就是这个不坚持！"

"后来呢?"我问,怕他把话题扯远了。

任大发望我一眼,然后简捷了当地回答我说:

"后来吗? 后来当然是批准了!"

我又一次疑问地向任大发瞪着眼睛;但他似乎没有注意。他看了看那只空荡荡的渡船,接着又向河对岸瞭望。那是一片平坦的土地,也是空荡荡的,已经翻耕过了。耕地的尽头是一些圆顶的、一般叫作和尚头的黄褐色的土丘,一个接连一个,愈远的愈加高大……

最后,任大发自言自语地说:"这些人今天都在家里抱娃娃呀?"随又安慰我道:"等阵会有人的!"随即重新在我对面坐下来了。

"你问后来怎样?"接着他又反诘似的说道,"说起来话长啊!

"我说后来还是批准了他们建社,可是这个批准是被动的。因为同县委农村工作部打过电话以后,我就怕想起这件事情。可是,第一批早谷子打了不久,勾朝贵、王永福又来了!

"这回没有带申请书,但是带来一本表册,——这么厚!

"我翻了几页,吃惊道:'你们这是什么?!'

"'社员登记册嘛!'王永福也有点吃惊,不过他的吃惊是另外一种性质,担心表册不合规格,'人口、地亩、产量、农具、耕牛,都写上了,我们是照着石马老社的格式登记的呀!'

"我把表册一下搁在桌子上面,好久没有吭声。

"最后我说:'你们在瞎搞啊,批都还没有批准!……'

"'这个怎么办呢?'勾朝贵张张惶惶地四面看看,'籽种都收齐了!'

"我一下从椅子上坐直起来,反应似的叫道:

"'籽种都收齐了?……'

"'是呀!'王永福搭腔了。这家伙很镇静,头发还是那么立峥峥的,一点也不在乎,他说道:'是呀! 大家已经选举了保管委员,围在那里,——不批准怎么向群众交代呢?!'

"这的确有点麻烦，我决定亲自跑趟区委，但我批评他们道：

"'老实讲吧，你们这叫无组织、无领导啊！批都没有批准，你们就忙着报名，忙着收集籽种。我问你们，没有支部调配，你们社干排得齐呀？首先搞个会计就不那么容易！'

"勾朝贵小心谨慎地说道：'会计，我们倒有人了。'

"我警告道：'谨防阶级异己分子钻进来啊！'

"'勾老四那娃怎么会是阶级异己分子！'王永福赶紧插进来说明道，'成分好啊！就两爷子，土改时候分的田，只有几把锄头钉耙；牲畜呢，有两条双月猪儿，额外连牛毛都没有一根！……'

"我又提醒他们说：'会计工作没那么简单啊！'

"勾朝贵答道：'训练下行！那娃聪明，只读了两年书，——不是家里死了人他爹忙不过来，还会读下去的，——可是肯钻，见了书就抓起看，又肯问人，——可惜右脚跌残废了。……'

"勾朝贵忽然也话多起来了，好像要我立刻审查他们的会计。我显得烦躁地站起来说道：

"'好吧！我马上到区委去，——可是再不能胡干了哇！……'

"这里离区委有二十里路，当天街上又不赶集，工作不多；而且，我觉得，再不向区委书记当面谈谈情况，是不行了，拖下去更不好搞！可是，等我赶到，区委刘书记到新民乡检查工作去了！家里只有一个女电话员，正在天井边洗头。

"电话员拆散辫子，让头发从前面耷下来，把脸完全遮了，像个披毛鬼样。我才问了一句，她就像开水烫着了那样，边跺脚边叫道：

"'快去帮我接一下啊！——快，快，快！……'

"原来电话铃子响了！我走进电话室，拿起听筒，意想不到地一直谈到电话员梳洗完毕。因为打电话的是水口乡支部书记，他也和我一样，正被建社扩社的问题闹得不可开交！

"我们谈了很久，发了不少牢骚，现在想起来真不应该！……"

任大发摇摇头停下来了，眯细眼睛，望向对岸波浪一样起伏不定的丘陵。

"毛主席完全说对头了！"末了，他笑一笑说道，"那时候我们的确有'无穷的忧虑'！你说松一点吧，上面有任务款住；你说掐紧点吧，群众又那么热情、积极，缠着你不放！……"

我插断他，简单了说对党负责和对群众负责的一致性的道理。

"是呀！"任大发同意地说，"这我们在地委都学习过！可是，一碰到具体问题，又忘记了。刚才我们摆谈到打电话，"谈锋一转，他接上中断了的话头说下去道，"打完电话我就又回乡上来了。因为电话员说，刘书记要跑好几个乡，不会很快回来。

"回到乡上，明知道找不到人，但我每天还是要给区委打一次电话。当然不只为解决勾朝贵他们的问题，闹起建社的还有八九个联组。两个老社，五个新社，在扩社上也存在不少问题。老实讲吧，那时候我最怕赶场！因为一碰到赶场天，我就感觉招架不住：这个要求建社，那个要求入社，跟讨债样！

"我最担心的还是勾朝贵他们。因为如果他们又跑来缠，不给一个明确回答，是不行的。含含糊糊拖下去更坏事！可是，就在我回家的第三天，正碰到赶场。勾朝贵、王永福又来了！

"两个人都有点兴高采烈，因为他们全组人已经提前缴清了公债。

"'一提到迎接建社，钱都钻出来了！'王永福笑一笑，开始向我汇报缴款的情况，'张代昭老婆子存了几十个鸡蛋，老是说，不到三角钱十个我倒不卖它啊！昨天石马赶场，才二角五就卖了！说，为了迎接建社，这点亏不要紧！王式法……'

"我多么想听这些情况！但是越听心里越加发慌，我忍不住插嘴问道：

"'你们谷子都收完了？'

"'都收完了！'勾朝贵答道，'一部分谷板田都在秒了。'

243

"'我们决定一般耖它两遍！'王永福补充说，'冬水田都要敷盖、加盖；幺档田么，起码加高一尺，指定专人经常注意补漏！……'

"这时候勾朝贵忽然兴致勃勃地插嘴道：

"'呵！我还忘记讲了，刘家湾那片田，我们把界捣了！'

"我忍不住惊叫起来：'把界捣了？你们怎么又胡干啊！'

"勾朝贵一下蔫了，解释说：'他们都讲做大田方便……'

"'不只是方便啊！'王永福抢嘴说。他还是那么镇静，光景一点不相信自己会犯错误：'我们找了几个老庄稼估计了一下，这几根界捣了，起码要增加三亩田！就按常年产量算吧……'

"不知道怎么搞的，当时我非常反感！我反问他道：

"'你们又考虑过没有，万一明年减产，有人要退社呢?!'

"王永福感觉有趣似的笑了，满怀信心地反驳我说：

"'没那么怪！只要保水工作做好，它就干死老龙王都要栽！我们还计划在石家坪嘴子上开条沟呢！这一来就跟龙洞子接通了，马家大院那一带旱地都会变成水田，生长稻子！'

"勾朝贵沉吟道：'现在倒还谈不上这个，工程大啊！'

"王永福道：'工程大?！明年扩社，只要把胡桂庚那一组扩进来……'

"这家伙真有两手！计划又多周到，但我插进去说：

"'好吧！不管你们怎么样说，回去赶快把界石立起！'

"'这个容易！'王永福道，'我们成立大会什么时候开啊?!'

"'是呀！'勾朝贵搭腔说，'群众一天碰见你就缠着问。……'

"他们接着还谈了很多，但我一句也没有听进去！

"同志！设身处地，依你想我该怎么回答他们？难道我能够这样回答他们：你们不要太想远了，今冬明春只有十个社的任务，批准不批准没有把握；暂且等一年再说吧！……"

任大发一气呵成地说下来，现在他不响了，就那么不住喘气。

"结果我同意了他们建社!"停停,他接着说,声音已经很柔和了,"当时我想:'好吧,准备做检讨吧!可是无论如何我要争取勾朝贵联组建社!'你说多巧,就在当天夜里,我得到通知,要我一早到地委开会,——问题一下全解决了!……"

话还没有说完,任大发已经高兴得一蹦跳起来了,一连打了两个转身。

"告诉你吧!"最后,他站定,显得认真地接下去说道,"我一进城就向县委农村工作部汇报,还准备做检讨;可是他们一来就说:'行!行!另外刷掉的几个也可以考虑!''这怎么搞的?!'我想,我想不通。后来在地委扩大会上听过毛主席报告的传达,我这才一下子想通了!……"

任大发微笑着深深吸一口气,不说话了;两只眼睛虔诚地望着前面开阔的田野出神。

我听见了打桨声,对岸有人把船摇过来了;但是我的伙伴似乎还没有察觉。十分明显,这个年轻人正在经历着这样一种感情;这种感情能使一个人感觉自己幸福、勇敢、纯洁,和一个伟大的存在相通。……

任大发忽然孩子般地笑嘻嘻瞪住我问道:

"你到过北京吗?"

"到过两三次。一次是五二年……"

"看见过毛主席没有呢?"

"群众大会上远远看见过一两次。……"

这一来任大发变得更活泼了,比实际上的二十一岁还要年轻。因为上船以后,整个过渡当中,他还一直挖根挖底地盘问我,渴望知道有关毛主席的一切。可惜我自己知道得太少了。船头在一株马桑树树桩上撞了一下,船倒退了一两尺;我赶紧抓住一束茅草,用力一拖,船终于靠岸了。

我首先上了岸，任大发掉在后面收拾船只。河岸很窄，我踏上一根田塍缓缓走去。四周静寂，耕地里光滑的犁痕在阳光下发着闪光。蜷树叶子已经红了，那么耀眼！……

身后忽然传来任大发愉快洪亮的嗓音：

"毛主席这个警钟要不敲得快呀，同志！我可能早就不敢摸这个工作了！……"

我回转身去。任大发正精神饱满地一面说着，一面大步地向我走来。

一九五五年十一月十日

老 邬

　　就着亮油壶的微弱的光亮，邬大全正坐在灶门口给婴儿喂奶糕。

　　这是一座单门独户的小院落，一排三间正屋。另外打横有一大间敞房。这时屋里屋外都很清静。仿佛黄昏时候那场号啕痛哭的争吵，已经一下子全被带到另外一个世界去了，没有留下一点痕迹。

　　邬大全一向很少照管儿女们的。特别冬天以来，便是抱抱他们，也不寻常。但是，这天晚上，因为爱人赌气，他却不能不做一下母亲了。这只能怪他自己，不该把怨气都发泄在妻子身上。也许反省到了这点，他对那婴儿招呼得很认真。每逢他把小勺子搁在婴儿嘴边的时候，他的两片嘴唇竟也忍不住一张一合地动起来。

　　这是一个靠近大山地区的冬夜。灶腔里的柴火已经快熄灭了，但是邬大全却已满身是汗。他有时感觉吃力似的停下来，可是，叹一口气，接着又喂。因为一停下来，他就不能不对目前的处境感到厌烦。而且不能不想到引起两夫妇争吵的那一场可恶的纷扰……

　　一个浑身沾满糠灰的中年人，这时忽然从门框边探过头来。这人叫刘洪贵。瘦长，大眼眶，火把社的副业小组组长。因为长期在碾坊里工作，搞食米加工，夜熬多了，神气老是显得萎靡不振。

　　他四下里张望着，随即摇一摇头，在门槛上坐下。

　　"支部还要我带信，叫你赶紧去开会呢。"他说，显出发愁的神情。

　　邬大全一下抬起他那看来已经不大饱满的圆脸，停止了喂婴儿。

"老刘!"他感慨地连连摇头,"你看这个刘太和安逸吧!"

"我听到说了,"刘洪贵接嘴道,"这哪里像个集体农民啊!下午,我正想去翻翻晒的谷子,他挂根棍儿,让媳妇牵起,打从碾房门口经过,我就想,这家伙啥事呀?差不多三四年没出门了。哪个料到是到社里跟你吵账!……"

"岂止吵账!抱住腿杆,喊起我的小名骂啊!……"

想起那些令人恼恨、作难的情形,邬大全重又变得很激动了。事情是这样的:半下午间,他正在社办公室为社员们分配粮食。这是火把社第一次大春分配,账目清楚,又增了产,社员一般是满意的,邬大全为决算熬了不少通夜,他更显得轻松愉快。

这是个短小结实、三十上下的青年人,乍看起来像一个小胖子。他精精神神站在那根大秤面前,时不时同社员开一两句玩笑。他很会讲趣话,这个特点,曾经不止一次使他从困难里面摆脱出来。然而,正当他在向一个单身汉小伙子打趣:"粮食有了,钱也有了,就只差一个对象了!"这时候,一个瘦长的老年人,从人丛中挤上阶沿来了。

这老年人叫刘太和,头发蓬松,身穿一件破破烂烂的短棉袄,腿子全部赤裸裸的。他已经快七十岁了。满嘴胡子,胡子上粘满鼻涕口沫。而他的出现,立刻使得人们沉默下来。因为几乎全都知道,刘太和的儿子、媳妇曾经好几次提出要求,宁愿少拿一点现金,多分一点粮食。还有更重要的,那对年轻夫妇,自以为出身好,把它当成包袱,一向又臭又硬,老头子显见是被扎出来滋事的了。

这一切邬大全当然更加清楚,因为正是他本人坚决拒绝了两个年轻人的无理要求。但他还来不及转念头,老头子便已经用他那破嗓门喊叫起来:"对!你邬奶娃把我一家人坑死好了!"接着把他那毛耸耸的脑袋一埋,望邬大全撞过去;随又顺势躺在阶沿上面……

现在,提起前情,邬大全气极了。好像刘太和照旧躺在他的面前,抱住他的腿子。

"我从来没有碰到过这种作难日子！"他恼怒地接着道，"啥子话都说尽了，他不听！承认下来吗，又违反国家的留粮政策；不承认吧，万一又真的不够吃呢？预支了那么大一堆！走也不行，就死死抱住你腿杆不放，像钳子样。如果他是个年轻人，我不会怕他的！眼看病来风都吹得倒了，又是个老贫农，弄出差错，这个影响会多么坏！"

"那又怎么样呢？"刘洪贵忍不住插嘴问道，显然还不明了底细。

"怎么样？只有站在那里让他骂呢！……"

沉重地叹口气，邬大全抱着婴儿，从烧火板凳上站起来了。

同前几秒钟比起来，他更加恼怒了，同时却也尽力抑制。因此，他顿然感觉厌烦透了。他搁下搪瓷碗儿，又拿袖头胡乱给婴儿揩了揩嘴，然后把婴儿放进身后一个箩筐里去。那里堆着好多柴草，上面躺着他那三岁的女儿。他的大女儿到外婆家里去了。

最后，他退回烧火板凳边去坐下，脑袋一啄，双手捧住下巴，两眼盯着灶膛里一点微弱的火光出神。建社一年以来，依靠贫下中农，他揭露、打击过阶级敌人的破坏活动，抵制过富裕农民的自发势力，而在这些斗争当中，他总行动坚定，没有丝毫犹豫。今天，这个老年多病的刘太和，却把他医治够了。直到现在还感觉问题有点咬手。

刘洪贵不知道怎么说好，只是叹气；一边慢慢裹叶子烟。

"那么多人，就没有哪个出面挡一挡么？"刘洪贵终于想出一句话来。

邬大全失望地挥挥手。隔了一阵，这才扬起脸来。

"你想想那个情形吧！"他平静但是有点气恼地说道，"哪个开口，他就骂哪一个。王兴田才想扶他起来，他就拚命喊打死人！另外还有两三户富裕中农帮着他说话啊，也叫唤不够吃，好像事先串联过样，这一来我更加不敢答应他了。不是苏大爷赶起来，告诉你吧，今天还会遭一场命案呢！"

"你就说得这么样凶!"刘洪贵笑一笑说,一边走去灶头边吸燃叶子烟卷。

"你没有尝尝那个味道啊!"邬大全反驳说,逐渐又兴奋了,"在场几个干部都拿他没办法。社员当中那些家底子好一点的,后来几乎全都同情他了。都想趁火打劫,最好一颗统购不卖!你想,这样闹下去得了呀?偏偏家里的人又插进来,挽着你抱怨!⋯⋯"

他一下不响了,好像当时那个"味道"又在煎熬着他。

当时他一直相信,只要他不必担心把刘太和摔坏,他是很容易脱身的。而他一旦离开那个尴尬的处境,他就可以爽爽快快处理这一场纠纷了;但他却一直受难到苏大爷气喘吁吁地赶来,帮他暂时解脱了那个老头儿的纠缠⋯⋯

"今天把人医治到了!"他加上说,想起那个还在关着房门赌气的妻子。

"这么说你不去参加会了?"刘洪贵问,猜度地望着对方。

邬大全差点莽撞地叫起来:"这个会怎么能不去参加呢!"但他只是抑制地叹了口气。

刘洪贵叹息着从门槛上站起来了。但他并未走掉,斜靠在门框上,默默抽起烟来。在这难堪的静寂中,可以听见山风穿过林莽的呼啸声。敞房猪圈里的两只毛猪,把猪圈框子撞得很响。这天下午闹的乱子,便连它们也受到波及了,直饿得心里发烦。

注视着木然坐在那里、瞪着一对眼睛出神的邬大全,刘洪贵很想说几句激励人心的话,但他老是拿不准应该怎样开口。最后,他磕磕扣去烟嘴上的烟蒂,接着又郑重其事地嗽嗽喉咙。

"你可松不得劲啊!"他说,声调异常恳切。

他望定邬大全,希望得到一个满意的答复。

"照你估计,杂种粮食究竟够吃不够吃呢?"邬大全出乎意外地问道。

"这个我也摸不准啊!"刘洪贵苦笑道,"总之,你千万不能松劲!……"

他仍旧期待着一个满意的回答;可是,一直到他离开,邬大全没有吱声,好像真的已经松劲,躺下来了。但当屋子里只剩有他一个人时,他站起来,好像跟谁赌气似的,咕噜了一句:"要松劲倒容易啊!"而他显然并没对工作丧失信心。

接着,他在灶门口站了一阵,考虑着是不是去喊开那一扇紧紧闭着的房门,他已经叫过她两次了,可是,他那年轻妻子无疑还在为他的态度粗暴生气。于是末了,他又回转灶头边去了,用脚扫了扫散乱在灶脚下的猪草,把它们团住一堆,准备剁碎给猪煮些饲料。

邬大全是去年农业社会主义高潮中涌现出来的积极分子。这之前,他只是一个联组的小组长,建社前不久入的党。因为爱提意见,主张又多,一向被联组的领导人,一个富裕农民认为是捣蛋分子。但在建社规划当中,却被群众选为筹备委员,后来又做了社主任。他没有父母,土改那年才结婚的。他那年轻妻子一直为他的机灵、能干和在群众中的威信感到骄傲。而不管社内社外,人们全都叫他老邬。

因为那两只饿得发了脾气的毛猪还在撞圈,他咒骂了一句,坐下去砍起猪草来了。而在这种单调、钝重的砍草声中,他忽然听见灶房对面,那间算是卧室的房门,很响地一下敞了开来。随即噔噔噔走进来一个缠着白布套头的少妇。这是邬大全的爱人,叫张玉真。瘦长、结实,因为哭过,一双秀长的眼睛看来枯焦焦的,没有光泽。

在灶头的阴影里,坐在一把扫帚上面,邬大全已经停止砍猪草了。他一直注视着妻子的每一动作。现在,她已经抱起箩筐里的婴儿,接着又在叫唤那个睡在柴草上的女儿了,声调里充满恼怒。

邬大全站起来了,他两步迈过那猪草堆,走了过去。

"走开!——我自己知道照管!……"

她大叫,不让老邬去抱那小女孩;但她自己却又一转身在烧火板凳上坐下了。

"没有那么便宜!"她紧接着叫喊,"以为我好欺哇!……"

她哽咽起来,无法说下去了。她感觉自己受的委屈并不比丈夫小。当刘太和抱住丈夫的腿杆叫骂的时候,她正在田坝里割猪草,但一听到消息,她就立刻背上背篼,赶到社办公室去了。

她很为邬大全抱不平。不单因为她是他的妻子,作为一个正直社员,她也认为老头子太没有道理了。因为她对邬大全知道得最清楚,建社以来,他连饭都没有清清爽爽吃一顿啊!有时开会回来,倒上床鸡就叫了。单为决算分配,他就跟会计一道熬了好几个通夜,没回过家。说到成绩,一般社员的收入都增加了,很少有人分不到现金的。然而,结果还是弄得来挨骂受气!……

她相信,随便抓点事实,她都可以批驳倒那个老家伙的任何诬蔑。然而,她把事情想得太简单了,刘太和根本不是跑来讲道理的,于是出乎她的本愿,她转而向那个狼狈不堪的丈夫抱怨起来……

现在,她哽咽着;而邬大全更加感觉得失悔了。

"那是气头上嘛!"他解释说,委委屈屈站在灶门边上。

张玉真鄙薄地重复了一句:"气头上啊!"一下撑身起来,准备走掉。

"不要趁火打劫,"邬大全大声道,"等我把问题解决了,由便你赌气吧!……"

他的声调带点求乞味道,而更多的则是强自抑制住的恼怒;他随即走去砍他的猪草去了。

可是,张玉真并没有走掉。她站了一会,心软地咽口气,重又在灶门口坐下。她深深体会到了丈夫的苦恼,而她的怨气,好像一下子消失了。她坐在那里,怀里抱着婴儿,让那个三岁的小女儿靠在她大腿上。

他们好一阵没有说话。砍着猪草，邬大全比先前更加用力，也砍得更加专心。

"当着那么多人的面……"

张玉真突然咕噜了句半截话。邬大全停下砍刀，屋子里清静了。

"我问你啊，"停停，她接着说，理直气壮地把头从灶门边探出来，"开口闭口骂我落后，我究竟哪一点落后哇？尽管你三天两天开会，野人样，我拉过你后腿吗？我总想：啥啊！只要落得到一个'好'字！……"

"现在可连老祖宗都挨骂了！"邬大全苦笑说，带点自我解嘲的味道。

"哪个叫你们去年吸收他呢！都讲那家人不好惹……"

"儿子、媳妇成天跟着你屁股转呀！"邬大全叫唤说，"还把老头子扶上街找总支告状，说我们排斥贫雇农入社！……"

这所谓儿子媳妇，是指刘有义两夫妇说的。自从刘太和病倒后，这对青年夫妇，就成了当家人了。他们的命运比父亲好，土改时有了田地，又分了一片山场。平时种地，一空下来就砍柴卖。他们一直连互助组都不参加。可是去年冬天，在那激动人心的气氛当中，两口子忽然感觉单干下去不妥当了。他们几晚上没有睡觉，弄得很苦，最后就三番五次地申请入社。但不久就有点失悔了，而这中间，一贯搞投机倒把的单干户连娃子对这两口子的影响也逐渐大起来……

"这个你总还记得吧，"邬大全接着说，"老婆还守到你哭过呀！"

这个提示使得张玉真很难受，她叹息着，随又气恼地扭动了一下身子。

"今天下午，我真想咬他几口！"她咬牙切齿地说。

"不是政策管住，我还会要他的老命呢！……"

邬大全重又举起砍刀，继续砍猪草了。动作非常爽利。当他砍完那最后一撮，站了起来，准备拿去煮的时候，张玉真已经把靠墙那口锅烧旺了，火燃得熊熊的。她那瘦长脸蛋被火光映得通红。

于是，一个站在灶头边煮猪食，一个坐在灶门口烧火，而一种真正的谅解，已经在无形中建立起来。张玉真今年二十五岁，娘家在坝子坎，算是大山地区。解放前他们一同在黑潭子背煤炭，久而久之，就熟识了。她是个道地的山村姑娘，泼辣、坚强、心地单纯。邬大全早就死了父母，他背煤炭，主要为了逃避反动派抓壮丁。

每每上街开会，有的熟识干部，总要跟邬大全开点玩笑，夸奖他找了个好对象。这是有根据的，因为这天以前，她就从来没有抱怨过邬大全当社干当错了。不管家务，不管生产，她都展起劲干，生怕有人说干部家属特殊。

现在，因为猪撞圈更凶了，放下火钳，张玉真大声骂了一句。

"你来领娃娃吧！"她接着说，"背时的把圈都快撞倒了！……"

邬大全擦擦手走过去；她恨他一眼，然后避开脸把婴儿塞给他。

"怎么还在气啊！"邬大全接过婴儿，笑一笑说。

"这一辈子都气不完！……"

张玉真转往灶头边去了。她叫喊得很响很响，但却充满了谅解，体恤……

这时候，一个高大健壮、蓄着两片花白胡子的老人，气喘吁吁地走进来了。这是有名的苏大爷，雇工出身，现在是社务委员。他同刘太和很熟识，曾经长期一道帮人。因此，他下午跑来抄了一通刘太和的"底子"，批评他"好了伤疤忘了痛"，老头子就逐渐规矩了。

苏大爷身穿长衫，头上却戴顶棉制帽，帽子耳朵敞开拖在两边。

"已经摸清楚了！"他一进门就大声说，走向灶门口去。

"摸清楚了？"邬大全重复了一句，站起来，让出烧火板凳。

"完全是骗人的！"苏大爷胡乱地挥着手说，"还装了两囤包粮食！……"

于是，显出一副满足神情，这才在灶门口坐下来。

邬大全起初有点莫名其妙，因为这个热情的老年人有时说话相当简捷。但他很快就明白了，苏大爷说的是刘太和！而且忽然记起，他曾经请苏大爷了解过刘太和的生活情形，因为这个才是彻底解决今天这场纠纷的关键。

张玉真现在也明白了，但很气恼；她把锅铲哐当一声搁在灶头边上。

"这个老东西才可恶啊！"她叫道，"这不是故意跟人捣鬼?!"

"这不能怪老头子！"苏大爷摇摇头说，接着他又伸长脖子，开始向张玉真解释道，"这个怎么能怪老头子呢？儿子、媳妇这一向每天就那么骂：'你就躺在床上好了！春天没有吃的，不要吵我们不养你哇!'"

"我倒不怪他啊！"邬大全充满感情地嚷叫道。"他那娃两口子的思想作风我还多少知道一点!……"

"你听我讲完来嘛！"苏大爷紧接着说，生怕他的叙述又被岔断，"今天上午，两口子更加闹得凶啊！逼着老头子立刻分家，说：'去不去找由你，今天起我们就各管各了!'杂种真做得出来，晌午，灶房门一关，一把锁连水缸都锁了！拿了点米到连娃子家里搭火。"

"这些都是老头子亲口告诉你的?"邬大全追问道，愈加感觉苏大爷说的情况重要。

"缠了几顿饭时候啊！家伙先不肯说，就那么哭……"

"还有两囤包粮食也是老头子说的?!"邬大全迫不及待地追问了一句。

"还指起我亲眼看过来啊!……"

"那就更加不怕那些富裕户伙着闹口粮不够吃了！"邬大全兴高采烈地叫出来，"只要把他这股歪风煞住……"

"你听我说完来嘛！家伙就那么哭，我说，把细想想你从前过的啥日子吧！你那娃不清楚，你总还没有忘记呀!……"

苏大爷正说得很上劲，一阵陡起的脚步声，可把他打断了。接着，一群男女社员一齐拥了进来。中间大多数是妇女。她们黄昏时候就在这里耽搁了很久，直到张玉真答应不回娘家去了，这才离开。现在，因为放心不下，料理好家务，又一同跑来了。

领头的是个瘦小精干、拖着两条辫子的中年妇女。

"呵哟！你们还没有喂猪吗？"还没进灶房门，她就吃惊似的大叫起来。

"忙啥哇！"邬大全搭腔道，"人都还没有吃呢！"

来客们含意深长地笑了起来。因为从他的语调、神情看来，他们相信，社主任两夫妇和解了。接着，妇女们有的夺过张玉真手上的锅铲，代替她煮猪食；有的不由分说地把苏大爷赶开，坐在灶门口帮着生火……

揭开小锅的锅盖，那个中年妇女，发现饭已经煮好了。

"哎呀！干不干，稀不稀，这是你们哪一个煮的哇？"

"还有哪个？那些大本事嘛！"张玉真说，装着恼怒的神气。

"管它本事大、本事小，我总把饭煮出来了！"邬大全接着说。

他口气轻松，神色开朗，几乎又同平日间一样了。而这些妇女带来的欢乐气氛，也更强烈起来。她们随即争着替那一对和解后的年轻夫妇张罗吃食、照顾小孩，正像招待自己家里的客人那样。

屋子里只有苏大爷一个人不快活，还在为他的话被打岔感到恼怒。

"也该让我们说点正经事了吧！"他突然说，等到摆好饭食的时候。

苏大爷是任何人都乐于接近的，但一生起气来，也不好惹。这一次更加该他占上风了。他翘起胡子，随意掀开那些挤在食桌周围的妇女，一点也不理睬她们的抗议。最后，又俨然地在一张板凳上坐下。

他说的是刘太和！故意藏头露尾，可是很快大家都猜到了。

"呵！有件事我差点忘记了！"那个中年妇女忽然又岔断他。

"怎么又来叽叽吱吱啊！"苏大爷阻止地叫道，皱着一双眉头。

"我是反映情况！"中年妇女非常生气，一下把老头儿压服住了，于是勇敢地接着说了下去，"晚上去我们大指姆那里还盐，幺婆婆在板板桥一把拉住我说：你快反映下吧，杂种土狗子造谣，说，邬大全这下垮了！……"

"又不是豆腐做的！"苏大爷大声说，庄严地捋捋胡子。

"是豆腐做的早就垮了，还能熬到现在！"张玉真也很生气。

"真是遇缘！"那个中年妇女接着又说，"回来又碰见连娃子！这次跑茂县看来像又啄到了，喝得醉醺醺的！……"

"这家伙说些啥呢？"苏大爷岔进来问道，"那两口子这一向跟他绞得紧啊！……"

"他呀，他打起哈哈说，刘有义也喊起老邬的小名骂！……"

"他骂好啦！"邬大全忽然忍不住大声笑道，"板板桥这一带，哪个不知道我叫邬奶娃呀！"

邬大全的口气、笑声，全都充满了解嘲的味儿，但更渗透着恼怒和那种一个人下定决心后的满不在乎。可是，人们还来不及仔细品味它们，就已经单为他说得有趣而大笑了。就连那个一直还多少带点矜持的张玉真，也失去了自制力，忍不住笑起来，同时充满爱意地恨了丈夫一眼。

等到吃好晚饭，邬大全忽然记起支部大会来了。而且，想起他该向分支书记汇报一下这天下午的纷扰，刘太和家里的实际情况和一些社员的反映，以及一个逐渐在他脑子里明确起来的判断：这天的乱子无疑同土狗子一伙有关。而且问题显然还没有得到解决。

"哎呀！我还要赶到庙儿子开会呢！"他说，带点吃惊的神情。

"去就去你的嘛！"张玉真抢白他道，"你瞪着我做啥哇！……"

"他向你告假呀！"那个中年妇女说，尖声笑了起来。

这惹得其他的人也大笑了。而且使得张玉真感觉有点害臊；但当邬大全已经走出去了，她又把他叫了转来，递给他一只电筒。

一九五七年二月二十三日

摸　鱼

　　这一天不到中午就阴了霜。还没到半下午，天色便已经暗下来了。风很大，穿过空荡荡的麦田，直往人衣领子里乱钻。而在那五六个蹲在桥头四周的观众当中，有谁冷得打起喷嚏来了。

　　但这没有影响到其他几个人的情绪。特别没有影响到那两个在河坎下摸鱼的青年农民，他们照旧干得非常起劲。从早上到现在，这两个青年人，已经做了不少的事情了。先不先，他们用石块、泥沙和竹笆子在河中间砌一条堤埂，把水拦在一边，强迫它让出一大块地盘来：这样它才不会过分捣乱，以便下手摸鱼。

　　这一段河坎很高，是用石条子一直砌到底的，算是桥头的一部分。因为河水的侵蚀，那经常被水淹没的地方，石条的砌缝，已经张开口了。而那些裂缝后面的窟窿，正是鲶鱼和其他无鳞鱼的藏身所在。现在，两个青年当中，那个年纪大一点的，正把赤裸着的右手手臂，往一个洞窟里伸进去。这青年人叫田万有，自小就爱摸鱼、打兔子、捉鹊儿，拿上街卖了为家里搞一点油盐钱。可是，解放以后，特别加入合作社以后，他就认认真真搞生产了。

　　田万有十八九岁，人很瘦长，老是显出一副愁闷和想心思的模样。他的手臂也又长又瘦，好像天生来就是摸鱼的。他拿一团枯草垫在那烂泥凼里，右脚膝盖跪在上面；侧着头，闪烁着左边眼睛，还在尽量把手臂往洞里伸。而他那种紧张、探究和注意集中的神情，已经吸引住全部观众。便是他那伙伴，也好像一下子看呆了。

田万有的伙伴叫赵天经。年龄小点，矮胖胖的，眼睛大而有点呆钝。他摸鱼并不在行，这次摸鱼，可是他吹起的。他的职务是管制不断从堤埂上漫进来的河水，随时用箢箕把它们戽出去。

现在，他站在那里，提着只空箢箕，就那么眼鼓鼓地注视着他的伙伴。

"有吗?!"他终于忍不住开口了，比那摸鱼的还紧张。

但他听见的只有风声、水声，以及田万有紧骤的呼吸声。

"家伙像钻得深呀!"停停，赵天经又说了，轻轻叹了口气。

"该拿点牛窝草来熏啊!"一个拾狗粪的老年人，接着也开了口。

于是，一种充满期待的寂静，立刻就破碎了。站在坎上的观众们开始提出各种各色建议。仿佛能不能捉到鱼，他们都有重大责任。赵天经很快加入了这场谈话，但他忽然间不响了，表情紧张起来。

很快，提起一尾乌黑润滑的鲶鱼，田万有从泥凼里站起来了。

"呵哟，好大一条!"观众们惊叫着，立刻改变了话题。

"你三两称完了，我输我这对眼睛!"有人在为鱼的重量打赌。

应当说，论争是热烈的，可是田万有始终显出一副无动于衷的神气。他一站起来，就走向身后那条临时筑成的堤埂边去了。那儿插着一根树枝，套着一个笆笼。他提起笆笼，把鱼放了进去，然后又把笆笼放回原来的处所。

接着，他重又退回到石砌的河坎边，把手臂插进洞窟去了。这中间，他不仅没有搭理观众们的询问，甚至望也没有望他们一眼。那些藏在洞窟里的鲶鱼，把他彻头彻尾迷惑住了。不仅摸鱼，田万有对任何事情都很执拗。他几乎同好多人合不来，每逢碰到什么事跟他争执起来，人们总是咕噜一句："犟遭瘟!"转身走了。

可是，观众们并没有因为他的冷淡感到扫兴，情绪照旧不坏。这些观众是时常变换的，有的人脚蹲麻了，或者忽然想起什么重要事情，就带点留恋之情慢慢离开。可是，不到半支烟久，空缺又补上了。因为这座石桥是周围农民赶场必经之地，随时有人来往。

当那个干得那么专心的青年人，接连又摸了三两尾鲶鱼时，桥头上的观众骤然减少到了两个。一个老头，一个娃儿，全是拾狗粪的。但是，很快就有五六个人围上来了，似乎兴致还很不低。

这几个人都是附近农业社的干部，肩头上各自挂着一根电筒。

"呵哟！吃得到一顿了么？"他们一来就接二连三发问。

"我怕是哪个啊！"一个中年人惊呼道，"你们今天像没有出工呀?！"

这是山泉社的副主任梁承福，人很高大，是个出名的缠绵客。

梁承福又是全县的水稻模范，在社里威望不错，当一认出是他，赵天经就埋着头一径戽水。他感觉羞惭，因为这天社里在淋菜籽，他可吹起田万有一道溜了。田万有正把笆笼从水里提起来，打算放进新捉的一尾鱼，他也没有搭腔，可是毫无惭愧感觉。

然而，等到安顿好笆笼，田万有神色变了，显然想发一点脾气。

"打开窗子讲吧！"他挑战似的向河坎上望去，"我就是不搞生产！"

"准备当二流子?"有谁抢嘴快反问了一句，这引得大家笑了。

"任随你们那张嘴说好了！"田万有很生气，他迈步走向河坎，决心继续摸他的鱼；但他又一下停下来。"我是坏分子吗？"他紧接着说，仰起头怒视着梁承福，"陈荣恭你们放了！廖松柏也放了！上个月丝厂招募工人，吉长华到社上开条子，你们顿都不打一个！……"

"你跟他们不同：技术人员啊！"梁承福说，声调拖得很长。

"这才危险！学了几天制造颗粒肥料，就成了万年官司了！"

"你这又是瞎扯！"梁承福不住摇头，"让我告诉你吧！……"

"走啊！——这阵你做思想工作！……"

人们七嘴八舌催促起来，接着都很快走掉了。

可是梁承福没有跟着走掉。他深深感觉他有责任开导一下这青年人。自从今年春天，本省开始大规模工业建设以来，不少青年人越来越加不安静了。他们有不少错误认识，比如：农村发展得太慢了，拖拉机老不见来，同时又经常听到本省这里那里都在新建厂矿，他们渴求参加社会主义工业建设的热情更燃旺了，于是纷纷要求介绍他们去进工厂。

山泉社也不例外，经常都有人找社主任写介绍信。好像介绍信今天到手，明天他们就会直接参加工业生产，同机器交朋友了。他们有的因为工作需要，条件合适，被介绍了出去；大部分经过解释，劝说，一般也能认识到农业生产的重要性，逐渐安下心来。可是，这个田万有申请的次数最多，叫喊得也最凶，还同社主任大吵过。现在，甚至闹起怠工来了。

这是梁承福想不通的。他自小就做庄稼，已经半辈子了。从前经常缺吃少穿，生活很苦，他可从来很少想到离开农村。近几年来，特别在学习了党的建设社会主义农业的方针和第一个五年计划以后，他对农业生产的劲头更加大了。他只觉得生活美好，劳动愉快。而今年试种双季稻的成功，曾经给他带来多么大的喜悦！……

梁承福就用自己的体会说服着田万有，就连赵天经也很感动。

"还是听劝好点！"赵天经忍不住插话道，"做庄稼哪一点不好啊！……"

"你们说上天我都要走！"田万有终于直截了当地表示了态度。

好一阵没有人吱声。最后，摇摇头叹口气，梁承福苦笑了。

"好吧！"他显得有点灰心地说，"不给介绍，看你又咋个走嘛！"

"又不是出去做贼，怎么不好走哇？我就不要你社队介绍！"

田万有发火了。因为同样的话，社主任王成章早已经说过了好几次。

"谨防把衣服吃光啊！"梁承福反而怜惜地笑起来，"这不是我编的，你去问肖光银吧！上个月进城开会，碰到两个卖篾货的。一问，中江县人，出来想办法进工厂。先奔成都，后来又奔绵阳，结果还是蔫耷

261

朝往中江奔。可是，两挑篾货，已经一大半钻进肚子里去了——现在是按计划统一安排劳动力啊！"

梁承福是从来不撒谎的。田万有挫折了，但他并不服气。

"我肯信我就那么倒霉！"他气恼地喃喃说，"没有那么多倒霉的事！……"

梁承福大为失望。"难怪叫犟遭瘟！"他想，摇摇头走掉了。

赵天经如释重负地吁口气，接着继续戽水。因为好一阵没有照管，泥凼里的一个小窝凼儿，已经积满水了。堤埂上的几处漏洞，也比原早大了一些，渗水更加厉害。眼看摸鱼有一些困难了。

可是，田万有既不摸鱼，也不帮着戽水，更没有想到补漏。他就痴呆呆地站在烂泥凼里，对着河坎上一堆堆枯草出神。刚才那段谈话，把他的兴致败坏尽了！现在只有那个一想到它就周身发热的念头苦恼着他。他大舅舅是个石匠，修建成渝路就出门了；表兄是个木匠，也在成都当了建筑工人；他的姑父是学做瓦的……

他真失悔自己没有学上一门石工、木工之类的手艺！因为他忽然想起，他所认识的一些具有专门技能的人，几乎全都爽爽快快参加工业建设去了，有的还是在指标下达后干部动员去的。这是一切困难的症结，他感觉很懊丧。而正在这时，赵天经又在用恳求的声调招呼他了。这是第三次招呼。

田万有的心情忽然开朗起来，他记得赵天经的叔父是个木工。

"你们赵得贵这一向在家吗？"他问，好像这个比摸鱼重要得多。

"早就参加西南建筑工程队去了。快动手啊！……"

"我还以为他还在家里呢！"

"地点都调动过好几处了。不要尽啰唆吧！……"

赵天经已经戽干了泥凼里的积水，现在，他转身走向堤埂，补漏去了。

田万有无可奈何地叹了口气，接着也就开始继续摸鱼。因为天冷，这时候，桥头上的观众，又只剩有两个人了。这就是那两个拾狗粪的。一个半大娃儿和一个老头子。那个老头儿人很瘦小，蓄着大把胡子，头戴一顶黄呢军帽。

田万有还是像先前那样，右膝头跪在一团枯草上面，手臂尽量伸进洞窟里去，侧着头，闪着探究的眼光；可是他的兴致，已经减低多了。因为先前他总一直干到底的，不捉上一条鱼，他不会把手臂取出来。而他现在，这个洞窟里摸索一阵，他又很快伸向另一个洞窟去了。他有点焦急，也有点心不在焉。

勉勉强强摸了两尾小鱼，他叹一口气，没精打采地站起来了。

"我看就这样吧！"他说，很想就此拉倒。

"那咋行啊！"赵天经大为惊怪，"单扎堰就花了大半天！……"

这次摸鱼，材料、家具，全是赵天经的，他感觉很不舒服。

"赶快干吧！"接着他又近乎恳求地说，"一眨眼天就黑了！"

"恐怕没有几条鱼啊！"田万有还想推脱。

"多！多！多！"那老头儿着急地插嘴了，"往几年哪个冬天不摸它七八斤哇！……"

田万有走向身后堤埂边去了，提起笆笼，向着里面瞧看。

"你看才几条吧！"赵天经说，"老秤半斤也不到呀！"

"好吧！"田万有又叹了口气，"赶紧回去抱点牛窝草来。"

"早该这样做啊！"那老头儿又插嘴了，"只要拿牛窝草一熏……"

赵天经抱牛窝草去了。田万有一个人留下来。他懒心懒肠地拿笆笼舀几下水；看见堤埂上漏洞大了，又提起锄头，垒上一点泥沙。而他那只赤裸着的手臂，却已经穿上袖子，似乎不准备再摸鱼了。

赵天经家里离这里最近。当他回到河边，田万有正在补漏。

"快动手吧，淋菜籽的都收工了！"他说，从河坎上爬下来。

接着，他把牛窝草放在田万有摸过的洞窟边，打算点燃。

"让我来啊！"田万有懒懒地说，"你那样不行！"

"可是我不会摸鱼啊!"赵天经有点迟疑,生怕田万有要他摸鱼。"

"摸几回就行了!"田万有说,放下锄头走了过去。

前些年,每个冬天,他都要在这座石桥边摸回鱼,知道那些隐藏在石砌后面的洞窟是相通的。他走过去,首先用石条裂缝里长的茅草,塞住好几个洞窟的洞口,然后拿一点牛窝草,放在那个离桥最远,河坎上有着小树丛的洞窟门边,点燃,用一把破篾笆扇子扇起来。

不到三五分钟,那一排被塞住的洞窟的洞口,都有烟雾从细小空隙中冒出来了。这时候,便是那两个一直留在河坎上的观众,竟也忍不住高兴起来。特别是那个戴黄呢军帽的老头子,他比任何人兴奋。

"是吧!"老头子高声笑道,"这下它跑不脱了!"

那小娃儿不住皱着鼻子乱嗅。"硬是有点闷人呢!"接着笑了起来。

也许正是这些话给了赵天经勇气,他走到一个洞窟边去了。而且立刻照抄田万有的样子,把袖管脱去一只,扎在腰带上,裤管也挽得更高了。接着又垫了团草,跪了一只脚下去,拿膝头撑在草上,摸起鱼来。

然而,他是很少这样大干过的。一直纠正了几次,这才把姿势摆好,伏在那里不怎么吃力了。但他刚才伸进一截手臂,一股刺骨的冷冰冰的感觉,立刻叫他联想起了蛇、蚂蟥、水獭这一类东西。他有点胆怯起来,接着,虽然大胆把手臂全部伸进去了,他又老摸不到底,还发现有横洞。可是最后,他也终于摸住了一条滑滑的鱼尾巴。

从他的神气、动作,田万有看出他已经快要捉住一条鱼了,但他继续燃他的牛窝草,一面想着心思。可是末了,赵天经的神情逐渐吸引住他。而且逐渐使他手痒痒的,自己也有点想摸鱼了。

"捉不住哇?"他问,停住扇动破篾笆扇。

"它就把尾巴朝着你!"赵天经喘着气说,声音很低。

田万有一下把扇子丢了。"我来!"他说,接着退脱右手臂的袖管。

他重又摸鱼了。而且很快就把那尾同赵天经打了不少麻烦的鲶鱼拖了出来。接着又一气捉了几尾。于是那种种苦恼他的，关于出门参加社会主义工业建设的打算、焦急、抱怨，逐渐都消逝了。好像这样的事情从来就没有发生过。他就伏在那里，侧着头，闪着眼睛，专心一意摸他的鱼。

这中间，一个身材高大的妇女来到了桥头上。她身子一躬，看了看那只蹲在那个娃儿身后，空空如也的狗粪箢箕，又把它一提提开，于是叫喊起来，一路吵吵嚷嚷，把那小观众带走了。就是这也没有惊扰到田万有。

当田万有捉出第七尾鲶鱼时，赵天经简直喜欢得嘴也合不拢了。

"再有这么十多条勉强够本钱了！"他说，赶快跑过去提笆笼。

"他妈的都往横洞里藏！"带点矜持，田万有把鱼投进笆笼里去。

这时候，一个又长又瘦的青年人，摇摇晃晃上桥来了，接着在桥头站住。

"这么样遇缘呀！"他嘻嘻哈哈笑道，"幺婶正愁没有菜待客呢！"

"待啥客哇？"田万有问，认出那是他隔房哥哥田新有。

"今天你像还没有落过屋呀？你大舅舅来了！"

好像任务已经完结，田新有又迈开步子走了。也没想想，他所说的消息，会给那个一直为出门参加工业建设问题弄得很苦的青年人带来了多么大的震动！因为这大舅舅，正是那个参加修建铁路工程的石工。

田万有立刻放开嗓门叫嚷起来，又是恳求又是抱怨。

"你站一下嘛！……看把运气走掉了！……只问你两句话！……"

"晚上还要赶回去开会啊！"田新有解释着，停下来，回头走了几步。

"只问你两句话！"田万有恳求着，"大舅舅啥时候来的呀？"

"半下午就来了！——找得到两条鱼喂猫么？……"

"有！有！有！我问你啊，听说过么，该要住两天吧？"

"住啥两天啊！——背时猫光择嘴！你不养一只呢，耗子又凶……"

"我等阵给你带两条回去好了！问你啊，是不是明天就要回去？"

"哪里等得到明天！吃过夜饭，就要赶到黄许搭车，回内昆路去了！……"

接着，田新有又再三叮咛，一定给他带两条鱼回去喂猫，可是田万有没有搭腔。他早已没有听他的了！正在一面穿上那只扎在腰带上的空袖管，一面向赵天经告罪：他不能跟他一道再继续摸鱼了，他要回去！……

"你这不是开玩笑么！"赵天经反驳道，"扎堰就扎了大半天……"

"你还可以摸呀！"田万有鼓励他，正在忙着洗他的泥腿。

"一个人搞不转呀，又要摸鱼，又要戽水……"

赵天经十分着急，也十分不满意！但他丝毫没有能够打动他的伙伴，田万有已经准备好上岸了。这时候赵天经冲向堤埂边去，提起笆笼，又朝里边瞧瞧，然后一气丢在河里，也不怕笆笼翻筋斗放走了鱼。

"两斤鱼都不到！……"

"你一个人拿去好了！"田万有非常慷慨，"我一条都不要！……"

他身子朝上一蹿，抓住河坎上一绺茅草，几下就爬上去了。

赵天经还在河坎下面嚷叫，抱怨，大鸣不平；但是田万有不听他的。他气都没喘一口，就一个劲往家里跑。仿佛那大舅舅也同他一样，幼稚无知，头脑发热，一点不把党的方针政策放在心上，肯定会带他出门去当工人。

一九五七年三月六日

开　会

　　两个人几乎是奔跑着上楼的。但是，到了楼梯的最后几级，步子可都自然而然地缓下来，轻下来了。他们担心正在室内开会的同志受到干扰，全都带点庄重味儿。

　　楼房并不宽敞。正中一张餐桌坐满了人，餐桌上摆着两盏煤油台灯，两盏用土碗代替的菜油灯。其他地方，也全是人。有的有座位，有的就坐在准备用来睡觉的稻草上和被包上。三个坐在矮凳上的，别出心裁，拿了一张大的方凳子当桌儿，摆了一盏煤油台灯，就伏在上面做着记录，或者整理着自己的汇报材料。

　　会议已经开始好一阵了。楼房里很清静，一个瘦削的、头戴黄呢军帽的中年人，对着一本手掌大小的笔记本，正在发言。那两个迟到的在楼门口停下来，向室内迅速地扫了一眼；接着，便蹑着脚，侧着身子，穿过人丛，走向前面装有窗户的板壁边去。

　　那个走在前面的是顺河乡总支书记刘天锡。他身材不高，衣着朴素，脚下穿着一双附有鞋襻的家制布鞋。由于工作繁重，又是个筋骨人，看起来相当瘦弱，脸黄黄的，而且老是带点神经质的激动。

　　跟在刘天锡身后的，是顺河的乡长李世荣。他也身材不高，可是显出一种相当机灵、世故的神气。

　　"开始还不久吧?"刘天锡一坐下，就探头向身旁一个小胡子问。

　　他得到的回答是：已经有两个乡发过言了。

"赶快凑一凑吧！"于是他转向李世荣说，接着从肩头上取下挎包。

距离从前区委所在地的这个镇子，顺河乡最远。但这不是他们迟到的主要原因，一场意外的谈话，把他们耽误了。这场谈话，是这样激动着总支书记，直到现在，他还无法摆脱他受到的影响。

事情是这样的：第二分支书记又一次提出黎元均的问题来了，而且态度远比前两次严重。这黎元均是个党员，也是青春农业合作社的主任，今年春天，因为被一个社员控告受到了处分：撤职、通报、调换工作。先调农林科，后来又改为木材公司供销社；但是都中途变了卦。现在情绪很坏，不认真解决是不行了。

刘天锡感觉得难受的，不只是这个同志的眼前处境，分支书记的责难口吻，前一向，他就已经把问题弄清楚了：那场纠纷是那个流氓社员挑起来的，黎元均并没有多大错误。但是，负责处理这一事件的同志，也就是主持今晚这个会议的县委宣传部副部长，却是不容易说话的，又是事件的主要人证。而恰好当天刘天锡又到五村去了，处理前他又参加过县委调查组的工作，因此一直迟迟疑疑，没有直接申请县委复查一次。黎元均呢，更赌气拒绝申诉，于是事情就这样拖延下来。……

现在，取下挎包，他掏出一册红色封面的笔记本，一些写得有统计数字的纸头，就着那支摆在附近方桌上的煤油灯的微弱灯光，开始整理材料。李世荣也在翻笔记本，只是动作从容，没有刘天锡那么紧张。

会议的内容，是讨论这个地区农业社的决算分配问题。

"还有五个乡没汇报啊！"那个蓄着小胡子的干部提示说，带点催促口气。

但这没有引起主持会议的副部长王锐多少重视。王锐并不感觉黄呢军帽发言啰唆，倒相当扼要。他矮胖胖的，脸色有点苍白，肩头上随随便便披着一件棉短大衣。他做过中学教员，解放前参加党的，一向以熟悉地方情形，文化水平较高，又能坚持原则得到组织信任，只是一些基层干部感觉他有些主观，又有点首长架子。他认为黎元均的问题，对于教育干部加强党群关系意义很大，通报以后他还多次在会上讲。

黄呢军帽照旧一个劲说下去，而且，有一点激动了。因为他正在汇报一两个干部较弱的新社的账目混乱情形。这种所谓三类社虽然为数极少，可是最伤脑筋，因此他的措辞尖锐而又夸张。

"你们怎么不从老社调会计帮着搞呢？"副部长插进来反问了一句。

"早就这样做了！"戴黄呢军帽的笑嘻嘻说，随又叹了口气，"可是像七村的团结社，你怎么帮助呢？会计交出来的那叫什么账啊，简直是一堆烂字纸！红星社去了个辅导员，一看，摸都不愿意摸，就又背起算盘走了！……"

"总没有顺河几个新社的账那么烂嘛！"想起上个月去顺河看到的情况，副部长插嘴说。

他一面说，一面带点不满，四下里张望着；刘天锡好像吃了一击似的从笔记本上扬起脸来。

"顺河大部分新社榜都发了！"刘天锡抢着申明，"剩下的两个，账也清理好了！……"

"好呀！"副部长俨然地拖长着声调说，"等阵谈谈你们的经验吧！"

副部长对顺河的工作，一向就成见深，他认为干部弱，工作没有什么起色，照例一提起就摇头。自从他分工负责这个片上的工作以后，去都少去，认为总结不出值得推广的经验。他特别对刘天锡印象不佳：没魄力，办法少，文化水平又低；尽管过去在这个片上负责的同志并不同意他的看法。一句话，因为怀有成见，刘天锡的话并未引起他的重视。

刘天锡原想趁机会多讲几句的，但是，由于副部长的神色、口气不大对劲，他又把话咽下去了。他担心讲多了副部长"刮胡子"①。他曾经因为一些缺点，乃至一时疏忽被副部长刮过好几次胡子，而一到这种时候，他就情绪低沉，感觉自己能力太差。解放以来，他碰到不少困难，但是，任何困难都没有这个自卑情绪这样可恶：它曾经好几次苦得他打算回家生产，做个普通党员、社员。直到住过地委办的党训班后，才又对工作、对自己增强了信心。

黄呢军帽又继续在发言了。可是刘天锡听不进去，而且无法整理材料。因为一提起几个新社，他就不能不联想到黎元均。特别像青春社那一摊子烂账，正是黎元均帮着整理好的。根据分支书记的汇报，当他动员黎元均帮助那个小会计清算账目的时候，黎元均一下跳起来了，叫喊道："我又不是听用！"随即哭了起来。可是，后来他却又自动去了，一直坚持到上前天晚上。账目公布后他可又啥事都不管了，只顾不声不响埋头生产。……

现在，黄呢军帽终于汇报完了；但他还来不及坐下，就有三个人同时站了起来。而刘天锡几乎是跳起来的。因为他们都懂得副部长主持会议的规律：开始漫不经心，等到时间过去大半，就老叫："抓紧时间啊！"最后来一个："情况基本上差不多！"于是他就总结起来，把会议结束了。

最后被指定发言的是个身材魁梧的青年人：龙潭乡的总支书记，神色开朗，说话时候老是直视着对方的眼睛。

"他起码又是一个钟头！"刘天锡失望地坐下去，一边说。

"把书面材料交上去算了！"愁眉苦脸，李世荣用手拐靠了靠刘天锡。

"这怎么行！"刘天锡反驳道，"还有黎元均的问题。"

"你还记得廖洪法的事么？谨防'刮胡子'啊！"

———————————

① 刮胡子：批评，训斥的意思。

"我的胡子是给他刮惯了的！……"

刘天锡的口气是坚定的，但他又不由得抑制地吁了口气，因为他想起过去几次副部长刮他胡子的情形来了。而正在这时，他听见了一片笑声；特别副部长笑得响亮。他的思路一下被打断了。

"后来又怎样呢？"闪着愉快的眼色，副部长忍住笑追问了一句。

"后来吗，"那个身材魁梧的青年人接着说，"后来我告诉他，增了产都不敢公布账，要是减了产呢，不是要打个鸡蛋藏起？再拖下去，二话会更多啊！看他还不放心，我又向他建议：你们再逐户查对下细账吧！嗨，公布账目那天，没一户人扯皮！都讲，你们早把榜抬出来，人也少着两天急呢！……"

"这个逐户查对细账的办法值得推广！……"

副部长赞许地连连点头；接着看了看表：十点四十五分。

"抓紧时间哇！"他随即加上道，"重复的就不讲了！"

楼房里的空气突然紧张起来。特别是那些还没有发言的人，他们猜度着，议论着，而且埋怨着前几个发言人的啰唆。他们工作中都存在一些问题，渴望通过会议得到具体帮助，因为对于他们大多数人来说，农业合作化毕竟还是社会主义新生事物，需要不断积累经验，才能越办越好。

刘天锡就更加着慌了，甚至于对副部长感到不满。

"我们这些落后乡又挤不上了！"他向李世荣嘀嘀咕咕起来。

"没有机会汇报算了！横竖我们问题不大。……"

"黎元均的问题让它去啦？这是个对党、对同志负责的问题啊！……"

"这个会后也可以说的啊！"

刘天锡没有再张声了，显然已经同意了李世荣的提示。不是今天夜里，便是明天早上，他总有机会把问题提出来的。但他既不倾听发言，也不整理材料，完全让自己陷在一种漠然的不满当中。

当那身材魁梧的青年结束了他的发言时，刘天锡而外，其他不曾发言的三位总支书记，全都站起来了。而且全都声明，保证不会多花时间。最后，副部长让那小胡子说起来了。因为他争执得最厉害。小胡子神色坚定，身材瘦长，腰杆上紧紧扎着一条军用皮带。可是他的担保并不可靠，等他讲完，已经快零点了。

副部长看看表后，随即把一本拍纸簿一合，紧接着站起来。

"我看就这样吧！"他相当轻松地说，"情况基本上差不多啊！……"

"我只讲一刻钟！"一个短小精悍的青年人站起来说，态度相当坚决。

"你们那里我经常去，又有书面材料，就不讲了！"

"五分钟行吧？"

"怎么讲价钱啊！还是顺河讲几句吧，——你们这次了不起呢！"

浮上一个表示赞扬的微笑，副部长把眼光停留在刘天锡身上。

这是刘天锡没料到的，显得有点慌张。他匆忙地同李世荣交谈了几句，就神情紧张地站起来了。接着挨到那张有着光亮的矮凳边去。

副部长因为他的动作迟缓皱了皱眉头，但是刘天锡终于也开口了。

"时间也不早了，"他嗷嗷喉咙说，"我只简单汇报一下……"

"直截了当点好吧？"副部长严重地提示说，'不要绕圈子了！"

"对嘛！老社我就不要说了。十七个新社，只有两个还要一两天才能发榜……"

"抓紧时间啊！……"

刘天锡感到困惑似的把脸从纸头上抬起来，无法讲下去了。

"讲下去呀！"副部长随又吃惊似的瞪着眼睛，"怎么又停住了？"

"好吧，我只简单说说青春社的问题……"

"有没有代表性啊？"

"有！因为十多个新社当中，青春社账目最烂。"刘天锡已经不再看那纸头了，生气似的把它夹在笔记本里面，"就连会计辅导员都不敢摸。后来，分支书记想起黎元均来了，他懂算盘，搞过……"

"黎元均不是调到农林科去了吗?"副部长忽然显出一副好奇神气。

"一直在家里搞生产啊! 调了好几个单位都没成功……"

副部长满足地掀开有些黄色胡楂子的嘴唇笑了，好像听到了什么奇闻趣事。

"动不动就出手打人，哪个肯接手啊! 这个教训很好。"

"不! 我们已经调查清楚了，不能简单说他打人!……"

"你们想替他打翻案呀?!……"

副部长满不在乎地笑起来。因为他不会忘记，黎元均的问题是他负责处理的，而且从未怀疑过有什么偏差，反倒觉得对教育社干很有意义。这是春耕时节的事:一天下午，他刚在顺河检查完工作，正推了自行车朝乡政府大门外走，那个流氓社员，扭着黎元均闯来了，后面跟随着一大群人……

"好嘛!"他又充满自信地加上说，"认真处理错了可以平反!"

"处理错了当然应该平反!"刘天锡理直气壮地紧接着说。

"我看你这个思想很有问题!"由于对方的口气硬，副部长有一点光火了，"出事那天，幸好我在你们乡上，后来县委派人查对材料，你也一道去过青春社呀! 咋忘性就这么大? 群众都讲他动手打过人啦!……"

"那是些啥群众啊! 都是那个家伙的亲戚老表……"

"这都不说，"副部长一个劲叫喊下去，"打了人不但不接受批评……"

"问题要看是谁挑起的啊!"刘天锡也紧接着叫喊了，"这件事我一直想不通。前一向，我到青春社出事那个队蹲点，又挨门挨户调查，总算把问题的根子摸清楚了。出事那天，队长、组长一连几次催那家伙出工，他不理;黎元均去，照样不瞅不睬，还吊二话。黎元均气慌了，就掸了他一掌，推他走，恰恰家伙站在田埂上，一个伛伛差点跌倒，一等他站稳脚就跟黎元均打起来。这一个当然不能躬起背背挨啊！随后就扭住黎元均上街，一路叫喊干部打老百姓。"

"他揎人家那一掌就错了！难道一定要捞起扁担干才叫打人？"

副部长扫了一眼在场的干部，意在争取赞许；可是没有一个人吱声。

这不是他们没有意见。恰好相反，当副部长宣布县委对黎元均的处分时，他们就有一个共同感觉：处分重了。他个人的讲话不仅措辞有些夸张，而且火辣辣的。但是他们都知道他的脾味，因而没有公开表示异议……

也许敏感到了人们沉默的缘由，副部长不满地哼了一声。

"好吧，"他尽量克制着自己的感情，"你们现在打算怎么样呢？"

"我们打算还是叫他搞青春社，任个副职。……"

副部长正打算抽烟卷；但他忽然扔掉那根已经划燃的火柴，不抽烟了。

"这个人再不抓一把不行了！"刘天锡几乎一口气喊出来，没有让副部长插上嘴，"你没有听到说，情绪弄得很坏，除开做活，平常门都不出；开会呢，一个人坐在黑角落里。格外往哪里搁呢？都讲他作风坏……"

好像要把上身摊在桌子上样，副部长尽量伸长脖子，切住他道：

"像你这样讲，县委对他的问题硬是处理错啦？！"

"我只觉得太过分了：大会小会都抓出来示众！……"

刘天锡一顿，感觉失口似的把话头带住了，埋下视线。而那几个挨近他坐的同志，可以从他那迫促的呼吸测知他正在尽力控制自己，否则，可能爆发一场不可收拾的叫喊……

楼房里一时间很静寂，土碗里的灯草逼得碗边儿发出轻微的响声。

"说呀！"副部长终于又开口了，"你只讲讲，社干是不是可以随便揪住社员打啊？！"

274

"他就不像他妈一个社员！……"

刘天锡把头昂起来了，现出一副极少有的不驯服的表情。

"一个流氓！"他紧接着斩钉截铁地说，"过去还抢过人……"

"可惜帽子早就摘了！"副部长微笑说，"这个我当天就了解过了！"

副部长的语调是轻松的，充满一种确切不移的自信。这可使刘天锡变激昂了。

"我承认大多数摘掉帽子的都改造得不错，可是这个家伙不是这样！"他反驳地大声道，"这点我自己也有责任，去年不该批准他入社；入社以后又没有抓紧教育。照现在了解到的说么，早该开他的斗争会了！……"

这种激动情形，对于刘天锡说来，是少有的。因为一向他都态度温和，对领导则很尊重，说话轻言细语。但是，不少的与会者，却用一种同情眼光注视着他，显然赞许他做得对头。特别因为他进行了自我批评，敢于承担一定责任。少数人则显得有些吃惊，单纯感觉他的情绪有点不大正常。

李世荣可以说替他捏了把汗，忍不住嘀咕道："领导同志呵！"随又用手掌戳了他一下。

"入社不久就到处讲怪话，"刘天锡一口气接着说了下去，"又不服从调配，经常到茂县挑脚。还吹别的社员跟着他一起干！一批评，他就顶：'我倒管不了那么多啊！土地交给社了，我就要向你们要粮食！'千说万说，好不容易才勉勉强强偶尔出几天工。黎元均受了处分过后，更没人敢碰他了，都怕当'典型'遭整！……"

"军阀主义就是要整！……"

"这一向气焰更加高了！"刘天锡没有听副部长的，他倾箱倒匣地一个劲说下去，"见了社干就骂彩话，生产队长的房子跟他的隔层壁头，杂种两口子半夜睡在床上都骂！上个月队长跑去向分支诉苦：'实在受不住了！不理呢，鼻子胀；理么，担心搞打起来，让我搬搬家吧！倒不是怕他，看了老黎的光景有点寒心……”

“好吧！——你们向县委写报告吧！……”

副部长大叫，一下在椅子上坐直了，接着又鼓动似的挥挥手臂。

“你们大家听哇，处理个把犯错误的干部，就都变成小媳妇了！”

“这件事的影响倒的确大啊！”小胡子发话了，“拿我们那里说吧……”

“哎呀！”副部长故为吃惊地笑起来，“这么讲就更加严重了！”

“我看是有点严重，”没有让小胡子接下去，那个身材魁梧的青年干部，笑一笑抢嘴说了，好像不曾看见副部长气急败坏的神气，“你去龙潭做秋收动员报告，又提起这件事。后来好些社干反映：‘这个工作咬手呢，犯点错误，就成了烂账了！’照刚才老刘讲的，错误也并不大啊！”

这个局面完全出乎副部长意外！他忙着收检文件，一下站起来了。

“我看就这样吧！”他把手边的纸头胡乱卷在一起，故作镇静地敲着桌子边儿，“你们顺河可以写一个报告来，请县委另自派人复查一次。要是真的处理错了，我首先检讨—— 一个共产党员呢，这点担子还担得起！”

当副部长进了自己的屋子，又乒的一声关上房门，好多人立刻把刘天锡包围了。

“你们早就该这么做了！”小胡子说，“自由主义解决不了问题。”

“各方面的反映都可以写上去。”那个戴黄呢军帽的说。

“说到反映，我刚才还没有讲完呢！……”

正像一堵活动的墙，那个身材魁梧的青年人，移动一步，准备继续下去；别的人可又抢嘴快说起来了……

这一切完全是刘天锡没料到的，他得到了很大鼓舞。等到人们纷纷睡去，他就在那张小方凳上写起报告来了。可是，正当他写得上劲的时候，李世荣轻脚轻爪从铺上爬起来了，走向矮凳边去。

他一直不同意刘天锡的做法，现在，他一片好心地悄声道：

"唉，老刘！不要受别人的'吹工'啊……"

"我受哪个的'吹工'呀?!"刘天锡很生气，一下搁下自来水笔。

"你这么大声做什么啊——我是担心你下不到台!"

"下不到台我会向省委，向中央申诉!……"

"哎呀！想不到你脾气这么大……"

李世荣解嘲地笑一笑说，照旧轻脚轻爪走开，睡觉去了。

刘天锡重又在纷至沓来的鼾声中写起来。他越写越兴奋，思路也越来越清晰，认为这是一个弄清是非，保护干部革命积极性的原则问题。而且不是黎元均一个人的问题。只是难写的字儿不少，很费时间。而且自来水笔旧了，不大利水，写不上几个字就得停下来甩几下。

一九五七年三月二十九日

在牛棚里

　　喜立幺爸刚才提了个头，饲养队长立刻就光火了。

　　这不是队长有意对那老实人过不去，他倒非常喜欢喜立幺爸。因为尽管身带残疾，他那两条黄牛，可比任何一个饲养员喂得好。而且，喜立幺爸又算是副队长，队长好多事情离不开他。

　　队长的光火是这么来的：那些小鬼太调皮了！调配耕牛的时候，他们就大吵大闹过。有的还哭鼻子，认为自己吃了大亏，把老牛遇上了，时刻都得担心。当他根据社管会的决定，作为试验，宣布要把全部耕牛集中起来过冬的时候，他们也七嘴八舌，叫喊吃食睡眠都不方便。为了说服他们，队长是伤够脑筋的；可是现在，他们又作怪了！

　　饲养队长叫文明扬，身材高大，腰杆上扎着一根宽宽的军用皮带。自从三年以前，因为年龄不合，又是独子，没有被批准参军，他对这根偶然在荒货摊上买来的皮带，兴趣更加大了，不管寒暑，都一定扎上它。队长只有二十多岁，嗓门高，口气硬，说话正像吵架一样。但是，说来奇怪，对于这个直爽到了莽撞地步的青年，几乎所有的社员都喜欢他。他对工作极为认真负责，在前年那次有名的寒潮中，曾经拿自家的棉被、棉袄保住了两头老牛的生命。

　　喜立幺爸有四十岁，因为身带残疾，家里至今只有一个老娘。解放以前，两母子时常饿饭；解放以后，主要靠政府救济过活。因为他不只是夜盲，又患有软骨症，劳动紧张一点，手脚就会颤动，无法耕种庄稼。可是，自从建社以后，当上了饲养员，去年他可已经开始卖余粮了。

正和队长相反，喜立幺爸短脚短手，人很矮小。他嗓门也低，说起话来，尽管用尽气力，把腮巴都涨红了，尖声尖气的，但是从不会冲撞人，也没有人怕他。

"煤油桶子又撞响了！"他想，光光的嘴唇上浮上苦笑。

"我看这些小鬼想造反了！"队长紧接着嚷叫，那气势像要一口吞掉他的助手，"你仔细想想吧，这半个多月来，他们搞了好多鬼呀？——难道屎尿还没有提干净①吗？就只差画个滚身图了！……"

他大声找补了一句粗话，又在敞棚里蹲下了，继续补牛大衣。

"是不是晚上开个会啊？"停停，喜立幺爸轻轻叹一口气，问道。

"我知道就是老乡一个人叫得凶！"

"不只是老乡啊！何维廉、王秀清、二娃子几张嘴都不好惹！……"

喜立幺爸继续谈起情况来了。这个饲养队的组织成员，跟邻近其他几个社的饲养队有点两样，连同队长在内，只有三四个成年人，其余全是十五岁上下的娃儿。而喜立幺爸提到的纷扰，是午饭后开始的。那时候他已经把牛牵出牛棚，准备上山放牧；可是，布客大爸忽然空起手跑出来叫住他：小鬼们嚷闹着不看牛了！

喜立幺爸狠声叹了口气，把牛套在一株麻柳树上，于是像个被人追赶着的鸭婆似的，忙着奔回牛棚去了。他一进门就向那些小鬼叫喊起来，批评他们不重视劳动纪律。……

"他们的嘴巴才比你翻得快啊！"他接着追述道，"横竖都有话说……"

"他们总出了个题目呀！"

"题目吗，"喜立幺爸重复道，搜索记忆似的眨着他那患有夜盲症

---

① 屎尿还没有提干净：应该交代清楚而尚未交代清楚的事。

的病眼，"题目就多得很：这个吵铺盖薄了，再冷下去，会冻死人！那个喊牛已经跌膘了！说是有些社员一碰到他们就骂：'这就是你们喂的牛吗？杂种！春天拉不动犁头，要把枷档架在你几个脖子上！'……"

"好吧！"队长终于又像弹簧一样跳起来了，"晚上让他们七盘八碗都端出来！……"

他打发走喜立幺爸，紧紧皮带，到办公室找社主任去了。

社主任文显扬是队长的堂兄，也是队长小时候学缫丝的师傅，队长一向十分佩服他的。他佩服社主任，当然不止因为这点，更重要的，是社主任公正能干，又是支部书记。而且是他入党的介绍人。他准备汇报一下喜立幺爸刚才谈的情况。因为事情既然牵涉到一般社员的漫骂，这就需要社务管理委员会来撑撑腰了。

队长的住宅离办公室不算远，只隔一条堰沟，一片竹林，抬抬腿就到了。可是他并没有找到社主任。办公室是新建的，草顶泥壁，胡椒眼篾笆做的窗子，一连三间，现在只有财务会计一个人在那里嘀嘀嗒嗒敲打算盘。

一看社主任不在，队长就走向会计对面坐下，一面嚷道：

"还是你们好啊！干饲养员这个工作，真比当舅子还受气！……"

会计抬起大而沉静的眼睛，望他一眼，照旧敲打算盘去了，而且更加专心，生怕打错了桥。这年轻人叫林文治，身材高长长的，鼻大嘴阔，帽檐边十分调皮地翘起一绺又粗又硬的头发。

队长一个劲抱怨下去，声调又高又硬，会计有一点恼怒了。

"你去找社主任说嘛！"会计把手移开算盘，忍不住生气说。

"我就是来找社主任的！"队长紧接着说下去，"不给解决，我都不想喂这个牛了！倒不怕哪个把我架上枷档，弄去犁田。不是夸口，保险这一冬牛不垮架；只是那些话听起来太伤胃了！"

"对！——对！——你到家里去找他嘛！"

"当然要去！晚上我还要向小鬼些交代呀！……"

队长几乎是用叫喊的口气说出这些话的；但是，当他从那支脱了靠手的圈椅上撑起来，又风车一样转过身去的时候，他一愣，忽然不好意思似的笑了。社主任不声不响地出现在办公室门边。

社主任身材瘦长，尖下巴，一对圆圆的眼睛；照样神色自若。

"正打算去找你呢！"队长显得忸怩地说，随又叹了口气。

"还没走到门口就听见你的声气了，"社主任笑笑说，"我想，啥事又把洋油桶撞响了？"

"你不知道多气人啊！"

"就是有些社员说怪话嘛？你都讲出来吧！……"

社主任边说边往屋子里走，显得异常沉静；只是这种沉静里面没有半点冷峻味儿。倒是叫人感到亲切、安心。最后，他打横坐在会计侧面，摸出叶子烟来，一边裹烟，一边静听队长从头摆谈牛棚里发生的事故。

队长着重叙说着有些社员的漫骂，带着一种诉苦的不满调子。

"有意见当然可以提啊！"他理直气壮地接着道，"不能随便骂呀！……"

"这个话对！社管会可以帮你们解决。"社主任赞成道，一边取下烟杆递给队长，"可是，你知道那些小鬼一天在梁子上干些啥吗？就三个一群、五个一堆打'百分'！社里出钱向他们买牛尿①，为的他们有点钱买书籍、买灯油，布客晚上教他们读点书嘛，他们就一天拼命给牛灌水！……"

"这是上一个月的情形，队上早就开过会了！"队长赶快申明。

"不要忙着做结论啊！"社主任意味深长地接着说，"就在昨天下午，易秉光还在蒋家坟园亲眼看见：二娃子那条牯牛，肚皮涨得像快要下崽了！批评他几句，还要顶嘴：'他们讲的开辟肥源呢！'……"

———————————

① 因为牛尿是肥料。

因为会计出声笑了，队长忍不住狠狠瞪了他一眼，恼怒地嘀咕道：

"家伙些都是木鱼，要成天敲着！……"

他真有些扫兴，那些调皮鬼太叫他丢脸了。而且叫他无从分辩，因为他相信社主任的话不是随便说的；但他也不甘心就这样离开。而当他正在考虑措辞的时候，社主任又开口了。

"你考虑过没有，那些小家伙对你是不是也有意见啊？"

"你去问吧！"队长撑起身来嚷道，"我现在对他们比大姑娘还秀气！……"

社主任的怀疑更加使他感到恼怒，他转身就走掉了。

这倒是实在的，自从在支部会上和队会上挨过几次批评以后，队长对小鬼们的态度，的确逐渐在改变了。不再一做错了事情就训一顿。每天上山，如果碰到牛棚里牛粪多了，窝子湿了，他也照例帮着他们收拾；但却不再一面做一面嚷叫。布客晚上教大家读书，也是他出的主意。……

队长是每天总要上次山的。这天早上，他还去过一次，感觉一切顺顺当当。几个小鬼，还在草料配备上向他提过几项建议。他很高兴，一回来就让父亲把牛牵去放牧，自己动手补缀过冬的牛大衣。这就不难理解，当他听见喜立幺爸的汇报的时候，他是那样的激动了。而他现在，更是一肚皮委屈地离开了办公室。

当队长回到家里的时候，老婆还拖起两个娃儿在田坝里找猪草，没有归屋。他忙着吃了点剩饭，就照例迫不及待似的到牛棚去了。牛棚是建造在木鱼山一个山洼里的。全部由两排茅草棚子组成，一排喂牛，一排住人，中间夹着一块长条条天井。那排喂牛的草棚，檐口接连悬挂着一块块编织密实的竹笆子，白天用竹棍撑起，到了晚上，就一律放下，抵挡着风寒的侵袭。

当队长走进那座黄泥垣墙，饲养员已经牵回牛来，开始煮晚饭了。他们有的三五个伙着煮，有的单独开火。也有家里送饭来的。而厨房里却只有一台独灶，好多人挤在那里，等候着轮子。这是一种浪费时间的做法，等到吃完开会，天已经黑定了。幸而会开得还不错，发言相当踊跃；而且几乎都是这样开头："让我来卸包袱吧！"

至于发言内容，正跟已经知道的差不多，主要是社员的责骂和生活上的不方便。最后，队长在那块小小黑板下面站起来了，双手的拇指扣在皮带上面，站得笔直。可是他尽量控制着嗓子，说话的调子也很缓慢。

小鬼们都听得很专心。他们大半坐在泥地上的，屁股下面垫个谷草把儿。

"我们工作上当然有缺点的，社员看见了也可以提意见。"在大大鼓励了小鬼们一通之后，队长把话头拖到目前的问题上来，"你们说吧，做庄稼离得开牛吗？现在你把票子提在手里，也不容易买呀！可是不能瞎骂！今天下午，我已经向社管会反映过大家的意见了。……"

"光反映不解决问题啊！"年龄最大的何维廉冷冷顶了一句。

"要提保证！"老乡紧接着叫出来。

这是一个身材瘦小、苍白的瘦脸上有一双生动大胆的眼睛的娃儿。因为过去几年，每逢村上到了工作同志，他都满口老乡老乡地缠着问东问西，日子久了，就得了个诨号：老乡。他坐在草把儿上，双手勒住膝头。

"这么肝火旺做什么啊！"经常愁眉不展、满脸胡子的布客说。

"我倒不肝火旺啊！"老乡干脆地反驳道，"动不动就骂牛垮架了，凭你讲吧，黄明善那条牛，折价时候是啥样子？爬坡上坎，要用手端屁股！都说只有拿去卖汤锅肉了。现在叫他自己说句良心话吧。"

"人多嘴杂，哪能每句话计较啊！"喜立幺爸用尽了气力说。

"这个话就对啰！"队长赞同地接着说，"有的话，你只当他把胡豆吃多了，不要理！一两百户的社，净都是明白人吗？总有几个糊涂虫嘛！对，你们要社管会提保证，这个容易。可是你们自己呢？上个月开会，大家都说得油流油滴的：保证以后放牛，不打'百分'了！"

"哪些人打'百分'来哇？"小鬼们嘈嘈杂杂地互相追问起来。

"'百分'倒没有人打了，这总是实在的：二娃子前天还在拚命给牛灌水！……"

"他们讲开辟肥源呢！"二娃子鬼使神差地紧接着说。

在所有小鬼当中，二娃子最小，很会顽皮。他矮胖胖的，柿饼脸，细眼睛，拼拼凑凑穿着一身大人的旧衣服。他那寡妇母亲是有名的救济户，拖着四个娃儿，早就只剩半条命了。全家只有他一个人勉强能够劳动。因此二娃子虽然最惹人厌，但也最能得人同情。

二娃子天真无邪地仰起他的胖脸，笑嘻嘻的，好像丝毫不感觉自己做错了事。看见人们对他的无知无识笑了起来，他就显得更开心了。可是，很快他又哭了，因为大家紧接着向他展开了批评。

这是那种过火地、猛烈地批评，因为大家感觉他叫全队人丢了脸。

"倒还好意思哭呢！你把大家的嘴都短了！……"

"像你这样胡干，人家怎么不骂我们饲养员呢！……"

"叫他站起来检讨！……"

老乡气势汹汹地大叫，别的饲养员也跟着叫起来。

二娃子抽抽搭搭站起来了，一只手提着滚子灯笼一般的成年人穿的裤子，一只手不住揩抹眼泪。人们全都期待地默着声儿，他可埋着脑袋，一句话也不说。这使大家重新激动起来，又向他开火了。……

全会场只有队长一个人心平气静。他不但没有对二娃子进行批评，他在社办公室感受到的扫兴、不满，竟连影子也没有了。平常熟人爱开他的玩笑，说他粗中有细，这一点也不假：他从小鬼们的恼怒看出，他们是爱护集体和荣誉的，而这个对工作很有利。他洋溢着一种少有的开朗的心情，甚至有些可怜起二娃子来了。

他开始用温和愉快的调子，制止住大家的嚷闹。最后，二娃子一面揉着眼睛，一面在队长的提示下抽搭着哼了一句："我下次不了！"就退回那堵靠天井的竹笆子间壁边坐下，规规矩矩地听队长发言。但他很快就又东张西望起来，接着便耷拉着脑袋，无牵无挂地睡着了。

在继续发言当中，队长说到日常生活中存在的问题，说到吃食睡眠和山上的冷冻。他同意了大家的诉苦，但是认为困难是可以克服的。接着他又说了些革命故事，而他自己远比他的听众感动。

"你们说吧，"他接着道，"这个有红军过雪山草地苦吗？"

小鬼们沉默着，因为和红军爬雪山，过草地的艰苦行军比较起来，他们深感自己遇到的困难实在微不足道。

"大家好好干吧！"队长又说，"社员骂人的事，明天我还要向社管会正式提！……"

接着他就宣布散会，准备要下山了。但他并没有立刻动身，因为他忽然感觉屋子里的气氛同平日有点两样：大家都照旧坐着，闷着脸，一动不动。特别是老乡，他坐在草把儿上，劈开两腿，埋着脑袋，用一块瓦片儿在泥地上胡乱划着，好像憋了一肚皮的闷气。

队长意味深长地瞥了喜立幺爸一眼，随即抑制地嗽嗽喉咙。

"怎么样，"他笑一笑说，"这个会是不是就这样呢？"

"还没有解决问题啊！"扔掉瓦片，老乡粗声粗气地开了口。

"好嘛！"队长忍气吞声地轻声说，"有意见又提嘛！"

"可是不要打缩脚牌哇！"喜立幺爸十分生气，两边腮巴涨得通红。

一种难堪的静寂掩盖过来。队长重又在那块小小黑板下面坐下来了。他掏出叶子烟来，慢慢裹着；而他的手指显然有点不听使唤。这是他完全没料到的，开了大半夜会，问题居然还没有得到解决！

当队长正在尽力压抑自己的感情的时候，老乡又冷静地开口了。

"没有人说，我又来嘛！"望了队长一眼，他又赶紧拉开视线，慢条斯理地接下去说，"怎么说没有解决问题呢？光叫我们克服困难，新铺盖家里都不准拿，怕弄坏了。王九香就一床破棉絮，碰到吹风下雨，半夜间硬是冷呢。二娃子这一向就盖的牛大衣……"

听到这里，队长耐不住了，把脸飞快转向喜立幺爸。

"我不是要你带起二娃子睡吗？"

"他光撒尿在床上，又喜欢打梦脚……"

喜立幺爸开始解释，两边腮巴涨得通红。

队长狠声叹一口气。"你都讲出来吧！"他说，望着老乡抬抬下巴。

"对嘛，我又再暴露点思想嘛！"老乡接着又说，更加有意避开队长的视线，"这个当然不对头啊！大上前天晚上，天落雨，硬把人冷够了，我跟何维廉说，我们这个队长安逸，丢下大家不管，一个人在家里睡热和觉！……"

二娃子懵里懵懂地呵欠着，一下醒转来了；有人悄声笑了起来。

"这有什么好笑的哇？——老乡！你把意见都说出来！……"

队长忍不住光火了。这真出乎意外，大家对他会有这么尖锐的意见！

"这我早就对大家交代过呀！"不等老乡接着开口，他又一下站起来了，好像受了极大委屈似的忙着解释，"单膀子人，我们爹不顶事，老婆拖起两个娃儿，很快又要坐月子了！会议又多，隔不上两天就有一次，——难道我还怕吃苦吗？……"

他忽然感觉自己错发了脾气，但是已经迟了，于是嘀咕了一句："笑话！"就住口了。

然而，不仅老乡，其他小鬼也都更加不张声了。而且，尽管像俗话说的，队长把一肚皮气摩了又摩，用了先前那种温和调子，不断地鼓励、启发，要大家提意见，空气可始终被沉默冻结着，无法活泼起来。

这时已经深夜，会议不能再拖延了，大家还得照料牛的草料。……

"好吧！"队长最后叹口气说，"明天我就搬上山跟大家一道住！……"

"二娃子晚上还是跟我睡哇！"喜立幺爸严肃地说，尽量把嗓音提得很高。

"不!"二娃子笑嘻嘻摇着头，"我爱撒尿！……"

小鬼们忍不住全都笑了。本来板起面孔的队长，也像受了传染似的笑了起来。而临到回家的时候，他又忽然关照喜立幺爸，不要忙着杠上大门，因为当天夜里他就要搬上山住。

一九五七年十一月九日

风　浪

这天晚上，真叫申大嫂够忙了。

刚从地里回来，她就动手煮饭，喂猪，现在又在给申大哥煨姜开水。她掺了半瓢水在锅里，放了些老姜、葱头、红糖，用竹锅盖罩住；然后在灶门口坐下，一面生火，一面给半岁大的奶娃喂奶。

她要做的事情还不止这一些。把申大哥招呼好，她还得赶到队上开会。近几年来，她很少开会。她有三个孩子，除开庄稼，还有一大堆家里的活路，经常挤不出时间。申大哥人很老实，耳朵又有点聋，尽管有时也去开会，总是坐在角落里打瞌睡。因为他们有个共同想法：一切都有社管会主持，自己只管老老实实劳动好了。

但是，对于这次会议，申大嫂两夫妇却都非常重视。因为工作同志曾经挨门挨户动员，希望每个社员都能出席。最近几天晚上，就连那些从来绝少参加社会活动的老年社员，一到黄昏，也都拿起电筒、火把，到队办公室去了。正像一九五五年冬天，扩社报名的时候那样，仿佛整个农村已经沸腾起来，跳出了生活常轨。

现在，水已经煮沸了。竹锅盖上的蒸气直往上冒，好像烟雾一样。申大嫂搂着婴儿，转到灶头边去了。拿锅铲在锅里搅了一阵，就把姜汤用一只大斗碗盛起来，端到床边上去。

"赶快趁热喝下去吧！"她说，把碗搁在一张凳子上面。

"周身就像浸在冷水里的一样。"申大哥呻吟说。

"昨晚上叫你把烘笼提去开会呢，不听呀！"申大嫂生气说。

接着，安顿好大的两个孩子，背上奶娃，她到队上开会去了。

申大嫂名字叫何秀兰，身材瘦长，比申大哥起码高半个头。说话火辣辣的，而且说一是一，说二是二，绝对不打折扣。她同申大哥结婚十几年了，一共养过五个孩子。解放前养的两个，一个不到周岁就死掉了，一个卖了；价钱呢，用他们自己的话说，比双月猪还便宜。

申大嫂可以说是全家真正当家做主的人。申大哥也事事听她安排，因为他知道妻子比自己能干。解放以前，农闲时候他总是到街上替商家挑脚，把盐巴、干酒运到山河里去；可是，就连这点简单营生，他也往往不知不觉遭到雇主克扣。两夫妇一向是和好的，只是一九五四年在入社问题上发生过一次争吵。当然，最后还是申大嫂胜利了，很快就报了名，成为太阳升农业社的社员。

申大嫂是太阳升农业社的第七生产队的队员，在七队与八队交界的地方住家。这是丘陵地区，绕过一个山嘴，起码都有半里路程，所以离办公室相当远。沿途又大多是冬水田，一不当心，就会跌到田里。她一面走去，一面不断盘算，她该怎样在会上发言呢？因为工作同志还叮咛过，大家不仅必须到会，还得尽量地提意见，从干部的工作作风直到党和政府的重大措施。

也许平常很少考虑过这些问题，也许题目大了，等她走到队办公室的时候，一共才想起七八条；而且大部分是关于粮站和供销社的，觉得它们派头太大，手续太多。队办公室是小社时候的工房，只有孤零零一间房子；会议早已经开始了。申大嫂在门口踌躇着，因为屋子里黑压压坐满了人，就是找个插脚地方也不容易。最后，副社长沈心田看她背着娃儿，设法把她领进去了。

副社长沈心田就在本队住家，高大结实，从前当过雇工。一般社员都反映他脾气好，从来不要态度；但是，申大嫂忽然感觉他变了样了，老是显出一副碰不得的神情，好像装了一肚皮的闷气。队长黄明照也板起脸孔，神色不大对劲。同时，她还感觉这个会议跟以往的会议不同，几乎每一个人都带一点庄严味儿。

正在发言的是一个老太婆。和她同院子住，瘦得跟豇豆样，但很健旺。申大嫂感觉奇怪的是，这个老太婆从不参加社会活动，也不出工，平常很怕儿子媳妇，现在她却不但跑来开会，还有那么多的意见！她儿子叫王家福，高大，长期患着支气管炎。解放前当过斗行，也当过粮食贩子。他就坐在母亲旁边，不时帮腔似的插几句嘴。

老太婆正在埋怨粮食太留少了，故意把生活形容得很"苦"，说得啰里啰唆。申大嫂听了一阵，嘴角边浮起一个讽刺的微笑；接着摸出鞋底板来，只管纳她的鞋底去了。因为这种埋怨，她早就在其他场合从王家福本人嘴里听到过无数遍了，同时她也知道，王家福每年要卖两槽肥猪，几窝猪儿，赶场天往往醉得一塌糊涂。

申大嫂是坐在自己带来的竹凳儿上的。旁边有一张矮方桌，工作同志正在煤油灯下做着记录。开始，她一面纳鞋底，一面继续听老太婆说，到了后来，注意力可就几乎全部集中在活路上了，只是偶尔听到一言半语。可是，等到老太婆哭起来，借题发挥地咒骂儿子的时候，她却越听越不耐烦，忽然又把活路停下来了。

这时候会场里很静，气氛变得更加沉重起来。沈心田的神色也更加严肃了。他同工作同志老王一道坐在矮方桌边，嘴紧闭着，不住喘着粗气。队上几个积极分子，也都很不安静，显然有点沉不住气。他们不是不懂政策，但一听到怪话，总想马上就顶转去。

申大嫂带点惊怪神情四面扫了一眼，忍不住插嘴道：

"嗨！怎么哭啊？这又不是诉苦会呢！……"

"我就是来诉苦的！"老太婆嚷叫道，"可怜现在变鸡变狗都找不到吃的啊！……"

"你家里一年两槽肥猪都是风吹大的！"

申大嫂忍不住又用厌恶口气顶了一句，接着准备重新纳她的鞋底；

但她一点没有料到，一直蹲在幕后策划的王家福出马了。几个富裕农民紧接着也向她开了火，会场上立刻乱糟糟嚷成一片。

"安逸！开了这么久会，铁心奴才今天钻出来了！……"

"大约你洗得白，每年分的是双分吧？……"

"嘴巴干净点吧！"申大嫂回嘴道，"你怕我骂不来人哇?!……"

有谁忽然在她背上戳了一下，她一惊，立刻回过头去。

"快少插些嘴吧。这两三天晚上，连社干都不敢哼声啊！……"这提出劝告的叫廖大娘。一个毫无主见、喜欢嘀咕的胖老太婆，老汉早去世了，只有一个儿子，前年初中毕业后在城里百货公司当售货员。接着，她又皱着面孔，用一种充满担心的调子，悄声说了一通前两天晚上王家福本人的发言。这个发言，比他妈的还要恶毒，仿佛解放以来什么都搞错了！……

"呵哟，你怎么连行市都不晓得啊！"最后，她又着力加上一句。

"我就只晓得一个人要凭良心说话！……"

完全出乎老太婆的意料，申大嫂忤头忤脑地嚷叫着，一下把头扭转去了。

这时候，会场上又逐渐安静了。工作同志正在讲说秩序的重要，希望大家不要抢着发言。而且照样强调各人说各人的，不要急于争辩。最后，他又重新开始阐发大鸣大放的道理；但是沈心田这时候已经感到不耐烦了，老是用一种恼怒眼色瞄一眼那个心平气静的青年人。

"哪一个又接着说吧?"沈心田终于忍不住插嘴道，"啥话都可以讲！……"

申大嫂神经质地移动了一下怀里的娃儿，又把麻线几下绕在鞋底板上，别好针，准备接着发言；但她还没有弄停当，对面墙角落里，已经有人开了腔了。于是她抑制地叹口气，重新纳她的鞋底。只是已经没有先前那样从容，不管扎针，不管纳线，都好像打仗样，用了全副精力在干。而且很快她又没心思做活了。

这个发言人叫曾学初，王家福的外甥。跟王家福相反，他身材瘦小，穿着一件以往一般二流子常穿的所谓"二马裾"棉紧身。一顶海昌蓝干部帽高高地掀在脑瓜子上，额头上耸起一大绺头发。解放前在街上当赌棍，很少摸过庄稼。他的发言同样是恶毒的，而且一直带着一种自我陶醉的神气，措辞非常放肆。

曾经有两三次，越过那些用各式各色帽子、帕子打扮起来的脑袋，申大嫂尽量仰起脖子，向那墙角落望过去。而从她的神色看来，如果不是前面坐着那么多人，如果老王同志没有再三强调纪律，她早就冲到那个流氓身边去了，响响亮亮赏了他几耳光！

最后，她身子一转，把头伸向方桌边去，用一种不以为然的口气，小声问沈心田道：

"这究竟开的啥子会啊？"

"大鸣大放哟！"沈心田嘶声说，又生硬地笑了笑。

申大嫂莫名其妙地瞪着眼睛，慢慢把头缩回去了。

"好吧，"她叹口气想道，"你们党员干部都听得下去哩！……"

她感觉有些灰心，甚至连会议也不想参加了。当她把奶娃抱出去，提了泡尿，刚才回身走到门口的时候，一个青年妇女已经紧接着曾学初在发言。这个女社员叫吴宏冰，曾经是联组时期的积极分子；但她早就躺下来了。现在正在"控诉"合作社带给她的"损害"。

申大嫂在门口停了一阵，接着十分鲁莽地穿过人群，走到自己座位边去，提起那只小竹凳儿，就又同样鲁莽地退出去了。这中间，好多人的眼睛都跟着她身子转，以为她会走掉。

"还没有散会啊！"有谁小声地提示说。

"我不会走——这么样好听呢！……"

她回答着，把竹凳儿安放在门槛外面，搂着奶娃坐下去了。

天很黑。风从屋后一株大皂荚树的枝条间穿过，发出飒飒的声响。开始还不感觉怎样，久坐一阵，就立刻发觉外面比屋子里冷多了。可

292

是，申大嫂只是不大自觉地把奶娃搂得更紧一点，一面继续纳闷。因为正跟大多数贫下中农社员一样，她实在猜不透，干部们为什么会让王家福这类人胡言乱语？是不是政策变了？……

当会议结束时，工作同志又着重谈了谈当前的生产问题，鼓动大家尽快完成磨盘山的改土任务。这个任务，队上已经布置了好久了，可是，由于邪气一时占了上风，大家都不起劲。有一天，沈心田和黄明照气极了，两个人上山挖了一天；但这显然不是办法。因此这天晚上，工作同志准备多讲讲去年改土增产的事实。

但是，他才开了个头，王家福就把他妈叫起一道走了，摆出一副不好碰的面孔。紧接着，曾学初又带走两三个人，一面说着昏话。最后是三五成群地走。尽管干部一再招呼，效果也不显著。

这时候，申大嫂忽然从门槛边站起来了，阻拦似的堵在门口。

"你们都想给王家福当尾巴哇？"她理直气壮地嚷叫着，而那几个满以为可以溜回去睡觉的社员，立刻惶惑不安地停下来了。"跟你们明讲吧，人家的心早就离开太阳升了，看你们能跟到他走多远！"

"你这个话骂的哪一个呀？"肥胖的廖大娘首先叫喊起来。

"安逸，一竿竿打一槽人！"其他两三个人也都跟着提出抗议。

因为时间已经不早，这点纷争，工作同志很快就解决了。那几个打算溜掉的社员，也已经陆续退回原来的座位上去。而且，只有廖大娘一个人还在嘀咕，发泄她对申大嫂的不满。应该说，这最后半点多钟的会议开得不错，气氛同先前完全不一样了，大家提了不少建设性的意见。

当申大嫂回到自己院子门口的时候，已经夜深了。这个院子，从前是地主的，由王家福一家人居住。土改时候，因为申大哥的房子太破旧了，分的田地又掉得远，工作组就叫王家让出两间房子。照例，院子门平常很少上门闩的，总是用根杠子顶住，用力一揎就会推开。然而，这晚上不仅顶了，不仅上了门闩，还特别关得紧。

申大嫂用力揎了一阵，接着又大声喊叫，同时把门擂得很响。可是一点用处没有，院里院外，照样没人应声。这是王家福故意捣鬼，申大嫂很快就明白了。而且想到丈夫正在生病，耳朵又不灵醒；两个孩子，显然都睡熟了，于是她绕到院子后面去了。因为后面的垣墙坍了一处，是用荆棘堵塞住的，搬开荆棘，勉强可以进去。

最后，申大嫂终于摸进自己屋里去了，于是一面抱怨着申大哥，一面准备上床睡觉。这时候，她忽然听见王家福在咳嗽，而且咳得很响很响，显然故意要让申大嫂听见。这把申大嫂气炸了。

"下次开会我还要讲!"她边上床边嚷道，"零头我都还没有讲完哩!……"

这立刻得到反应，王家福紧跟着嚷叫起来；但是申大嫂径自睡觉去了，没有理睬。

次晨，申大嫂一早就起来了。吃过早饭，她就背上奶娃，到磨盘山参加改土；申大哥留在家里继续养病。而她刚才跨上院坝，王家福他妈和他老婆，就扯鸡骂狗地嚷开了。接着，王家福本人，也响着老痰参加进来。他更没有忘记申大嫂对他的尖锐揭发。

申大嫂一直冷静地穿过院坝，等到走到大门阶沿上了，这才锄头一顿，回转身嚷叫道：

"你们展劲骂吧!——合作化就是好!——粮食就是够吃!……"

"你怎么不够吃? 我们背死人过河呢!……"

王家福一蹦从门槛上跳起来了。他嚷叫着，不住喘气，那声响正跟扯风箱样。

这是他最生气的：一九五四年入社的时候，申大嫂他们倒找了十几元才分配到全家人的口粮；才隔一年，不倒找了，还分配了三十多元现金；今年分的现金更多，有六十几元! 可是，他王家福呢；收入虽说也有增加，比申大嫂一类人可又少又慢。而从王家福看来，这是贫下中农把他的便宜占了!

看了王家福气急败坏的样儿，申大嫂差一点笑出来；她扛起锄头，一转身走掉了，到磨盘山参加改土。这磨盘山从前是座光秃秃的山头，只生一些茅草，供农民做燃料，此外就什么用处也没有了。解放后才被开发出来，开始生长粮食。但是坡度太大，水土流失严重，因而产量不高。前两年，队上把一部分改成梯土，面上一层淀泥，产量很快就增加了，因此社管会要他们再继续干下去。

当申大嫂来到磨盘山脚下的时候，她望坡上一看，连一个人影子也没有。这跟前两年多不同啊！就是去年冬天，也不是这样的。天才一亮，就有人出工了，在耀眼的曙色中挥动着锄头。但她忽然发现沈心田门口有几个人，蹲在一个火堆前面。这几个人，也是到磨盘山改土的，因为人数不多，大家也就懒心懒肠，留下来了。

申大嫂扛起锄头朝沈心田院子门口走去。那几个人的神情是悠闲的，但却显得有点愁闷。他们正在一面抽烟，一面谈着这几天开会的情形。他们被王家福几个人的叫喊，以及老王同志满不在乎的态度闹糊涂了。

"像这样闹下去，将来怎么做呀？"一个名叫翟庭光的柿饼脸中年人叹息说。

"我也是这样想！"一个名叫张幺爸的老头儿接着道，"昨晚上一夜没有合眼睛啊。今天天还没亮，我就爬起来了，去找工作同志。我想问他：哪个一辩驳就叫各说各的，你们究竟打的啥主意呀？难道由他们把社搞垮？……"

"没有那么便当！又不是他几个人的社呢。"申大嫂边走边接腔说。

她随即在一块石头上坐下，解下奶娃，火辣辣地说起来了。她把王家福的老底子全部抄了出来，同时也说到王家福昨天夜里的捣蛋，以及今天早上的漫骂。接着她又开始抱怨老王同志。

"涵养真好！"她讽刺地接着道，"听了那么多的怪话，气都不哼一声！"

"还一直笑眯眯的啊!"翟庭光苦笑说,随又问张幺爸道,"早上他又咋个说呢?"

"影子都没有看见!"张幺爸回答道,"跟老沈他们一起到乡上开会去了。"

这时,又陆续来了五六个人。正跟大家一样,他们对于这几天的局面也有同感,这一来谈话更活跃了。谁也没有想到上山的事,仿佛他们来的目的就是为着发泄感情。申大嫂忽然想起一九五四年秋天,几户富裕农民闹退社的事情来了。那时候也有点像现在,好多人都愁眉不展的,这里三个,那里五个,蹲在院坝里、田塍上发议论,差点耽误了小春。她不知不觉受到了大家的感染,于是转身到沈心田家里去了。当她坐了阵出来的时候,几乎全队人都到了;身材高大的王家福最打眼。

申大嫂没有想到王家福会来的,有点莫名其妙;接着她又一眼发现了曾学初。这个发现更加加强了她的怀疑,猜不透他们是路过这里呢,或者是来捣乱?但她很快就明白了:他们正在撒谎说好多人口粮都吃光了,而且将种太留多了,主张分一部分"救急"。这件事,王家福前几晚上就在会议上提过,说得头头是道,迷惑了一些人。现在,经他又一次提出来,煽动性更加大了。

王家福叫喊得最响,他响着老痰,逼着黄明照去开仓库。这一天,黄明照本来也该同其他社干和积极分子到乡上开会的,临时沈心田又叫他留下来,因为他这一队问题最多,担心有坏人乘机跳出来挑动群众闹事。

"当个队长,你这点担子都怕挑吗?"王家福气势汹汹地质问道。"挑不起,你就搁下来吧!出了事我们承当,不会往你身上推的。你们说这话对吗?眼看人都没有吃的,总不能堆在那里喂耗子呀!"

"我前两场就吃净红苕了!"有人虚假地叹息说。

"这几天哪个还剩得有细粮啊!……"

接着又响起一长串诉苦声，好几个人跟着叫喊大米、玉米早吃光了，单吃红苕不大顶事。队长黄明照一开口就给王家福一帮人顶转去，其他的人也都插不上嘴。最后，这个从来诚实无欺的社干只好扯了个谎：保管员把钥匙带上街了。然而，这一来王家福几个人吵闹得更厉害了，曾学初甚至主张干脆撬开保管室的门锁……

　　这时候，申大嫂着实忍不住了，她嚷叫着，一面奋力挤进人丛中去。

　　"喂！大家究竟是来出工的嘛，还是来分籽种的啊?! ……"

　　"依你说呢?"王家福充满敌意地插进来反问道，眼睛鼓得牛卵子样。

　　这是申大嫂早料到的，她没有理他，一个劲接下去道：

　　"三早当一工，就说籽种多了，要分掉一部分，也有个时候呀！……"

　　"今天老人婆又钻出来了！"想起申大嫂昨晚上忤过她，廖大娘嘀咕起来。

　　"你还用得上老人婆吗？那么样聪明呢，"申大嫂回嘴道，忽然想起一九五三年王家福暗中盘剥廖大娘的故事，"可惜差一点连几亩土都叫大嘴巴吞掉了！——一个人也要长一点脑筋啊！……"

　　这是大家都知道的事情，王家福当时还被斗过；好多人立刻失声笑了。

　　"你这是骂的哪一个呀?"廖大娘抗辩道，"我把你尾巴踩到了吗？……"

　　"不要吵了！"张幺爸跺脚道，"就吵上天，活路总要做呀！……"

　　"可是那些多余的籽种呢?"有谁不满地插嘴问道。

　　"将来少了你们一颗，我赔一升！"队长黄明照理直气壮地叫出来。

　　"这还要怎样呢?"申大嫂接着道，"大家走吧，已经半晌午了！……"

于是，她忙着背上奶娃，扛起锄头，带头从沈心田屋后往磨盘山走去了。大多数人陆续跟了上去。而且，到了后来，就是那个胀了一肚皮闷气的廖大娘，也一路嘀嘀咕咕，离开王家福两三个人，一瘸一瘸地跟着往山上爬。她怕别人抢了工分。

这一天申大嫂工作得最痛快。每一想到王家福、曾学初的失败，她的劲头更大。但是，当她晚上回到家里的时候，她才知道，王家福一家人谩骂了一个整天，申家的祖宗三代都没逃脱！

"听听劝吧，你就少管点闲事哩！"申大哥再三地恳求说。

"这是管闲事吗？"申大嫂反问道，"我看你越来越加不像话了！"

"你没有听见他们骂起来那股劲啊，你嘴都插不上！……"

"他一不提名，二不道姓，我只当他把胡豆吃多了！……"

申大嫂决定对那些怯懦可耻的谩骂一概置之不理。她真也说得到，做得到，尽管在乡上召开干部会议期间，王家福一家人接连骂了两天彩话，她都每天照常出工。可是，申大哥对她可越来越加不满意了，两天当中跟她吵了三架。最后一次吵架，申大哥还差点扭着她打起来。

这是一天晚上的事，申大嫂刚从磨盘山搞土地加工回来，时间比往常晏一些。因为她在路上碰见了工作同志，一道谈了很久。工作同志刚从乡上开完会转来，正准备去找她。这是申大嫂没料到的，而使她感觉得高兴的是，工作同志对她那天晚上的态度给了很高评价，同时却也劝她冷静一点，不必担心没机会对王家福一伙人进行辩驳。

照例，她一进门，申大哥便向她吵起来，而且冲了过去，好像要同她拚命似的。然而，非常奇怪，这一次申大嫂不但没有凭着性子回嘴，反而带点愉快而又诡秘的神情，赶紧退避开了，用一种怜惜和嘲弄互相掺和的神气望定丈夫。

"挨点骂就这样伤胃呀？"她曼声地反问道。

"老子从来没有受过这样多气！"申大哥跺着脚大吵大闹。

"这叫受气？我还准备拿十天他骂呢！……"

申大嫂的声调一直都很轻松，而且坚定，显然已经理解这次鸣放的深远意义。而且，三天不到，全社就展开了大辩论。而且，就在她自己摆谈出来的大量事实面前，加上大家的分析、批判，王家福很快就对党的领导和社会主义服了输，把尾巴夹起来了。不再响着老痰叫嚷，漫骂……

现在，辩论还在继续，而改土工作的规模已经扩大开来。申大嫂每天早晨上工，都特别把王家福盯得紧。因为王家福思想上还有很大抵触，总是蔫奔奔的，出工劲头不大。

这天早晨，她同申大哥照例一早就出工去了。而当她走到大门阶沿上时，王家福还闷着脸坐在自己的堂屋门槛上面，一动不动，显然又想赖在家里。

申大嫂回过身去，心平气静地问道：

"你今天又打算不出工哇？"

"病的确还没好。"王家福闷声闷气答道。

"我看你是思想还没通啊！好嘛，今晚上我们再扯开辩论下嘛！……"

于是扛起锄头，一转身跟着申大哥走掉了。而她没有料到，不到三五分钟，王家福已经阴缩缩跟了上来，走在她的身后。而且还故意呻吟着，好像认真病得不轻。

申大哥感觉有点奇怪。他回头望了一眼，但他看见申大嫂正在意味深长地笑着，脸蛋红喷喷的。

一九五八年三月四日

下乡第一课

列车只停留了五分钟，就又奔驰着前进了。

整个车站重又落在深夜常有的静寂当中。天很黑，远远望去，可以看见一些疏疏朗朗的灯光，在铁路两边的山头上闪烁着。这是一个不寻常的景象，广大农民正在夜以继日地向大自然进军。

但在铁路东边，那县城所在的平坝子里，却连道路的影子也看不见，也听不见一点声息，仿佛一切都为明天的战斗而熟睡了。车站很小，离县城有五里路。乘客们大多数已经散去。只有两三个远道而来的陌生客人，还逗留在候车室外面，向站上的工作同志探问进城的路径。其中一人，约有六十左右年纪，身材高大，披着一件皮短大衣，脚边堆着两三件行李。

这人叫黄度，一个省级文教机关的处长级的非党干部，须发斑白，在教育界有一定名望。在这不寻常的"大跃进"的年代，在党的号召下，他是本单位第一个申请下乡的，而且带动了其他两三个非党干部；但他出发得最迟。因为患了一场流行性感冒，他病倒了。他昨天才从医院出来，机关的领导，还有他的家属，都劝他调养一个时候再走，他没有听他们的。就连派个公务员沿途招呼的建议，也都遭到他的拒绝，认为他出来不是视察工作，而是到农民群众中接受锻炼。

解放前，他一直在省城里教书，参加过一些党所领导的群众性革命活动，只在减租退押和土改时下过乡，而且都是走马观花。因此，他认为这次下乡，是他大半生来一件大事。正像他参加反内战反饥饿大游行时候那样。但这毕竟已是十多年以前的事情了，其意义远不能和目前这个运动相比。

现在，其他两个乘客已经走了，但他还在那里踌躇，似乎拿不定主意怎么走好。

"同志！可以找个人搬一搬行李吗？"末了，他带点决心地问。

这句问话，已经在他舌根下压抑了好久了，一直羞于出口，而他目前这个多少有点尴尬的局面，终于鼓起了他的勇气。他的行李并不算多，只有一个油布包扎的被盖卷，一个胀鼓鼓的大型帆布挎包。

"这时候哪里去找人啊！"那个工作同志回答，接着打了一个呵欠。

"那就自己搬吧，谢谢！"他笑一笑说，忽然感觉自己问得有些糊涂。

于是，他扛起行李，走下一个坡道，在暗夜中隐没了。

坡下面是一段三合土路，相当宽阔，两旁是高而瘦长的桉树林子。他走得很快，希望赶上那两个同样并不熟悉路径的乘客，一路上可以彼此照顾，因为他最担心在这更深夜静里走错了路。那两个乘客是一男一女；女的人很瘦小，拖着两条辫子，头上戴顶藏青色呢子的干部帽。

当走到桉树林子尽头的时候，他发现前面一条马路，马路对面有两三间草房。这些草房，关门闭户的，听不见一点响动，看光景房主人早已经熟睡了。他停住，迟疑了一下，然后照着车站上那个同志的指点，从马路左首边转过去。这条马路，是通到城里去的。四面都是种满菜籽、麦子的田地。可是，在这月黑头的夜晚，看来却是空荡荡的，很难辨认出种的什么东西。马路左边有条堰沟，不时发出轻微的流水声。

他一面走去，一面不断从被盖卷儿下面仰起头来探望，希望能够发现那两个同车的乘客。而他看见的却是一片黑夜。看来那两个乘客已经赶到前面去了。他开始着急起来，不由得加快了脚步；但他很快就感到很不容易支持，步子有点错乱，汗水也越来越多。而且，非常奇怪，已经过去很久的几桩农村反革命分子的破坏案件，突地全被他活生生记起了。

由于这点记忆引起的恐怖感觉，他走得更快了，而他忽然被一堆铺路的碎石绊了一下。于是，那个一直在他肩头上跳来跳去的被盖卷儿，一下滑落在马路上。他意外地没有感到惊惶，反而顺势坐在被盖卷儿上面，就那么不住喘气。

现在只有一个观念支配着他：准备走它个整夜吧！但他忽又振奋起来。

"老乡，——老乡，——喂，有人没有啊?!……"

他对着田野里一座院落吆喝起来。这座院落，离马路有三四块田远，黑魆魆的，只能看出一点模糊的轮廓，因为好久没有反应，他疑心自己眼睛花了，没有看准，于是掏出电筒，直射过去。

他并没有看错，那的确是座院落，黄墙青瓦，门口有几笼竹子。

"喂，老乡，——老乡！——请问一句话啊!……"

他接着更加大声地吆喝起来。而且不久便有人应声了。但是出乎意外，这个应声，不是从那农舍里来的。从那马路前面，他忽然听到一个响亮、干脆的女性的声音在回答他，这叫他立刻想到那个妇女乘客。

他高兴得从被盖卷儿上跳起来了，大声地吆喝道：

"同志！我们一道进城好吧?……"

"你赶紧跟上来呀！"

"天太黑了！请你等一等吧，……"

于是他又赶紧扛上行李。这是不容易的，他一连扛了几次才扛起来，觉得它比先前沉重得多。走起路来，脚也有些晃荡。但他照旧奋力走去，因为如果失掉这个机会，他的处境就真的糟透了。

大约走了六七十步光景，他才和那个女同志碰上头。

"想不到这么黑！"他喘着气说，打算停下来歇口气。

"黑是黑，路大套呀！"那个女同志满不在乎地说。

她随即从马路边站起来，准备继续走路。这立刻被他猜出来了。

"再歇一下好吧？"他赶快说，担心遭到拒绝。

"有啥不好，横竖现在哪里都不兴关城门！……"

她回答得很爽利，于是他们就又在马路上停下来。

那个女同志照旧站在那里，向着铁路两边那些闪着亮光的山头瞭望，似乎很感兴趣。他呢，坐在被盖卷儿上面，一面脱掉皮短大衣，准备不穿它了。它不但妨碍走路，而且使他流过不少汗水。

接着，他摸出烟卷，抽起烟来。那个女同志忽然用赞赏的口气说道：

"哎呀，这里山上也在打夜战呢！……"

"你是农业社的？"他接上去问，准备同她熟识起来。

"当然呀！"她理直气壮地答道，"五四年就入社了。"

"在哪里呢？"

那个女同志告诉了他自己所在的县名、乡名、社名。

"呵哟，你们那里的山更多呢！"他惊叹地接着道。

"当然呀！一出门到处是和尚头。单拿我们那个社说，前年和去年干掉的不算数，还有大大小小七八十个。支部搞了几次规划，最后才决定一气再干掉它五十个！现在已经有二十多个全部改出来了。"

"你怎么又会跑到这里来呢？"

"他们讲的，请鲁班菩萨呀！"她兴致勃勃地回答。

因为好久没有应声，她在暗夜中爽朗地笑了。

"你不懂吗？木匠掌墨师呀！"她笑得更愉快了，而且带点抱怨口气接下去道，"真是讨厌！正跟请诸葛亮样，已经跑了三四趟空路了，他不想走，别人也不肯放，大家就说，还是你去跑一趟吧！"

"你们社里木匠少吧?"

"连新手几十个啊! 可是搞的名堂多了,单是车子就好几种! ……"

"你就能够把他请起回去?"

"自己的老人呢,哭,我也要把他哭起回去呀! ……"

这时候忽然刮起风来。天也像更加黑了,云块压得很低,就像快要塌下来的样子。远远的天边,却又慢慢开朗起来,闪出一长片鱼肚色的霞光。不过很快又被乌黑的云块排挤开了,风也越来越大。

"该不会下雨吧?"他站起来四面望望,声调里充满了忧虑。

那个女同志很快接过去道:

"下场雨又好啰,我情愿淋起走。我们那里两个月没有下过雨了。……"

她的口气没有掺杂丝毫责备的味儿;而黄度却十分尖锐地意识到,和对方比起来,自己的想法多自私啊! 因而忽然一下觉得连脖颈子也红了。他为他的糊涂感到非常难受。而且就这样沉默下来,直到他们重新上路为止,几乎只有那位女同志一个人在说话。

一路上,她从雨水谈到庄稼,谈到热火朝天地向大自然进军的声势,最后又回到她父亲身上来。这是她的亲父亲,在她一九五二年结婚后,他就更喜欢出门了,一直在附近几个县份上做工。正像不少单身手艺人样,他们总是在家里住不下。有时回家看看女儿,向社里缴纳部分工资,换取口粮,于是很快又走掉了。……

这中间,他偶尔插问一两句话,到了后来,可连一个简单的回声也没有了,有的只是那种听了叫人难受的短促的喘气。因为他老是掉队,同时又怕掉队;而他的腿子却不大听使唤了。正像一个醉酒汉样,他不断颠踬着,有一次几乎跌到堰沟里去。最后,他忽然感到完全不能够支持了,肩头上的行李,也一下掉在路上。

听到砰篷的响声,那个走在前面十多步远的妇女同志,停下来了。

"你跌倒啦?"她问,声调照旧那么爽利。

"不!"他喘喘气说,"我想停下来歇歇呢!"

那位女同志抑制地叹了口气。

"你带得有表吗? 看一看啥时候了吧。"她停停说。

他掏出电筒,看了看手表。

"差十分一点了。"

"呵哟! 这样走下去不会走到天亮? ……"

"我行李太多了。"

"哎呀,让我帮你拿一点吧! ……"

她一边说一边向他走去。而他呢,充满感谢心情,喘息着递过他的挎包。

"就这点吗?"她又说,显然希望能够多帮他点忙。

于是他又把皮大衣递过去,接着他们就重新上路了。

虽然照旧扛着那个全部行李中重量最大的被盖卷儿,现在,他却忽然感觉,它比先前要轻多了,也不再在肩头上跳来跳去。而更加重要的是,他用不上随时担心掉队,而且用不上走不到几步就得放小跑追赶他的同伴。因为现在她把脚步放得很慢,而且一直贴近他走,显然有意让他不要为他交托给自己的东西着急,或者发生任何猜疑。

然而,由于从来没有扛起东西走过这样多路,年龄也大一点,走了大约半里多路光景,他又不住喘起气来,而且越来越加迫促。那个女同志好几次侧过头来看他,最后,她充满同情地叹了口气,停下来了。

"你那个包袱究竟有多重啊?"她用一种发愁的声调问。

这时候,他也跟着停下来了,不好意思地答道:

"怕有三十来斤……"

那个女同志津津有味似的笑了。

"才三十多斤,怎么就累得那样啊! ……"

"我刚才生过病……"

"快来让我帮你扛吧!"

"这怎么行?! 你一个女同志……"

"告诉你吧,我们经常担起百把斤淀泥爬山呢。……

她说着,一边搁下挎包,搁下皮短大衣,一边伸手从他肩头上把被盖卷取过去,而他则完全是被动的,陷在一种激动而又混乱的心情当中,这里面掺和着感谢,惭愧,自卑,——仿佛自己一下变得很渺小了!……

当把被盖卷儿扛好之后,她又带点商量口气说道:

"现在我们走快一点行吧?"

"行!"他简捷地回答,一面挂上挎包,披上大衣。

"跟不上就打个招呼哇。"

接着,她又认认真真叮咛了一句,于是就带头出发了。

他像个孩子似的紧跟着她。从外表上看,他的步调是平稳的,也不再那么气喘吁吁的了,但是刚才那种激动而又混乱的心情,却还没有完全平静下来。他一面走,一面想了很多。他想起整风期间那些尖锐的大字报,想起那些直率的面对面的批评,以及他的自我检讨。而他对于自己和劳动人民之间在思想意识上的差距,转瞬之间,好像看得更清楚了。……

他们来到了一个幺店子上。这个幺店子相当大,有一段短短的街道,住着十多户人家。还没进街,他们就听见了愉快的话语声,接着又从暗夜中发现了几星小小的火光。这是些附近平坝地区的农业社社员,从城里搬了阳沟泥回家去的,正在这里歇气。

进了街,他拿电筒照了一下,想问问路,而他立刻听到一声嫩声嫩气的叫嚷:

"眉毛烧掉了要赔哇!"

接着,那些坐在街沿边抽烟的人们,全都忍不住纵声大笑起来。他们笑得那么开朗、愉快,一切都坦坦白白的。而他呢,却从这片笑声中听出大量的嘲讽味儿，因此失措得连话也不知道怎么说了。

倒是那个女同志例外，她也忍不住笑起来，一面嚷道：

"这才会打趣喃！说老实话啊，这里离城究竟还有多远？"

"走到王家林就快了！脚板利滑点的，一袋烟包你跑个来回！……"

这回答的是个老头子，又说又比，神气十分认真。而当他们已经走出这个幺店子的时候，那位老年农民还站在街口上嚷叫着，大声叮咛他们，如果碰到那条由南到北的交叉马路，千万不要倒拐！……

出来不久，他们又碰到一长串担着菀菀的农民，浩浩荡荡地沿了马路走来。马路两边的田坝里，偶尔可以模糊看见一座两座粉墙青瓦的大院落，显然离城已经不很远了。老头子所说的王家林，是一座柏树林盘，前面有一段残败了的土墙。这时候风又刮起来了，穿过林梢，发出一片索索瑟瑟的声响。

这中间两个夜行者很少说话。但是，当一穿过那条横在面前的马路，那个女同志忽然又谈起她的父亲来了。从他的木匠本领扯到他的古怪脾味：执拗，沉默，谁也不敢撞动他的木匠家具……

"你母亲不是很早去世了？"他问，有点心不在焉。

"我才八九岁就死了！不过脾气尽管是怪，手艺高呢，又会车工！……"

接着，好像忽然想起什么趣事似的，她笑起来，自言自语地接下去道：

"这回嘛，哭，我都要把你哭起回去！……"

这时候已经望得见城墙的模糊的影子了。穿过一条长街，他们在已经拆毁了的城门口碰见一个守夜的民兵。这个民兵告诉了他们需要知道的一切：到县委会和木业合作社的详细准确的路径。

县委会在城内，木业合作社在城外，眼看他们不能不分手了。有一个打算曾经苦恼了黄度很久：应不应该给她一点报酬呢？不给吧，他心里过不去；给呢，又怕遭到拒绝，因为她一路上表现得那么光明磊落！这时候，他又想起了这个问题，而且同样感觉有点左右为难，就那么把手老插在装钱的制服口袋里面。

那个女同志已经把行李交点好了，她接着笑说道：

"再见吧，有机会到我们社上玩哇！"

"今晚真全靠你！……"

他开始说，同时鼓起勇气，从口袋里抓出几张角票，递了过去。

"你这是啥哇?！"那个女同志带点惊怪地插嘴问道。

"太少了！一点小意思……"

那个女同志大为开心似的笑了。

"你快收检起啊，哪个又不是'春官'变的呢！……"

提起花牛口袋，她又叫了一声再见，就左手边顺着城墙走了。

而他呢，头脑发热，眼睛酸涩，完全陷在一种情绪激荡的深刻反省里面。觉得自己多年来安于组织上的照顾，把思想改造问题太放松了。直到找好住处，已经睡下去好久了，他还眼睁睁躺在床上，慢慢咀嚼着这天晚上他从那个女同志得来的全部感受。

一九五八年六月六日

夜　谈

时间很快地溜过去，那些苦战了一个整天的农民，全都睡了。没有睡的只有朱朝中、朱大有两个人，他们还在继续扯谈。

朱朝中的爱人已经借故出来三次：一次取煤油瓶，一次去厨房里倒茶水，最后一次是关后门。而她每出来一次，都要嘀咕一句："看你们明天还出不出工哇！"现在，就连她也睡了，可是朱大有似乎还不打算罢手。

朱大有是青枫农业社的分支书记，只有二十多岁，矮笃笃的，很结实。这天下午，他去乡上开会，晚上很晏才赶回来。一回来，他就跑到朱朝中家里来了。朱朝中是社主任，又是他的叔父，年轻时候在盐井上做过工。身材瘦小，胡须已经沙白。刚一解放，他就参加了工作，一般农民都用一种亲昵口气叫他作"老积极"。

厨房外面阶沿上摆着一张方桌，上面是一盏煤油灯、一把算盘、两本账簿和一些纸头。这两叔侄，已经面对面坐着谈了一两个钟头了。碰到意见发生分歧，朱朝中照例是不大明说的，但只把算盘拖到自己面前，慢悠悠敲起来。这一点朱大有最头痛，认为同他打交道是磨炼脾气。

两个人在抗旱问题上扯谈得最久。因为每一接触到这个问题，朱朝中就愁眉不展了，说话更加缓慢起来，毫不理会朱大有的着急。只有在这点上，两个人的意见是一致的：绝不动用凼岩头和窑儿湾几个大蓄水池里的水，因为去年新开的一批稻田，就靠它们灌溉。

他们的分歧是在这里：朱大有根据乡上的决定，坚持立刻集中一部分力量抗旱，争取完成预定的增产任务；可是朱朝中总诉苦劳力不足，工作太紧。而且，总以为朱大有是在生搬硬套，因为在这深丘地带，青枫社的小春要算顶好的了，无论如何可以保产。

朱大有嘴痒痒的，好几次想给老头儿扣上一顶保守思想的帽子。但是现在，两个人的意见，总算是一致了，决定明天一早布置抗旱工作。不过老头儿的同意是勉强的，他开始呵欠着，神色有点沮丧。

朱大有留神地望他一眼，于是耐着性子问道：

"具体怎么搞呢？这个也谈谈吧，免得临时又满塘蛤蟆叫！"

"有什么谈的啊，"朱朝中呵欠着叹息道，"只有下河担呢！"

"怎么现在还搬这套老办法啊！"

"你说另外又咋做嘛？几架水车的肠子都不全了！"

"啥哟，就用戽斗戽吧！"

"这也行呀！"朱朝中懒懒地说着反话，"不讲远了，单是弄到大石包地里，又看要多少戽斗嘛——起码五副！就不换班，两个人顶起干，五二一十，也得你十个劳动！……"

于是蹙着脸开始收检账簿、纸头，把算盘搁进抽屉里去。

朱大有一时没有回答上嘴。他想起了陡峭的青枫坡的地形，想起了山脚下那条大河和那些零零碎碎的梯地，以及解放前为了一点水吃不尽的苦头。合作化后，经过两年努力，打了几十口蓄水池，大家都以为水没有问题了，哪里知道还得经受考验！

正同朱朝中一样，他也一下感觉到了摆在面前的困难的分量；但他并没有被困难吓倒。而且，他很快就把那些不大愉快的想法摆脱掉了，望着朱朝中笑起来。

"咋个又走回头路啊？"他说，"认真拿出信心来吧！……"

接着，他就详细问起水车的破烂情形，琢磨着如何进行修补，安置在什么地方，但是，朱朝中始终显出一副困顿神情，不大参言答语；谈话显然不得不结束了。

当朱大有离开的时候，就连大河边磨坊里那些惯常熬夜搞加工面的社员，也都睡了。望不见一星灯光，也听不见一声面箩儿碰击在面柜上的声响。四周漆黑，时起时落的风声、水声，只是加强了深夜的静寂。

朱大有的院子在朱朝中的院子后面，要爬一段坡道，有两三台地远。这个院子住得有三家人，朱大有家里只有母亲、妻子和一个小兄弟。他是两年前才结婚的，还没有养孩子。这时，他们也早睡了，掀开房门，他就听见了那年轻妻子平静香甜的鼾声。

最后，他打开电筒，轻脚轻爪走到床头一只柜子边去，找他的棉背心。因为外面有一些冷，而他已经下定决心，趁早到河边看看，想个简便办法把水弄上山来。

朱朝中的信心不足，太叫他生气了，也叫他有些着急。

"怎么这半夜还不睡啊？"母亲被惊醒了，在隔壁问。

"明天一早要抗旱哩。"朱大有说，一面关上柜子。

"我们小春那么价好，抗啥旱哇？一天也是没事干了！……"

朱大有忍不住打趣他母亲道：

"哎呀，二爸的群众倒不少哩！……"

这时，那个年轻妻子也醒来了，她更是嘀嘀咕咕抱怨了一长串。朱大有简单地解释着，同时边穿背心边往房门外走；最后，拉上房门，走出院子去了。

风大起来，天空比刚才亮一点，可以看见一些黑色云块，慢慢往南浮游过去。可是寒气更加重了，露水也大，麦地里不时散发着一阵阵叫人感到清醒的肥料味儿。当朱大有经过朱朝中院子侧面的时候，他看见一点火光，一明一灭的，就在那株核桃树下。

他用电筒晃了一下，随即兴致勃勃地问道：

"呵，你也没有睡呀？"

"这个天又骗人了！"朱朝中说，长长叹了口气。

朱大有忍不住笑起来。

"老话讲的，天干没望朵朵云，你是咋个的啊！……"

"下场雨总好些嘛！我就担心抓住这头，那头又滑脱了。"朱朝中似答非答地说。

"不会！"朱大有说，"只要把劳力调配好，我都可以保险！……"

这时，他已经同着朱朝中一道，坐在核桃树下那半边残破的碾盘上了。老头儿的靠天吃饭思想虽然可笑，但是，他对集体事业的耿耿忠心却十分感动了朱大有。他随即从朱朝中接过叶子烟杆，一边抽烟，一边从抗旱的组织工作，谈到如何发动群众的问题。

他显得激动地一直说了下去，可是，朱朝中总不怎么起劲。因为老头儿自始至终丢不掉这个比较顽固的想法：既然抗旱，就得动用大批人力，而这么一来，目前的生产计划就全部打乱了。

现在，他遮断朱大有的话道：

"再说上天，一个人还是一个，不能改成两个用啊！"

"账看你咋个算！"朱大有反驳道，有一点生气了；他取掉烟杆，伸过头紧盯着老头儿的含愁的眼睛："上一个月，大方坪面土，开始的时候，一个人一天七八挑都喊恼火，后来劳动竞赛一搞，马上提高到十五挑，二十挑——朱大才有一天还挑过二十五挑！……"

"这些不用你宣传啊！"

"当然呀，你自己就一天挑到过二十挑哩！"

"就是现在，我也不会疼惜几根老骨头的，这个可以保证！"朱朝中说，精神有一点振作了，声调也一下子硬朗起来；但他随即又叹口气道："可是，这两个月大家都拖疲了。工作呢，这么大一摊！你计算过大窝子苕一亩要多少工吗？一队的花生地也没秒……"

"这个账，你已经算过了！"朱大有抑制地叹息说。

"冬田里的泡青柴呢，一根都没有捞！"朱朝中一个劲说下去，好像企图朱大有改变念头，"有的社员，已经在砍树子烧了！改土还有多长一节尾巴，拖下去怎么办？……"

"要讲困难，我都还可以背一串啊！"朱大有插嘴说，一面剥剥剥地在核桃树上敲落叶子烟蒂。

接着，他从碾盘上站起来了，准备下河坎去。因为要叫朱朝中完全同意自己，看来就是谈到天亮，也是不可能的。他重又感到恼怒，觉得老头儿太顽固了。

"明天谈吧！"他随手把烟杆递过去，"我要下河坎去看看。"

"这阵子下河坎去？"朱朝中问，有点吃惊。

"怎么办呢？"朱大有意味深长地说，回转身停下来了，"照你说的，就把水弄到石包地里，都得五副戽斗，这个劳力当然紧啊。可是，我不相信另外没办法了！"

"好嘛，"朱朝中无可奈何似的说道，"又听听你的嘛。"

"我的简单得很：在河滩上开他妈一条沟！……"

于是，他就站在朱朝中面前，谈起来了。

这时，天空周围忽然都亮开了，顶上的层层黑云，也在开始移动，露出一片片天光。河面上有一层薄薄的雾罩，远远望去，对岸那些连绵不断的山岭，只有一点模模糊糊的影子。风已经小起来，四周更加静寂；仿佛一切自然界的音响，都被人类热情、响亮的语言所压倒了。

朱大有一个劲说下去，而他的办法虽然简单，可是从来还没人提到过。这个办法就是：在河滩上开条沟，把水引到最低一台梯地面前，再挖个凼，然后用戽斗或水车分段把水弄到小春地里。他又特别算了个账，这至少可以减少四分之一的劳动。而若果集中起力量干，两三天问题就解决了。

朱朝中听他说，一边只顾抽叶子烟。而从那时明时灭的火光中，可以看出他听得很专心，而且神色逐渐开朗起来。可是，到了最后，他却不以为然地哼了一声，摇摇头苦笑了。

"计划倒好，要赔多少工啊！"他拖长了声音说。

"话也看怎么讲！"朱大有接口道，"世界上哪里有不出一点汗水的事情啊？从前旧社会赶'旱魃'，把人搞得鬼样，披起黄钱，缠截红布，满脸的锅烟墨，赶得遍山价跑，结果一滴水弄不到——那才叫赔工呢！"

听到这里，朱朝中意外地出声笑了。

"要不是赶旱魃，背时朱大富咋会跛呢！"他接着叹息说。

这是一九四七年的事情，那时四川还没解放，也是干了冬又干春，一连五个月没有落雨。人们起初还到河里担水，淋淋麦子、豌豆；后来就凑钱请朱大富装旱魃。这是个二流子，有钱什么都干。而当大家敲锣打鼓，从山顶把他赶到大岩方时，一不当心，把腿子跌断了！

这件事，整个青枫坡都知道的。因为朱大富本人，至今还跛着一条腿在喂公猪。而且，两年多前，当全村讨论开塘蓄水，解决旱地浇灌问题的时候，他还拿他那只残废了的腿子作证，当众控诉过靠天吃饭思想。

朱大有当然也清楚这件事，所以朱朝中一提起，他也紧跟着笑起来。

"是呀！"他马上接口道，"赔工不说，还要搭条腿杆！"

"幸得合作化了，要不然吗，家伙早拖死了！"

"说正事吧！你的意见究竟怎么样啊？"朱大有问。

"是不是另外找地方呢？"朱朝中沉吟着，"白坭包离大河太远了！开条沟到石包地坎脚下，那不要搞你半里多长？"

"不管哪里，只要一个队搞起来就好办了。"

"依我说，要搞，不如搞苦楝树……"

"也行呀！那里有个壕壕，岩石也少……"

"可惜要糟蹋庄稼！"叹息一声，朱朝中顺着自己的思路说下去道，

"那块河滩地尽管才三四分，那个麦子苗价好呢，乌顿顿的！不说盖全社嘛，在三队起码要考头名！……"

朱大有啼笑皆非地叹了口气。

"这样好吧，"他接着道，"我们沿红石嘴跑它一趟！"

"死人包那里河滩也窄，又没庄稼……"

"口说不为凭啊，我们下去跑一趟吧！"朱大有又说。

朱朝中不响了，沉默一会，这才勉强站了起来，同朱大有一道离开院子，向了山脚走去。这全是小路，而且随着地形开的，弯弯曲曲，有时为了绕开一个种着桐子树的老坎，要冤枉多走上几根田埂。桐子已经在开花了，散着清香味儿，使人越发感到夜气的清新。

沿途经常可以看到一个水池，或者一个水凼。这些水池、水凼，几个月前，还是清汪汪的；但都早用来浇灌了小春了，现在看来黑洞洞的，只有一些烂泥。

走到干柏树水池边时，朱朝中望了一眼，叹气道：

"是口泉塘，少淘多少神啊！"

"照你看，就像这个麦子，也可以保产呀？"朱大有问。

"当然呀！所以我说算了，算了，腾出手抓大春。"

朱大有没有接话，但却暗自笑了起来。因为老头儿的"差不多了"的思想又冒头了。此后他也没有再说什么，只是碰到陡坎，随手晃晃电筒，招呼一声。

朱朝中的院子离红石嘴有里多路，下面已经是河滩了。傍着山岩，有一段石梯子路，路边种着许多油桐。他们沿着石梯子走下去，寒气森森的，正像穿过一个岩洞那样。河滩潮湿，河面上发射着铅色的闪光。这段河滩较宽，但望上游走去，可就逐渐狭窄起来。

他们先在白坭包看了一阵，就到了苦楝树。因为白坭包岩石太多，开一道沟，的确相当费力。在朱朝中赞不绝口的那片麦地下面，是一个回水沱，水相当深。因为长期冲击，这里曾经有过一条壕沟，一直把水倒灌到苦楝树老坎下面；但它早已被淀泥填平了，只留下一点形迹，而且早已种了庄稼。

打着电筒，往返查看了两次，朱大有很兴奋，决心就从这里干起。因为这里不只是水路好，河滩又窄，土脚也泡，开起沟来容易得多。而且，只要一架水车，水就到了第一台地里，然后再一层层往上翻。这样，三队大部分小春，就都可以得到水浇灌了。

现在，他敞开背心，穿过麦地，从河边向了朱朝中走去。朱朝中已经歇下来了，坐在麦地边上，静静地吧着烟杆。好像在这静寂的深夜，他是特地来息气的。

一走到老头儿面前，朱大有就兴高采烈笑道：

"嗨，你选这个地方硬对！天一亮就干吧！……"

"这些麦子起码有一半没事了！"朱朝中叹息说。

"不会！你听我说吧，沟顶多两尺宽……"

"你人还要糟蹋些呀。"

"可是，我们又算算大账吧！"朱大有叫喊着，在老头儿面前蹲下去了，"淋这一道，一亩地要增产多少啊？就依你说，拿一半让它糟蹋，这个也不会蚀本呀？"

"那倒是啊，"朱朝中承认道，"要花那么多劳动哩！"

朱大有笑着站起来了。

"我看，我们回去了吧！"他接着道，"光景你也累了。"

他一直都是那么精神勃勃，而他现在却一连打了两个又长又响的呵欠。可是，朱朝中没有应声，也没有动弹一下。这时，远远传来第一遍鸡声，河面上雾更浓了。

最后，朱朝中剥剥剥敲落叶子烟蒂，站了起来。

"要是有架抽水机多好呀！"他充满渴望地叹息说。

"你不要愁，将来人工造雨都有！"朱大有接口说。

他的声调照样那么洪亮愉快，好像他的睡意又无踪无影了。但他刚才迈了几步，就又停了下来，眼睛呆呆地瞪住前面，在暗夜里发着闪。

这样有几秒钟，最后，带点狂喜，他反转身火辣辣地喊道：

"嗨，二爸！你做得来盐井上那种抽水筒子吗？"

"盐井上的饭都吃过七八年哩！打从十七岁起……"

"只要你会做就好了！听我讲吧……"

"你想拿筒子抽？"

"是呀！现在没有洋抽水机，我们就自己先搞些土的吧！……"

"嗨！这个办法又叫你想对了！"朱朝中忍不住叫起来，而且意外激动地抢嘴快一直说下去道，"你听我讲，这么干吗，一些半劳力就把水拿上山了；十二三岁的小娃儿都行！筒子搞长一点，像他们一队、二队，沟都用不着开！……"

"我们还可以一台土安它两三根筒子！"

"这样保险抵你一架水车！"

"就用我们山上那些斑竹行吗？"

"这倒是个问题，"朱朝中忽然叹了口气，"普通斑竹肉头薄了！"

"啥啊，到三合搞楠竹！……"

朱大有大叫，同时忘乎其形地挥了挥手臂。

三合是本区的产盐中心地点，离青枫坡四十里。朱大有记得清楚，前一个月，他到区委开会，看见盐场门口新运到一批楠竹，正在从卡车上卸下来……

这时，天色已经有点麻麻亮了，从远处山头上，忽然传来一阵锣声，接着是土喇叭喊话声。起初，还只有一处，而且隐隐约约，但是，仿佛这是一个信号似的，十分迅速，好些山头都有锣声和喊话声传来了，在这庄严宁静的大自然中，组织成一个欢腾愉快的劳动交响曲。

青枫坡山岭上的喊话声最响亮。这是团支书朱大兴的声音，他正拖长声调，几乎一字一板地在向青枫坡几个队发出号召，希望大家赶紧起来，准备出工……

听到这些震动山野的劳动的召唤，朱大有大笑道：

"我还说回去躺它一觉走呢！……"

"就是现在回去打个盹也不迟呀。"

"算了，今晚上有时间又补课吧！"

"这样也对！我回去就动手准备家私。"

"先把沟挖起来要紧啊！"

"当然呀！你不找个人一道吗？背时家伙重哩！"

"我会叫朱永发两爷子一道去，就这样吧！……"

三合在河的上游，得翻好几匹大山。朱大有迈步向苦楝树走去了。上了老坎，他就打捷径望凼岩头走去。凼岩头地势最高，一路净是陡峭的山坡路。

还没爬到权权树垭口上，他就大声吆喝开了。

"朱永发呢！——赶快起来跟我到三合啊！……"

他歌唱般地一路叫去，而岭上不久就有了回声。

他回答那声音道："搞抽水机呀！……"

"你开啥玩笑啊！"那声音愉快地大叫。

"这样大清早开玩笑？叫你爹也一道去吧！……"

朱大有已经到了垭口上了。迎着第一道曙光，他看见朱永发披着棉衣，笑嘻嘻地站在一个土包子上。而朱永发的父亲、兄弟和孩子们，也全都起来了，一齐抄着衣服，挤在门边。

于是，朱大有连说带笑，开始向他们谈起他的土抽水机。

一九五八年十月八日

欧幺爸

欧幺爸是红星人民公社前进耕作区第一生产队队长，已经挨近六十岁了，三道堰这一带，不管男妇老幼，全叫他欧幺爸。

欧幺爸叫欧必成，三代人都是雇工，而且三代人都没有结过婚。他父亲，是他祖父从大路边捡来的；他自己呢，又是他父亲捡来的。这好像已经成了家规，可是到了欧幺爸本人，这条家规看来要失传了。因为解放以前，他的生活比祖父和父亲还要坏，根本不敢添丁进口；解放以后，工作又太忙了，这类问题逐渐在他思想上丧失了地位。

欧幺爸身材瘦长，没有蓄须，只有他那已经有些弯曲的背脊，脸上又粗又密的皱纹，说明他已经老了。他曾经当过农会代表、互助组长、前进农业社的生产队长。转高级社的时候，为了照顾他的年龄，人们要他管副业的，但他没有答应。到了上个月成立公社，大家又准备选举他做耕作区的保管，他照样拒绝了，半开玩笑地反驳人们的劝告道："你们咋不动员我到幸福院呢？我都看资格养老了！……"

作为一个人民公社的生产队长，欧幺爸远比农业合作社时期活跃。前进耕作区抢收晚稻的竞赛，就是他这一队掀起来的，随又很快发展成为全公社的竞赛。而且，就在昨天晚上，已经提前一天完成了任务。然而，也就正在他领起队员，敲锣打鼓，到耕作区办公室送过喜报不久，他同耕作区一个副主任闹翻了。接着又挨了支部书记一顿批评。因为他错误地以为自己没有得到支持，不肯接受劝告，坚决要辞去生产队长的职务。

支部书记是中午找他去谈话的，回到家里，他就蒙头盖被躺在床上，仿佛认真啥事也不管了。起初，这不过是发脾气，但是，半个多月来积累下来的疲劳，很快就在他身上发挥了效力，打着鼾睡熟了。这中间，副队长陈家柱，一个矮而阔大、满脸胡楂子的中年人，曾经领起几个社员跑来看他；随又轻脚轻爪退出去了。

正同一般单身汉样，欧幺爸的屋子，一向是整洁的，现在角角落落却都堆满了毛谷子。而当陈家柱又一次单独跑来，挨在门边探头探脑张望的时候，欧幺爸已经醒了，正在望着帐顶出神，嘀咕道："妈的，你正干得上劲！"接着一眼发现了陈家柱。

于是，推开被子，他一翻身坐起来了，冲着陈家柱嚷叫道：

"你跑来做啥哇？是谈工作，你就请出去吧！"

"气头上的话，哪里能认真啊！"陈家柱劝解说，想起了副主任的责难。

"你不认真，我可是顶认真！"欧幺爸顶住说。

接着他跳下床，套上草鞋，绕过站在门边的陈家柱，走出去了。

欧幺爸同副主任的冲突，是这样发生的：送过喜报以后，他正在食堂里开队会，兴高采烈地鼓动着社员们："这下就看咱们下一步咋办呵！"准备提出新的任务。这时候，副主任詹明友像只皮球一样，一下蹦进来了。而且照例噼噼啪啪指责起来，批评第一生产队工作做得粗糙，因为有两户人临时保存的湿谷子，一部分已经在开始发芽了。

詹明友提到的是事实，然而，由于措辞尖锐，气势又火辣辣的，而且批评得多么不是时候，欧幺爸一张嘴就跟他闹崩了。他用时间太紧，天气太坏，以及翻晒不便等原因为自己辩护，好像工作粗糙是不可避免的。但这更加引起了詹明友进一步的责难：骄傲自满。于是末了，欧幺爸提出，他不要干生产队长这职务了！……

三道堰一带的农民对欧幺爸有个评语：人好脾气坏。他爽直，他

320

公正，他向来不怕自己吃亏。而他的性情也还开朗，有说有笑，同任何人都合得来；但也容易爆发一场争吵。尽管往往很快就过去了，有时却会发展到不好收拾的地步。可是，对于领导上的批评，他却沉得住气，不会轻易闹起来的，一直没有发生过目前这样严重的事：因为批评，扔下工作就不干了，甚至连支部的劝告都不接受！

现在，他已经冲出院子，在大门边一个石凳上坐下了。脸色气呼呼的，不时插断跟他一道出来的陈家柱的劝解。陈家柱的确是来找他谈工作的：他已经督率社员普遍检查了一次所有的谷子，全都安排好了，现在拿不准干什么好：耖田？挖秋红苕？……

陈家柱是有名的好好先生，工作认真负责，就是缺乏主见。他来找欧幺爸，一半也出于社员们的催促，因为大家担心老头儿给气病了，或者真的就这样泄了气，扔下工作。

最后，因为感觉欧幺爸过于固执，好脾气的陈家柱忍不住发火道：

"你这个人咋个的啊？就是不干，也还没批准呀！"

"我要哪一个批准哇？不干就是不干！"

"安逸！"陈家柱非难地笑起来，"一个党员兴这样说！"

欧幺爸意外地吁口长气，勾下头不响了。

接着，他一面摸出叶子烟来，一面开始诉苦；但却有意回避开前几分钟接触到的问题。因为陈家柱的批评，使他那么尖锐地意识到，自己的确有点不像一个共产党员，一下子嘴软了。

欧幺爸只是倾诉着他对詹明友的不满，仿佛一切都该旁人负责。

"我真越想越想不通！"他恼怒地继续道，"说来说去，也就是刘大旺、邓友发两家人保存那点谷子窝子没坝好呀？人家说，响鼓何用重槌，这个提提也就行啦，大家正在劲头子上，你跑来泼冷水！"

"现在他的担子比过去重啊！"陈家柱叹息说。

"你这个话才怪！"欧幺爸一下又发火了，跳起来嚷叫道，"难道我担子又轻吗？老子净人一个，如果怕担子重，老早我就梭边边了！一天随便做一点工，都要正大堂皇吃饭！……"

他着力地嘀咕了一句粗话，随又在石凳上坐下了。

停停，却又用一种稍稍有点颓唐、和"大跃进"蓬蓬勃勃的气氛极不相称的口气，开始诉苦他的残疾：关节痛和胃病。这是他解放前长期困苦生活留下的恶果，但他一向并不在意。最近以来，甚至想也很少想到。现在，由于情绪不好，失去了自制力，它们可开始折磨他了。

"吃点饭像吃药样！"最后他叹息道，"周身一点气力没有……"

"我看这样，"陈家柱呷呷嘴说，"爽性你休息两天吧！"

带点失望神情，陈家柱从门槛上站起来；随又摇一摇头，转身走了。欧么爸接着也站起来，但却出乎意外地充满关切地招呼住陈家柱。

"天都快闹红了，谷子你们究竟全部检查过没有啊？"

"全部检查过了！"陈家柱停下来回答道，"我准备转去就叫大家秒田……"

"那些秋红苕你们打算让它烂在地里？"

"挖红苕也行呀！……"

"这听凭你们啊，横竖现在没我的事情了！"

欧么爸一面说着，一面穿过院子面前的菜园地，往大路上走去了。看也没有再看一眼站在他身后的陈家柱。仿佛自己的确不过随便提提，并不是来自那种深切的责任感。

这时候，中午都偶一出现的花花太阳，已经完全隐没在灰暗的云层中间去了。风在田野上吹拂着，冷冻逐渐大了起来。隐隐约约可听见一阵阵稻子摔在拌桶上的声响。当他走近第三生产队的地段时候，拌桶声也更加响亮了，此落彼起，几乎连成一片。从这拌桶响声，他想起了全公社明天的评比竞赛。接着，他横过一条堰沟，笔直走过去了，很想看看三队究竟还剩多少稻子没有收割。

在一片刚好收割了的田地里，人们正在忙着搬运谷子，收拾稻草，把几只拌桶搬到邻近一块一片金黄的稻田里去。他们几乎每个人都遍身泥污，不断发出响亮的笑语声。副主任詹明友也在里面。矮胖胖的，只有三十上下。因为检查到三队还有五十多亩稻子没有收割，他正在批评那个队长，怪他干劲太不够了。

三队队长叫张瑞庭，很年轻，但却像个产妇那样，头上包根帕子，连耳朵都遮得严严的。他也遍身泥污，脸上、帕子上都有。他对詹明友的批评相当反感，因为他相信自己从来没有惜疼过气力。

张瑞庭激动地、像放鞭炮一样望着詹明友回嘴道：

"那么会说，你又下来试一试嘛！……"

"你以为我是来看耍的？"詹明友大叫道，"不过，像你这样干么，就明天再干一天也干不完！一个螺蛳打坏一锅汤，咱们这个耕区只有准备坐鸡公车了！你赶紧再去调动人吧，这里有我！……"

接着，几下脱掉棉衣，单穿一件紫红色绒统汗衫，下田去了。

这时，欧幺爸已经在一根田径上住了脚。因为从那火辣辣的嗓音、短胖短胖的身材、急剧而又猛烈的动作，他早已认出那就是詹明友。他陡然感到一种不能抑制的恼怒，啐了一口，车转身走掉了。

走不多远，欧幺爸忽然发现身后有人嘀嘀咕咕跟着走来。这是张瑞庭，依照詹明友的吩咐去调动人力的。但他信心不大，而且抵触得很厉害。因为担心谷子霉烂，剩下的人都在翻晒谷子，几乎没有人是空闲的。一句话，事情很不好办。而且，他有一种错误想法：即或集中起所有的劳力，也不可能在今天完成任务。

欧幺爸一面缓缓走去，一面用一种欣赏态度倾听着张瑞庭的唠叨。因为张瑞庭对于詹明友的抱怨那一部分，显然很合他的口味。但是，当他继续听下去时，可就逐渐变得有些不耐烦了。

最后，他忍不住回转身去，冲着张瑞庭冷冷问道：

"照你说来，你们这样拖拖拉拉，道理还很长呀？！"

"我们会有啥道理哇？可是我就只有这点本事！"因为完全出乎意外，正像吃了一击似的，张瑞庭站住了，更加生起气来，"都像你倒好啦！任务一提出来，马上嗓子都喊哑了：'坚决提前完成！'还要拖人下水，这里那里挑战，弄得大家气都出不匀净！……"

欧幺爸忽然感觉开心似的笑了，他懒懒地插嘴道：

"老弟，让我告诉你吧，不拿出干劲来，出气就是不匀净啊！……"

他知道张瑞庭不满意一队掀起的这场竞赛，而且显然比对詹明友的批评还要厉害一些，但他不止没有生气，反而感到一种说不出的愉快。因为他们总算没有丢人，出色地提前把任务完成了。

现在，他又活鲜鲜记起了前几天抢收晚稻的情形。每天，人们总是天一亮就出工了，晚上往往自动要求夜战，遍田坝给火把照得通红。他自己呢，忽然好像变得很年轻了，一到歇气，就向大家扯谈未来的幸福日子，说得有声有色。而且，他打趣，他吼山歌，有时候还自告奋勇，下厨房帮助炊事员做菜。

他很想认真向张瑞庭谈谈自己的体会：怎样组织劳动，怎样做鼓动工作，以及怎样把生活搞好。更加重要的是，自己先要有股干劲，挺得住；但他刚才提了个头，张瑞庭就气呼呼地嚷叫着走开了。

"我已经讲过了：我没你本事大！"张瑞庭边走边大声说。

"我看你倒不是本事小，就是对'大跃进'抵触大了！……"

欧幺爸也把嗓门提得很高，措辞、语调都很锋利；但他随又情不自禁地叹了口气。因为他忽然想起了自己目前的处境，深深感觉得一个人在这种沸腾的日子里闲下来多不好受！……

于是，照旧带点懒散神情，他又一直走过去了。过了堰沟，就是一队的地界，他一路没有碰见一个社员。所有的屋子，也关门闭户的，人们都到田里工作去了。但在那条通往食堂去的小路旁边，在一座竹树环绕的院子面前，一个胡须花白、满脸汗癍、年纪约有七十多岁的老头儿，坐在一只小竹凳上，正在绑扎筋竹扫帚。

这个老头儿叫曾少华，老伴已经死了，只有五个儿子。自从失去劳动力后，他就按时在儿子们家里轮流吃饭，这家几天，那家几天。

照他自己说的，每个月把脚板都跑大了。但是，公社化后，他是靠为集体做些轻便活吃饭了。他已经安安静静住在幺儿家里，因为这里离公共食堂近。

这个绑扎筋竹扫帚的工作，是曾少华自己提出来的。算是耕作区的一项副业。现在，他一面工作着，一面不住回转头去，望着院子里面嘀嘀咕咕。因为那幺儿已经躺了两天没出工了，他实在看不惯。

这时，欧幺爸已经来到院子面前，他停下来说道：

"这是队上批准了的，你不要骂他吧！"

"不要骂他？"曾少华重复着，随即认清了这搭腔的是什么人，"我是讲一个人要知趣啊：大大小小一窝，这样一天两天躺起，吃出窟窿来咋做啊！做不得重活，起来扎把扫帚，多少也才对得起这碗饭哩！"

"好啦！让我陪你扎一把吧！……"

"呵哟！"曾少华惊叫道，"你好多事情呀，来搞这个？"

"我今天人也不舒服啊。"欧幺爸叹息说。

于是仿佛有意回避似的，他匆忙地搬来一块石头，挨着老头儿坐下，就动手扎扫帚。这中间，他很少说话，就由曾少华一个人没头没脑地扯下去。开始，他向欧幺爸推荐了几个医治关节痛的验方，接着就从目前的生活谈到他大半生的经历。

曾少华才七八岁就成了孤儿了，给地主家放牛。他一直到三十几才结婚，安了个所谓家；可是像他自己讲的，祸事也就跟着来了，孩子一个接一个生下来，正像赶酒席样，一点不听招呼……

曾少华抹抹花白胡子，自嘲自讽似的笑着接下去道：

"告诉你吧，为了塞几张嘴，我啥事都干过啊，——就只没有做贼！"

欧幺爸充满感情地紧接着叫道：

"你也算不错了，好多人孩子一下地就赶快捂死啊！"

"还是你聪明呀！始终净人一个，不上圈套。"

"照你这么样说，我们爷爷、我们爹也聪明呀！……"

欧幺爸大笑，仿佛这一天来的不快，已经全部烟消云散。

"那时候过日子的确也作孽啊！"停停，他又笑着接下去道，"我们爹说，四十岁那年，好容易存到几十串钱，想结门二婚亲，对象都找到了，我们爷爷把他一顿骂起：'霉了！一个人利利落落不好，要捉些虱子到身上来！'就又只好把念头打消了，可是伤伤心心哭了他妈一场……"

曾少华忽然充满挂虑，用一种严重语气悄声问道：

"没多心哇！你们说了那么多公社的优越性，将来能兑现么？"

"当然兑现！只要大家一直照这样干下去——你看！……"

于是，欧幺爸滔滔不绝说起来了。一面扎着扫帚，一面用了全部信念、全部感情热烈地向那老年人描绘着绚烂的生活远景。

等到说话告一段落，扫帚也扎好了。现在，已经挨近要吃晚饭的时候了，从食堂的屋顶上，可以看见大柱大柱的炊烟，在潮湿的空气中盘旋着。于是欧幺爸告别了曾少华，顺着小路往食堂走去了，而从他的神色、他的态度看来，好像是到食堂检查工作。

欧幺爸对食堂的兴趣是很大的。食堂开办的前两天，他就把自己的全部坛坛罐罐，捐送给公家了。而且，这时候，他也确实想起了社员们最近对食堂提出的一些建议，感到值得研究。譬如，豆豉的确可以解决很多问题，应该动手做了。蔬菜得找专人管理，每家每户的消耗得有定规。他一路走去，一路盘算，正像他一向以来那样认真负责。但当走到朵朵树时，另外一种情景，立刻把他吸引住了。

在那座算是耕作区办公室所在地的四合院大门口，拥挤着很多人，不断发出高昂的话语声；随又一齐拥向院子里去。凭借经验，欧幺爸很快看出来是在召开临时干部会议。而当他正在考虑自己是否该去参加的时候，陈家柱从他身后走过来了。

陈家柱是来找欧幺爸开会的。因为根据管委会的通知，所有的干部是都得出席的，他已经四处都找遍了，最后才在曾少华那里问到欧幺爸的踪迹。他一见面就催促欧幺爸动身，劝他不要闹情绪了。

欧幺爸很平静；但一听到闹情绪这个话，却立刻生气了。

"我闹情绪？照你这么样说，不管啥批评我都该牵开衣包兜起？"

"对！算我错了。可是大家都担心你还在赌闷气啊！"

"你越说越怪了！我跟哪个赌闷气哇？我又不是地主家里请的长年！"

"好好好！我不说了，咱们走吧！……"

于是欧幺爸庄严地眨眨眼睛，在心里嘀咕道："老子搞社会主义！"随即往耕作区办公室走去。但是，走进院子，他却不肯到室内去，倒在办公室外面的阶沿上坐下来，面对院坝，拿背脊对着门，仿佛他是走来列席旁听的那样。

办公室是一间旧式堂屋，还算宽敞，可是已经给人们塞满了。因为单是几张办公用的桌子，就占了不少地方。会议的内容，是检查抢收晚稻的工作，支部书记正在对张瑞庭进行批评。因为在所有生产队中，只有三队的任务完成得差。

支部书记叫李士云，身材魁梧，光着两条满是泥浆的腿子。他接着说下去道：

"一张口就是活路大了，人手少了，现在，我们就拿其他几个队跟你们比比吧，又看哪个队比你们条件优越！我问你哟，你们的潜力全部都发掘出来了吗？为什么出勤率会连百分之九十都不到？"

"有的人硬不出来，我总不能拿绳子去拖呀！"张瑞庭感觉得很委屈。

"你敢拿绳子拖！"张士云严正地大声道，"只要你爱人肯出工，早就没有一个人愿意蹲在家里'习玄'① 了！你去听一听群众的反映吧！……"

---

① 习玄：佛家语，意即务虚。

"我爱人有病呀!"

"那你又讲一讲,看是啥病?"

欧幺爸愤愤地大声道:"懒病!"同时一下从阶沿上站起来了。

欧幺爸是了解张瑞庭爱人的,娘家比较富裕,一贯出工都不积极。就是热火朝天的"大跃进"的革命气氛,也没有认真把她带动起来。刚才出两天工,就又叫唤胃痛,躺下来了。张瑞庭呢,一向又迁就她,怕她撒娇发泼。

欧幺爸很想揭露一下张瑞庭的护短,而且批评一下他的疲沓,因为他又想起先前他同张瑞庭的谈话来了,感觉张瑞庭的思想情绪很不对头。但是,正当他要跨上阶沿,走向办公室边去的时候,那个一句话一个哈哈、高大肥胖的张永和,笑嚷着闯过来了。

张永和是耕作区的监察委员,五十岁上下,他边走边大笑道:

"安逸!徐书记已经到了七耕作区了,决定明早晨一早来……"

"好呀!"詹明友跳起来嚷叫道,"大家准备刮胡子吧!"

"刮胡子算什么?我就是给人家刮惯了的!"欧幺爸借题发挥地大叫,随即望着张瑞庭说下去道:"这叫啥名堂啊!开口闭口我们拖人下水,你是三岁两岁的娃儿吗?一个人总不能当白嘴子!……"

"现在要说怎么做啊!"有谁苦恼地插嘴道,"还有三十多亩!"

"这个有什么说的呢!"欧幺爸接着道,"我们大家帮他抢嘛!"

"对!赶快分任务吧!"好几个队长一齐把眼光转到支部书记身上。

"不!"李士云沉着地摇摇头说,"这是协作,换手抠背样,你们自己报吧!"

"我们一队担任五亩!"欧幺爸手一挥叫喊说。

他的声调是热烈的、勇猛的,他又完全和他从前一个样了。而接着,他就在人们纷纷自报负担田亩数目的喊叫声中,返身跑出院子。他是一个说干就干的人,他希望立刻发动社员投身到新的战斗中去。

一出院子,愉快洪亮的收工锣就响了。而且,一队的社员们正在沿着小路往食堂走，因为他们已经抢收完了全部的秋红苕，准备早点吃饭，好赶回去收藏。正像赛宝一样，他们中间有人用棍子吊起一根足足有三四斤重的南瑞苕，扛在肩头上面，一路说说笑笑，没个停歇。秋红苕的丰收，使得大家太高兴了。

当欧幺爸走捷路穿过厨房，赶到食堂门口的时候，那些走来吃饭的社员，也已经走到了，准备进食堂去；但他站在门阶上面，迫不及待地向大家传达了刚才承担下来的任务：协助三队抢收五亩晚稻！

"你们说吧！"他大声地接着道，"这个究竟行不行呀？"

"怎么不行？现在就兴搞协作呢！"人们齐声吵吵嚷嚷回答。

"那么就开干吧！"欧幺爸断然地叫喊说，"一气干完它再喂鼻子！……"

看了老头兴高采烈的神情，社员们全笑了。这是一种丢心落意的笑，因为队长的情绪显然已经完全好转。接着大家就吵吵嚷嚷，跟同欧幺爸一道向了三队的地界走去。当他们经过朵朵树旁边的时候，那些最后离开耕作区办公室的人们，也恰好走来了。

詹明友也在一道。看见欧幺爸那股劲头，詹明友忍不住笑说道：

"好！这回你这么快就通了！"

"我倒容易通啊，你喃？"欧幺爸停下来反问道，"咱们支部会上慢慢扯吧！"

这后一句他叫喊得特别响，引得好多人善意地大笑了；但他毫不在意，随即挥一挥手，气势昂扬地领起社员们继续前进。

一九五九年十一月七日

你追我赶

　　四面的山头完全笼在雾罩当中。密密麻麻的雨点，落得更起劲了。这时候，赤山公社石门管理区第一生产队的食堂，比平常还热闹。因为管理区办公室是和公社食堂设在一个院子里的，这天，全管区的大部分干部，也都集中到办公室院子里来了。

　　干部们集中到这里来，为的是到公社参加每月一次的月终竞赛评比。他们大部分人都围在院子正屋敞房里的火塘子周围，有的坐着，有的蹲着，互相交谈着生产上的情况。其余的人，不是在食堂里敲锣打鼓，就是在正屋左首饲养场参观饲养员照料猪崽。这窝猪崽，是昨天晚上产的，一共有十五头。是纯隆昌猪种。

　　他们所有的人都兴致勃勃的，自从小春播种以来，石门管区已经三次得到过"卫星"了！大家相信这次又会得到"卫星"，没有多少怀疑。因为过去一月当中，他们曾经付出过多么巨大的劳动！而且所有检查组的同志，包括常住这个协作竞赛区的公社党委书记在内，也很满意，一致认为小春管理得好；冬田全部都压了青，黑水化了。生活福利和副业照样搞得出色。

　　现在，大家只记挂着一件事：早就八点过了，社员们都冒着雨出工了，前去圆坝、尖山两个管理区参加检查的负责同志，都还没有回来。等到那个距离公社最远的塞丫管理区的队伍，打从对面山头经过的时候，大家也就认真有点着急起来，感觉时间的确已经迟了。

他们一齐挤在敞房前面的坝子上，直到那支敲锣打鼓、扛起旗帜、望着公社走去的队伍，已经看不见了，还冒雨站在那里，做着各种各样猜测。

在所有的猜测中，只有一种推测占了上风：支部书记把时间搅迟了。因为说到检查工作，支部书记一向是严格的，又把细，没有什么漏洞逃得过他的眼睛。有次在圆坝检查积肥，因为感觉圆坝的同志把数量估计高了，他主张来一个抽查，可是一般检查人员都不同意，结果他就自己一个人干起来。……

提起这种旧事，保管员白守成抑制地叹了口气。这显然带点责怪味道，支部书记太认真了；可又立刻惹得邓大娘叫嚷起来。邓大娘叫邓秀兰，妇女队长，五十带点，瘦长长的，拦腰扎根蓝布帕子。

"不要叹气！"她硬邦邦地叫道，"现在做工作就是要硬逗硬！"

"我担心开完会回来会摸黑啊。"病蔫蔫的白守成辩解说，"又在下雨……"

"管他的啊！"有人自信地搭腔道，"卫星，总算我们又拿稳了。"

这是第一生产队队长龚起云。矮笃笃的，一双鼓鼓的眼睛。经他一岔，谈话随即转到评比上来，时间问题被推开了。大家一面兴高采烈地谈着，一面开始退回敞房里去。可是，正在这时，忽然有人愉快地叫道："嗨！那不是老龙呀？"

那些已经在往回走的人，一下又车过身转来了。照样挤在坝儿边上，伸长脖子，向着坎下望去：一个身材高大的人，头戴斗笠，裤管绾在大腿弯上，沿着一条小路正在攀登上来。这是支部书记龙唯灵，一向很受群众爱戴。因为他工作搞得好，而且人们往往从他想起一个传奇性的革命故事。

在这红色的大巴山，在过去的革命年代里，龙唯灵的父亲曾经做过村苏维埃主席，后来全家都被反动派杀害了！只有龙唯灵一个人逃脱了性命。因为正当群众纷纷到他家里报信的时候，反动派已经拥到了大门外；于是一个年轻农妇，眼疾手快地从一只箩筐里刁起了还是奶娃的龙唯灵，塞在背篼里面，装着扯猪草从后门溜走了。这个机智勇敢的妇女，就是那个拦腰扎根蓝布帕子的邓大娘。

这时候，龙唯灵已经爬到半山腰了。他一面继续攀登，一面回答着站在坎上的干部们的问话。人们首先问到其他几位同志的踪迹；他告诉大家，他们已经跟党委王书记直接到公社去了。接着来的问话，主要是两个协作竞赛区的生产和生活情况。

由于过分担心"卫星"会被圆坝、尖山夺去，矮笃笃的龚起云性急地追问道：

"这么说，他们不是啥都跟上来啦？"

"难道说他们该永远都落后呀？"龙唯灵半开玩笑地反问。

"哪里是这个意思啊！"龚起云见怪地辩解起来。

"这就很好！"龙唯灵停下来笑道，"不过，不要那么紧张，'卫星'这次他们还拿不到！"

他那充满自信的口气，立刻掀起一片响亮的笑语声。

龙唯灵不止对待工作严格，对待干部，也是很严格的。但他得到的却是信服，不是畏惧。等他走上坎来，大家这才发觉，他的衣服几乎快湿透了，全都劝他去烤火和换衣服。

"不要管我！快准备出发吧。"他回答着他们。

"我肯信你就这样落汤鸡样跑去开会！"邓大娘嘟着嘴喊叫。

她转身回去帮龙唯灵找衣服去了。可是，当她取了衣服转来的时候，食堂的炊事员，一个四十多岁的妇女，已经半带强迫地把龙唯灵打扮好了。用的是她丈夫那件新棉上装。

队伍接着就出发了。这时雨已经小下来。四面山头的雾罩，正在逐渐散开。在这大山地区，打从每个谷底向上望去，全是密林峭壁，没有一块耕地；可是，到了山顶，你又再向下望，那些数不尽的梯田、梯土，却又重叠着罗列得多整齐！当队伍爬上云洞山时，那套已经停下来的锣鼓，敲打得更起劲了，仿佛是在尽情宣扬劳动创造的胜利。

队伍一共有二十几个人，但从大家的气势看，却像千军万马，正在乘胜前进。这在龙唯灵身上表现得最突出。这个二十七八的青年人，扛着"卫星"牌子，雄赳赳地走在队伍前面。他那神色开朗、轮廓显明的脸相，由于汗水渍渍显得更生气勃勃了。他用洪亮的嗓音不断同干部们谈着下一段的工作计划，满口兵家术语："据点"、"战线"、"集中火力"等等。他没有打过仗，但他懂得，他们是在同大自然做斗争。

自从"大跃进"以来，实际所有农村干部，几乎都是这样谈庄稼生产的。便是那个瘦长精干的邓大娘，也不例外。她挨近龙唯灵走着，照样积极支持他的意见。她一般都叫他作老龙，并不感觉他是她的养子。除开几个打响器的，其他的干部，也都倾听得认真，有时补充几句，有时表示怀疑；有时还有人绕过列子，冲到他面前提建议。

龚起云一向是喜欢蹦跳的。这个矮而结实的年轻人，他在乐队里担任鼓手，可是末了，他不打鼓了，把鼓挂在颈脖子上，热烈地参加了讨论。就这样，队伍很快经过横岭、大坪和陶家垭口，到了赤山。赤山是个光秃的小山包，山脚一片房子，全是社办事业、企业单位：医院、书店、百货店、工厂和加工厂。

公社管理委员会的房舍，是靠山建造的。一共三层，看来像座寺院。当龙唯灵领着队伍，登上梯坎，走进第二层那个石块砌成的院坝时，立刻引起了一片热烈的招呼声。

有的是正常的招呼，也有讲趣话的。那个满嘴胡子、顺河管理区副主任柯凤山，站在礼堂阶沿边敞声笑道：

"嗨！老龙，今天准备交'卫星'啊！……"

"要得！"龙唯灵不大在乎地回答着，一面登上通向礼堂的梯坎。

"看把清鼻涕想干了！"邓大娘喊叫着，多少有点见怪。

"不信慢慢看嘛！"柯凤山又说了，这是个有名的调皮角色。

"你听！"龚起云插进来道，"不管你信不信，'卫星'都不会跑！"

礼堂是一间旧式大厅改的，相当宽敞，用石板砌了十多个火塘子。每个火塘子都堆满枫炭，燃得红朗朗的，那些坐在周围的人，脸都烤得通红。龙唯灵刚刚走上台阶，就被自己管区几个先到的同志，招呼到一个火塘子边烤火去了。其他陆续走来的石门管理区的干部，也都接着跟了过去。

这个火塘子在礼堂左首边上。挨近它的两三个火塘子，早已挤满人了。其中一个，坐着塞丫管理区的干部。塞丫管理区过去比较落后，曾经两三次评比垮了，得到"牛车"的牌子。可是，最近两个月来，工作突飞猛进，不只在短途竞赛中节节上升，上次月终评比，已经得到"火车"。虽然距离"卫星"还差三级，可是已经成为全公社劲头最足的管理区之一。

龙唯灵坐下不久，塞丫的支部书记张福泰，立刻扭过身子，同他攀谈起来。张福泰瘦骨脸，四十多岁，一向不大说话；但他对于旁人的谈话，却总是十分专心倾听，眼睛直瞪瞪望着对方。他曾经几次去石门取过经，非常佩服石门的工作做得出色。

在一片热烘烘的笑语声中，张福泰继续诚恳地说道：

"你们那个安排劳力的办法硬好！就是做起来不简单。"

"慢慢来嘛！"龙唯灵老老实实地回答道，"告诉你吧，我们一直摸索了几个月啊！像我上次讲的，好几回，看到都对头了，一切顺顺当当。可是，你一检查——还有不少漏洞！"

"张书记！摸出一套办法不容易啊！"龚起云俨然地插嘴说。

"难道学人家又容易啦？"邓大娘说，照例直直劈劈。

龙唯灵感觉龚起云、邓大娘说得不大客气，赶紧笑一笑岔进来道：

"一句话：办法再好，挡头阵的还是政治思想工作！"

"你这个话对！"张福泰认真地连连点头，"你这个话对！……"

这个雇工出身的中年人，很想谈谈自己的体会。因为在学习石门调配劳力办法的过程中，由于紧紧抓住了思想发动这一条，塞丫不只是学到了，还有不少改进。可是正当他嗽嗽喉咙，准备说下去时，主席台边的土喇叭响了。

土喇叭一响，礼堂上仿佛变得更加嘈杂起来。这里在喊："咱们等阵扯吧！"那里在大声招呼："不要开小会啊！"可是随即鸦雀无声，只有那只土喇叭在讲话了。这是一个简单通知，要每个协作竞赛区分别去开会的。赤山公社一共有四个协作竞赛区，每个区的工作，由一位党委书记负责包干。

石门、圆坝、尖山是第一协作竞赛区，开会的地点是一间小楼房。在楼下农具厂不断传来的敲打铁器的声响中，会议已经开起来了。那个瘦小、寡黄、外表看来像个病夫的党委书记，眼睛半闭，正在倾听检查团的主要成员发言。党委书记叫王兴贵，说话总不慌不忙的，可是，往往一句普遍的话，从他口里出来，也会使人发笑，同时却又从中得到启示。

当各个管理区，实事求是，分别汇报了一个月来生产和生活的情况，在一种虚心克己的气氛中，圆坝、尖山开始表示石门应该保持"卫星"的时候，王兴贵把眼睛张开了。

他带笑扫了大家一眼，然后轻言细语说道：

"要是只有我们三个管区倒不错哇。……"

"当然还要看大家咋个评啊！"有人感觉惊怪地叫出来。

"对！要是评比垮了，我双手把'卫星'交出去！"龙唯灵干干脆脆地接着说。

"你肯这样想也好！"王兴贵赞成道，"免得出了鬼大吃一惊。"

当龙唯灵走回自己一队人围坐在那里烤火、闲谈的火塘边时，正想坐下，好多脑袋立刻向他伸过来了。大家全都明白刚才开会的重要意义，很想知道一个究竟："卫星"保得住么？

有从正面问的，有的是试探口气；声音一律压得很低。

"哎呀！"邓大娘感觉厌烦地叫道，"我肯信'它'还跑了！"

"'它'跑了我手板里煎鱼吃!"龚起云接着说,他也满不在乎。

"同志!"龙唯灵扫了邓大娘、龚起云一眼,相当严肃地开口了,没有管顾那些探头问询的人,"你们这个情绪不对头啊!请记住我的话,如果出鬼,就会出在骄傲自满上面!"

"哪个在自满哇?成天都在鼓起劲干!"邓大娘并不服。

"你在鼓劲,人家在睡大觉?"龙唯灵反问得很尖锐。

听口气情况并不乐观,邓大娘叹口气不响了。那些想要知道究竟的人,也不响了。但是邓大娘显然有些闷气。这不是因为她的养子冲撞了她,他们在工作上习惯了硬逗硬的。她感觉闷气,因为她一向深信不疑,"卫星"是不会从石门跑掉的!而这个想法现在可动摇了。

自从开展竞赛以来,人们的干劲愈来愈大,荣誉心也更强了。在月终评比这种规模较大的场合,如果哪一个管理区评比垮了,有的人还特别不好受。今年春天,石门因为在评比中一下从"飞机"垮到"牛车",邓大娘就气得哭过。可是龙唯灵却充满信心鼓励她道:"咋兴哭啊?爬起来又干嘛!……"

现在,不只是邓大娘,几乎所有的人,都多多少少感觉到一些不安。他们有的闷声不响,有的自言自语,有的在和坐得挨近的人低声交换意见,做着各色各样的推测。

那个精力充沛、矮笃笃的龚起云忽然莽声莽气叫道:

"啥啊!就是垮吧,总不会又垮到'牛车'上去!"

"你这是些啥背时想法啊?"邓大娘终于找到了发泄的对象。

邓大娘嗓门照例很高,这一来,那些坐在附近几个火塘子周围,同样在对评比进行推测的人们,忽然都停住嘴,显得好奇地一齐望过来了。而这差点叫龙唯灵火起来。

龙唯灵也好像已经尝到了跑掉"卫星"那个滋味,但他语调缓和地笑道:

"兵来将挡,水来土掩,你们沉着一点好吧?……"

"我该讲对了哇!"一个愉快声音忽然插进来说。

龙唯灵回头一看:顺河管理区副主任柯凤山已经来到他们的身后。

"老实讲,'卫星'也该搬搬家了!"柯凤山接着说,"赶紧准备交啊。"

"少担些空心吧。"龙唯灵笑道,"就是要交也用不上你来动员。"

"无论如何总不会交给你!"邓大娘又失去控制了。

"我么,"龚起云故意叹口气说了句带刺的话,"我只求永远不'打瞌睡'!"

因为顺河一直工作很差,曾经得过级别最低的"打瞌睡"的牌子;加之,龚起云本来想打趣的,但是口气照旧很硬,这立刻引得人们忍不住笑起来。可是,正在这时,主席台边的土喇叭又响了。

这是通知评比开始。场子里很快就清静了,不像上一回样,还要互相叮咛一阵。因为大家全都清楚,只等各个协作竞赛区推选的代表分别做了汇报,党委会就会宣布评比的结果的。这是会议的重要部分,便连那个年老多病、喜欢打盹的白守成,现在也都变得精精神神,生怕话听漏了。

汇报的时间并不算长。但从参加会议的人们看来,却也不能说短。各个管理区的主要负责干部,一般听得都很认真。而且,随着汇报的进展,那些本来只是无声的思想活动,逐渐变成简短直率的语言了。这里在用佩服的口气说道:"没有说的,大坪肯定爬上来了!"那里在衷心赞叹:"这个干劲真大!"有时又是坚决而带怒恼的责难:"你回去就跟我找原因!……"

只有石门管理区的人们一直默着声儿。因为从已经汇报过的一、二、三三个协作竞赛区的工作情况看来,尽管石门在消灭空田空土上还有死角,毕竟还没有一个管理区赶上了它。等到第四协作竞赛区汇报塞丫的生产、生活情况的时候,大家听得更专心了。因为每一想起这个管理区最近一向的干劲,想起那个虚心踏实的张福泰,人们的担心也大起来。可是末了，龚起云忍不住长长透口气道："哎呀，没问题了！"

听了龚起云丢心落意的口气，龙唯灵警告似的飞快看他眼；可是没有说一句话。在基本想法上，他同龚起云是一致的，但他并不觉得"卫星"已经保持住了。在这声势浩大、你追我赶的社会主义劳动竞赛中，一个落后单位，往往一跃而名列前茅。而且，这种情形是相当普遍的，谁知道其他两个管理区怎样呢？不过，无论如何，他的神气逐渐显得更沉着了。

接着是汇报东山管理区的情况。工作一般，没有什么突出成就。最后轮到的是顺河。这时，场子里开始活跃起来，仿佛大家都知道顺河的底子差，听不听关系不大。议论评比局势的人更加多了，不时还发出一阵颇有节制的笑声。

因为受到整个气氛的感染，龚起云也准备发发议论。但他偶一瞥见龙唯灵的脸色，又把话压下了。龙唯灵重又现出那种专注神情，挺起腰板，侧着耳朵，听得来顶认真。

而且，十分迅速，场子立刻清静下来，都在专心专意听了。

"我们把三个管区的情况比较了一下，"龚起云听见报告人带点沙哑的嗓子接着说下去道，"这回应该顺河翻大身了！说到消灭空田空土，依得我们看么，恐怕比哪个都彻底！……"

"这是咋个的呀！"龚起云瞪着眼睛轻声叫了出来。

"你刚才还讲没问题了呀！"年老多病的白守成叹息说。

"我不肯信他们就把'卫星'拿起走了！"邓大娘大声叫道。

她的信心照旧坚决。说完，她又完全不必要地紧了紧拦腰扎着的蓝布帕子。而从她的整个气势看来，仿佛无论是谁，如果走来碰碰那块绘着"卫星"的木牌，她都不会甘休。

"党委总还要评评么！"她接着又补充说。

"你肯这样想就对了！"龙唯灵赞赏道，"大家应该相信党委。"

这时候，汇报已经结束，人声显得更嘈杂了。这里那里都在毫无拘束地议论着评比的局势。有着重谈自己的，有的拿自己同其他管理区比起谈的，有的因为确切感觉到自己的工作比起来太差了，已经开始从各方面探究原因。

当龙唯灵前去参加党委召开的扩大会议的时候，他又重复叮咛自己管理区的干部，这是社会主义劳动竞赛，不管成功失败，都该有个正确态度。他知道，党委扩大会议，是征求各个管理区对评比的意见的。而他同时又感觉到，石门的"卫星"，很可能已经跑了！这就需要大家有些精神准备。

在一间宽大楼房的文件柜边，他首先看见的是党委书记王兴贵。由于成了习惯，王兴贵正眼睛半闭，靠在一张竹圈椅上考虑问题；当一发觉龙唯灵走来，他立刻把眼睛张开了。

"受点刺激也好！"他照例慢悠悠地说道，"平常我总爱想……"

"你放心吧，王书记！"龙唯灵爽爽快快地回答道，"不会泄气！"

"对！像你对我们那位穆桂英讲的：爬起来又干嘛！"

事情非常明白：石门的"卫星"早就跑到顺河去了！剩下的只是手续问题。所以当党委第一书记对评比做了结论，接着又向大家征求意见的时候，龙唯灵不止首先表示了同意，而且大大方方，绕过桌子走去，紧紧握着顺河支部书记的手。

顺河的支部书记叫张炎，刚一解放就在区委会做通信员。人比龙唯灵年轻些，只有二十带点，个子又小，好多人一向亲切地叫他"小鬼"。

"等阵办手续哇！"龙唯灵紧握着张炎的手说，"麻烦你们保存几天。"

"咋个才几天啊？"张炎满脸通红地尖声笑道，"起码半年！"

"不会这么久的——下个月你就要送转来！……"

人们大笑起来，仿佛整栋楼房都震动了。到了在礼堂上正式公布评比结果，正式交换牌子的时候，气氛可就更热烈了！锣鼓齐鸣，洪亮的谈笑声和鼓掌声此起彼落。可也有少数人有意见，感觉这次的评比不大对头。

这些少数有意见的人，一般属于这次评比中垮了级的单位。刚才，他们曾经叫喊着提过异议，可是立刻就被沸腾的鼓掌声和欢呼吞没了。他们主要对顺河得到"卫星"感觉怀疑。有的并无根据，只是有一些想不通：一架"牛车"转眼之间成了'卫星'！有的却是有根据的。前一两天，他们到过顺河的七小队，发现斑竹园一带还有不少空田空土，没有栽种。

石门有些干部，情绪上也不痛快：他们一直保持了三个月的"卫星"，跑到一向落后的顺河去了！而且，塞丫已经升到"飞机"，这对他们降级到"火箭"，说来也是一个刺激。邓大娘早已气得话都不想说了，喜欢蹦跳的龚起云老是板着张脸。

这时，场子里很清静，人们都在倾听着、记录着党委会对于下一段工作的安排。可是，安排一完，空气又活跃起来了。因为那些怀疑评比存在问题的同志，越想越感觉不对头。

而且，已经有人正式把顺河消灭空土的问题提出来了。

"这才消灭得干净！"邓大娘张扬地插嘴道，"空田空土还有那么价多！……"

"怎么你又激动起来啦！"龙唯灵笑道，"王书记讲的……"

"有意见就是要说！"

"赢得起也要输得起啊！……"

龙唯灵重又开始对邓大娘，同时也是对石门到会的所有干部进行说服。因为看得出来，好多人嘴痒痒的，都想借机会对评比讲话了。也就是说，他们想立刻把"卫星"夺回来！

龙唯灵的态度是严肃的，口气却很和缓。有时还要开一两句玩笑。他从对待竞赛的态度谈到一个革命干部应该有的风格，希望大家冷静一点。当他正在阐发，从整个公社说来，"卫星"老是待在一个管理区并不完全有利这一想法的时候，场子里忽又静下来了。党委第一书记正在开始讲话。

党委第一书记叫易秉光，人很瘦长，父母都在过去的革命斗争中牺牲了，是个烈属。近一月来，他着重抓了抓顺河的工作，帮助他们安排劳力，还做过好几天炊事员。

易秉光挺直地站在主席台边，斩钉截铁地说道：

"依我看这样吧！既然大家有这么多意见，检查组又把斑竹园漏掉了，我自己呢，最近也没去过，我们就逗硬点：立刻组织人下去复查！"

"对！就要逗硬才好！"场子里好多人叫起来，一面不断鼓掌。

"我不同意！"柯凤山一蹦跳起来叫喊道，"难道这个评比还软火吗？"

这个一向喜欢调皮的人，一下变得很执拗了。顺河好容易得到"卫星"，他担心会跑掉。因为他也很少到斑竹园。可是，这么一来，那些赞成复查的人们，更加不愿意沉默了。

"不要那么心虚！"人们反驳他道，"这是党委的意见啊！"

"让我代表顺河讲几句吧：我们欢迎复查！……"

这发言的是支部书记张炎。他站在火塘子石条上，嗓门拉得很高。

"大家看这样逗硬吧，"他一气接下去道，"如果查出来斑竹园还有空田空土，我们敲锣打鼓把'卫星'给石门送转去！"

这使得场子里又沸腾起来了！充满了鼓掌声和笑声。而少数人的闷气、委屈，已经烟消云散。而且，尽管也有不少管理区的负责同志认为没有复查的必要，在党委的坚持下，一个担任复查工作的小组，已经很快组织起来。小组的成员是党委提出的，包含评比中垮了级的三个管理区的负责同志，其中一个是龙唯灵；还被选作组长。

龙唯灵之被选为组长，因为其他两个管理区的人们都认为他工作把细；而对他希望得最切的，却是石门管理区的少数干部。他们感觉那个嫩得像个娃儿的支部书记既然说得火燎燎的，龙唯灵只要能够发现一些空田空土，就好了，仿佛哪怕只有手掌大一块儿，顺河都应该把"卫星"退回来！

邓大娘可以说是这种情绪的代表。当龙唯灵对石门小组怎样讨论党委下一段工作的指示提过意见，就要到斑竹园进行复查的时候，这个心性倔强的老年人，又嘈杂起来了。

她一把抓住她的养子，十分严重地嘱咐道：

"要把你那次检查圆坝积肥的劲头拿出来啊！……"

"对！"龙唯灵含意深深地笑道，"保证手掌大一块地都不漏掉！"

"是要这样子呀！"龚起云搭腔道，"他说得那么硬……"

"要得！"龙唯灵又说，"可是你们也要认真找一找原因啊！"

邓大娘、龚起云都没真正体会到支部书记的意思。而如果不是主持小组会的支部副书记和管理区主任干涉，他们还会缠下去的。可是，不管怎样，他们已经感到很满意了。

小组会一开完，接着便是互相挑战；最后大会就结束了。这时，已经半下午了，天空还在飞着小雨。可是，人们照旧敲锣打鼓，踏着泥泞的山路，回转各自的管理区去。石门的队伍到家时正碰见吃晚饭。吃过晚饭，还来不及休息，干部们就互相催促着，围在火塘子周围，找起失败的原因来了：为什么本管区还有零零星星的空田空土没有消灭干净？

在这种带点检查性质的会议上，邓大娘一贯是积极的，也很喜欢发表意见。可是，这一次，她总有点心不在焉。有时，旁人正在发言，她会自言自语说道："咋还不回来呢？"有时，又会用手拐靠一靠龚起云，悄声道："你出去看看喳！"而又无须追问，那个矮笃笃的青年，好像已经懂得了她的意思，立刻站起来溜走了。晃着电筒，站在坝子边瞭望一阵……

他们都盼望着龙唯灵，设想他会带来一个他们希望得到的消息。可是，直到次日早晨，社员们吃过早饭，正要准备出工，龙唯灵忽然披着那件借来的新棉衣，生龙活虎般地在坝子上出现了。

"哎呀，昨晚上把我们好等！"人们呼喊起来，包围过去。

"我要跟那个'小鬼'扯问题呀！"龙唯灵笑道，好像一个得胜归来的将军，"小春苗价的确不错，可惜底肥少了，我向他们建议……"

"说说你们的复查咋个的呵！"邓大娘着急道，扯扯龙唯灵的衣袖。

"你问的空田空土哇？不要不服气吧，人家硬消灭得彻底啊！"

龚起云感觉失望地长长叹了口气。

"哦嗬，这个'卫星'顺河拿稳了哩！"

"没有那么便当！"龙唯灵大笑道，"下个月就要它送转来！……"

一九六〇年九月

假　日

　　没有风，空气又爽朗又清新。在冬天的太阳下，那座色调朴素、有着宫殿式的屋顶，装饰性很强的山花、排扇、亮柱的食堂，看来更迷人了。不时有乐器声从敞亮的食堂内传出来，散播在和平宁静的田野上。

　　这座食堂不仅是经营管理好，房屋的格局也出众，而且造价低廉。它的屋顶，是稻草盖的；它那米黄色的墙壁，是用砂子、石灰掺和黄泥糊的；其他用料，也都就地取材。但它却是群众智慧的结晶。现在，通过那圆拱门，那宽敞的走廊，那些吃过早饭、最后一批离开食堂的社员，正陆续走出来。

　　人们熙熙攘攘，互相交谈着自己准备怎样打发这个半月一次的假日。一下台阶，就都三三五五，各自顺着田径、坡道分头走了。可是谈话并未中断。而且，尽管有些人已经隐没在一笼翠绿的竹丛后面，或者转个弯不见了，却还大声地彼此继续开着玩笑："记住哇！去赶场嘛，顺便看一看对象呵！"

　　穿过一片绿茵茵的麦田，那些爱走捷径的人们，已经来到了公路上。其中一个年轻妇女，刚才还在因为别人的打趣敞声大笑，现在，忽然记起什么重大事情似的，她回转身去，飞快四面扫了一眼，接着敞开嗓子，对着食堂喊叫起来。

　　这个女同志身材不高，体魄壮健，看起来正在发胖。而且一身穿得棉滚滚的；但这一点都不妨碍她的动作，举手投脚照旧那么敏捷。

她叫张桂芳，去年夏天才结婚的，已经有了一个半岁多的男孩。

张桂芳打算趁假日走娘家，昨晚上就和丈夫商量好了。可是，吃过早饭，他却推诿起来，叫她先回家去准备，自己耽搁在食堂里排练文娱节目。

张桂芳的丈夫叫萧业贵，是三管区俱乐部副主任。妻子刚才喊了几声，他就走出食堂来了。

萧业贵瘦长长的，手上拿把二胡，站在走廊边诉苦道：

"新年拿不出好节目，群众有意见呵！……"

"我不听！爽爽快快说吧，你究竟去不去?!"

"哪个说不去呵?! 怎么捻撮撮呀！……"

萧业贵开始解释，显然担心闹出误会。但是，还没解释几句，张桂芳就切断他道："不要说了，快去过饱瘾吧！"随即一转身走掉了。因为她警觉出来，不管他讲得多么好，无非不想离开他那把二胡。

萧业贵在读小学时就爱音乐。毕业那年，一个劲把二胡学会了。张桂芳却自来对音乐兴趣不大，音乐课一直都不及格。可是，两个人却是在区上一次晚会上认识的。结婚以后，碰到休假，有时候她还会突然叫道："老萧！二胡取出来扯一盘！……"

他们都是一九五六年离开学校搞生产的。今年抗旱，两个人又先后被评为红旗标兵；她还做了妇女队长。萧业贵在长梁子下面住家，离食堂一里路不到。那是一座四合头院子，竹树围绕，门前流过一道溪沟。这道溪沟有五六尺宽，水蓄得满满的，几个妇女正在趁天气好洗刷衣服被褥。

这三四位妇女，都是院子里的住户，早一步从食堂里回来的。大门口还坐着一个六十多岁的老太婆，高大结实，戴顶棉干部帽。她晒着太阳，拧着麻绳，一面还得照顾摆在脚边摇篮里的奶娃。四周很静，可以听见捣衣声和鹊鸟叫。

当张桂芳绕过一笼竹子，从屋后出现在大门边时，老太婆正唠唠叨叨地放下活路，把奶娃从摇篮里抱起来。而她忽然叫喊得更响了。

这是张桂芳的婆婆，一个养蚕能手。她装作生气地向奶娃嚷叫道：

"快去！快去！你妈的奶奶都流出来了！……"

"这娃真像小神子变的呢！"洗衣服的妇女们大笑，"早不醒，迟不醒，炊事员来了他也醒了！……"

这时，张桂芳已经走到婆婆身边，已经解开上衣襟的纽扣；那个奶娃，也已经不再哭了。挂着眼泪，张开手臂，两只小腿一伸一缩地在祖母膝头上蹦跳着，正像要飞到母亲的怀里去。

而那当娘的呢，并不伸手去抱，反而做嘴做脸地逗趣道："你就只晓得吃！"或者："我才不抱他呢！"直到婆婆责怪起来，这才坐下去开始喂奶。但却继续对奶娃表示亲昵。这是想不到的：这个火爆爆的生产上的闯将这么会做母亲。

可是，到了最后，因为想起要走娘家，想起丈夫的推诿，她那泼辣劲儿又上来了：忽然没头没脑地嚷叫起来，正像是在跟谁吵架一样。

那婆婆猜到了她是在抱怨谁，惊问道：

"这个绵绵客①呵！你们昨晚上不是约好的么？"

"也太没出息了！"一个洗衣服的年轻妇女正正经经说道，"要是我么，跑起去，拧着耳朵把他牵起就走！"

张桂芳回嘴道："这是你们李家的光荣传统！……"

她大笑。其他的人也都跟着笑了。

"啥呵！"她又满不在乎地接着说道，"没有红萝卜还是要把席做出来！妈，你抱下吧，我去换件衣服！……"

她把奶娃塞给婆婆，自己就进院子去了。

隔不一阵，她已经脱掉蓝布罩衫，亮出白底红花的棉袄，挽着一只提篼，照旧一阵风走出来了。提篼下面装的鸡蛋，礼物，上面是奶

① 绵：疲沓的意思。绵绵客，指做事疲沓的人。

346

娃的披风、鞋子帽子。她坐在门槛上，动手打扮奶娃。

她做得敏捷而又精细，同时还和那些清洗衣服的拉着闲话。等到把奶娃穿戴好，她双手搂着胳肢窝把他举了起来，摇晃着，正像摇货郎鼓。她一面欢呼道："呵哟！这娃今天才漂亮呢！……"

"真的，赛会都去得了！"一个女同志凑趣说。

"你说：会倒不赛，要去给外外拜个生！"张桂芳更开心了。

这些话，她是亲昵地对着那个已经戴上一顶橙色金绒的小制帽，扎上围围，躺在她一双手腕上的奶娃讲的，好像他什么都懂得。而且会把她的话重复一遍。

充满那种第一次做母亲的人所常用的愉快心情，她就要动身了。这时，一个瘦小、硬朗，脚有点跛、胡子花白的老人，摆出一副不大和气的脸色，忽然不声不响，顺着墙脚，一下出现在大门边。

这是张桂芳的公公，也是本管区的苕窖窖长。一个过去长期受苦的老雇农。他想趁这一天好太阳为红苕"提汗"，就是把衬在窖里的谷草取了出来，换过晒过，去掉水分；但是，他的助手赶场去了，没人相帮，所以不免有些生气。

这公公脾味一向就很执傲，好多事都不容易说通。现在，他来到大门口，目光四射地周围瞧看，随即像劈干柴似的一口气喊开了。

"这娃他爹呢？"他望媳妇叫道，"未必还在吃饭？！……"

"你这啥事情呵？！"老太婆责怪地反问道。

"啥事情吗？"老头儿重复道，"放假啦！——该我扯抻玩啦！——就是红苕烂了，食堂横竖不会关门！……"

"前几天翻窖还那么好！"

"那又等它烂了才着急嘛！……"

于是，老头开始说明他的想法：他准备为红苕"提汗"，但他跑了好几趟了，都没有找到他的助手。因而特地跑回来叫儿子帮他搬运谷草。……

"哎呀!"张桂芳笑了,"就是这点事吗?"

"不是腿坏了么,一根扁担,我两趟就挑完了!……"

"妈!你再抱一下吧,我就来!"

张桂芳重又走进院子去了。随即穿上罩衫,捋根扁担,噔噔噔走了出来,跟公公一道去保管处领谷草,运谷草。而还不到一个钟头,她就把任务完成了。于是罩衫一剥,擦擦汗水,抱上奶娃去走娘家。简直连气都没有喘一口。

张桂芳的娘家在回龙公社,和红星公社连界,是回龙的二管区。从长梁子走上通向回龙的大路,两边都是三管区的小春。由于随处都是波浪式的起伏不定的丘陵,道路是曲折的,土地比较小块,但是,所有的土田都厢平沟直,所有庄稼的窝距、行距,都经得起墨线弹。

这是四川中部过去一个最苦寒的地区。人口多,土地坏,剥削又重,每年总有大批农民,扶老携幼,从天灾人祸里逃到外地活命!他们帮工、乞讨、卖艺和抬滑竿。而把田地让给野鸡和兔子做窝。想起这些,你会相信,农民现在多么热爱庄稼活呵!……

张桂芳一路走去,一路用一种探究和欣赏互相掺和着的神情打量着沿途的庄稼。而且总会想起前两三天全管区那一场消灭三类苗的轰轰烈烈的景象。而且充满着动人的豪情壮志……

当她经过锣锅弯时,远远有三四个人正从一片油菜地里走向大路上来。这片地相当开阔,原是水田,去年秋收后才把水放到屯水田里,开始增种小春。

她很快从身材、动作认出了他们的支部书记。

"高书记!咋又在'会诊'哇?!"她忍不住叫喊起来。

"是呀!还没有应药哩!"那个高大的支书回答。

这是一个三十多岁的壮年农民,他行动迂缓,满嘴的胡楂子,显然不大注意外表。当张桂芳走拢时,他问她:三队那几亩三类苗的情况怎样?

张桂芳随便扫了一眼那些庄稼，回答道：

"跟这个差不多！还是蔫耷耷的，一点没变过来。"

"你们队上怎么样打算呢？"

"队长说：过几天看。不对，就给它'开小灶'。"

"不必过几天吧。可是你们今天一定要休息好！"

张桂芳忍不住逗趣地笑起来。

"光叫我们休息，你呢？这个大家有意见呵！……"

她懂得，一个党员，一个支部书记经常努力坚持工作的革命风格是怎么一回事；但是，等到已经分开手了，她还满怀激情，不住回过头去探望。

而且，一边走着，她一边回忆起自己队上那几亩油菜田。因为第一次搞增种，田底子湿度大，播种后又落了几场雨，使田土板结了，苗价一直很弱。最近又开始发现了蚜虫、跳蚤和毒素病的危害。他们前两三天已经采取了措施，但是效果显然不大。

越想，她的担心越大；到了最后，甚至有一点失悔了。她该留在家里，找几个骨干分子研究新的措施。直到走拢牛矢垭口，看见垭口下面娘家的房舍时，心情才好起来。那是一列修建在一个笔陡的老坎上的茅屋。屋后是一笼一笼的竹子，屋前老坎边有一株黄桷树，荫蔽着半个院坝。

屋檐边摆着一张旧式方形凳子，张桂芳的弟弟，正歪着脑袋，伏在上面做算术题。坎下河沟里不时传来一阵阵吆喝声。这是几个红领巾邀约那弟弟去捉鱼，但他一直不动声色。他叫张有芳，胖嘟嘟的，只差半年就读完小学了。

当张桂芳走进院子的时候，下面的孩子们又大声吆喝起来了。好在张有芳的功课也已经做完了，他应声着，一面忙着收检文具，同时张罗着张桂芳。

"妈他们呢？"张桂芳问，放下背上睡熟了的奶娃。

"妈到猪场去了！——呵嘀——就来了呵！——"

"大哥跟大嫂呢？"

"在一队开支部大会！——你们先把水戽干呀！……"

弟弟已经把家什捡好了，开始脱掉鞋子、袜子，接着又动手脱棉裤。看了他这激动、仓促、莽撞的神经，张桂芳忍不住又气又笑地哼了一声。

"那个沟沟里都有鱼呵！"她不以为然地说。

"有！——有！——有！前几天二娃子捉了根，这么价长！……"

他用手比比长短，接着赤脚亮腿跑了。但是，刚才跑了两三丈远，他又回过头来，站定，用一种匆忙、不相连贯的语句大声叫喊着告诉姐姐：妈说的，柜子里糖、挂面、鸡蛋都有，饿了就自己弄！……

"萧大哥咋没来呢？"弟弟忽然转个大弯问道。

"今天你都请得动他！"

"我还说跟他学着拉二胡呢！……"

弟弟扫兴地叹口气，接着又拔腿跑开了；一面断断续续同姐姐继续拉话：食堂管委会认为妈猪养得好，照顾她，今天要帮她做两三样菜，一切材料早就送到食堂去了！……

现在，四周静寂下来，张桂芳从黄桷树下转到屋里去了，准备替那已经醒来的奶娃喂过了奶，就去猪场看妈。妈是本社有名的模范饲养员，两三年来，她负责饲养的母猪，都全配全活。就在前天，那头约克种母猪又产了一窝猪崽。

这里去猪场有半里多路。那是一座瓦房，离食堂近，饲料用水都很方便。队上早就要妈搬去住的，免得往返奔跑，但她舍不得离开她这老屋。当张桂芳抱起奶娃，刚才走进猪场院子大门，院坝边两三个脸蛋、手臂冻得通红、正在黄桶里翻洗饲料的姑娘，立刻欢呼起来，一齐拥过来了。

她们包围着她，一面不断掷出各种各样脱口而出的叫喊："呵哟！

这才是稀客哩!""这娃的老头儿呢?"一面用围裙擦着湿淋淋的手臂。接着大家又吵吵嚷嚷,把她拥进侧面一间小房去了。这是母猪产崽的屋子,四面墙壁用石灰刷得雪白。

在那躺着母猪、猪崽的木架旁边,坐在张小凳儿上,妈正用热水替母猪洗着乳头。这是一个五十多岁的老太婆,矮矮的,很健旺。丈夫早去世了,留下三个孩子;那大儿子直到去年底才结婚。

在一片笑语声中,妈照旧沉着气料理母猪;只是随口答应一句半句。最后,她望那些老在手边钻动的猪崽嚷道:"快去吃吧!这下没人挡你们了!"

接着,她舒口气站起来,亲切地把把细细打量着奶娃。

"呵哟!"她愉快地惊呼道,"这娃越长越蛮了呢!"

"来!跟外外做个耸耸!"张桂芳命令道。

说完,她用力耸动着嘴和鼻子;而那奶娃果然也照样做起来。这立刻把所有的人都逗笑了。

"这个小家伙聪明呢!"一个姑娘尖声笑道。

"是呀,现在的奶娃,全都懂事懂得早呵!"妈满足地叹息道,"他大舅舅,都一岁了,还像个'啄棒'样!……"

想起"啄棒"现在的精明能干,妈忍不住笑起来。

"你还没有见到他两个么?"她接着问道。

"听说在一队开会呀。"张桂芳回答。

"一帮子人又到后沟去了!"一个姑娘插嘴。

"总是去四队'会诊'嘛!"妈说,"现在该他们逞能呀!……"

事情是这样的:儿子是三队的农业队长,队上也有一大片新改田,种的油菜苗价很差;但他几天就使它变样了。由三类苗升级到一类苗。因为他舍得干,又肯同老农和技术员研究。而且已经在支部领导下总结出几条经验,成为医治油菜的专家了。

在昨天晚上,儿子曾经告诉过妈,四队准备趁假日请他去走一趟,一道想点办法。而一想起这些，妈就滔滔不绝说起来了，好像没个止境。

张桂芳终于情急地插断她道：

"妈！帮我把这娃抱下吧！……"

"这个女子惊诧诧啥事呀?!"

"我们也有几亩三类苗横竖都不变呵！肥也追了，草木灰也上了，还是那么蔫耷耷的！……"

"你想去取经哇？好吧！横竖这个假日我不轮班。"

于是伸出手去，接过奶娃，同时咬牙切齿，其实非常愉快地向奶娃警告道："他摆摊子我把屁股给他打烂！"等到张桂芳好容易脱身走了，妈又叫转她来，叮咛她午饭在食堂吃；说："我才不在家里吃哩！冷清清的。"

现在，张桂芳终于离开猪场，向后沟走去了。猪场离后沟有三四里。在这山连山、弯连弯的丘陵地区，一个土生土长的人，是有本领把道路缩短的，因此她很快就赶到了。"会诊"还没结束，约有五六个人，正在一块大方田边研究措施。这些人主要是四队的党员同志，开完支部会回来的。张桂芳首先看见的是哥哥。哥哥叫张连芳，二十六七，身材比妈要高大些，看起来很沉着。当听见妹妹的招呼时，他只是笑了笑，就又接着讲话去了，结合本队经验向四队提建议。她也没有再打扰他，转身在田埂上坐下来。

开始，她一面听哥哥讲，一面察看面前的油菜；后来就只专心专意听了。因为一眼可以看出，那是块三类苗；而哥哥提的办法却认真有道理。有的他们没有搞过，有的已经搞了，但不彻底。比如草木灰倒上了，可是没有掺和石灰！……

在倾听所有的发言当中，这个平常反应敏锐，一触即发的女同志，一下变得很沉静了。只有当"会诊"临近结束，人们纷纷提出马上采取行动的时候，她也很激动了，插起话来。

她插话，因为那个瘦长、老练、凡事稳扎稳打的四队队长，一直带笑晃着脑袋，不肯轻易表示意见。这是个中年同志，姓胡，大家叫他"胡绵"。

张桂芳对他们都熟识，她直直劈劈嚷叫道：

"胡队长，你咋还是老一套呵？干就干嘛！"

胡绵拖长声调笑道："我比你更着急！"

"就是怕高书记刮胡子：又不坚持例假制度！……"

张桂芳说得大家全都笑了。就是胡绵也不例外。因为队长的确怕书记批评他。而且，就在前两个月，他还为劳逸结合问题做过检查。

"我们倒回去就要干呵！"她接着加上说。

"你们的油菜也有三类苗呀？"哥哥张连芳问道。

"就是说呵！所以才赶起来向你们取经呀！……"

张桂芳于是单独跟哥哥扯开了。随着又一道走向田垄间去。最后，当他们决定到三队参观那几亩升了级的油菜田时，四队几个党员，意见也一致了：分头去搞肥料、农药，但不惊动任何一个群众。……

三队那几亩亩升了级的油菜，在长梁子东头的山脚下，叫袁家大田，同食堂隔着一个山嘴，那是一些出名的烂冬田，今年才放干水增种小春，所以苗价很坏。但是，现在张桂芳看见的，却是一片枝秆苗壮、叶片嫩绿的好庄稼。

而这么一来，这个年轻妇女，更加无法控制她自己了，恨不得马上就回家去。因为既然这些烂冬田都能出好庄稼，这就越发说明支部总结出的经验是有效的，值得学习。当她坐在田塍上面，忙着抄好哥哥他们的经验时，梁子上开饭锣就响了，镗镗镗地声震田野。

于是张桂芳一跃而起，捡好自来水笔和日记本，催着哥哥到食堂去。这回龙二管区三队的食堂，也是草盖的，样式也很别致，给人一种新鲜明快、朴素大方的感觉。它跟红星三管区一队食堂的格局比较起来，最大的特点是：它不是"凹"字式的，是"山"字式；但它们同样是"大跃进"的产物，同样经济美观，流行于嘉陵江中游一带。

当张桂芳刚一踏上那宽敞的走廊，她就听见一阵二胡声音。调子缓慢，几乎一个音顿一下。这是她没有料到的，爱人萧业贵已经来了！现在，他坐在一张摆着各种报刊、小人书的长条桌后面，在教张有芳拉《小开门》。他态度悠闲，一绺头发拖在眼皮边上。张有芳半张开嘴，眼鼓鼓瞪着他拉动弓弦。

一进食堂，张桂芳首先响亮地笑起来，接着就吼开了，一个劲地嚷了一串。萧业贵呢，笑嘻嘻的，照旧拉他的《小开门》。中间只偶尔插一句话："叮咛过叫你等一下呀！"后来又说："回去让我背娃娃吧！"社员中间也有讲趣话的，插嘴道："还要加重处分！……"

这时，所有没有上街赶场、没有去走亲戚的社员，全家老小都到食堂来了，凡是进来的人，都要同两个年轻来客打个招呼；随后就到厨房里端菜端饭。张连芳在同萧业贵打过招呼之后，也进厨房去了。

现在，只剩有那一对年轻夫妇和弟弟在条桌边。张桂芳还在滔滔不绝地说着，丈夫却把二胡停了；而且精精神神，专心专意地听她讲。这是因为谈话内容已经变了：怎样抢救那几亩三类油菜？

在介绍了三队的经验、自己的打算后，她尖锐地问道：

"简单说吧，你同不同意呵？"

"这个还有啥说的呢？明天干嘛！"

"怎么等明天呵！你二胡还没有扯够呀？"

"那又回去就动手好啦！"

"有芳！快去催催妈他们吧，不要弄啥菜了！……"

她的口气是坚决的，但是，那个一向蹦蹦跳跳、特别喜欢姐姐的张有芳，却感觉很为难。因为他还没有把《小开门》学好，生怕姐夫走了。

他显得见怪地问道："你们吃过饭就要走呀？"

"是呀！"姐姐随口答道，"回去改造三类油菜！"

"今天是例假呵?!"

萧业贵十分知趣地、静静地笑起来。

"不要着急!"他说,"等阵你送我们,路上就把你教会了!"

张桂芳大笑道:"我看你两个都是'二胡迷'呵!……"

于是她叮咛丈夫,要他抓紧时间,再教教张有芳;自己准备到厨房里看一下。但她刚要动身,妈就抱起奶娃来了。而一路之间,那些正在吃饭的社员,都把妈叫"寿星",一半庄重,一半开心地向她祝贺。

当妈走到条桌边时,就把奶娃往女儿怀里一塞,笑道:

"赶快给他先开饭吧!已经要了两顿吃了。……"

"这么说我们还要等呀?!"张桂芳惊叫出来。

"背时帽头鸡太老了!尽炖不炂。几条鱼呢……"

"不要搞鱼了吧!我们早上加餐也是鱼呢。"

"你嫂嫂剖都剖出来了。……"

妈边走边说,退回厨房里去,把女儿扔在着急和失望里面。张桂芳叹口气,开始坐下喂奶,一面看丈夫调弄弦索;但她越来越加感觉烦躁。

最后,她搂着奶娃,噔噔噔冲进厨房去了。鱼已经下了锅,那个白衣白帽、土改前在外乡流落多年的炊事员正在挥动锅铲;张桂芳赞叹一声,就又跑到一只炉子边去。这炉子是从家里搬起来的,上面搁着个大砂锅。

那个平常总是笑眯眯的嫂嫂,正在炉门面前摇着一顶破草帽扇火。张桂芳一手揭开锅盖,随又拿来筷子,朝着锅底儿戳。

"行了!行了!"她欢呼道,"赶快端出去吧!……"

"妈怕嚼不动吧?"嫂嫂轻言细语笑道。

"这样。舀一碗就行了!剩下的跟妈炖起。"

"不要管我!你们尽量吃吧。"妈连声地说。

"你今天是寿星呢!该大吃特吃呵"。炊事员笑道,"可惜我手艺瘟,把你们的材料白糟蹋了！"

参加这个食堂的全体成员有项公约：凡是上了年纪、对社有功的社员，碰到生日，只要自备一切材料，食堂可以帮着弄几样菜。而且，炊事员的手艺是有名的，鱼味鲜美，红苕夹沙肉一入口就化了，喷香！……

炊事员话刚说完，张桂芳就笑了，说道："你这个才会谦虚！"端好菜饭的时候，她又死活拖了炊事员一道吃。菜的确很不错！只是妈犟着要领奶娃，好让年轻人吃个痛快，没有入座；哥哥又溜得不见了，张有芳四处都没有找到人！

最为奇怪的是，尽管赞不绝口，张桂芳自己却并不真正感觉得味道有多么好。这因为她吃得快，心思又跟抢救三类油菜纠缠在一起了。当大哥到来时，她饭都吃完了，正在妈强迫下喝鸡汤。

当一发现哥哥，她立刻支出碗去，敞声笑道：

"快来帮下忙吧，我都装不下了！"

"这个忙我不帮！"张连芳幽默地说，"倒想跟你们跑一趟！"

刚才他去支部汇报他在四队"会诊"的经过，顺便谈到红星公社三管区一部分三类苗。而且，看来情况是严重的，因此支部鼓励他去看看。

张桂芳很快就猜到这是怎么一回事了，立刻叫道：

"这才好呢！——赶快来吃饭吧！……"

"你慌啥呵？扯抻一趟子就到了！"张连芳说。

"生成的急猴子脾气呀！"萧业贵说。

他也刚吃完饭，随即被弟弟拖去教练二胡去了。可是，张桂芳已经忙着分别给妈和哥哥盛好饭，又去换了一碗热汤，守在一边看他们吃。

这出于体贴，但也多少带点督促的味道，好像担心他们拖延时间。因此，两个人刚一放下筷子，她就向哥哥喊开了："这下走吧！"随又命令式地大声望着丈夫吆喝："赶快来把娃娃背起！……"

这时，食堂里的社员早走光了。但是，送别的也不少，连炊事员一共是六七位。只有弟弟照旧坐在条桌边拉二胡。他恰好把《小开门》学会了，舍不得放手。也有一点赌气，因为妈不准许他一道去，只是同意哥哥替他捎份乐谱回来。

穿过那圆拱门和走廊，拥着两个年轻客人和张连芳，人们一直走下台阶，停留在食堂面前的蔬菜地边。而且始终没有停止那种朴素动人地嘱咐。直到客人都走了好远了，还在互相应和。

最后，望着几个年轻人的背影，妈不住嘀咕道："简直像点火吃烟呀！"抓住二胡，像只皮球一样，张有芳猛地从食堂里跳出来了，喊叫道："记着把乐谱带回来呵！……"

可惜没人应声！因为三个人早就在纵情谈论庄稼活了，什么乐谱呀、二胡呀、《小开门》呀，都已经不在话下。

一九六一年一月

夏　夜

听见远远传来的土喇叭喊话声，老叶情不自禁地住了住脚，随即自言自语笑道："家伙今天又会跟我扯皮！"同时步子却挪动得更快了。因为单凭声音传来的方位、腔调，他就猜定了这喊话的是本队的张长哥。

老叶叫叶明中，石马公社园坝大队的党支部委员，又是队长，一般人可都叫他老叶。他是从公社医院回到大队去的。他身材不高，动作敏捷，乍看不像一个病人。他已经住了十多天医院了。这十多天，在他的感情上，真同十多年差不多，心里实在发慌得紧，因而随常都在同医院打麻烦。

老叶已经从医院里回来过三次了。一次是做晚稻秧田，一次是抢收小春，还有一次是开盆栽插早稻。昨天上街赶场的社员跑去看他，向他吹了一通家里正在开展劳动竞赛的生动景象，他就又回来了。但是，虽然没有得到许可，却也不是阴悄悄溜掉的。临走时候，他曾经向门房简单但是慎重地打过招呼。

当他走到凉风垭时，张长哥又在长声吆吆地喊话了。希望大队的干部和各小队的队长吃过晚饭就到长梁子去。这长梁子正在凉风垭下面，正像一道堤岸，它直挺挺从对面的官王岭延伸过来，屹立在那一片由许多浅丘和平坝组成的田野上。近两年来，园坝大队就经常在这里开队会。

老叶原本打算先回家看看的，现在，一走下凉风垭，他可信步望长梁子走去了。而且，刚走到放马坪，他就吆喝起来，一面爬坡，一面和那个已经放下喇叭、蹲在一个岩包上准备抽烟的张长哥谈起来。开始谈的是庄稼活，可是，张长哥很快就把话题给挪开了。固执地想要知道老叶是怎么回来的，因为他担心老叶又同医院闹了别扭。

老叶在梯坎上停下来，见怪似的拖长声音笑道：

"你咋这样不相信人哟？幸得这是住医院嘛！……"

"我怕又像上次，假都不请，自己就阴着溜了！"

"经验主义！……"

老叶干脆地结束了谈话，默着声儿，一个劲继续望上面爬。他一般是不愿意谈他的病痛的。他早年是个孤儿，解放前长期的困苦生活锻炼了他，可也给他留下了相当严重的胃溃疡，经常胃痛，便血，一年总有两三次病得来吃不下东西。本村一位老中医认为，他得全休一段时间，服药才会有效，他可不肯放下工作。直到最近，公社党委和支部才算勉强说服了他，把他送到公社医院进行根治。……

当他爬上山顶的时候，他长长透一口气，在张长哥身旁坐下；接着一把抓过张长哥手上的烟杆、烟盒。

"谈一谈情况吧！"他同时说，"我来帮你裹烟。"

"情况明摆着在呢：展个劲，明天水稻就栽完了。"

"讲具体点！"老叶提示道，"你这个烟盒子也该换换朝啦。"

"管他的啊！"张长哥满不在乎，随即慎重地嗽嗽喉咙。

于是开始详细谈起这几天队上的情况来了。张长哥叫张大安，因为身材很高，打年轻时候起，一般熟人就叫他张长哥。老叶还在当放牛娃，他就已经做长工了。他工作上严格认真，是支部的组织委员，行政上是副队长。因为支部书记正在县里开会，目前他是队里的主要负责人。

张长哥摆谈着，老叶不时插上一句半句。有时是朴素的评语："这回三队肯定爬起来了！"或者："发条还没有上紧！"有时候又是寻根究底地追问："这么说他们的思想问题都解决啦？"或者："根据是什么啊？"而他现在忽然不很切题地叹息道："这个背时医院硬不是人住的！……"

这时候，张长哥已基本上把情况讲完了。实际说来，好多事情只需他提个头，老叶便已清楚大半。因此，当一听到医院的话，张长哥住了嘴，认真向老叶打量了。

他发觉老叶的气色比以往好多了，但是照旧那么瘦削，于是板起面孔说道：

"就这些了。你有啥意见就谈吧，好趁早回医院。"

"哎呀，你想赶我走啦？"老叶大笑，从石包上站起来了，"那么紧张做啥？说来说去也就是那点病嘛！"

"这些事不要嘴硬，医生说你账已经带深了！"

"依得他们说么，打个喷嚏都得躺上十天半月！……"

开会的人陆续上山来了。而且大家一来就嘈杂着包围了老叶。

"怎么又回来啦？"他们吃惊地问道。

"还是认真医一医吧！"有的叫道，"生产上用不着你操心！……"

"怎么你们都一个鼻孔出气啊！"老叶又大笑了，他从所有的喊叫中体会到了更多的同志式的深切关怀，"好吧，横竖你们的理由大，不谈这件事吧！"

他带头走向指挥台旁边的空地上去了。

这指挥台是前三年利用旧料盖的，一共两层，农忙时候，张长哥和老叶经常住在里面。在它旁边那一块空地上，安放着几根石条，人们坐在上面开起会来。而这的确是一个好的所在，只需伸伸脖子，几乎整个队的庄稼都能一眼望见。

会议是张长哥主持的。这是一般的碰头会，有话则长，无话则短。而由于近来干部的工作特别深入细致，大家心里有底，往往很快就结束了。这天只是在一个问题上花的时间最多：出不出夜工？末了一致同意：出夜工必须群众自愿，而且至多不能超过三个钟头。

在整个会议中，老叶很少说话，他集中注意听着，只是当队长们谈到群众的干劲时，他会带笑向张长哥瞥一眼。意思是说："你看政策这个威力！"但有时又是这种意思："你叫我在医院里咋住得下去嘛！"特别使他感兴趣的，是那个一直被人视为落后分子的黄金娃，也积极起来了，一天栽了八分田秧子。……

一句话，他从这些点点滴滴的材料，深切体会到所谓大好形势是怎么一回事。而且，凭着经验，它们立刻在他眼前构成了一幅幅轰轰烈烈的生动画面。后来，他甚至感觉自己仿佛已经置身火热的生产战线上了。

当会议结束，张长哥要他发表意见的时候，一个念头忽然那么明确地来到他的心上：能够留下来多么好！可是他知道这是办不到的，大家绝对不会同意他这么做。

于是他叹口气，扯开嗓子，一本正经地诉苦道：

"啥意见都没有，只有一点：你们把我太卡紧了！"

"闲话少说，没意见就回医院去吧！"张长哥顶住说。

"对，我送你到凉风垭！"有人自告奋勇站了起来。

"好啦，好啦，碰到你们，我的道锣就不响了！……"

老叶望着板起面孔的张长哥勉强一笑，接着也就站起来了。他没有接受那分陪送的好意，但是他向大家保证，回家看看，取一两件换洗衣服，他就立刻回医院去。

他跟同大伙一道下山去了。一面走去，一面随意谈着沿途的庄稼。那些在背坎上、堰沟边增种的瓜瓜豆豆，已经在开始牵藤了。走到放马坪时，好多人已经和老叶分了手。有的往东，有的向西，各自回去安排工作。老叶在青岗包任家石垣墙住家，一走出气死湾，他就沿着公路，一个人走去了。

这时，黄昏正在逐渐漫延开来，乱石窖山头上有人在打吆喝，叫把牛牵回去。忽然，一片响亮的说笑声从一堵竹林后面传来，接着迎面出现了一大群人。这是一帮年轻力壮的社员，他们一边走一边在聊闲天。

因为正在兴高采烈，直到老叶停下来嚷了一句："看把人撞倒啊！"大家这才一齐发觉了他。开始大吃一惊，接着哄笑起来，最后抛出各种各样惊叹辞拥挤过来。

这是三队的社员，有十多个，大半都是妇女。

"今晚上就抢栽完了！"她们回答着老叶提的问题。

"对！趁这两天夜里月亮好加把劲吧。可是猫盖屎的做法来不得啊！……"

"后天评比，你来把把细细检查好啦！"一个身体结实，翘起两条刷把头辫子的妇女叫道，"只要有一行不合规格，就把红旗送给我们，我们都不会要！"

"敢逗硬就不错！——可惜我现在还没资格参加你们的评比啊！"

"你不是出院啦?!"有人感觉失望地插进来问。

"要是已经出院，我比你们会笑得更响哩！"

他那幽默的语调、神情，使得大家全都笑了。特别是那个翘起两条刷把头辫子的妇女，笑得比谁都开畅。这个妇女是去年结婚的，圆脸盘，一双眼睛非常灵动。

"我还要回医院躺起耍啊！"他又调侃地补充说。

"回医院你怎么走这头?"一个年轻姑娘问道。

"霉了！"刷把头辫子顺手敲了那个年轻姑娘一下，装作气势汹汹地嚷道，"既然回来一趟，人家都不跟我们姜代表摆几句龙门阵?——怎么这样傻啊！……"

"对！"老叶大笑，"就要这样情绪饱满才好工作！……"

于是在一片哄起的笑声中望了任家石垣墙走去。

老叶的爱人叫姜桂芳，三小队的妇女代表。她身材魁梧，比老叶高半个头。正跟丈夫两样，她不大喜欢说话，是个一般说的闷肚子人，但是劳动起来比好多青壮年带劲。

　　当走到任家石垣墙时，他抬头一望，从背影认出了姜桂芳；她正坐在院坝边的石栏杆上，奶着孩子。这个院子，是建造在山坡上的，远远看起来好像一座寨子，有一道石梯坎通上去。整个院子几乎都是幼儿园的校舍，只有两边厢房住着几家社员。

　　他沿着梯坎上去，一边有点奇怪：他只听见一阵阵风车的响声，所有的幼儿，好像都回家了。但一跨上最后几级石梯，他才发现，为了养成节约粮食的习惯，他们正由阿姨领着，静悄悄地在一堆堆谎壳里拾麦粒呢！他没有惊动他们。默着声息，顺着栏杆走到姜桂芳面前去。而这使得姜桂芳吓了一跳，惊叫道："你咋个声都不兴张一下啊！……"

　　于是，那些聚精神拾着麦粒的孩子，还有两个阿姨，都一齐望过来，一齐发出笑声，一齐奔跑开了。最后，安顿好孩子们，老叶叫姜桂芳去取换洗衣服。

　　"看到这些小鬼，这个人又有点不想走了。"接着他又惋惜地对阿姨说。

　　"你还没有听见牛牛的趣事呢！"那个皮肤簌黑、头发剪得短短的阿姨笑道，"把人肚皮都笑痛了！看你想得到吧，他要我跟他去队上告他妈的状啊！……"

　　"那个女同志这两年不错呀！……"

　　"你听我说完来嘛！"小阿姨做气地跺跺脚，"前天星期，他回去换衣服，他妈说：'我给你烤个馍，等阵自己掏出来吃。'跟着就从柜子里取出一个馍来，烘在猪食灶里。……"

　　"这娃真有点心劲呢！"姜桂芳接腔说，拿来两件汗衫。

　　"是呀！"小阿姨接着说了下去，"他应得呵呀呵的，一句话都不说。

可是，他妈前脚一走，他就溜到这里来了。看见我跟大家在一道洗衣服，不好说得，就把我拖到一边，阴悄悄说：'我妈捡了队上的麦子！'……"

小阿姨为她自己惟妙惟肖的模仿爆发般笑起来。老叶和姜桂芳忍不住也笑了。

"一定是节约下来的预分小麦！"停停，老叶肯定地说。

"当然呀！可是你看，这些小鬼多有味呀！……"

"你还没有看见他们捡麦穗子那个劲啊！"姜桂芳插嘴道，"就像鸭儿一样，一下课就扑起来了，生怕他们跌倒哪里，招呼起来又不肯听；把人的嘴都拌玉了！"

"听说你们今晚上就可以把秧子栽完呀？"老叶随口问道。

"不栽完咋做呵？还有好多活路堆在那里！"

"该你们自豪呀！这回红旗准拿定了！"小阿姨说。

这时候，穿过黄昏，传来了一字一板的吆喝声：

"老——姜吧！龙门阵摆完了没有呵？！……"

"这个家伙调皮！"老叶说，愉快地想起了刷把头辫子。

"调皮是调皮，干起活来蛮呢！"姜桂芳说。

接着，她站起来，也吆喝着开了对方一句玩笑，于是把奶娃送到同院住的一个老太婆去领，出工去了。因为要同一大段路，老叶伴随她一道离开了石垣墙。

这又立刻引来一阵孩子们的叫嚷。直到两夫妇下了梯坎，走远了，这才清静下来。月亮已经升起来了。水田明晃晃的，倒映着天光云影。在这农忙时节，这是一个出夜工的理想天气。他们走着，一面谈着家常，谈着三队妇女组的工作安排。

最后，话题落在刷把头辫子的身上。

"这个人要注意培养啊！"老叶着重地叮咛说。

"已经在写入党申请书了！"姜桂芳接着说下去道，"我们跟四队竞

364

赛，挑战书都写好了，可是没有人愿意去，都讲那批家伙嘴爱打人。她可不管这套，说，'我肯信他们都长的是两张嘴！'一个人一阵风跑去了！……"

"一个人干工作就怕冷水烫猪！"

"告诉你吧！鬼东西两个月身上都没来了！……"

她说的是妇女们容易犯的那种毛病，老叶立刻就明白了。但是，由于姜桂芳说出这句话时兴高采烈的神情、颂扬的口气，他有点拿不稳，这实际上究竟是怎么回事？

"呵！"他怀疑似的叫了一声，"有喜啦？"

"哪里啊！"姜桂芳否认道，"就是没有来了！可是照旧干得来很起劲。我说：'鬼东西，赶快休息两天，吃几服药！'家伙不肯！说：'这有什么了不起哇！'还不让我汇报……"

"嗨！你这个妇女代表当得安逸！"老叶嘲讽地轻声叫了。

这是姜桂芳没料到的，她有点发火了。在路边停下来。

"照你这么说我还错啦？"她质问似的叫道。

"当然错了！"

"你听，我早就想好了，不管怎样，明天就让她搁下来扯押休息！"

"不要往明天推，走吧，我们一道去气死湾！"

姜桂芳还想辩解，但是，正跟往常一样，她从丈夫的语气、微笑，感觉到老叶的话不是随便说的。而且，已经感觉自己的确错了，所以老叶才一提起她就发火……

她沉默了一会，于是叹口气道："真是见鬼！"就动身了。从此没有再说什么。而在走了一段路后，老叶却用这样一句话说开了："现在想通了吧？"接着就开始谈到党的政策精神，谈到关心群众生活的重大意义，以及自己过去在工作当中的经验教训。

尽管始终没有插嘴，但凭经验，老叶感觉得她已经心服了。因为如果还有抵触，她会早就直直劈劈叫起来的。她就是这个脾气，想不通的事情，她不会沉默的。

他们快要离开公路，走向气死湾了，老叶忽然问道：

"你全面了解过没有，另外的人不会有问题吧？"

"背时的张惠兰、林秀真，也一个月都没来了！"

"全队就这三个？"

"前几天才逗的情况呢。"

"好！那就三个今晚上都一起搁下来，一起去找医生。"

"留到明天来吧！她们身体都壮……"

"同志，这个怎么讲价钱啊！"

"那就让生产摆起吧！这个工作我干不下来了！……"

姜桂芳又发了。她顺势在公路边一个土堆上坐下，充满委屈地诉起苦来。她的思路相当纷乱，既然承认自己做了笨事，但又感觉老叶有意跟她作对，而她最大的苦恼是：她们的整个计划给打乱了！

"你是担心评比垮哇？"老叶一直没有张声，现在，他轻声笑道，"不会！我已经听到你们队长汇报过了。……"

"我倒还没有想到这上面来啊！"

"那就好呀！不过不要夸大，生产绝不会摆起的，她们顶多不做重活，不下水田，吃几服药：这个有多大影响啊？"

可能这席话生了效，姜桂芳不响了。于是停停，老叶接下去道：

"这样吧！我找王老师去了，你叫他们跟着就来！"

"我不去！这阵恐怕都下田了，她三个又扯得狠，我喊不动她们！"

"你啥话都不要说，就讲我找她们！……"

他相信姜桂芳会照他的话去做的，于是，并不等她明白承认下来，他就转身走了。而且已经完全忘记了自己还在养病，忘记了自己还得赶回医院，也许还会受点批评。他把全部注意力集中到当前的问题上来了。

王老师是队上的中医，叫王石庵，就在一里路外的石床沟住家。

那是一座单门独户的小院子，竹树围绕，院子里全是果树。当老叶穿过果树林子，来到那一排低矮的瓦屋前时，老医生正躺在堂屋门边的马扎上养神，他的小孙儿在煤油灯下做算术题，老师娘子不在，可能睡觉去了。

整个院子都静静悄悄的。可是，正如人们常说的那样，老叶一到哪里，哪里的空气就会立刻活跃起来。现在，还不到一分钟，老医生已经变得精神勃勃的了。

"你叫她们来看好啦，啥时候看都行。"他热情地回答着老叶的请求。

"好！我已经叫她们去了。"

"是不是急病啊？下午一群人还一路闹麻了呀！"

"这个等阵谈吧。小鬼！让我剥削你点时间，行吗?"

因为那孙儿回答他，自己该做的习题早做完了，于是他吩咐小鬼，去大堰塘找一找张长哥。最后他哗啦一声，拖来一把竹椅，坐下，向医生谈起妇女们的病情来了。

老医生捋着胡须，不住地点着头，末了他叹息道：

"现在的年轻妇女不听话啊，啥事都爱逞能！……"

"爱逞能好呀！提起一葡，放下一堆，那个才叫要命！……"

这时候，老叶忽然转过话头，望了医生轻声笑道："家伙些像来了！"接着跨出门去，有所准备似的站在阶沿上面。而他一点没有料错，随着一阵阵低语声，三个人在屋檐口出现了。

三个人显然都是刚在田里做过活的，而且相信很快就会转去，把工作搞到底。因为她们的腿子都跟泥浆棒样，不曾洗过。身上脸上，照样沾着不少泥污。

一眼发现老叶，那个刷把头辫子就嚷开了：

"究竟啥事情啊，队长？催得飞星火急的，问呢，又不明说……"

"有交代的！你们进来坐吧。"

"我倒不想坐啊！再坐一阵，天都亮了！……"

刷把头辫子的口气非常执拗，因为她深切地感觉到，队长叫她们把好多时间都白白浪费了！但是老叶终于说服了她们，三个人于是迟迟疑疑地陆续走了进去。

刷把头辫子做气似的坐下，冲着老叶叫道：

"快说哇！还要回去赶活路啊。"

"不要着急！"老叶拖长声音说道，"你们今晚上横竖不干活了。"

"这究竟啥事啊？"一个瘦长精干的女同志叫出来。

"简单得很：请王老师给你们摸摸手杆！"

"看你们哪一个先来吧！"医生说。

老医生已经坐在孙儿温课的座位上了。他抓来一本书，放在书桌边上，摆出准备切脉的姿势。然而，效果跟他想的两样，三个妇女互相望了一眼，随即嘈杂开了。

老叶镇静地望着她们，沉默着，让她们嘈杂够了，这才说道：

"现在该我发言了吧？嘴头子不要硬了，人家说的，自己有病自己知，这个打埋伏没什么好处啊！……"

"主观主义！"刷把头辫子跳起来反驳道。

"一点也不主观：老姜已经把你们的情况向我谈了！"

经队长这一提，三个人立刻脸绯红了。而跟着来的既然不是恼怒，但也不是争辩，而是一片笑声。开始时很响亮，接着就你拉我推，变成了一片咻咻咻的匿笑。

最后，刷把头辫子一下变严肃了，堵着嘴生气道：

"这个背时鬼呀，跟爱人摆龙门阵摆到我们身上来了！"

"这是为你们好啊，哪个来吧！"老医生劝诱地说。

"我们不领她这个情！"

"今晚上肯定栽不完了！"有人沉思地叹气说。

"走！"刷把头辫子一蹦跳起来叫道，"哪个看病都兴估倒看啊！……"

接着，她就昂头挺胸，望着堂屋门边走去；其他两个人迟疑一下，也跟即动身了。可是，老叶已经一骨碌从竹椅上站起来了，堵在门边，拦住她们的去路。

"哪个今天走就是违反纪律！"他含笑地命令说。

"哪里有这么怪的纪律哇?!"

"拿老眼光来看，现在的事情就是有些怪哩！"老叶说，声调缓慢，但是照样干脆，"同志！只要有一点觉悟的，哪个不愿意把吃奶奶的劲都用出来啊！但是，工作不是一年半载就完了的，日子长啊，身体搞垮了将来只有在一边看热闹——那个日子才叫不好过哩！……"

他一口气接下去说了很多很多。而他所有的措辞，远比人们劝他住医院还要生动，还有说服力量。……

其中两个已经退回去了。只有刷把头辫子没动；但她忽然理直气壮地叫道：

"可是有一条哇：工还是要出啊！"

"当然，就是不出夜工，不要下水，不要做重活路……"

"哪个又不是月母子哩！"刷把头辫子火辣辣地叫道。

也许自觉说失了口，她随即笑起来。而别的两个同时笑骂她道："背时的！"但她已经转身冲到医生面前坐下，又气又笑地抛出右手臂来，把手腕搁在书本子上。

老叶怕医生问起来不方便；更重要的，是他想起，医生的小孙儿已经去了相当久了，还不见张长哥来，准备亲自跑上一趟，就离开妇女们出来了。而当他刚好走下院坝，张长哥就已经光起两条泥腿冲到了他面前。

张长哥显然是一口气赶来的，他满头大汗，气喘吁吁。他一碰见老叶，就立刻站定了，惊诧诧地叫道：

"老姜已经向我谈了！几个调皮鬼呢? 把她们交给我……"

"已经在屋里诊断了！……"

"好，那么你就趁早回医院去！"

老叶长长叹一口气，仿佛一身劲全跑了。

"忙啥哇？"他停停说，"还有好多事情跟你说啊！"

"那就说吧！"

"就是这些：赶紧把格外那些队的情况摸摸……"

"格外那些队的妇女代表都抓得紧，没有问题。这个姜桂芳也真够了！昨天我还在叮咛她：要注意那几个闯将啊！……"

"这个要她检讨！"

"刚才她来找我，已经表示过了，你还有些啥话说啊？"

老叶没有张声，接着四面望望。在这天无片云，月明如昼的夏夜，要是能够留下来同大伙一道出夜工多好呀！……

"我知道我拗不过你们！"他末了叹气说。

"不要东拉西扯，有就说呀！"

"好吧，马上我就滚蛋！……"

他的语调带点恼怒、懊丧和解嘲味儿，接着回转身去向医生告辞。这时，老医生已经在替另一个女同志摸脉了，正在轻声笑道："你这是喜脉嘛！"倘在平日，老叶会说点趣话的，但他简单打个招呼，就走掉了。……

他已经来到田坝里了。月光呀，水田呀，木炭画一般的圆圆的丘陵呀，全都显得十分美妙；只是心情总有点不对劲，不舒畅。好像他是去完成一件很不愉快的任务那样。但他走着，忽然得到一个想法，情绪一下又开朗了：他可以设法通过医院批准，请求回到家里养病！……

从前他只知道闹别扭，这太笨了。他得改变改变办法。当他走上公路，他的想法也就愈加成熟起来，步子也轻快多了，这时候，老医生的小孙子，忽然间出现了，问他见了张长哥没有？

最后，小鬼又提起一串黄鳝在他面前晃了几晃。

"你看呀，才一会就逮了这么多！……"

"好！——有本事！——过一两天我回来陪你逮！……"

他说得干脆，肯定，欢畅，整个调子渗透着一种孩子气的自信。

一九六一年六月十五日

一场风波

当会议主持人宣布了队长、副队长和队委的名单时，场子里骚动了，好些人感到震惊，气愤，立刻互相议论起来。当然，感到快意的也不少，只是没有公开议论。

现在，那个意外落了选的原任生产队队长，倏地一下站起来了。他身材魁梧，脸蛋胖乎乎的，带点笑意。满嘴灰白色胡楂子，光头，蓝布对门襟汗衫。中式裤子下面亮出一双涂满泥浆的赤脚。

他毕恭毕敬地向群众深深作了个揖，一面高喉大嗓笑道：

"阿弥陀佛！也得让我多睡一点觉了。"

随即在各色各样笑声中把脸转向那个新当选的队长。

"今天起你就把担子挑起来哇！"

"你开啥玩笑啊！……"新任队长忸怩作态地强笑道。

新任队长本来还有话要说的，可是对方已经穿过会场，走出去了，步履照样那么稳重。但是，他的神气，却说明他正在尽量克制自己。

那个会议的主持人，生产大队长，忍不住叫喊起来。

"嗨，老黄！你咋个就走啦？……"

因为毫无反响，大队长飞快跟出去了，在大门台阶上赶上老黄。

"今天这个选举不对头啊！你该看出来啦？"

"我是瞎子！"老黄简捷地说着反话。

他没有停一停，连头都不曾回一下，加快步子一直走了。

他很气恼，而且十分清楚，如果自己认真跟大队长周士兴搭上腔，他们会立刻吵起来。因为当选举快要开始的时候，几个正派而又老练的社员，显然已经看出蹊跷来了，曾经建议周士兴推迟选举时间。可是周士兴毫不在意，认为队长、副队长和队委，早就酝酿好了，不必对那几个家景富裕的社员疑神疑鬼，也不必再等那些尚未到场的社员了。

他也很不满意自己。打从合作化起，他就当上本队的队长了。这是个阶级矛盾比较复杂的队，可是就在前两三年，一九五九年到一九六一年灾情严重的考验当中，人们也是信任他的，他也正是依靠基本群众顶住了一切歪风邪气。可是，恰恰在这生产开始好转的时候，他落选了！因此，虽然不是瞎子，他可太麻痹了，只忙于抓生产，对于本队最近一些可疑的政治思想动态，没有及时提高警惕。

这时已经快正午了。晴空万里，太阳火辣辣的，四近树枝上的知了一个劲聒噪着。偶尔可以望见一柱蓝色炊烟从一个和尚头山包后面升了起来。

举行选举的地方距离老黄家不到半里。那是一座修建在山脚下的院子，院子前面有条堰沟，流水哗哗哗喧嚷着从西向东流去。

老黄的大女儿十七岁了，脚有点跛，正在堰沟边淘菜。

"爹！妈她们呢?"她问，当父亲快要走到沟边的时候。

老黄站定，抬起他那油汗渍渍的脸，笑起来。

"大女子呀！你看怪吧? 张土地被选成队长了！"

大女子是他从会场出来后碰见的第一个人，而且一向很得他的欢心，所以当一瞧见那张苍白、闪着大而漆黑的眸子的圆脸，他就顺着自己的思路，大笑着叫嚷了。好像是谈什么奇闻趣事。

大女子多少知道点张土地的为人。因为虽然自小就残废了，却很喜欢参加社会活动，近两年才专门担当起全部家务活的，一般熟人都叫她"事务长"。

现在，她一下直起腰来，瞪着眼睛叫道：

"他当队长？他当队长不把社员往歪路上领那才怪呢！"

"他敢！"老黄切齿地叫喊了，"快去弄饭吃吧，我还有事！……"

他重又感到了恼怒。因为对他说来，自己落选尽管不是一件愉快事情；会在支部会上受点批评，他也认为非常自然。他的全部担心恰恰正在这里：土地是否能够坚持党的方针路线，以及各项具体政策？因为六七年来，土地的表现尽管大体不错，前年又被选为队委，但是政治上始终都比较弱，往往经受不起自发势力的干扰。

老黄跨过摆在堰沟里的石凳，板起脸回家去了。大门外有十多步梯坎，梯坎上面是一个竹树围绕的小院坝。一列傍山修建的三间正屋，已经很古老了。这是老黄的祖父留下来的唯一的产业。一个地主"捉龙"，看上了这地方，死活要买，并且买通坏人放火烧了三次，可是老头子搭个窝棚，住在废墟上不肯走，说："老子就偏不卖给你！……"

老黄进得院子，就在阶沿上一张用许多小竹片串起来绷成的马扎上坐下。随即摸出一只皮烟盒来，动手裹叶子烟。这是他的主要休息方法，有时碰到儿女在家，他一坐下来就会向他们嚷叫道："把报纸读给我听！"虽然识字不多，他一直订得有报纸的。而他现在一面裹着烟卷，一面呢，却在开动脑筋，考虑这天的选举向自己提出的一些问题。

当他正把一支裹好的烟卷放在嘴唇边呵口气，又转几转，然后凑在竹烟嘴上吸燃，抽了几口，一阵嘀嘀咕咕的话语声，把他的思路给打断了。而他随即发现，他的母亲、爱人和大女子出现在院坝边，正在边说边走过来。

母亲已经七十多了，高长、瘦削，眼睛灰蒙蒙的，但还健康。特别她那干脆、响亮的话语声，说明她的精力相当旺盛。

现在，她在阶沿边站住了，拍着大腿望儿子嚷叫道：

"简直是丢人啊！选出来他不干了，还想把你笼起！"

她顿住，又四面瞧瞧，接着在儿子空出的马扎上坐下。

"老大，你听我讲!"她随又耸起上身，显得诡秘地望着儿子说道，"千万不要让他滑脱。既然选出来了，他不干也得干!"

"我才不赞成奶奶这个办法呢!"大女子翘翘嘴说。

"鬼女子呀! 你咋不看看啊，你爹这两年头发都花白了!"

由于这两年同阶级敌人和灾害做斗争，老黄的鬓毛、胡子，的确已经开始在转白了。这也正是老太婆之所以会对儿子的落选感到轻松，对土地的忸怩作态表示不满的主要原因，因此鼓励儿子不要让土地"滑脱"! 她一直认为当干部太苦了，凡事都得领先带头。

她知道家里人同老黄是一气的，随即又向儿子劝道:

"娃娃! 不要绷硬劲吧，你已经是五十带的人了!"

"妈!"老黄冷冷笑一笑说，"你着啥急啊，土地他会干的。这个人你还不知道么? 他怕人家会咳怪嗷，不能不做点过场呀!"

"这么不老实有资格当队长!"大女子扬败地愤愤说。

"你咋又多嘴啊!"老黄爱人叹息着叱责道，"现在啥时候了，还不快去煮饭!"

大女儿嘀嘀咕咕，端起筲箕走了。奶奶、母亲也陆续走进灶屋里去。老黄呢，提起草鞋，下河沟洗脚去了。而他刚才走出大门，土地来了。矮矮的，只有四十多岁; 但却蓄着两片胡子。解放前是个贫农，由于懂得庄稼，又会盘算，经过减租退押，土地改革，经济上上升得相当快; 但在政治上却逐渐衰退了。他对老黄一直有意见的，只是从来很少流露。

土地停留在梯坎上，叹口气，摘下垮垮草帽，诉起苦来。"这咋整嘛!"抬起焦黄的柿饼脸，土地一板一眼说道，"梦寐不知天的，一下就把你选出来了! 这不是打鸭子上架么了"

老黄一直没有张声，因为他相信自己一张嘴就会带刺。

"刚才我已经当众讲了，"土地停停又说，"还是你当队长。……"

"你这是开黄腔啊!"老黄终于惊诧诧叫起来。但他一顿，见怪似的横了土地一眼，冲到沟边去了。随即扔下草鞋，挽起裤脚，下到沟里，开始洗掉腿上脚上糊的泥浆。

土地愣了一下，接着便也跟下去了。他自信懂得老黄的为人，从来不随便说话的；他还有个错觉，过去两年老头子搞苦了，因而认为这个落选队长可能乐得歇一歇气。

可是土地始终有一点不放心：老黄不是一个普普通通的社干；而当他虚假地声明自己不干的时候，立刻就有一些人表示赞成；同时大队长还说过两口话："你先干下去再说吧！"谁知道自己上台后的结果怎么样呢？而土地又是那种摸到石头过河的人，凡事都怕上当。一九五五年合作化高潮时，他受过多少的煎熬啊！家里人成天同他吵仗，周围的空气不让他有片刻宁静；但他终于申请入社去了，因为他已经变成光杆互助组组长了。

他首先找到队长老黄，请老黄领他去见社长。老黄问他："想通泰没有啊？""想通泰了！""家里人都同意吗？"当然都同意呀！"老黄想了想又问他："不是讲你还要看看吗？""这个怎么行呢？听说以后不吸收社员啦。""根本就没有这个话！"土地于是叹口气道，"既然这样，那我明年入吧！"他果真到了一九五六年秋收后才入社，因为母亲、老婆和孩子一直都在嘀咕，而合作社又大幅度增产了。

一句话，他是不轻易下水的。现在他一定得非常明确地摸准老黄的态度。所以尽管他把老黄的直率看成粗暴，有些不满，当他走到堰沟边的时候，他又诉苦了。照例含含糊糊，只有那些深知他的脾味的人才能了解其中奥妙。

但他没说上三五句，老黄就停止洗脚了，伸直腰切住他：

"说撇脱点，你究竟啥意思啊？"

"我主张你照样当下去……"

"赶快把你这个话收检起吧！民主办社的原则没哪个敢破坏。你就把嘴皮磨玉了，我都不会答应你的：这你该放心啦了？"

"那你跟张书记讲讲呢！……"

"我怕张书记劈脸赏我两泡口水！"

老黄说得非常剀切，而且气虎虎的，接着他又洗脚去了。但才折下腰身，他又赶快伸直起来，带点笑意望定土地。

"逢真人，现本相，"他放低声音说，"你究竟有些啥顾虑啊？"

"我啥顾虑都没有，就只怕搞不好！……"

"咋个又钝刀割肉啊！"老黄重又凭着他的气性，直直劈劈地叫喊了，"告诉你吧，政策明摆在那里的，只要你不跟着你们张家那一簸箕人屁股转，包管你搞得好！一混一天，赶快召开个队委会啊！"

"这真是逼着牯牛生崽！……"土地虚假地叹息说。

土地显然还想说什么的，可也同样显然，老黄已经决心不要听他的了，早已丢开了他，专心一意勾下腰去洗脚。

当老黄跳上河岸，抖一抖水，套起草鞋，准备回家吃饭的时候，土地也正在打算离开堰沟；于是嗽嗽喉咙，诉苦道："简直做梦都没想到！"可是老黄一声不响，笔直走上梯坎去了。

对于这场会见，老黄的印象很坏。他越发为今后的工作感到不放心了。因为他确切地感觉到，即或土地不走岔路，麻烦也不少。七八年来，他跟这个队的歪风邪气做过多少次斗争啊！他也曾经在工作中犯过错误，但却始终坚持了集体化道路。这是需要最大的决心的，这种决心土地究竟有多少呢？

而在吃饭的时候，平常一些爱谈的题目，天气呀，庄稼呀，哪家子的约克母猪一窝下了十二头崽呀，全都收检起了。可也没有发生什么争论；只是奶奶偶尔嘀咕一句："想把哪个笼起倒不行啊！"或者："算盘都叫他打尽了！"而大女子则总是用她那嵌着一双漆黑眸子的眼睛，默默表示一下抗议。

等到吃过午饭，老黄从堂屋里拿出一顶草帽，准备去找支部请示的时候，大队长周士兴进来了。这是个瘦小、疾跳的中年人，他已经从几户贫农社员口中摸到了一些有关选举的情况，特地来约老黄一道去向支部汇报。

一听到周士兴在阶沿上同儿子讲话的声音，奶奶从灶屋里赶出来了。靠在门边，手上捏双筷子。于是她用那种农民中间传统的留客方式，又吵又闹地强迫周士兴到灶屋里去吃饭。

"你来嘛！我的饭又不是拌得有毒药呢。"

"我确实不饿啊！……"

"没有哪个往你喉咙里塞！——我有要紧话呀！……"

周士兴叹口气走去了。

"你听！"老太婆一把抓住大队长悄声说，"千万不能让土地滑脱！……"

这中间，老黄不住叹气、憨笑，但他毕竟同着周士兴一道动身走了。刚才走下大门梯坎，大队长就敞声笑道："你们妈真有意思！"于是接下去告诉老黄：土地早就知道有人在为他活动当队长了！主要是张补钉，土地的隔房哥哥，曾经不止一次串弄人搞投机，也不止一次受到揭发，因而对老黄恨透了。

这家伙最近钻了一个空子。因为过去两年劳动相当紧张，人们看见今年大春很好，丰收是十拿九稳了，希望松一口气；而集市贸易对好多人也有些吸引力。可是，为了保证丰收，老黄却在酝酿选举的会议结束时宣布了几条防止大家松劲的硬性规定。于是，会后人们嘀咕起来，就连少数积极分子，也觉得老黄太卡紧了！而补钉也就开始煽风点火，选举会上更挑唆几个家景富裕的社员暗中进行活动……

当大队长夹叙夹议讲述这些情况的时候，老黄不断地插断他。有时是下判断："这样说当然土地最合大家的胃口了！"有时是做注释："这一簸簸人一向就绞得紧啊！"有时又停在路边，面红耳赤地争论几句："我总不能当群众的尾巴呀！"等到走进大队部办公室，两个人都清醒白醒了。

支部书记是个愉快活泼的青年人，他一直眨着眼睛，津津有味地倾听着他们的汇报，末了，翕开嘴笑起来。

"安逸！"他打趣似的说道，"其他的队都没问题，你们跑来撅个底子！"

"这个我要检讨！"老黄严肃地插嘴说。

"首先我把问题看简单了！"周士兴抢着说，"鼻子不通……"

"你们争啥？如果检讨，我也有一份啊！……"

接着，书记同志就同他两个对情况做了进一步的研究。最后，做出决定：首先把贫农、下中农团结起来，充分发挥群众的监督作用。此外，书记同志还着重叮咛他们：应该把这次选举出的岔子同一些风言风语联起来看待，千万不能再麻痹大意了！

在回家的途中，老黄跑去找那个没有被选掉的党员副队长陈兴旺；但没找着。同样没有被选掉的队委兼会计的团员小汪，也连人影子都不见；但他却碰见好些社员，忙着上街赶下午场。他在"干茅厕"边一眼瞧见了胡幺爸；对方显然也瞧见了他，但是老头儿背着背筪，迈上一条田塍，贼也似的赶紧溜了。

胡幺爸无疑也是上街卖东西的。这个工作切实的水利委员，一向都很负责，经常总是扛把锄头，在中稻田边遛来遛去。而且就在这天早上，老黄在扯大田里的稗子的时候，还再三叮咛他："这几天正在火候上啊！"希望他能加强水的管理工作，不要疏忽自己的责任；而他竟也丢下活路赶场去了！

最使老黄吃惊的是：大花石那一片旱苞谷，遭偷了十多包，而困难户赵老娘正在抵挡着张补钉老婆的进攻。当一发现老黄的时候，老太婆好像是得救了，随即哭诉起来。

"难道我是为自己吗？把我啥怪话都骂了！……"

"我还没有撕你的嘴皮呢！"

"你又来撕好啦！开口闭口你女子只扯了一背猪草，怎么我一吼就筋斗扑爬跑呢？今早上这几排我还点过数呀！……"

补钉老婆飞快参前一步，切断赵老娘道：

"你还要吊起嘴乱说哇？"

"我看你今天就打她两下！"老黄冷冷地轻声说。

"我们敢打哪一个啊！"

补钉老婆态度缓和下来；但她忽然一眼瞥见那个披头散发，只穿一件棉纱背心，已经藏好苞谷的女儿，于是扯鸡骂狗地嚷叫起来。

"我知道你这个天杀的专门害人整人！……"

"妖风已经刮起来了！"老黄脱口而出地叹息说。

这是他对目前所见的各种消极现象得出的一个结论。接着他就提醒自己，不能听任它们发展下去。无论如何，对于这个就连一九六〇年灾情严重时也很少见的拿摸行为，必须坚决制止！

赵老娘建议道："我们一道去搜查吧！"声调紧迫而又机密。

"不！"老黄否定地摇摇头说，"她会摆在家里让你去搜？"

"难道就让她偷，让她泼么？你听，她越骂越凶啦！"

老黄含意深深地笑了。

"不要吓怕，把你前两次斗他们的胆子拿出来吧！"

"老娘倒不会怕她个泼妇啊！"老太婆嘟嘟嘴叫喊了，随又着急地扯一扯老黄的袖子，压低嗓音接下去道，"不过你听，决不能让土地来坐这个'法台'！啥事都奶奶打嘴皮，没点钢火，还不到一天就乱成这样了！"

"天不会塌下来的，你放心吧！……"

于是他对赵老娘进行了一番鼓动，谈到党和支部的领导，就向山王庙走去了。

他不是回家，是去找土地的。因为他已经有了一个想法：如果听任土地推诿下去，已经冒了头的消极现象很快就会得到发展。他想起了一九五七年整风整社前的情形，想起了书记同志指出的风言风语，他越发感觉问题不简单了。

而且事情会有这么遇缘，当他刚刚走过黄桷树的时候，地主张兴照的老婆，坐在自己的门边没头没脑骂道："我怕铁打的呢，还不是一阵雨就淋垮了！"老黄旋风一样转过身去，在路边停下来，目光刀锋似的紧盯着那个半老女人。最后，他悄声笑了："唉，骂呀！"地主老婆嘀咕着把头勾下去了。

这叫人很恼怒，但是也有令人欣慰的事：在离山王庙不远的地方，老黄被三四个贫农社员包围住了。他们十分直率地建议：老黄该照旧当队长！而当他笑活他们过于天真的时候，其中那个一向肝经火旺的小老头子，土地的一位隔房叔叔，带点警告意味地嚷叫了："不管你干不干，好坏雷在你头上打，——队长掉了你党员没有掉呀！……"

山王庙建筑在一个乱石窖小山上，赤裸裸的。土地老想栽些果树，但他担心队上收归公有，一直忍痛让它荒起，只是在山脚自己院子后面护了几片竹林。院子不大，没有围墙，七八年前改建的两间正屋，木料还很新色。前面几株橘子，早开始结实了。土地很懂得过日子，一向把整理院子当作一种消遣。土改时候，他为分得这个院子，用了多少心机啊！

当老黄走进院坝的时候，他听见一个熟悉声音正在嚷道："你咋这么样胆小啊！"而在同时，那个坐在横屋阶沿上锥着鞋底的土地的母亲，一个瘦小精干，成天都在嘀嘀咕咕，瞪眼咂嘴，好像对谁都不满意的神经质老太婆，忽然惊惊惶惶地招呼道："这才是稀客呢！"随又大声呼唤儿子。于是堂屋里的话语声立刻就绝响了。

一张翘胡子寡骨脸出现在堂屋门边。这是补钉，但是一晃就隐没了。而接着出现的却是张拖着两片胡子的柿饼脸。土地比他妈还惊惶，但他很快装出一副笑脸走了出来。

"哎呀！"他叹气说，"你来得正好！里面坐吗？"

"里面坐嘛。"老黄不动声色地说。

他听出土地的话里有鬼，并不真心欢迎他到堂屋里去。而且，一般农民也很少在堂屋里招待客人，于是，正像俗话讲的，他打抻腿子跨进去了。而他没有料到地主张兴照也在里面！

张兴照胡子花白，一向乱糟糟的；今天好像刚修剪过。

张兴照在张家辈分最大，人很阴，诨称狗头军师。他并不显得狼狈，照旧死眉瞪眼的。可是，一向凡事都能沉得住气的土地，却失掉他惯有的冷静了，偷偷向补钉瞪着眼睛。

补钉懂得土地的意思：你们把我害了！但他毫不在乎这些。

"走呀！"他站起来望定狗头军师笑道，"话已经说到头了！现在是集体领导，他一个人做不到主啊！只要你规规矩矩……"

"他来找我就找错了！"土地假装生气地说，相当欣赏补钉的机灵。

"他请求多划点增种地，不找你找哪个？你是队长……"

"我是啥队长啊！"

"总之，你们把我坑死好了！"张兴照忽然充满怨气地嘀咕着站起来。

他的怨气，主要是从仇恨党、仇恨整个革命来的，而且已经郁结了好些年了！一有机会就要发泄一下。接着，他就装出一副死皮赖脸的神情走了出去。补钉随即一面意味深长地哼道："不管哪一个是队长，问题总要解决！"一面也跟着张兴照走掉了。

跟过来的是那种闷人的沉默。最后，土地没头没脑叫道：

"妈的！总说他增种地划少了，缠着你不放！……"

"你不要解释吧！"老黄笑扯扯插入说，感觉自己已经进入一场斗争。

"怎么解释呢？难道我会跟他勾勾扯扯？前年斗他……"

"你不跟他们勾勾扯扯就好得很！"老黄严正地抢着说了，"是呀！前年斗他造谣，去年斗补钉搞投机，你都表现得不错嘛！可是，我要提醒你一句：一个人要始终站稳立场不容易啊！"

"我向党保证，永远跟他们划清界限！"土地情急地顺口说。

看神情，老黄相信他会有很多话要说的；但他忽然把眼睛避开了。

"怎么，"老黄意味深长地问道，"就这些啦？"

"难道对你我还会隐瞒啥么！"土地喃喃地辩解说。

"好，那就谈一点别的吧！"掉转话头，老黄谈了谈他在田间管理上发现的一些问题，接着又用警告口气说道，"我早就告诉过你了，赶紧开一个队委会，把工作抓起来啊，——拖下去对大家都不好！"

"我干不下来呀！"

"不要咬着这句话尽说了，出了差错你要负责！"

这时候，那个站在门外偷听，担心而又着急的土地的母亲，实在忍不住了，一下子冲过来，拍着腿子叫道："请你做一点好事吧！"于是走到堂屋门口求告，希望老黄不要把自己的儿子"笼起"！

"我根本就没有投他的票！"老黄直率地笑一笑说。

"可是你让我辞职吧！"

"你对我说这个话没有用处！"

老黄的语气是揭露性的，随又瞟眼土地，就走掉了。

现在，他已经有了一个尖锐的预感：土地已经落在地主和投机倒把分子的包围中了！他很激动，开始考虑该怎么办。没有留意从他身后掀起的土地两母子的争吵。这种争吵，近来是时常发生的，因为老太婆一直担心儿子会上大当。而当老黄刚好走过几根田坎远近，老太婆忽然又从后面喊起来了。接着，她就一气跑到老黄身边，带点欣喜和畏怯互相掺和着的神情。

于是她显得机密地告诉老黄：土地现在的确不想干了。

"补钉他们会答应他？"老黄反问得非常锋利，而且突然。

"他几个哪个还敢沾啦！都把嘴巴张得多大……"

老太婆扬起脸来，叫得很响；但她一下又顿住了。

"说呀！"老黄劝诱地催促道，"不要有顾虑嘛！"

"我没有顾虑。"老太婆说。

可是，她的神情却说着相反的话：她是顾虑重重！

"这样吧！"老黄接着说了，"你回去告诉土地，他不把情况讲清楚，我怎么插手呢？对支部，对群众都不好交代呀！……"

他的态度是随便的，好像一切都无所谓，但是，他的心情却更加激动了。这个急转直下的局面是他没料到的。离开老婆子后，他的步子逐渐加快起来，赶去找小汪和陈兴旺；可是又扑空了。

幸而两个人的家属都告诉他：他们都到他家里找他去了。于是他又赶着往家里跑。一路上，他照样碰到一些使人气恼的事，当然也碰到不少令人欣慰的事，但他一概都不在乎，只是咬牙切齿嘀咕一句："好嘛！"或者简单鼓励大家一通："鹅颈子那么长都有个下刀的地方！"这时已经半下午了，那些溜去赶场的社员正在陆续回来。……

当他跨过堰沟，爬完梯坎，刚一走进院子的时候，他就望了坐在阶沿上的小汪和陈兴旺笑道："嗨，天地间有些事硬遇缘！"于是一路走去，一路倾箱倒匣地谈着他在土地家里的遭遇。而那两个原是闷闷不乐的客人，脸色忽然也开朗了；而且小汪已经一蹦跳了起来，迎过去，不住地插断他。

"安逸！还没开张，地主就上门！"

"我估计他们早就有勾搭了，要不，土地不会那么心虚。"

"这明明是篡夺领导呀！"

"看把他们清鼻涕想干了！"这时，老黄已经走上阶沿，坐下来，一面掏皮烟盒；但他忽又停止了这个动作："你们听！他们把对象找错了：前怕狼，后怕虎，就会吃点雄鸡刀头！"

接着又叹息道："妈的，大半天没抽烟了！"于是掏出皮烟盒来。

但他并没有就住口，只是已经不那么激动了。他裹着叶子烟卷，一面就他刚才谈到的情况补充着细节、看法，希望大家一道研究对策。

最后，他们得到一个一致的结论：土地肯定会跑来辞职的，而不管他是真是假，他们都应该答应下来，立刻请支部和大队批准他！因为，无论如何，他们不能再对他抱任何幻想了！此外，他们还决定了一条：夜里赶紧开个组长会议，把工作抓起来。

这时候，从阶沿边望出去，可以看见一缕缕淡淡的炊烟：已经有人做晚饭了。而从大门边传来的零碎的话语声，老黄明白，他的母亲、爱人和大女子，也从菜园里赶回来了。

当老黄伴随着客人刚才跨下阶沿，老太婆已经走进院子，同时停了下来。

"你要记住我的话啊！"老太婆随又回过身叫喊说。

"记得倒啊！"小汪狡猾地笑道，"不要让土地滑脱嘛！"

"记得倒就好！要是不么，你将来水都休想喝我一口！……"

于是，带着媳妇，还有那个挤眉弄眼的大女子，走向厨房去了。老黄则伴送客人继续走下梯坎。这时候，小汪才一面走一面告诉他说，在去菜园之前，老太婆怎样向他们说起土地的事，接着大笑起来。

现在，客人已经跨过堰沟走了。老黄望着他们的背影吁一口气，随即转身进了院子。这一天来，他在感情上经历了多少的变化啊！失望、担心、恼怒，以及通过一场斗争赢得来的喜悦。而他眼前多少感觉有点疲乏。他在灶房门边瞅了一眼，接着走向堂屋门口，在马扎上坐下，准备躺一会。

但是，刚才躺下，他又立刻感觉不安静了。因为问题到底还未解决。他不时瞟一眼院子门，每次都希望他会发现土地，然而连影子都没有！最后，他神经质地一下撑起来了。而来的不是土地，却是小汪！而且神色有些诡秘。

小汪隐蔽在大门边，不住招手、跺脚，嘀嘀咕咕，老黄终于走过去了。

"这家伙啥事哇？"他问，当他到了大门边的时候。

"我在半路上到碰土地跑来找你……"

"在哪里？你叫他进来呀！"

"不！你们妈肯定会把他轰出去！"

老黄又气又笑地叹口气，接着，就顺着小汪的指点，跨出大门去了。而他立刻发现土地闷着张脸，拖着两片萎靡不振的胡子，坐在梯坎旁边一株香叶子树下。

现在，土地站起来了，摸出一份又皱又小、正式要求辞职的报告。

"请你认真向张书记谈谈吧！"他接着又说，眼睛始终顺在一边。

"你现在真的不想干啦？"并不接过报告，老黄问道。

"我一直就不想干啊！……"

"你听！我已经向你妈说过了，不把情况讲个清楚，没哪个好管你这件事。懂么，支部、大队都不好向群众交代呀！"

"可是我的确没有什么好讲的啦！……"

土地重又受屈似的坐下去了。而且自始至终，什么都不肯讲。

可是等到次日晚上，根据支部指示，全队开会讨论土地的辞职问题，以及队上最近发生的一些思想情况的时候，经过群众把各人直接得到的零零碎碎的印象一凑，事情可完全清楚了。特别是前天下午的情况：补钉他们曾经编土地挤掉小汪的会计职务，把队上保管的余粮拿到外县去卖高价……

新的选举是在第三天举行的，老黄重新又被选上队长，土地可连队委也落选了。只有少数几个人没有投老黄的票，其中一个是他母亲。而且选举刚一结束，她就冲气走了。

而且，等到儿子、媳妇和大女子走回来，她还埋怨了好一阵。

"娃娃！"她末了叫道，"已经有人在骂你了：死死抓住队长不放！"

"只有奶奶才爱听这些话！难道能把刀把子交给地主坏人的应声虫？"

"这个鬼女子啊！再不想想，你爹翻过坎坎就五十三了！……"

"妈！"取掉烟嘴，老黄甜蜜蜜笑起来，"你老人家忘记了，爹六十带了还在跑流差啊！……"

因为下午他要主持新的队委会议，接着他就催大女子去做饭。

一九六三年二月 — 六月二十一日

煎　饼

打从早上刮起的风，现在停了。那些被风吹得时隐时显，在田土上、坡道上、林莽上东一块、西一搭的所谓花花太阳，也已经定形了，四处闪耀着冬季少有的温暖阳光。

翻过山坳，刘家柏在垭口上站了会，吁口气，又满足地笑一笑，随即笔直望山下走。这楼房沟整个正冲全都是冬水田，水关得满满的，平静的水面倒映着山光云影。远处传来一阵阵在砧磴上捶打衣服的声音。一群种鸭，在山脚一块屯水田里，正在缓缓游来；却又忽地掉转头游开了。

刘家柏沿着水田和坡土之间的石板村道走去。他中等身材，棉上装是敞开的，肩头上照例扛着一只沉甸甸的篼篼。可能由于在部队上生活了几年，也很可能由于公社党委对十大队的表扬还在不断发挥作用，他昂首阔步走去，正像参加节日游行一样。同时，尽管地方并不僻静，时间也不对头，但是，出于习惯，一面却也随意地张望着，希望发现一些可以肥田的狗屎、牛粪之类的东西。

自从参加公社党委扩大会后，他已经扛着篼篼，在本大队奔跑了两天了。他是以十大队支部书记的身份参加公社党委扩大会的。会议内容是讨论全社对待贫、下中农的问题。刘家柏十三岁就当放牛娃了，十七岁做雇工，解放后又在部队上受过严格的政治锻炼，他对贯彻党的阶级路线，一直比较重视。但是，党委的表扬没有叫他昏头，想道：

"还得搜下缝缝!"于是会后又到各小队深入检查。

检查的结果相当满意。现在,他又来到七小队、也叫楼房沟生产队了。这楼房沟是他住家的地方,但是支部不在这里,他的劳动据点也不在这里,因而一向很少在家。这里两坡两岸都有人家,一共三十多户。这时,有的人家,已经在烧火做午饭了,淡蓝色的炊烟袅袅上升。在大柏树坎脚一块冬水田边,一个中年妇女一手提着一筐子红薯,连筐子一道放在水里,一手拿着一根棍儿,插在筐子里不住搅动。

这中年妇女是生产队长万泰全的爱人,叫张秀碧,肩宽腰圆,身板矮笃笃的。刘家柏停下来了,招呼过后,就问她万泰全在不在家。

张秀碧扬起通红冒汗的脸蛋,做作地生气道:

"你倒还要问呢!天还没亮,一帮人就到后沟积肥去了!"

"你们的计划还没完成?一晃半个多月啦!"刘家柏的口气显见有点责怪味道。

"不要主观主义!先到我家里看看罢!走,走,走!……"

张秀碧不洗红薯了。她一面用围裙擦着冻得通红的手,一面吵吵嚷嚷,从田边冲上来,挽住支部书记去她家里检查。刘家柏不住一唱三叹地打趣说:"看把肚皮气爆!"同时却也顺着对方的指引走去。

张秀碧就在半坡上住家,打从村道走去,有三十多步梯坎。从前是一座地主的院子,屋基全是红砂石砌的,现在住着四户社员。院坝也是红砂石砌的,很宽敞,用粪便浆过的草皮子,堆头比半个月前,他回来安排加强耕牛管理和调整饲养员问题时看到的,大多了,就跟山丘一样,上面盖着稻草。这院子是队上储存肥料的一个重要基地。

看过堆肥,张秀碧又领支部书记去检查那个饲养公猪的猪圈、私人茅坑和一座牛栏。这中间,女主人就一直抱怨着,语调呢,却照旧是愉快的。不过抱怨的题目已经变了:不再是支部书记的主观主义,而是丈夫没有划算:肥料已经差不多了,却还在拼命搞!刘家柏半开玩笑地批评她道:"我看你又整得风了!想想看,肥料多得少不得嘛!"

临走时候，刘家柏又打趣说："让我来卸卸包袱！"把早上和一路捡来的大半箢箢牲畜粪，连同箢箢搁在一堆干肥堆边。而等到张秀碧拿了根秤出来，他已经走掉了；只是大声留了句话："箢箢我下午来取哇！"对待自己，不管是肥料啦，粮食啦，他对称斤论两，一向就不习惯。接着，他又顺路看了两三户社员私人的粪堆、茅坑，就到家了。那是修建在村道边平坎上的一列茅屋，屋后拥着一片竹林，门前有一小块晒场。晒场老坎边有一株黄桷树，笼罩着半边村道。

晒场上没有人。堂屋里也只有几只鸡蹲在拌桶边缘上休息；刘家柏一进门，却都立刻飞出来了，扬起一阵尘埃。他没有理它们，在一张方桌边坐下，掏出烟盒裹烟，一面同他爱人拉起话来。他从屋顶上冒起来的炊烟和灶屋里的响动，猜到了她在隔壁灶屋里做饭。

刘家柏是这样说开头的："多下一点米啊！"而跟着来的谈话，也不外是家庭琐事。奇怪的是，对方的口气，却比往常还要生硬，还要直率。幸喜他十分了解她，心绪又很愉快，一直毫不在意。

末了，他又叼起叶子烟管，走到灶门边去，做作地叹息道：

"哎呀！怎么今天一个二个都这么大的气啦？……"

"再给人家骂几场就没气了！"他爱人韦素真说。

这是个长条子妇女，青水脸，年纪三十带点，正埋头在案板上咔哧咔哧切菜。刘家柏知道，她的心胸有点狭隘，一定又听到什么不三不四的闲话了。但他认为这是当干部免不了的，因为社员觉悟水平并不一致，特别地富反坏又还没有死绝。他十分开畅地笑了起来。

"我早就说过了，挨骂最不舒服；可也要看骂得对不对头！……"

"你自来肚皮大嘛！"韦素真插嘴说，带点嘲笑味道。

"好！快做饭罢！——这阵我两个说不通！"

刘家柏退回堂屋方桌边去了。随即坐下，掏出笔记本来。他感觉他爱人在讽刺他；而他有时真也容易光火，很难自己克制。当然，较之解放初期，却好多了，正像他自己说的，棱角已经叫各种尖锐复杂的斗争和工作磨玉了。

可是现在，他仍然有一些不痛快，想道："一句好话从她嘴里冒出来都会变成坏话！"接着开始考虑这天下午的活动日程。当然，除开继续检查大春备耕工作，有关贫、下中农的问题，他也得向队委强调一下。谁能说这中间不会出岔子呢！

他的不痛快，很快就被对待工作的热忱所代替了。他从刚才非正式的检查，看到了美好的前景，重新感到满足。这时候，一个高大、健旺的老头儿走上阶沿，显然打算进屋；却又忽地停下来了。

这是刘家柏的父亲，六十多岁了，他爆发般地嚷道：

"你回来得正好！也该帮我们顶两天了！"

"噫，今天日子像没有选好啦！"刘家柏大吃一惊，接着故为幽默地说。

"选得好啊，总算还没有提名道姓、敞开大门乱叨！"

"爹，"韦素真在灶房里搭腔了，"少说些哇，他啥都装得下！……"

这个平素言语短少，喜欢赌点闷气的人，跟即三脚两步跨进堂屋来了，出乎意外地噼噼啪啪了一长串。而除开抱怨、指摘，却也终于揭穿了他们这样生气的主要原因：向大娘这几天叫嚷得更凶了！

事情是上次调整饲养员引出来的。而对于向大娘说来，问题却也相当简单：女儿学习养蚕去了，自己年纪又大，于是队委会就把那头快满一岁的小牛，调配给了钟万山两父女饲养。这既不会使她生活发生困难，那个对养牛较有经验的老贫农的收入，却能更有保障。这是很合理的。然而，老太婆可不满了，吊二话了，就是瞧见支部书记家里人的影子，也要骂几句彩话了。

这种无理取闹的叫嚣，是队长根据队委会同小组协商后做出的决定，跑去牵牛那天就开始的。那时候刘家柏正要回大队去，听了万全的汇报，他轻描淡写地说："是她妈个火炮性子，吵一阵就过了！"可是照旧做了安排，要求队长拿出耐心去做一些必要解释。

当时，队长对于这个建议信心是不大的，可是后来终于也接受了。……

"我问你哟！"现在，刘家柏站起来反问道，"难道老万一直没有去找她吗?!"

韦素真直直劈劈答道："就差没有趴下来给她磕头！"说完，退回灶房去了。

刘家柏哼声气，逆来顺受似的坐下；随又敲敲桌子，一蹦跳了起来。

"看你骂得到多久吧！"他大声说，仿佛向大娘就在面前，"你总没有本事把那头牛骂转去！"

他重又坐下，专心一意翻阅笔记去了，而对于父亲紧跟上来的唠唠叨叨，他连气也不哼一声。老年人的抱怨，是掺杂有个人利害的，因为去年为了照顾一户贫农社员，他喂的那头沙牛，被调走了。经过说服，他一直没意见；最近他可多少有些想不通了，仿佛自己是吃了亏。

正像自来熟人们形容的，支部书记是这种人：只要下了决心，牛都拖不转来！所以尽管随着语言的洪流，老头子逐渐暴露了一些自私自利打算，他也沉得住气，一言不发，照旧翻看笔记本子。

可是最后，他一下合拢本子，同时却又尽力抑制地拖长声音说道：

"爹！你老人家咋个朝向大娘看齐啊？事情快过去一年了！……"

"人家骂都骂得，我提两句就错啦?!"

"我不是说你错了，你的话对群众有影响啊！过去你不是常说，丙子年大饥荒，十顿就有九顿吊锅，好容易搞到一点红苕鼻子，都赶紧给刘树成家里分一半。比起过去，现在生活算好上百倍啦，更应该关心一下阶级弟兄才对头啊！……"

"背时老婆子这一向把全队都闹酸了！"父亲叹息着插入说。

父亲的口气是和解性的；随即担起粪桶，到屋后自留地淋菜去了。

刘家柏对于这场谈话相当满意。因为父亲脾气很倔，往往，一两句话就闹崩了。而他由此推论，人们之所以没有把向大娘劝转来，一定因为没有摸住她的气性，没有用新旧生活对比来启发她、说服她，因而在态度话语间出了问题。

而且，他还忽然想到，老太婆尽管脾气躁点，喜欢吵架，人还是不错的。自从相识以来，他就知道，几乎没有人不讲她嘴臭，不讲她思想有些糊涂；同时可也讲她耿直，讲她厚道和勤劳节俭。他有点失悔上次没有亲自跑上一趟，以至于把事情闹僵了。于是下定决心，只等把积肥情况检查清楚，他就去拜访向大娘。

现在，他的心情又同他刚才进沟时一样的舒畅了，感觉一切顺顺当当。然而，当他应着韦素真的招呼，站起来，准备去灶房里烧火打杂的时候，一个瘦小、和善、胡须零乱的老年人，在堂屋门外阶沿下出现了。老年人身后跟着一个女孩，女孩手上牵着一头黄色小牛。

这老年人正是钟幺爸钟万山。他早年丧妻，直到解放后才续弦；刚才生了一个女儿，却又抛开他去世了。因为年老多病，他每年都得队上照顾。女儿初小毕业以后，就参加劳动了，可是因为人小，身体又比较单薄，作用不大……

刘家柏首先发现的是钟幺爸，接着可就把注意集中在那头小牛身上。

"钟幺爸！你这是做啥哇?"他惊问道，已经跨出堂屋走到阶沿上面。

"这个牛我不敢喂!"钟万山说，立刻避开对方的视线。

"少听些闲话吧!"

"你总不能成天把耳朵塞住呀!"

"她那副脾气你还不知道么? 我只当她把胡豆吃多了!"

"单骂我倒没关系。"老头子克制地叹息说。

"我知道! 主要是骂我嘛? 自己人骂几句有啥子关系啊，就连五七年几个坏人煽起那么多社员骂我，我都不在乎哩！……"

这倒是的确的，在一九五七年那次轰轰烈烈的农村社会主义教育运动当中，作为生产队长，刘家柏曾经受到不少指责，因为所有四类分子都乘机活动了，到处煽阴阳火。但他不是一来就能不在乎的，最初两次会上，却也十分光火，特别因为他直觉到少数人明明是拿他当靶子攻击党。可是，由于党的耐心教导，不久他就能够硬起头皮听了，逐渐由咬牙切齿变得心平气和起来，开始接受考验。

每一想起这些，刘家柏总显得很开畅，因为经过那次运动，他那过分直率、容易激动的脾味，显然变了。就连钟幺爸也对他赞赏过："想不到你涵养这样好！"但是现在，对于他的提示，他的情绪，老头儿却一点也不在意，反而向女儿生气道："你咋站在那里就跟木桩样啊！"接着夺过牵绳，牵起牛朝着那株黄桷树下走去。

刘家柏跳下阶沿，赶过来了。因为老头儿已经动手在一根丫枝上扎牵绳，决心把小牛留在这里，不要养了，免得挨骂。而且，不管支部书记怎么解释、劝阻，他也丝毫不肯改变自己的主意。

看来女儿还有些舍不得。她已经走下平坎，却又回转身站住了。

"刘书记！"她带点恳求意味地高声叫道，"记到给它喂点淘米水啊！"

"哞哞，哞哞！"小牛甩着尾巴，叫起来。

"你转来我跟你说呀！"刘家柏嚷叫道，好像事情有了转机。

那女儿迟疑着，她显然理解书记叫她转去的意思，而且她多么喜欢那小牛啊！老头儿无疑也理会这一切，但他十分威严地嚷道："你骂还没有挨够哇！"接着，那孩子就垂头丧气，跟着父亲走了。

这时候，支部书记的父亲、妻子，也早已来在阶沿上了，可是意外地没有抱怨。

"真还没有见过这样要横的人！"韦素真叹气说。

"要是你向大爸在么，她早就挨了吹火筒了！"父亲说，知道媳妇讲的是谁。

刘家柏一直抚摸着小牛的颈子，思索着，现在他叹口气道：

"我就不相信蛇是冷的！你们把牛照管下吧。……"

"霉了！找上门去挨骂。"韦素真说，猜到了丈夫要去找向大娘。

"她敢打明叫响乱骂，开她的斗争会！"父亲说，感到愤愤不平。

他是一向相信儿子的威信的，很希望刘家柏跑去替他出口恶气。因为就在这天早上，老太婆还唠叨了一些叫人无从回嘴的彩话，肚皮里有些七拱八翘。可是，刘家柏一句话也没说，就走掉了。

向大娘住在下沟。下沟地势开旷，顺路笔直瞭望过去，从远远一些孤立的和尚头小丘陵的空隙中间，偶尔可以瞥见冬天碧绿的嘉陵江、江上的木船和南岸白晃晃的河坝。这里同八队交界，人口较密，一个组的社员，几乎全部都在大田湾半坡上住家。而在横沟对面，却是八队社员的住宅。沟很窄，平常说话大声一点，都能彼此听见。

向大娘的房子位置较高。当经过坡道边一座瓦房面前的时候，刘家柏发现，有三个老头子在门边坝子上晒太阳。其中一个是八队的，叫谢胡子，身穿蓝布大褂，头戴一顶半新的棉制帽，两个耳朵拖起。他过去也做过饲养员，但是那条已经给他喂得来生了癞的牯牛，也在半个多月以前，调配给一户贫农去了。这也是为什么这一向他对向大娘的叫骂很感兴趣，经常踱过沟来，一面欣赏，一面说点火上浇油的话。

这时候，尽管老太婆已经做完她的日课，进屋做饭去了，因为这一天的叫骂非常有效，钟万山是空起手从上沟转来的，他真有些舍不得走，正在向他的亲家推测着事情的结果。而若果这一次向大娘斗赢了，至少，他这个名声不好的富裕户，也有理由公开吊二话了。

刘家柏本想一直走过去的，因为察觉到几个人的神情不很自然，好像刚才做过什么见不得人的事情，他在坡道上停下来，接着随意扫了大家一眼，然后把目光停在谢胡子的脸上。

"你走亲戚才方便哇！"他笑说道，"跨过沟就到了。"

"在家里没事干呀！"谢胡子回答，"重活路不敢碰，轻的呢……"

谢胡子叹息起来，不响了，随即装着裹叶子烟，回避开对方的视线。而且，这以后，不管刘家柏问他什么，他都答道："不知道啊，我现在是闲人！"但却暗自兴高采烈地对自己说："今天有好戏看！"因为他已经猜到了支部书记是来干什么的，准备留下来看个究竟。

刘家柏一向知道这个富裕农民的为人：奸猾、阴险，喜欢打点肚皮官司。现在，从简短的对话中，他更看出他来串门子的目的了，而且联想到别的两个队在解决耕牛饲养管理问题上引起的思想波动。一句话，目前摆在他面前的任务的实际意义，远不止于解决向大娘和钟万山之间的问题。

而且，他忽然觉得向大娘的吵吵闹闹，是情有可原了。因为事情非常明显，如果没有人从中挑拨，她不会吵闹得这么凶、这么久的；同时也更失悔自己没有早一些来看她，给谢胡子他们钻了空子。这是个时机问题，但也说明自己工作粗糙。而且他还感到对不起向大娘，因为还未成年，他就跟向大爷一起替地主干活了；解放以后，两个人又一道搞工作，经历过不少风险。……

他含笑看了谢胡子一眼，意味深长地说："好罢，不打扰你们了！"于是转身望向大娘家里走。这儿离向家只有三五十步。那是一座麦秸盖的半新草房，相当高敞，屋檐口悬挂着一个棕包，和两三饼向日葵。他一路走去，一路盘算，应怎样进行这场访问。

当他走上阶沿，进了堂屋的时候，他忽然嗅到一股煎炸什么食物的香味，立刻想到了一个适合他的决定的借口。这个决定的主要之点，是尽力暂时避开他必须解决的问题，不要让向大娘一见面就大吵大闹起来。

于是他一面拐向左首灶房里去，一面轻松愉快地笑道：

"呵哟！煎啥这么香哇？……"

向大娘五十多岁，身材高大，相当健旺。儿子早分开了，身边只有一个女儿，现在在区上学习养蚕，不久就要回到蚕室工作。听到刘家柏的招呼，她不免吃一惊，而一等她清醒过来，客人已经站在灶头边了。

"煎饼啦！"刘家柏一直显得又亲切又愉快，"难怪得……"

"煎鬼脑壳！"向大娘嚷叫了，"煎那些没有长心肝的！……"

"咋个煎鬼脑壳啊？可是你用粮真会划算……"

"还有你会划算？熟人整起来多顺手呀！……"

"冷静点嘛！咋个总是一来就乱喊乱叫啊？……"

"就是要喊！——就是要叫！——给人卡死还不准张声吗？办不到！……"

于是，一场贺真价实的叫嚷，就认真开始了。而且倾箱倒匣似的恨不得一下就把她所有的"怨气"全部倾倒出来，简直弄得刘家柏插不上嘴。可是她也没有忘掉她的煎饼，依旧站在灶头边上；一面挥动锅铲，一面顺嘴叫喊下去。

这种一触即发、气势汹汹的爆发，多少出乎刘家柏的意外，他有点失措了，一时不知道怎么办好。说句笑话溜走，另外等机会再来吧，他又担心蹲在几十步外的谢胡子们更会得意忘形地煽风点火。拚着气性，压服下对方吧，这当然更不行；但又感觉自己已经有些气胀……

最后，他心一横，干脆响亮地、带点嘲讽意味笑道：

"好！我来帮你烧火，让你骂一个够，——过回饱瘾！"

他果真走到灶门口去，坐下，烧起火来；向大娘可忽然不响了。

"可是饼煎好我要吃啊！"刘家柏又乘机含笑加添上说。

"你吃个铲铲！……"

老太婆重新获得力量，又开始进攻了，而且是指名吊二话了：口口声声刘家柏存心想卡死她，以及诸如此类的横话。而刘家柏呢，只是偶尔简单地岔上一句："饼焦了，翻下身罢！"或者："火大了就开腔哇！"好像这些叫嚷和他完全无关。

单从气势来看，老太婆可能一个劲吵上顿把顿饭久的，可是，这种不讲道理地直喊直叫，毕竟难以持久。而且，那个被她责怪的对象，是多么古怪呵！始终心平气静，一点不动声色。这太没味道，也太叫人难堪了！倒是他跳起来回敬自己几句痛快得多。

　　所以末了，她顿然感到筋疲力尽，无法吵下去了，叹口气道：

　　"好吧，看你把我怎么卡吧！横竖你有道理。"

　　"咋个这么讲啊？这半天我嘴都没有张呀！"

　　"又没哪个给你贴上封条！"老太婆重又叫喊起来，而且伸出上身，逼视着刘家柏质问道，"我问你哟！为什么我们没资格养牛哇？原来就是因为背时死鬼子修了两间房子，就把我们的成分变了！……"

　　"这是哪里来的话啊？"刘家柏否认说，想起了谢胡子他们。

　　"你现在是书记啦！当然买不到了。"老太婆只顾自己嚷叫下去，并不听对方的，"前年抗灾，我女子上工迟一点就刮胡子！去年我带起病种红薯，这该算够份啦？可硬说我种的不合规格，招呼不打一个，就扒爬筋斗地跑去替你返工，惹得大家都笑话我：'你这个工分松和！'……"

　　"对，对！你把它都抖出来！"刘家柏说，没有想到隔阂有这么深。

　　"我当然要抖出来，"向大娘接着叫道，"这两年气叫人受够了。……"

　　于是接着大翻陈账。属于刘家柏的不多，大半是队长的。相当琐碎：有的仅仅因为几句话说重了，或者分配粮食时偶尔发生过一点疏忽；而且她把这些全都记在刘家柏的账上，因为从她看来，若果支部书记照顾一点，旁人就不会对她这么样不公平。

　　然而，由于她的不满基本发泄完了，她已经不像先前那样的叫嚷了，逐渐变得像摆家常一样。随后，当话题重又回到调配耕牛的问题上时，语气也比较平和。而她最不服气的是，她哪一点比不上钟万山？！

"老落后！"她忽然提高嗓子接着说道，"每年都要队上照顾！……"

"你这个感情不对头啊！"刘家柏微笑着轻声说，意味却很深长。

"啥叫不对头哇？这些人就是敢说硬话：不喂牛也能够活下去！"

"好，不打断你，等你讲完我再讲吧。"

"我没有讲的了！你怕我不清楚，你那张嘴，把雀雀都哄得下树！"

老太婆重又显得有点气势汹汹，但从她那恼怒的神情，斥责的口气，人却不难显明地感觉到，她对这个曾经同甘共苦过的支部书记的精明能干，多么赞赏！而且渗透着一种母亲般的慈爱。

这时候，饼已经煎好了，她先把它们盛在一只大斗碗里，盖好，然后动手做腌菜汤；神色矜持而又威严，好像对于刘家柏已经开始了的道歉、解释，完全无动于衷。因为支部书记的态度是诚恳的，而且把一切工作上的疏忽，以及真正属于缺点错误的东西，一并包揽下来，没有半点推诿。

然而，装假总是不容易的。当刘家柏向她说明他近来的忙乱情形，又进一步检查自己思想上对她关心不够的时候，她想起过去一向对支部书记的猜疑、抱怨、责怪，老太婆的矜持，可终于垮台了。

她忽然胡乱地挥挥手，满足而又害臊地截断刘家柏道：

"算啦！不要扯了，——话说对了牛肉都做得刀头！"

"没忙啊！"刘家柏慢吞吞说，"正事都还没有谈呢。"

"就是那头牛的事嘛？钟万山他喂好啦！我做点手头活路方便得多。"

"对！你这个态度不错。可是，我对你还有点意见啊！"

老太婆正想在烟雾腾腾中揭开锅盖，准备盛汤，她一下愣住了。

"你对我有意见？"她末了问，显然没有多少思想准备。

"总不能说，你闹了半个多月，就完全正确啦？"

老太婆沉重地叹口气，显出一种有苦难言的神情。

"不要紧张。"刘家柏接着又说，"这个有啥紧张的哩！……"

"我紧张个屁!"老太婆忽然又喊叫了,"顶凶把我弄到队上去斗争嘛!——检讨嘛!……"

"咋个又吵架啰!……"

"我不跟哪个吵架!请吧,你七盘八碗都端出来!……"

老太婆转身退到食桌边去了,坐下,气呼呼地闷着张脸。

于是,刘家柏就开始提意见。但这与其说是进行批评,不如说是谈心。他用本乡最近一些具体事件,娓娓动听地说明着某些人对于加强耕牛饲养管理和调整饲养员这些措施的反对、抵触的深刻思想政治意义,认为这是一个阶级立场、道路斗争问题;但却很少直接联系到向大娘本人,只在重要地方提示一句两句。

老太婆听下去,情绪逐渐松弛下来,不那么气呼呼了。这不止因为刘家柏说话的态度好,方式好,包括大会、小会和私人谈话,这些道理,解放以来她听过很多了,每一次她都心悦诚服,而且下定决心,以后任何时候都要站稳立场。……

奇怪的是,这一次说起来她总多少有点心烦、难受,所以末了,她忽然惊诧诧嚷叫道:

"好啦,究竟还喂不喂肚皮啊?煎饼恐怕都冷硬了。"

"那么你承认自己这回错了?"

"人在气头子上,就是啥话都说得出来啊!"

"可是,你总得讲清楚:是不是搞错了?"

"看你还要我画滚身图么!你不吃算了,我可饿啦!……"

老太婆忙着盛汤、端饼,摆设午饭去了,装着不理睬刘家柏。

刘家柏呢,也没有再逼着向大娘直直劈劈承认错误。因为老太婆显然已经服输,不会再在养牛问题上打麻烦。这就行了。而且,根据经验,他也不相信一次谈话能够解决多少思想问题。

现在,他们已经一边吃着煎饼,一边扯着道地的家常话了。一时是解放前在地主千俭省家里干活的小故事,一时又是解放后的一些珍贵回忆。前拉后扯，杂乱无章；但又显然是脉络相通的。而且，当两个人想到这些、谈到这些的时候，彼此都有一种强烈的共同感情。

这种既非政治、又有政治的谈话，一直轻快地进行着。可是末了，老太婆忽然变得严肃起来，推一推刘家柏，然后俯身在食桌上。

"你听！"她低声警告道，"支部要注意一下谢胡子啊！"

"咋个一回事呢？"刘家柏问，他也正想找机会问问谢胡子的情况。

"到处吊起嘴乱说啊：'成分又重新划过啦！''当困难户最划得来啦！'……"

老太婆接着还提供了些情节，只是一个字也没有谈到她自己就曾经上过当。刘家柏也没有追问；她能认真反映情况，就不错了。而对于谢胡子的胡说八道，他却进行了深入具体的分析批判。只有一点没透露，他准备向支部建议，就从谢胡子这一线索入手，查明最近所有谣言的来源，对社员进行一次阶级教育。

一句话，吃饭闲谈当中，因为最后接触到了这个比较重要的情况，两个人的情感也就更为融洽，好像从来没有发生过隔阂一样。可是，到了刘家柏告别的时候，老太婆却又忽然大嚷大叫起来，完全火了。

这是因为，刘家柏坚持非给粮票、饭钱不可，而老太婆呢，却硬要招待他吃顿煎饼。

一九六四年四月十四日

五千斤苕藤

灯油已经燃掉一半，鞋底也快要纳完了，丈夫却还不见回来。妻子于是在肚皮里嘀咕起来："这个绵绵客呀，我看他周身都长得有倒挂刺！……"

两个孩子倒很安静，他们照样专心一意温习功课，父亲迟回来、早回来好像同他们完全无关。大的是个女孩，十三岁了，读的高级班；小的男孩是初级班学生。姐弟俩性情开朗，都像父亲；他们也很爱父亲。

因此，当母亲的嘀咕由心坎上转移到口头上来的时候，那女儿开始为父亲辩护了：

"哎呀，妈也是！他不回来总是有工作嘛！"

"那我倒晓得啊！"母亲一点也不服气，一口气接下去道，"他工作多得很，一点不绵，就是身上倒挂刺长得不少。只要有点屁大的事，就把他绊住了！"

"哎呀，我不跟你讲了！"女儿小聪心烦地说。

于是，她又专心一意温习功课去了。那弟弟小慧始终未被打扰，一直都在学写大字；轮廓显著的小嘴一歪一歪的，好像也在帮他使劲。

现在，他把笔一搁，从那小方桌边站起来了，叫道："哎呀，算完成任务了！"接着动手收检笔、墨、砚台。姐姐仰起脸来，随即笑道："哎呀，你看你那张脸啊！"原来弟弟的嘴唇、脸蛋，都涂得有墨！

还在嘀嘀咕咕抱怨的母亲看了，竟也忍不住笑起来。

"这个鬼娃啊，还不赶快去洗个脸！……"

正是在这愉快的气氛中，胜利公社三大队队长张朝中回来了。他高大、结实，有四十二三岁。那叫人见了感到亲切的脸庞老是露出一种神气，仿佛随时他都准备讲两句开心话。

张朝中的开心话，往往不只叫你听了开心，更叫你一下接触到问题的实质，从而帮助你解决一个难题，或者平息一场不必要的纷争。而他这点能耐，可以说得之不易。在旧社会，生活的鞭子曾经赶着他钻过矿井，跑过流差，当过纤夫；解放后，他更学会了怎样克服困难和与人相处。

因为回来得正是时候，他爱人王秀英只是带点娇嗔地告诉他："饭在锅里，你自己长得有手哇。"声调叫人一点不感觉是赌气话。

"慌啥哇，先让我抻抻展展歇口气吧！"

"看你啷个绵吧，这几针锥完我倒要睡去了！——幺娃子！赶快撒泡尿上床吧，明天好上早学。大女子也不要再绵了，啥事都摸摸索索！……"

丈夫笑了，说："这屋里的人都绵，就只你一个人洒脱，从不摸摸索索！……"

他边说，边到灶房里去端饭菜。

"那你今天总是还没有绵够啰！"妻子认真生起气来，杵他道，"真像侍候老先人样！……"

张朝中照例没有跟她拌嘴，也没有讲点趣话让她消气，他端来给他留下的饭菜，已经津津有味地吃起来了。好像妻子所有的气话，只不过对他起了点健脾开胃的作用。

直到吃完了饭，收拾好碗筷，又自己洗了，他这才作古正经地说道："现在该我发言了吧？"于是从容不迫地诉说他这天为什么这样晏才回来。这时候，他们两个儿女，已经各自睡觉去了，王秀英也正准备

403

睡觉：把剩下的麻线绾在不曾完工的鞋底板上，然后往麻线箩里一塞。

张朝中讲的事情是这样的：下午，他在一队参加劳动，开工不久，大队的会计就跑来把他叫起走了，说公社党委有电话来，要他亲自去接。他去了，原来是要他们按等价交换原则，匀五千斤红苕藤给红光社。刚搁下电话，红光社的副主任就赶来了，气喘吁吁，好像是从什么危险地区逃跑来的。目的呢，还是苕藤！

张朝中做事，一向遵守制度，凡事应该由队委会解决的，哪怕再忙，他也从不独断专行，个人说了算数。但是这天，他不仅对公社党委的指示没讲价钱，而且，不等红光社那个性情急躁的副主任开口，他就立刻让他十分满意地走掉了。因为他知道红光公社碰到的困难远比他们的大得多，不支援一下太不像话！

接着，他就同会计分头去找几个生产队长来办公室开会。因为居住分散，这花了不少时间。幸而凡是他自己找的人，一路走来，一路就同他们凑情况和做思想工作。因为由于天旱，各队都缺苕藤，只是程度不同而已。

王秀英原本不想听丈夫这一套的，而且已经打了两个哈欠，现在她却忍不住插嘴道：

"红光不是改造了不少的水田吗？"

"天这样干，现在还得走旱路啊！"

"哎呀，幸得前两年我们没有跟到他们放大水筏子！照你说，单是梓潼宫那一大片，就怕得好些苕藤才够栽呢。"

"那还消说！好在我们只有五千斤任务……"

"还讲你不绵呢，这点事就闹了大半天！"

"你去试试看吧，乔老三那个头那么好剃？想必你还记得，六一年春天，公社党委要我们支援红光一点干红苕，单为说服他就开了一整天会，——差点把嘴皮磨破！……"

他一顿，就停嘴了；但是夫妇俩却都情不自禁地回想起了一九六

404

一年的情景：头一年栽种后就遇到卡脖子的大旱；接着干了冬又干春，大家只好吃低标准了！红光更糟，连低标准都达不到，于是跑到公社借粮来了。

对于公社党委分配的任务，张朝中开始也感觉有些为难；但他终于即刻召集各生产队队长进行讨论，决心说服大家。事情当然并不那么顺利，可是通过论争，特别通过和乔老三的一场尖锐、剧烈的论争，张朝中心里更加亮堂，决心也更大了。

"同志！"张朝中当时充满感情地嚷道，"想来都还记得，土改的时候大家叫得好响亮呀：'天下农民是一家！'现在咋个就一下变成各家管各家啦?！"

"说到土改，"有人紧接着插嘴，"张眯子那批浮财，不是红光帮忙，倒搞不回来啊！"

"这倒是实在的！"好几个人附和说。

于是，大家谈起当年共同斗争地主阶级的动人心魄的情景，以及各色各样的插曲来了，就连那个本位主义比较严重的乔老三，心胸也都开阔起来，最后忍痛接受了大队长的建议，而决定也就很快做出来了。

当一想到当年的情景，夫妇俩就都忍不住笑起来。王秀英还多少感到一点内疚，因为开始听到借粮的事，她也有点护痛。

"哎呀，这个人咋个的呵！为点红苕藤又闹本位。"她惋惜地说。

"缺秧如缺宝，我们各个队眼前都在担心苕藤不够用呵！他们只是比别的队困难少点，咋个不护痛嘛！好在尽管钝刀割肉，大家还是给他锯了一块下来。"

"那么红光啥时候来运呢？"

"这个还敢拖？小满都过去了，他们还一块土没栽哪！说是不管天气预报准不准确，就凭肩膀担水，明天都要抢时间栽一部分下去！……"

说到这里，张朝中站起来，走到门边去了。

"噫，这个天会有雨啦?!……"

他打偏头望了望星光灿烂的天宇，随即沉吟着退了回去。

"那一大片，全靠担水栽才够呛呢!"退回去后，他又叹息着说。

"睡吧，不要替古人担忧了!明天还要出工……"

丈夫的确感到疲累，需要躺一躺了。但在睡觉之前，他又忍不住走到院坝里去，四面瞧了瞧天色;上床之后，他更情不自禁地叹息道:"真糟糕，这个天气预报像放黄了!"

由于这天疲劳过度，躺下不久，他就睡过去了，他睡得很香，竟连半夜陡地刮起风来，都没有惊醒他。直到暴雨来临，这才大吃一惊，立刻坐起来了，而且立刻就跳下床……

一个简单的念头鼓舞着他迅速采取行动:这场雨下得多好啊!明天红光社一定会一早赶起来运苕藤，他们得连夜把苕藤割好!……

他忙着穿戴，忙着寻找工具，忙着点风雨灯……

"你这是啥事啊?"妻子被惊醒了，问道。

"啥事?红光社明天肯定一早会来!……"

"可是鸡都还没叫呀，——这个急猴子啊!"

"好!绵绵客这顶帽子现在算摘掉了!"

"一来就讲笑话，——你不多穿点衣服嘛!……"

丈夫没心思跟她继续拉话，已经戴上斗笠，披上蓑衣，卡上镰刀，提上风雨灯，冲出房门去了;不过倒也没有忘记把门一一拉上。

根据队委会的决定，苕藤在二队和五队想办法。因为尽管这两个队大部分苕母地已经割了两道，而且还有好些空地没有栽种，但比别的队困难毕竟少些。二队队长住得离张朝中比较近，人很敦笃、爽快，对工作从不称斤论两。他一听大队长的建议、设想，立刻直直劈劈叫道:"好!等我多叫两个人来，一袋烟就交差了!"于是吆喝着三四个社员的名字，动员他们立刻冒雨出工……

张朝中对这种雷厉风行的作风很满意，于是又拔步奔向五队。五队的所在地，算是大兴社一大队的边沿区，离大队长张朝中家最远。而生产队长乔老三倒的确有点绵，因为他想问题总爱钻牛角尖。支援红光社苔藤的事情，虽然傍晚就解决了，可他一直在心里嘀咕："妈的，简直像强迫命令！"越想越感觉不痛快，担心本队有些土地栽种不上，将来抛荒。

　　因此，尽管张朝中在他大门口差点把嗓子喊哑了，直到乒乒乓乓拍起门来，乔老三这才蔫妥妥应声道："你等我把衣服披起来嘛！……"

　　"对！多穿一点，外面有些冷啊！……"

　　于是，张朝中向他说明来意，就代他叫人去了。等他带来四五个青壮年社员，重又出现在乔老三大门口的时候，乔老三本人刚好在屋里把风雨灯点燃，正在戴斗笠、披蓑衣，准备来开门了；同时却还一面闹闹嚷嚷，跟老婆拌嘴。

　　在这落雨的深夜，谁都知道田野里是个什么味道，何况自己队的红苔藤也紧得很呢！因而两口子都有一肚皮气。但又不便直接发作，只能借题发挥。

　　这是瞒不过张朝中的，他大声地打趣道：

　　"快出来吧，哪个现在有心肠听你们吵炮架①啊！"

　　"好！老子明天才跟你杂种算账！……"

　　乔老三草草做个结束，打开门走出来，随即反手把门带上，似乎准备立刻行动起来。但一进入田野，又有点犹豫了，望着密密麻麻的雨脚不住摇头；同时打了个寒噤。

　　"啊哟！"他沉吟道，"这不把人淋成水秧鸡啦？"

　　"我又要提醒你了：这总没有我两个早年钻矿井危险嘛！"大队长说。

---

① 吵炮架：夫妻间为一般小事的斗嘴。

"好嘛，你都肯带头干，我缩回去？……"

"赶快说，割哪块地里的啊！"一个社员叫道。

"这还有啥说的，就拿干茅厕那块二台土开刀吧！……"

"好！"张朝中大叫一声，立刻跨上那块二台土去，挂好灯，接着便从腰带上取下镰刀，埋下身子，割起来了。随即响起一片又清脆、又柔和的刹刹声，而别的人也都跟上去了……

显然，钻矿井的提示勾引起了他痛苦的回忆，因而劲头来了，乔老三也干得相当利落。只是割一阵子，他总要停下来叹口气，嘀咕道："这个背时雨咋个越下越大啊！"但也终于在张朝中一伙人带动下，只顾展劲干了，因为他毕竟是想通了，管他雨大雨小，管他抛不抛荒，都不能推脱自己已经承担下来的责任。……

乔老三也是挨边四十的中年汉子了，短小精干，打从减租退押起就是积极分子。土地改革后，虽然不曾掉队，却也很少带头冲锋。而在三年困难以后，这两年他步子跨得更稳，经营自留地的兴趣也逐渐大起来，对工作不那么积极了。

张朝中是理解他这个特点和近年来的变化的，因此，当他忽然又一下直起腰身，而且赌气一般似问非问地哼道："恐怕差不多啦？"张朝中忍不住嘲弄地笑起来。

"怎么样，你先回去睡热和觉好吧？"张朝中紧接着打趣说。

"我倒不是想回去睡觉啊！……"

"你是怕割冒靶了？今晚上这个苕藤水分重啊！"

"那就割下去嘛，——顶凶拿它几亩地抛荒好啦！"

"啊哟，你这个包袱还很重喃！……"

"不管你怎么讲，总不能望天亮地割！"

"这样好吧，我们把它搬在一起估量下！"

于是，各人都把已经割下的苕藤分批运走，在乔老三大门墙脚边堆下了，最后，七嘴八舌地进行估量。一般说，彼此的估量都相当接近，差距不大。认为就是除掉水分，也会够秤。也就是说，他们大体已经把任务完成了。

只有张朝中还不怎么满意，认为既然是支援人家，又是冒雨割的二道苕藤，应该准备得充分一些。

"秤卡紧了，看人家拿回去不够用啊！"他加上说。

"我们打个赌好吧！？"乔老三忽然吵架般嚷叫道，"明天短了秤输我这对眼睛！——你又叫他们几个说嘛！"

因为五个社员都支持乔老三的估计，张朝中就只好让步了。

"好，我少数服从多数。"他诙谐地说，"那你就赶快回去放放心心睡一觉吧，明天就是短秤，也不会有人挖你眼睛！"

话刚落音，社员们全都忍不住笑起来，随即各自准备回家睡觉。这时雨已经小多了，气温可照旧很低。几个人正此唱彼和地拉着闲话，忽然有人叫道："啊哟，今晚上硬是冷呢！"于是就只有急骤的步履声了。

离开五队，到了二队的地界时，雨几乎停歇了。张朝中听到的只有风声、树木枝叶的飕飕声；可是没有人声，也没有发现一个人影。直到走拢二队队长的家门口，一路上只偶尔看见一些挺立在田边道旁的黑黝黝的树木。这些树木，浑身湿淋淋的，在风雨灯照映下，一晃就隐没了。

张朝中真有点猜不准：是已经收工了呢，或是因为先前雨大，干过一阵又搁下了？二队队长干劲一向都大，割两三千斤苕藤的确也花不了多少时间，可能已经完成任务，睡觉去了。不！他们的任务比五队大啊！

张朝中多少有点不大放心。

"喂，老拱！"最后，他拍着二队队长家的门板叫喊开了，"放不得黄啊，——你们是不是已经割完啦？！"

"都在保管室门口啦！你去看吧，就是除掉水分都有多的。"

"那就好！"张朝中愉快地叫道，"赶快睡一觉吧，开亮口还远呢！"

回到家里，王秀英的体恤更是叫他满意。她不只没有嘀咕，还准备了小半锅热水，要他烫一烫脚，说："要不，二天又叫唤脚转筋！"

"你一直都没有睡？"丈夫柔声问道。

"睡过一觉啊！背时房子有点漏雨，就那么滴滴答，滴滴答……"

"去年就应该添草了！……"

一面谈着家常，一面烫脚；但也止不住哈欠。因此，上床不久，夫妇俩立刻都睡融了。特别是那丈夫，几乎刚一躺下就起了鼾声。他是睡得那样酣畅。天刚一开亮口，王秀英就起了床，悄声叫醒女儿，到自留地摘菜去了；回来后又生火弄饭，而他都还没有睡醒。

眼见这是个好晴天。虽然道路泥泞一些，洼地积满了水，也只足以说明夜里确曾下过一次透雨；天空却已很开朗了。为了让丈夫认真地补补课，王秀英和她儿女都很懂事，屋子里听不见多少声响。

现在，母子三人开始在堂屋里静悄悄吃饭了。而正在这时，约莫半里以外，一辆卡车忽然在公路边停下了，立即跳下五六个青壮年，拿起箩筐、扁担，转上小道，直奔张朝中的院子，一下就拥进来了。这是红光社的社员，他们天一亮就从观音岩出发了，赶起来运苕藤，趁着昨天夜里那场透雨，好早点回去栽插。他们都各自带来镰刀，准备帮着抢割苕藤，然后分批运到停在公路边的卡车上去。

到得院内，大家就把箩筐一搁，有的揩擦汗水，有的开始抽烟，有的东张西望，想找一块干燥地方坐下歇气。那带队的是个中年，精瘦，满脸的胡楂子，笔直走过来了。

一到堂屋门边，他就拉开嗓门叫道：

"唉，你们张队长呢？我们天一见亮……"

女儿小聪不满地说："小声点好么？还在睡觉！"小慧则气呼呼地向来客瞪着眼睛。

"怎么现在还在睡啊！这咋做哇?!……"来客并不放低嗓门，就那么一个劲叫喊下去。而且四面瞧看，显得相当着急。于是那几个准备歇气的青壮年，一下也都朝堂屋门口蜂拥过来。

而且大家都在七嘴八舌叫嚷：

"这才糟糕！……"

"请他指两块苕母地，我们自己去割好吧！……"

"哎呀！幸得我们都带得有家伙！……"

王秀英真有点又气又笑，她压低嗓门恳求似的招呼他们："小声一点好么？会有你们的苕藤！"这时候，丈夫忽然在门边出现了，静悄悄的，一点不动声色。

"这究竟是咋个一回事啊？……"

"大家还以为你们已经动手割起来了哩！……"

因为张朝中既不申辩，也不打个招呼，就那么大有讲究地笑着盯住大家。来客们有点莫名其妙，一下不张声了。

"你们是来运苕藤的吗？"张朝中末了冷冷地问。

"闹了这大半天！……"

"这个单凭肩膀挑不行呵！你们的卡车哩？"

"我们的卡车在公路边，这个你放心吧！单讲这个苕藤怎么割呵?！我们天还没亮就起来煮饭吃……"

"不要那么着急！苕藤昨晚上就割好了。"

"啥?！昨晚上那么大的雨……"

"哎呀，你们这个风格真高！……"

惊叹声和赞扬声雨点般落下来，而张朝中却又像个急猴子样，赶忙用带点玩笑和警告相混合的语调切断他们：

"喂，我这个人容易翘尾巴呵！还是大伙一道去过秤吧。"

一九七七年十二月七 — 十日写成

一九七九年二月五日定稿

夜 市

　　近两三个月来，一到晚上，十字口照例比往常热闹。上场下场的街边虽然漆黑，这里却灯火辉煌，成了闹市。

　　更锣早已经响过了，烧腊摊子、担担面、卖汤圆的担儿边都还有不少顾客。刘家烧房门口的长柜台边，聚集的人可说最多。但是认真喝所谓碗碗酒的人只占少数，大多是看热闹的，准确说是摆龙门阵和探听消息：解放军打到哪里了？老蒋是否能守住川西？

　　这是个大题目，细节异常丰富，而且，因为各人的社会地位、经历和脾味不同，识见也存在差异，因而各人的设想和感受就更加复杂了。只有两三个提竹篮叫卖花生、香烟的小贩，思想比较单纯，只顾穿来穿去，口中念念有词："你尝两颗看脆不脆嘛！"或者，"吸不通不要钱！"

　　真正前来喝酒的人们，多半是小商贩和力夫，他们经常出门求吃，消息特别灵通。这天夜里，最活跃，也最吸引听众的，是刚从成都为人挑脚回来的二麻哥；尽管他一向短言少语。

　　这是一个约有五十岁出头的中年人，瘦削精干，中等身材，是所谓筋骨人。他只有少许细碎的麻癍，整个脸型就像红铜的浮雕一样，穿一件新做的青布紧身，拦腰扎根白布腰带，头上却是青布套头。他是镇上出名的脚夫之一，可以说是信用昭著。

　　"呵！"他显得惊羡地叫道，"你们没听说解放军开进重庆那天那个劲仗呵，城里鞭炮都卖光了！……"

"是不是公买公卖呢?"一个小商贩担心地问。

"人家有'三大纪律'管倒在呀!"二麻哥回答说。

"哪'三大纪律'呢?"另外有人插话问了。

"不只'三大纪律'，还有'八项注意'呵!"二麻哥爽朗地回答说。
随又显得歉然地接下去道:"不过我也搞不清楚，听说成都好多电灯杆
上都贴得有油印的，只有巴掌大点——可惜我两眼墨黑!"

"这一说，成都已经有他们的人啦?"

"那还消说!"有人从旁边解说道,"你们忘性真大，前两三年重庆、
成都学生闹事像是搞到玩的! 人家没有伸手那才怪呢，——怎么连这
个症候都看不出来啦?……"

这是个中年人，瘦长的，寡骨脸，一个经常在附近场镇摆设个摊
儿，常去素以纺织出名的邻县购买些家机窄布回来贩卖，所谓扛布捆
子的布商。可以说是做转手生意，因为他本钱不多，而且早已被金圆
券把他的生意整个盘算掉了! 现在剩下来的只有满腔怨气。

他正想倾筒倒匣地说下去，一个又瘦又小，蓄着一把沙白胡子，
穿着整齐的老头，闪着狡诈的眼色，用手拐杆一杵他的腰部:

"闲话少说，"他同时嘀咕道,"快喝酒呵!"

"担心血喷到你身上哇?"小布商马青山丝毫不知趣地揭穿沙白
胡子的暗示,"又不是哪个在造谣呢!"

"哎呀，我跟你说不通! ……"

沙白胡子自我解嘲地还了句嘴，接着端起红土酒碗，将剩下的几
滴酒灌进喉咙;接着还把把细细地一边看一边吮吸，直到一滴不剩，
这才撑身站将起来，走了。

而他这一切细致表演，使得所有的酒客和听众全都悄声笑了。待
等他走下阶沿，人们更进一步议论起来。因为他们全都或深或浅，或
多或少了解沙白胡子的为人，特别都知道他近来的变化。而且从这个

地主兼工商业者的变化，联想到这镇上一些大人物的更加打眼的变化。

沙白胡子叫李聚奎。他是有近百石租的粮户，又开着杂货铺，从机织布，即所谓匹头到针头麻线，他都卖。货源相当丰富，铺面也还堂皇，可是，随着时局的变化，他的铺面却逐渐减色了。从品种减少一直到关门大吉，最近几场，就只在已经关闭的铺面阶沿上，用长凳铺张门板，卖点小杂货了。

大约估计到老家伙走远了，听不见了，二麻哥的话语也更尖刻起来："你们看杂种那一副样子吧，不是当着这么多人，他会拿舌头把碗舔过！"

这首先引得那个酒店老板娘打起哈哈笑个不停。这也是本镇一位有名人物，矮胖胖的，鹅蛋脸，已经快五十了。她是正房，又由于只有她给丈夫养了两个传宗接代的儿子，因此，尽管她烟瘾很大，酒瘾也不小，而这座烧房的收入全都由她自由支配。

六七年前，当她老公刘春膏把第三一位如夫人接回家，人们采用打趣方式向她道贺的时候，她也打过这样响亮的哈哈，似乎乐不可支：

"我怕他抬十个回来哩！——我知道他孽钱多！……"

现在，她的笑声未停，二麻哥可又说开头了。

"家伙锥呵！"二麻哥大声道，"我从成都回来，前脚才跨进门，他后脚就跟上来了，打听得好仔细呀，连一般住家户的日常生活开支都问到了，好像明天就要搬到成都跑摊！"

"他像又想起前些年的情形来了。"老板娘插嘴道，"我们那位也是这样，正在拚命搞硬银圆，只等解放军打拢了，就带起他那两个嫩妈出门跑摊！……"

"这一回恐怕靠不住了！"有谁幸灾乐祸地插嘴道，"人家不是连重庆都占啦?！……"

"管它靠得住靠不住，好多人可都在这么样准备呵，"老板娘反驳道，"要不，怎么那样按硬银圆？——你听到田才卖几个钱一亩么？——来了！……"

她说"来了"，是答应一位客人的招呼，随即打好一碗酒递过去，同时取回一枚用竹片做的筹码。

"你带起耳朵到成都听听吧，那才会吓你一大跳哩！……"

二麻哥的话匣子一打开，是不容易收住的，这也可以说是他本人近几个月来的一点变化。因此，不等老板娘接下去，他就又说开头了。从一些川西坝大地主用一个老石黄谷卖一亩田讲起，一直扯到安乐寺、正裕花园各种抢购金银的闹剧。但他忽又一顿，掉过头去望对门面食店嚷叫开了。

"莫忙收摊子呵！先给我来一个双碗吧，——红重①！"

"那可得你自己动动步呵！"

"我只要个单碗，多点青尖！"另一个招呼说。

在五六位酒客中，几乎都在向面摊子订货，生恐一下子收了堂，落个空肚子回去睡觉。因为烧酒毕竟只能增加人的体温，不能解决肚皮问题。

那两三个手挽竹篮，兜售瓜子、花生和纸烟的小贩，也都叽叽喳喳起来，表白他们耐不住这深夜的寒冻，真想回去躺在铺盖窝里舒服得多。一个七十开外，身穿破棉短袄的老头，甚至同一位年轻脚夫争吵起来，声气昂得像敲破锣一样。

"你摸我老婆？可惜她早就钻土了！……"

"大家都少说两句吧！"二麻哥劝解道。

"你看怪吧，"青年脚夫尽力解释，"我才说尝一颗脆不脆，他就凶神恶煞地把手给我这样一推。就像你是扒手，他满篮子装的金银财宝！"

"你才尝这一次啦？酒还没沾嘴就尝起……"

---

① 红重：多放辣椒油。

"算啦!"掌柜娘也开口了,"钟大爷哩……"

正在这时,一个体格魁梧,身着破旧冬季军衣,长方形的脸蛋带点调皮捣蛋神气,约有三十上下的青壮年,一下闯到柜台边来了。同时旁若无人地叫道:"来一碗喳!"

他这一来,立刻把人们的注意力吸引住了。

"啊哟!"好些人齐声叫道,"彭兴旺哩!……"

"我们那娃呢?!"钟大爷猛地一手揪住彭兴旺臂膀。

这个孤老头子,从对方想起他的独苗苗儿子来了,完全忘记了两个青年人并非同时抓去当兵的。他的儿子钟万良被抓的日子比彭兴旺要早个三四年。

"这我咋知道呢?我是在太行山……"

"我那娃也跟李家钰住在那一带呀!"

"那就保险没有问题!"彭兴旺回答得很肯定,仿佛即使要他担保他也不会改口,"说不定已经是解放了。你想嘛,川军都叫中央军东一整编,西一整编,吃掉了!老是把你推上去跟八路军搞摩擦。难道他会比我蠢啦?!……"

接着,就嘿嘿嘿笑起来,随之又叹一口气。

"总之,你放心吧!"他草草结束道,"空闲了再摆谈!"

随即他要钟大爷同他一道喝酒。老头子连连推谢,同时却大大抓了一把花生供他下酒。因为虽然他未说明,他们一同解放军接触总是溃败,而且好多被抓去的壮丁,又总是在"缴枪不杀"的召唤下自愿被俘。不少人留下参军,他可是领到路费,学习了一段时间,就回来了;但他懂得,这一点不能随便张扬。

至于他不肯留下来参加革命武装的缘由,是因为他在结婚不久被抓走的,他的娇妻和他的老母仅仅依靠一个贩卖花生糖果、纸烟香料的摊子过活。不幸的是,他回来才知道,老的死了,妻子则已经改嫁……

416

这当然是个打击，但同他近几年的经历和所见所闻比较起来，它的分量已经大为降低，因而伤伤心心痛哭一场之后，也就很平静了。他还年轻，而且确信一种新的生活正在日益接近。只是对于老母的谢世，多少还有点悲伤……

他一到场，柜台边的谈话又活跃了，人们不断向他问这问那。从部队生活、异地风光到解放战争的近况，以及他自己的看法。他回来不到三天，已经敏感到本地的气氛，正跟他经历过的其他很多非解放区基本一样，因此他说话很谨慎。而且一直强调他是被遣散回来的，可惜证件掉了。

他对各地的风俗习惯谈得最多。而当他形容一部分山西中年旧式妇女的小脚，说它们比三寸金莲还小，而上下炕的动作却又特别敏捷时，出名的乐天派，那位酒店老板娘又首先哈哈大笑起来：

"那我这双脚该算是大脚板了！"她说，抬一抬腿。

"不管大脚小脚，当心将来把你抓去配个十七八岁的小伙子呵！"那个年轻脚夫打趣说。

"好啦！"老板娘凑趣道，"我会待他像幺儿样！"

因为反动宣传过于离奇，什么老配小啦，男的和女的分开睡啦，早已被人们当作不折不扣的谣言了，只是说明反动派自己的愚昧可笑。这是瞒不过彭兴旺的，生活已经教会他很多东西。

而正唯其如此，他只意味深长地哼了一句：

"好听的话还多得很呀！……"

"好听的话的确很多！"年轻脚夫紧接着附和道，"有人说，重庆刚一解放，有人在家里打纸牌，给解放军查住了！好，就叫每人拿一张牌，这么举起，跪在自家大门口示众：看你还打牌吧！"

"照你说这个赌应不应该禁呢？！"

这个冷声冷气的反问，可叫大家不由得一愣，立刻回过头去，而且都立刻站起身招呼开了。

"呵哟！吴老师呢，你也变成夜猫子啦！"

"没办法啰！麻将打够了又在大喊大叫划拳……"

"这也算应变啥！"老板娘讽刺地笑笑说。

因为她知道，吴老师那个冷冷清清的宿舍，同乡长的大院子只隔一层薄薄的泥壁。而他所憎恨的那些稀里哗啦的麻将声和大喊大叫，正是那批假"应变"之名大肆剥削，尽量抢购硬洋的家伙。

接着来的是一阵沉默。这沉默的原因非常简单，尽管大家都深信不疑，长时间来那种叫人喘不过气来的日子，很快就会结束，但它毕竟在这个场镇上还未变成现实，因而不能口敞。老板娘可不同了，她腰杆硬，而且，都知道她是个醋坛子，巴不得她老公立刻倒霉！

提起"应变"，确实把大家都触动了，近两三个月来本地出现的一些社会动态全都涌现眼前。正如二麻哥在心里嘀咕的："单是山防队就把人闹酸了！"接着他就想起了子弹费和各项供应……

那最叫他难受的是王二老婆一连两三夜凄凄惨惨，同时也是那种无可奈何地呼吁、控诉……

因为王二被抓去参加"铁肩队"去了！

"吴老师！"二麻哥终于忍不住带点嘲讽地发问了，"拉夫就说拉夫得啦，咋个叫啥'铁肩队'呢？"

吴老师本想说："这就叫巧立名目！"但他又把它咽下去了。他知道自己已经成了豪绅们注意的人物之一，因而换了句话："是指肩头硬吧。"

"对！就是说随便啥'大行李'都扛得动……"

"棺材顿都不打一个就扛起走了！"老板娘大笑。

"咋个兴'抬快'呵！……"

"要得！这年辰，多说点吉利话吧……"

正在这柜台边的谈吐越来越加活泼的时节，酒房屋檐脚烧腊摊上蓦地叫嚷开了，蒋牛肉一面将菜刀咣当一声往菜墩上一掷，一面嚷道：

"究竟还要不要人做生意呵?!"于是吵闹就爆发了。

吴老师、酒客们随即转眼望去,但见一个身穿淡黄色军衣的汉子,正冲着蒋牛肉大声咆哮。

"他妈的!你这是做生意的态度吗?!……"

"对!做生意应该让人白吃,不能提钱!……"

蒋牛肉的回嘴把人们全逗乐了,大家不免想起这镇上那个土皇帝一向的"文明抢劫",他家里连捡服中药,打几分钱的调料,都照例要"记账",实际则是白吃;可是,近来就连他也作兴用现钱交易了。

也许那个山防队班长因为那些嘲讽的笑声想起时局,想起可能立即发生的大变化,他也一下子变得很慷慨了。

几乎笑声未停,他就掏出两三枚半圆铜板往秤盘上一掷。

"老子这不是钱还是瓦片?!"班长同时大叫。

单听那一连五六下叮当声,人们的确相信那是铜板,尽管都只有半边。正像大家日常说的,那是硬货,银圆券出世后它就开始露面,而至今还有信用,照样在市面上流通,远比快要断气的银圆券受欢迎。

然而,蒋牛肉并不怎么满意,因为他想起两次班长拖欠很久的陈账,可又不便直捷地提出来。

"切多少呵?"他提起菜刀,同时含含混混问道。

"是这个买的!"班长一晃大拇指说,"一下切!"

吴老师对自己冷笑道:"哎呀,总算买东西兴给钱了!"因为他从班长的比画知道大指姆是指的谁,而且深信这是一种心虚胆怯的表现。

可是,蒋牛肉照旧不满,因为这次现金交易使他联想起大指姆历年来给他的亏损;而班长的两次欠账,顷刻间就变得微不足道了。因为大指姆不仅自己白吃,有时还要把他那名闻邻近场镇的牦牛肉称上半斤、一斤去请客送礼。当然,严格说来,也不是百分之百的白吃,因为每当摊派各种五颜六色的款项时,他总要照顾一下蒋牛肉的,说:"算了吧,只有那么大一点生意!"碰到年节走去讨账,他也会赏你几个现钱应应景……

这就是大指姆和蒋牛肉之间的微妙关系，同时也是他和这镇上多数商贩的关系，人们早已习以为常。而这半年多来却已开始在变化了。

尽管因由不一，深浅有别，观感却很一致：随着战局的发展，大指姆一伙的好日子不多久就会变成历史陈迹。

在片刻沉默中，老板娘忽然一连打了几个哈欠。

"赶快喝吧！"她随即吆喝道，"我要上铺板了！"

"对，好好过几天饱瘾吧！"有谁打趣地接腔道，"将来恐怕要禁烟哩！"

"酒，他总不禁！——管他那么多做啥呵！……"

吴老师听罢笑道："好！还是你想得开豁！"随即在一片笑声中转身回学校去。

一九八〇年初稿
一九八四年六月修订